ISSO PODE DOER

STEPHANIE WROBEL

ISSO PODE DOER

Tradução de
ANA RODRIGUES

1ª edição

EDITORA RECORD
RIO DE JANEIRO • SÃO PAULO
2025

CIP-BRASIL. CATALOGAÇÃO NA PUBLICAÇÃO
SINDICATO NACIONAL DOS EDITORES DE LIVROS, RJ

W941i

Wrobel, Stéphanie, 1987-
    Isso pode doer / Stephanie Wrobel ; tradução Ana Rodrigues. - 1. ed. - Rio de Janeiro : Record, 2025.

    Tradução de: This might hurt
    ISBN 978-85-01-92355-4

    1. Ficção americana. I. Rodrigues, Ana. II. Título.

25-96972.0   CDD: 813
                      CDU: 82-3(73)

Meri Gleice Rodrigues de Souza - Bibliotecária - CRB-7/6439

Título em inglês:
This Might Hurt

Copyright © Stephanie Wrobel, 2022

Texto revisado segundo o Acordo Ortográfico da Língua Portuguesa de 1990.

Todos os direitos reservados. Proibida a reprodução, no todo ou em parte, através de quaisquer meios. Os direitos morais da autora foram assegurados.

Direitos exclusivos de publicação em língua portuguesa somente para o Brasil adquiridos pela
EDITORA RECORD LTDA.
Rua Argentina, 171 – Rio de Janeiro, RJ – 20921-380 – Tel.: (21) 2585-2000, que se reserva a propriedade literária desta tradução.

Impresso no Brasil

ISBN 978-85-01-92355-4

Seja um leitor preferencial Record.
Cadastre-se no site www.record.com.br
e receba informações sobre nossos
lançamentos e nossas promoções.

Atendimento e venda direta ao leitor:
sac@record.com.br

*Para as minhas irmãs,
Jackie e Vicki*

Olhe para mim de cima e verá um tolo.
Olhe para mim de baixo e verá um deus.
Olhe bem nos meus olhos e verá a si mesmo.
— *Charles Manson*

Fissura

A galeria é do tamanho de um ginásio de escola. Teto abobadado, paredes brancas, telas de cinema em duas delas. Há uma dúzia de visitantes enfileirados no perímetro do espaço mal iluminado. Todos encostados nas paredes. Um burburinho baixo se espalha pelo ambiente enquanto os espectadores aguardam.

No meio da galeria, há uma cadeira e uma mesa. Em cima da mesa, uma bandeja, como as usadas nos hospitais, com: luvas, gaze, tesoura de jardinagem. Um holofote ilumina a cadeira vazia.

Um cinegrafista de nariz torto aguarda, com uma câmera de vídeo do tamanho de uma maleta apoiada no ombro.

Uma porta é aberta. Quando a artista entra, todos ficam em silêncio. Ela caminha em passos suaves até o centro do espaço. O cinegrafista focaliza a mulher. As telas de cinema se enchem com a imagem dela: cílios cheios, pescoço longo, olhar duro. Aquela não é a primeira proeza dela, e está longe de ser a última.

A mulher calça as luvas e olha direto para a câmera.

— O medo não é real — diz —, a menos que nós o tornemos real.

Ela se senta.

Pega a tesoura.
Estende a língua para fora da boca.
Corta.
Arqueja, mas não grita.
A câmera captura tudo. Nas telas, o público observa uma língua partida ao meio. Fissurada. Alguém desmaia. Outros gemem alto. Não a artista. Ela permanece firme.
O sangue se derrama da sua boca.

PARTE UM

Quero viver uma vida em que eu seja livre.

PARTE UM

Apenas vive uma vida no que ele sabe dizer.

O mundo enlouqueceu. As pessoas sempre dizem isso.

Pelo contrário, estamos muito mais sãos. Vamos morrer um dia, cada um de nós. Nunca mais sentir o toque de uma brisa suave. Nunca mais ver os tons rosados de um pôr do sol. Ainda assim, continuamos a recolher as folhas que caem das árvores. A aparar a grama e a tirar a neve do caminho. Gastamos nosso tempo com todas as coisas erradas. Agimos como se fôssemos viver para sempre.

Mas o que uma bomba-relógio deve fazer? Só há duas opções.

Tiquetaquear ou explodir.

1

Natalie

6 DE JANEIRO DE 2020

Paro na cabeceira da mesa de reunião. As cadeiras ao meu redor estão ocupadas por homens: baixos, altos, gordos, calvos, educados, céticos. Direciono o encerramento da apresentação da minha proposta ao CEO, que passou cinquenta dos sessenta minutos da minha fala mexendo no celular, e os outros dez me encarando com a testa franzida. Já é um coroa, mas tenta disfarçar isso com uma extensão capilar e um bronzeamento artificial.

— Se usarmos essa nova estratégia — digo —, temos confiança de que colocaremos a sua marca como a cerveja número um dos homens de vinte e um a trinta e quatro anos.

O CEO se inclina para a frente, a boca ligeiramente aberta, como se costumasse ter um charuto encaixado ali. Ele está à frente de uma marca conhecida de cerveja que há anos vem perdendo mercado para cervejarias artesanais. Conforme as vendas foram caindo, minha nova agência se viu numa situação cada vez mais delicada com esses clientes.

O CEO me olha de cima a baixo, com um discreto sorriso de desprezo no rosto.

— Com todo o respeito, o que a faz pensar que *você* — ele pronuncia a palavra como se tivesse merda na boca — é capaz de entrar na mente desses homens?

Desvio os olhos para a janela da sala de reunião, estreito-os para conseguir ver o rio Charles, à distância, e conto até três. A minha equipe me alertou sobre esse cara, um dinossauro do mundo corporativo dos Estados Unidos, que ainda acredita que negócios se resolvem em campos de golfe.

O que tenho vontade de dizer: *É verdade. Afinal, como vou atravessar as camadas de mentes tão complexas? Uma tonta seria capaz de realmente compreender a genialidade de um nobre astro de fraternidade universitária? Por ora, esses cérebros se debatem vazios contra as testas deles, mas algum dia vão comandar reuniões de diretoria. Algum dia, esses homens serão* você, *e vão insistir que chegaram até ali graças apenas ao trabalho árduo. A essa altura, esses mesmos gênios já terão trocado a lavagem de porcos aguada que vocês chamam de cerveja por garrafas de Pinot Noir de trezentos dólares cada. Eles vão continuar passando os finais de semana caindo de bêbados e vomitando, só que agora em quartos de hotel com as esposas de seus melhores amigos. Quando chegar a segunda-feira, vão se jogar nessa cadeira e se perguntar por que eu não sorrio com mais frequência. Esses homens vão torcer para que eu quebre o "teto de vidro" denunciado pelo feminismo, desde que nenhum caco os atinja. E vão lamentar o fato de não poder mais dizer essas coisas em voz alta, a não ser quando estão jogando golfe.*

O que eu realmente digo é:

— Para acelerar as vendas do seu negócio, passei os últimos dois meses acompanhando grupos de discussão com seiscentos homens que se encaixam no público-alvo de vocês. — Passo para o apêndice da minha apresentação de PowerPoint, com quarenta slides de tabelas e gráficos detalhados. — Passei várias noites organizando os dados e muitos finais de semana analisando o que significam. Sei quais são as ocupações desses homens e a renda deles. Sei qual é o nível de instrução deles, a religião e o grupo étnico a que pertencem. Sei onde seus consumidores moram, seu estilo de vida e seus valores pessoais. Sei qual é a atitude deles em relação à marca de vocês, e também em relação à concorrência. E também a frequência de consumo, a intenção de compra e as ocasiões em que compram a sua cerveja. Sei qual é o grau de lealdade deles à marca. Quando estou no transporte para o trabalho, ou deitada na cama à noite, escuto novamente as entrevistas feitas, buscando alguma informação que possa eventualmente ter deixado escapar. Posso dizer com confiança que conheço o público-alvo de vocês tão bem quanto conheço o meu próprio pai. — Meu corpo se retrai involuntariamente. — O que quer dizer que conheço esses homens tão bem quanto vocês. Eu não *acho* que consigo entrar na mente deles, eu tenho *certeza*. Porque já fiz isso. Com todo o respeito. — Sorrio, para que o golpe pareça brincalhão em vez de agressivo.

Todos os outros na sala parecem impressionados. Meu assistente, Tyler, perde a linha e aplaude. Viro na direção dele e isso basta para que se controle, mas a essa altura os outros já fizeram o mesmo, tanto os clientes quanto a equipe da agência. O CEO apenas me observa, parecendo achar a situação divertida, mas ainda não totalmente convencido. Foi um risco desafiá-lo publicamente para incitar os demais, mas eu raramente interajo com o sujeito — me disseram que ele aparece em reuniões de publicidade só quando não tem mais ninguém para antagonizar. São os membros da equipe de marketing que preciso conquistar. O CEO se recosta na cadeira e deixa seus subordinados encerrarem a reunião. Então, sai na sala no meio do tempo reservado para perguntas.

Cinco minutos mais tarde, os clientes já tinham aprovado nossa estratégia para o ano. São trocados apertos de mão e tapinhas nas costas. Também recebemos convites para o almoço pela primeira vez em meses. A equipe responsável pela conta fica com os clientes, mas eu vou embora. Minha hora de almoço é reservada para colocar os e-mails em dia. Quando a minha caixa de entrada está vazia, passo a hora na academia.

Tyler e eu pegamos o elevador para descer os quarenta andares até o saguão de entrada da Prudential Tower. Coloco um sorriso afetado no rosto enquanto ele fala entusiasmado sobre como a apresentação foi incrível. Não escolhi Tyler como meu assistente — ele me foi designado. E o que lhe falta em ambição (ou em qualquer conjunto visível de talentos, na verdade), o rapaz tenta compensar com personalidade.

Já na Boylston Street, tremo de frio enquanto Tyler chama um Uber. Quando já estamos acomodados no carro, eu me viro para ele.

— Quero que você compre uma caixa de Cohibas, na charutaria da rua Hanover. Embrulhe a caixa em papel de presente azul-marinho. Mande com um bilhete escrito no verso de um dos meus cartões de visita. Não pegue aqueles cartões horríveis que a agência imprime, e sim os de melhor qualidade que eu mandei fazer com uma gravação bonita. Você tem uma caneta? Então, pegue o celular. Quero que o bilhete diga exatamente isso: "Por uma parceria de resultados." Termine a frase com um ponto final, não com exclamação. Então, abaixo dessa frase, um travessão, seguido por "Natalie". Entendeu? Nada de "Atenciosamente", ou "Meus melhores votos", ou "Abraços". Só um travessão com o meu nome. Mande para o CEO.

Tyler me encara boquiaberto.

— Mas ele foi grosseiro com você. Na frente de toda aquela gente.

Toco na lista de tarefas pós-reunião no meu celular. Sem levantar os olhos, digo:

— Sabe o que eu mais fazia quando estava começando no ramo? Ouvia. E anotava.

Pelo canto do olho, vejo a expressão dele ficar ligeiramente mais azeda. Tyler é só três anos mais novo do que eu.

— Quero a ata da reunião de hoje na minha mesa em uma hora. Por favor.

— Nos meus dois anos na DCV, ninguém nunca fez ata de reunião — resmunga ele.

— Talvez seja por isso que você quase perdeu o cliente que paga o nosso salário. — Espero por uma resposta irritada. Quando isso não acontece, tiro uma pasta da bolsa. — Dei uma olhada na sua apresentação para a Starburst. Está cheia de erros de ortografia. — Encontro as páginas que marquei e entrego a ele. — Um trabalho abaixo da média passa uma má impressão tanto do seu trabalho quanto do meu. Mais cuidado com a revisão na próxima vez, ok? — Ele contrai o maxilar. — E eu já disse: os títulos de cada seção são todos em caixa-alta e negrito. Não um ou outro. Ambos. Você se surpreenderia com os resultados de ficar atento aos detalhes.

O carro para diante do prédio da agência. Pegamos um elevador juntos, dessa vez em silêncio. Descemos no sexto andar. Quando estamos prestes a seguir caminhos diferentes, Tyler comenta, com um tom mal-humorado:

— Se você nunca tinha visto o CEO até hoje, como pode ter certeza de que ele fuma charuto?

— Conheço o meu público-alvo.

Sigo para o banheiro feminino.

Um minuto depois já estou seguindo pelo corredor, examinando a agenda no celular (tenho mais três reuniões naquela tarde). Estou prestes a virar para o corredor da minha sala quando escuto vozes sussurradas em um cubículo próximo. Reconheço a primeira voz como a de uma das minhas assistentes, que não sabe que está sendo avaliada para uma promoção.

— Eu adoraria trabalhar para ela. A mulher é foda.

— Ou só fode os outros. — É Tyler quem diz isso.

As outras assistentes soltam risadinhas abafadas.

— Ela me trata como se eu fosse uma criança — continua ele, animado com a atenção das amigas. E finge uma voz estridente: — *Tyler, quero que vá ao banheiro. Quando for limpar a bunda, use quatro pedaços de papel higiênico, mas certifique-se de que seja folha tripla, não dupla. Se for dupla, você está demitido.*

Todos riem. Aquelas pessoas são quase da minha idade, mas fazem um terço do que eu faço.

Ajeito a postura, endireito os ombros e passo pelo cubículo. Sem diminuir o passo, digo:

— Acho que a minha voz não é tão aguda assim.

Ouço alguém arquejar. A última coisa que escuto antes de fechar a porta da minha sala é o silêncio absoluto.

Diante da minha mesa, tiro a tampa do pote de comida arranhado e fico olhando para o meu almoço, o mesmo que como todos os dias há anos: uma xícara de couve, duas fatias de bacon, nozes tostadas, grão-de-bico e queijo parmesão, envoltos em um molho vinagrete com chalotas. Espero ansiosamente pelo dia em que os cientistas vão descobrir que a couve faz mais mal para a saúde do que a nicotina, mas, por enquanto, um superalimento é um superalimento. Suspiro e começo a comer.

Durante o recesso de Natal, tive bastante tempo para pensar nas minhas resoluções de Ano-Novo. No ano passado, coloquei mais dois e meio por cento do meu salário na poupança. No ano anterior, também comecei a lavar a minha roupa de cama duas vezes ao mês, em vez de apenas uma. Todo janeiro (exceto este), Kit me diz que eu deveria ter como meta me divertir mais. Todo janeiro (exceto este) tenho vontade de responder irritada a ela que metas têm de ser mensuráveis, caso contrário não temos como saber se foram atingidas; mas isso não a faria mudar de ideia.

Na noite de Ano-Novo, sentada sozinha no meu apartamento, olhando as agulhas caírem do meu pinheiro de Natal enquanto a neve batia na minha janela, fui obrigada a admitir que a minha irmã talvez tivesse alguma razão. Não conheço uma alma nesta cidade onde vim morar, a não ser meus colegas de trabalho. Como uma pessoa de trinta e um anos faz amigos se não for no trabalho? Prefiro ser comida por um urso a ir a um desses eventos organizados online. Que horror essa ideia de ficar circulando no meio de um monte de estranhos, tentando descobrir quem ali tem menos possibilidade de me assassinar e arrancar a minha pele.

Eu tinha resolvido me esforçar mais no meu primeiro dia de volta ao escritório, me concentrar menos no trabalho e mais nas pessoas. Depois de três horas, desisti dessa meta. Por que perder o meu tempo com tontos como Tyler?

Por um momento, eu me permito desejar que minha irmã estivesse aqui, mas rapidamente deixo a fraqueza de lado.

Confiro que horas são na minha cidade natal (nove da manhã) e mando uma mensagem para Jamie, a minha melhor amiga.

Ainda não fiz nenhum progresso com o pessoal do trabalho.

Sem resposta — deve estar ocupada com o bebê. Enfio o garfo em um grão-de-bico e passo o dedo pelo touchpad do meu notebook.

Depois de limpar a caixa de entrada do e-mail de trabalho, passo para a conta pessoal. Dou uma olhada geral nos assuntos: algumas newsletters, um cupom de mercado, spam de alguém chamado Merlin Magic Booty. E uma mensagem de info@wisewood.com. Paro ao ver aquilo.

Kit foi para a Wisewood seis meses atrás.

Minha irmã não me contou muita coisa antes de ir, só me ligou em julho passado para explicar que tinha descoberto um programa de autodesenvolvimento em uma ilha no Maine. Os cursos têm seis meses de duração. Ao longo desse tempo, não se deve ter contato com a família ou com os amigos, porque o objetivo é se concentrar no seu interior, e, ah, a propósito, ela já tinha se inscrito e estava indo para o Maine na semana seguinte, por isso não conseguiria falar comigo por telefone nem me mandar mensagens de texto por algum tempo.

Não comprei muito a ideia. Kit não tinha como bancar seis meses sem receber nada. E o plano de saúde? Como ela podia achar bom cortar o contato com todo mundo que ela conhecia durante todo aquele tempo?

Quase consegui ver Kit dando de ombros no outro lado da linha. Se eu recebesse um dólar por cada vez que ela respondia a uma pergunta minha dando de ombros, eu poderia pagar para ela viver em Wisewood para sempre.

— Onde você está com a cabeça? — eu tinha perguntado. — Você finalmente tem um emprego estável, benefícios, um apartamento, e vai jogar tudo para o alto por um capricho?

O tom dela ficou mais frio.

— Não estou dizendo que Wisewood é a resposta para todos os meus problemas, mas pelo menos estou tentando encontrar alguma resposta.

— Seu emprego é a resposta. — Eu não conseguia acreditar que ela não entendia isso. — Quanto custa esse programa? Como você vai conseguir pagar se ainda tem que arcar com as parcelas do financiamento estudantil?

— Por que não se preocupa com você mesma pra variar, Natalie? — Ela nunca me chamava daquele jeito, então eu sabia que ela estava furiosa. — Por que você não pode ficar feliz por mim?

Eu não poderia ficar feliz por ela porque sabia exatamente como aquilo terminaria: Kit desiludida com Wisewood e presa na ilha, me implorando para salvá-la. Minha irmã precisa ser salva com mais frequência que a maioria das pessoas. No ano passado, ela me ligou aos prantos por causa de uma echarpe que não conseguia encontrar de jeito nenhum. (Encontrei uma hora mais tarde no guarda-roupa dela.) Além disso, ela também é conhecida por se meter em roubadas de vez em quando. Uma vez, ficou sozinha no deserto, sem saber como sair, depois que o guitarrista babaca que ela namorava terminou tudo no meio da turnê dele — e Kit tinha largado a faculdade para acompanhá-lo. Numa outra ocasião, um mal-entendido que ela teve com a melhor amiga fez com que eu tivesse que buscar as duas na delegacia. Ou seja, ela não quer que eu fique no pé dela só até o momento em que precisar de mim. Aí ela espera que eu largue tudo para salvá-la.

Tínhamos encerrado a ligação ainda irritadas uma com a outra, e não tive notícias de Kit desde então. Ela não sabe nem que eu me mudei para Boston, do outro lado do país, seguindo uma página do manual de vida dela, que diz que é nos momentos de dificuldade que os fortes fogem. Quando comecei a avaliar a ideia de me mudar, imaginei encontros mais frequentes de irmãs — eu estaria a apenas uma curta viagem de trem dela. Mas Kit foi embora de Nova York antes que eu tivesse a oportunidade de fazer isso. Nos meus dias de maior sinceridade, consigo admitir que a ausência dela é um alívio. Quanto menos falo com Kit, menos culpada eu me sinto.

O e-mail não tem nada escrito no campo "assunto".

Você gostaria de vir contar à sua irmã o que fez? Ou a gente conta?

Os pelinhos da minha nuca se arrepiam. Minha mão está trêmula sobre o touchpad. O e-mail não está assinado, mas há um número de telefone na parte de baixo da tela. E dois arquivos em PDF anexados. O primeiro tem orientações de como chegar à ilha: várias rotas envolvendo ônibus, trens e aviões, todas levando a um porto em Rockland, no Maine. Dali, eu precisaria pegar uma balsa. A próxima sai quarta-feira ao meio-dia.

Clico no segundo arquivo anexado e franzo a testa diante do título com letras em negrito. A náusea me toma à medida que vou lendo as palavras digitadas. No meio da página, uma anotação manuscrita, com caneta azul, chama a minha atenção. Sinto o sangue fugir do meu rosto. Afasto a cadeira do computador. Quem poderia ter mandado isso? Como alguém poderia saber? E se já tiverem contado a ela? Aperto a palma das mãos contra os olhos e espero meu corpo se acalmar.

Estou no controle. Só preciso de um plano.

Leio o texto duas, três vezes, e então ligo para o número que está no fim do e-mail.

Uma voz rouca e relaxada atende.

— Centro de Terapia e Bem-Estar Wisewood. Gordon falando.

Vou direto ao ponto.

— Minha irmã está em Wisewood há quase seis meses...

— Sinto muito, senhora — interrompe Gordon. — Não estabelecemos contato entre nossos hóspedes e membros da família. Eles têm liberdade de contactar seus entes queridos quando estiverem preparados para isso.

Fico surpresa, magoada. Kit nunca me disse que poderia entrar em contato, e não fez isso nem uma vez. Mas me forço a me concentrar no que preciso fazer. O homem talvez passe a ligação para Kit se achar que ela tentou entrar em contato primeiro.

— Ela tentou entrar em contato comigo. Me mandou um e-mail pedindo que eu fosse até aí.

— Bem, nós não fazemos isso. Só hóspedes aprovados têm permissão para entrar aqui.

Continuo a insistir.

— O nome dela é Kit Collins.

Ele fica em silêncio por tanto tempo que acho que desligou.

— Você deve ser Natalie.

Sou pega novamente de surpresa.

— Kit falou de mim?

— Sei tudo a seu respeito.

Engulo em seco: Gordon seria parte do "a gente" do e-mail, do grupo que estava fazendo ameaças? Aguardo até ele voltar a falar, já que não quero ser a primeira a mostrar as cartas. Mas o homem não diz mais nada. Levanto o queixo, projetando confiança para o celular.

— Você pode colocá-la no telefone, por favor?

— Acho que você já fez o bastante, não é mesmo? — retruca Gordon, em um tom agradável.

— O que quer dizer com isso?

— Talvez a sua irmã precise de menos interferência na felicidade dela. Tenha um ótimo dia.

O telefone fica mudo.

O que ela disse a essas pessoas sobre mim?

Gordon parece saber de alguma coisa, mas se ele está por trás do e-mail, por que me convocaria para ir a Wisewood e depois me desencorajaria ao telefone? Fico olhando para a tela até ela se apagar, pensando. Primeiro, vou responder ao e-mail. Se não tiver resposta, vou ligar uma segunda vez para Wisewood. Se não conseguir que passem a ligação...

Leio mais uma vez as orientações no PDF. Kit está a trezentos quilômetros de distância de carro, mais setenta e cinco minutos de barca. Sou capaz de reclamar dela até perder o fôlego, mas ela ainda é minha irmã caçula. Além do mais, está na hora. Já prometi a mim mesma inúmeras vezes que contaria à minha irmã o que aconteceu, mas fui covarde demais para isso.

Não tenho ideia do que Kit vai fazer quando descobrir.

2

Ninguém tinha dito uma palavra durante todo o trajeto de carro. Era um bom começo.

Não, era um começo *fortuito*. *Fortuito: que acontece por sorte*, e também era a palavra daquele dia no meu calendário amarelo de uma palavra por dia, que ganhei de presente dos meus pais no último Natal.

Agarrei o Sr. Urso, saí da caminhonete e fiquei parada na frente da casa, olhando. A casa térrea da tia Carol na beira do lago tinha paredes de tábuas de madeira vermelha e janelas de venezianas verde-escuras. Não era tão grande nem tão elegante quanto as casas que tínhamos visto no caminho, mas tinha três quartos — ou seja, eu ia ter um quarto só pra mim por uma semana inteira.

— Ajude a sua mãe e a sua irmã com as sacolas de compras — disse Sir, com os braços cheios de bagagem que estava levando até a porta da frente.

Joguei o Sr. Urso no assento traseiro do carro e fui até o porta-malas, onde a minha mãe me entregou uma sacola de papel do mercado com comida.

— Pegue duas sacolas — falou Jack.

— São muito pesadas. — Saí apressada na direção da casa antes que ela pudesse me entregar outro saco.

Sir abriu a porta e espiei lá dentro. O chalé estava com cheiro de mofo, mas limpo. Levei as compras para a cozinha confortável. O sol entrava pelas janelas. Peguei um bilhete de boas-vindas que estava em cima da bancada e senti Sir lendo por cima do meu ombro.

— É claro que ela tem regras da casa. — Ele deu uma risadinha, então me cutucou com o cotovelo e abaixou a voz. — Vamos garantir que cada uma delas seja quebrada.

Eu não sabia dizer se ele estava falando sério, por isso deixei escapar um som neutro, que poderia querer dizer qualquer coisa.

Sir não gostava da tia Carol porque ela era da família da minha mãe e havia tido a audácia de comprar uma segunda casa sem a ajuda de um homem. Ele raramente nos deixava vê-la naquela época, mas pelo jeito Sir não a odiava tanto a ponto de recusar quando tia Carol ofereceu de nos emprestar a casa.

Eu mal havia tido tempo de desfazer as malas e dar uma espiada na garagem antes que Sir convocasse uma reunião na sala aconchegante. Havia almofadas por toda parte, bordadas com dizeres como *Viva, Ria, Ame* e *Só quero tomar vinho e fazer carinho no meu gato*.

Sir bateu palmas, os olhos cintilando.

— O que acham de darmos uma volta em família?

Jack e eu fizemos que sim. Ninguém chamava a minha irmã pelo seu nome de verdade. Sir estava esperando por um filho homem quando ela nasceu. Mas quando a enfermeira colocou uma menina em seus braços, aquilo não o impediu de chamá-la pelo nome que tinha escolhido para o filho. O apelido pegara, para horror da minha mãe e da minha irmã.

Minha mãe passou os braços ao redor do próprio corpo.

— Acho que vou rezar um terço e depois vou me deitar um pouco enquanto vocês três exploram o lugar.

Sir fechou a cara.

— Nossas primeiras férias em família e você vai passar o tempo todo dormindo?

— Temos bastante tempo ainda, não temos? — retrucou a minha mãe. — Só preciso de uma horinha. A viagem de carro me cansou.

Ela saiu da sala e seguiu pelo corredor antes que ele pudesse responder, e então fechou calmamente a porta do quarto depois de entrar. Jack ficou olhando para o nosso pai, nervosa, girando uma mecha de cabelo castanho entre os dedos.

Sir balançou a cabeça.

— Inacreditável.

Ele foi em direção à porta dos fundos, e Jack e eu o seguimos, deixando a porta de tela bater. Nós três caminhamos pela grama na altura do tornozelo, passando por árvores centenárias que faziam o mastro da bandeira no pátio parecer pequeno. A bandeira dos Estados Unidos oscilava alegremente lá no topo.

— A mulher vive cansada — resmungou Sir.

Cerca de dez metros à frente estava o lago artificial, com sua água verde-oliva turva. Um píer e uma casa de barcos se projetavam acima da água. O barco a motor da tia Carol estava guardado lá dentro.

Sir avistou o barco e sorriu para nós.

— O que acham, meninas?

— Eu vi ferraduras na garagem — respondi.

Ele ajeitou os óculos de aros finos e sugou os dentes, me encarando com uma expressão irritada. Sir usava um corte tão curto que mal dava pra ver o cabelo loiro quase branco.

— Quero aprender a jogar — menti.

— Eu dirigi duas horas e vocês querem ficar em terra firme? Acho que não.

Ele saiu andando na direção da casa de barcos e chamou por cima do ombro:

— Jack, vamos colocar esse negócio na água.

Minha irmã foi atrás dele pela grama alta. Jack era só três anos mais velha do que eu, mas nossos corpos já começavam a parecer diferentes. Sir nos chamava de seus palitos de dente quando éramos pequenas, mas aquele apelido já não se aplicava a Jack. Ela havia começado a exibir curvas, e eu morria de inveja.

Deixar aqueles dois sozinhos era uma má ideia. Eu nunca sabia quando ela poderia resolver me dedurar por alguma coisa. Corri até o píer atrás deles.

Assim como a casa da tia Carol, o barco era simples, mas bem cuidado. Sir e Jack o colocaram na água. Ele logo entrou e ela o seguiu. Os dois se viraram para mim, esperando. Ondas furiosas batiam nas laterais do barco, que tinha assento para quatro e era menor do que eu esperava. Mordi o lábio.

— Não temos o dia todo, meu bem. — Sir ligou o motor.

Abri a boca e engoli em seco.

— Eu vou só...

— Coloque a sua irmã no barco — disse Sir para Jack. Ele se afastou e ficou olhando ao redor, para o lago, protegendo os olhos do sol com as mãos.

Jack estendeu a mão para mim. Balancei a cabeça o mais discretamente possível, me recusando a ir. Ela esticou mais o corpo na minha direção, em um movimento exagerado. Balancei novamente a cabeça. Jack arregalou os olhos, primeiro com raiva, depois com medo. *Agora*, disse ela, só com o movimento dos lábios.

Não consigo, respondi da mesma forma.

Os olhos de Jack se desviaram do meu rosto para o de Sir. Ele estava examinando o painel de controle do barco. Percebi que a minha irmã estava calculando: por quanto tempo mais o pai delas ficaria distraído? O que ele faria quando percebesse que ela não tinha feito o que ele tinha mandado fazer?

Por favor, implorou Jack.

Vi um colete salva-vidas de uma cor laranja forte em cima de um dos assentos do barco. Eu poderia colocá-lo assim que subisse a bordo. Não queria criar problemas para a minha irmã de novo — nunca sabíamos qual podia ser a intensidade do castigo.

Dei a mão a ela e vi seu rosto relaxar de alívio. Ela me puxou para dentro do barco.

— Você vai ficar bem — garantiu Jack.

Mas eu estava ocupada demais correndo para a traseira do barco para responder. O colete salva-vidas já estava chegando até a minha cabeça quando Sir bradou acima do barulho do motor.

— Tire esse negócio.

Fiquei paralisada por um momento, então me virei para ele.

Sir arqueou uma sobrancelha loira.

— Está preocupada com a minha capacidade de pilotar o barco?

— Não — respondi com a voz aguda, ainda segurando o colete com força.

Ele apontou com o polegar na direção da casa.

— Deixamos todos os covardes em casa hoje. Nenhuma filha minha precisa desse negócio.

Não me mexi. O colete ficou pairando acima da minha cabeça.

— Não vou falar outra vez — disse Sir.

Jack se aproximou rapidamente de mim, arrancou o colete salva-vidas da minha mão e o jogou de volta em cima do assento.

— Vamos — falou.

Sir guiou o barco para fora do píer da tia Carol em direção ao longo e estreito lago Minnich. *Dezesseis quilômetros de costa*, a mamãe tinha comentado conosco na véspera, enquanto fazíamos as malas. Sir tinha se preocupado com a possibilidade de a água estar lotada de famílias aproveitando o fim do verão, mas mamãe garantira a ele que, àquela altura, a maior parte das crianças e adolescentes já havia voltado às aulas, que não tinham um começo tardio como as escolas do nosso distrito. E ela estava certa. Naquela segunda-feira de início de setembro, o lago estava vazio. Enquanto Sir e Jack acenavam para os poucos barcos que passavam, eu agarrava o parapeito de metal com as duas mãos.

— Que tal essa vista? — disse Sir, gesticulando para o cenário ao nosso redor.

Minha irmã e eu olhamos em volta obedientemente: algumas pequenas praias, chalés e trailers na areia, sicômoros americanos tão altos que ameaçavam engolir as casas. Um esquilo correndo atrás do outro. Um sapo coaxando. Por um segundo, eu me esqueci de ter medo.

Depois de vinte minutos, meus dedos se afrouxaram ao redor do parapeito. Eu me recostei no assento acolchoado e deixei o sol aquecer o meu rosto. Mal pisquei quando uma gota d'água me atingiu.

O barco diminuiu de velocidade. Abri os olhos. Estávamos em uma enseada, afastada do canal principal. Jack estava ajoelhada perto do meu assento, passando os dedos pela água. Eu me encolhi de medo ao ver o modo como ela estava debruçada na lateral do barco, e agarrei a parte de trás da blusa dela, só para garantir. Jack se virou para mim e deu uma piscadela.

Sir parou o barco no meio da enseada e pegou uma sacola de comida que estava embaixo do assento dele. Jack preparou sanduíche de mortadela para nós, lembrando-se de tirar cuidadosamente a casca do pão para mim, do jeito que eu gostava — o que ela quase nunca fazia. Depois de comer, deitamos de costas e ficamos olhando para o céu. Sir me deu o casaco dele para usar como travesseiro. Jack ficou deitada ali, mordendo o lábio e esperando sabe-se lá o quê, enquanto Sir e eu brincávamos de ver formas de animais nas nuvens.

Ele apontou para uma que vinha na nossa direção.

— Aquela ali é um unicórnio.

Dei uma risadinha.

— Unicórnios não existem.

Sir fingiu estar ofendido.

— O que você diria que é, então?

Pensei por um momento.

— Um rinoceronte.

— Um rine-o-ceronte? — disse ele, pronunciando a palavra do jeito que eu fazia quando era bem pequena.

Olhei de relance para ele. Continuava olhando para o céu, mas cutucou o meu ombro com o dele. Imaginei meu coração ficando duas vezes maior, como o do Grinch. Talvez fosse um daqueles dias de que eu me lembraria para sempre com carinho. Será que sabíamos que estávamos vivendo nossas lembranças favoritas enquanto elas aconteciam?

Os joelhos de Sir estalaram quando ele se levantou. Com as mãos na cintura e os lábios torcidos, examinava a água. Ele parecia quase bonito parado ali daquele jeito. Um metro e oitenta de altura, forte e bronzeado graças ao trabalho de construir piscinas para famílias ricas durante todo o verão. Daquele ângulo, não dava para ver a papada começando a se formar, a barriga proeminente no corpo magro. Eu me perguntei o que ele estaria pensando.

Sir se agachou na minha frente, sentado nos calcanhares.

— Vou te dizer uma coisa, docinho. — Senti um calorzinho no peito. Ele só me chamava daquele jeito quando estava especialmente satisfeito comigo. — Se você conseguir boiar nesse lago por uma hora, vai ficar liberada das aulas de natação.

Ao meu lado, senti os ombros de Jack ficarem tensos.

— Vou te dar seis pontos. — Sir passou a mão pela barba por fazer. — Você não vai conseguir oferta melhor do que essa.

Eu já tinha ganhado nove pontos naquele dia. Poderia chegar a quinze ajudando com o jantar e terminando aquele livro que Sir estava me fazendo ler, que um cara chamado Carnegie tinha escrito. Eu me sentei e me forcei e encontrar os olhos dele.

— Vou fazer as aulas.

— Você já adiou por dois anos. — As feições dele se contorceram. — Quase nove anos e ainda não faz ideia de como nadar. É constrangedor.

Senti o rosto quente.

— Tenho só oito anos e três quartos.

Sir indicou Jack com um gesto.

— A sua irmã já passou tranquilamente por todos os seis níveis das aulas e vai estar pronta para ser salva-vidas daqui a dois verões.

Jack evitou o meu olhar.

Engoli em seco.

— Mas eu não trouxe minha roupa de banho.

Ele dispensou a minha argumentação com um gesto de mão.

— O que você está usando está ótimo. Tem um monte de roupas secas te esperando quando voltarmos para casa.

Eu tremia. Sabia quando era hora de argumentar e quando era hora de implorar.

— Por favor, senhor. Por favor, não me obrigue a fazer isso.

Ele me puxou para me colocar de pé.

— O fato de você ter tanto medo da água é prova de que precisa entrar. Vai evitar banheiras a vida toda? Sei que você está com medo agora, mas você vai ver que não é tão ruim assim.

Eu me virei para Jack, implorando silenciosamente para que ela saísse em minha defesa. Mas ela se virou de bruços. Uma lágrima escorreu pelo meu rosto (-4).

— Menos quatro — disse Sir, como eu tinha acabado de pensar.

— Não quero ter que empurrar você.

Ele não ia desistir. Olhei ao redor e meus olhos encontraram mais uma vez o colete salva-vidas.

Sir deu uma risadinha debochada antes que eu pudesse dizer uma palavra.

— Isso meio que acaba com o propósito.

Eu ia ter que entrar na água. Meus dentes batiam, então meus ombros começaram a tremer, logo depois os braços, até todo o meu corpo estar tremendo.

— Você precisa se acalmar senão nunca vai conseguir. Eu já mostrei como nadar cachorrinho. Você sabe o que fazer, mas está deixando o medo te controlar. A sua imaginação está tornando isso pior do que é. Você vai ver.

Assenti, embora não acreditasse nele. Tirei o tênis, mas fiquei de meia, então arrastei os pés na direção da escada pendurada na lateral do barco. Apoiei o pé no degrau mais alto enquanto examinava a água em busca de alguma criatura com dentes afiados e pele escamosa. Havia piranhas no lago Minnich? Eu me virei na escada de modo a não ter que encarar a água. Sir deu duas grandes passadas e parou acima de mim, a expressão fechada.

Paradoxo: qualquer pessoa, coisa ou situação que apresente uma natureza aparentemente contraditória. A palavra da última segunda-feira.

Desci mais um degrau. A água gelada encharcou as minhas meias e bateu na minha panturrilha exposta.

Sir estalou a língua.

Desci outro degrau, e a água chegou então aos meus joelhos e à barra do meu short cor-de-rosa. Rezei para o deus da minha mãe.

As narinas de Sir se dilataram.

Desci o último degrau, e me encolhi quando o meu short ficou totalmente submerso. O tecido, agora pesado, me puxava para baixo. Levantei os olhos para o meu pai e rezei para que ele mudasse de ideia, para que aquilo já fosse o bastante. Eu poderia superar o meu medo em outro momento. Ainda estava seca da cintura para cima.

O rosto de Sir endureceu.

— Inferno.

Ele cutucou os meus dedos com o sapato. Chocada, soltei as duas mãos e caí na água. Soltei um grito ao sentir a água fria chegar ao meu pescoço. Quando estendi a mão para a escada, Sir jogou-a com estrondo no piso do barco.

Ele não ia me deixar voltar.

Perdi o controle da bexiga e a urina aqueceu a água gelada ao meu redor. Bati os braços e os pés para me afastar do barco, apavorada com a possibilidade de ele descobrir de alguma forma o que tinha acabado de acontecer. Eu não sabia quantos pontos seriam retirados por molhar a calça, mas poderia apostar que seriam muitos.

Sir tirou o cronômetro horrível do bolso. Ele ia a algum lugar sem aquilo?

— Se você tocar esse barco, a contagem recomeça. — Sir apertou um botão. O relógio soltou um bipe.

Eu ofegava, tentando acalmar meu coração disparado. A água na verdade não era viscosa. Aquilo era coisa da minha cabeça. Estiquei os dedos dos pés para ver se conseguia tocar o fundo. Não conseguia. Imaginei meus tornozelos se enrolando em plantas que me puxariam para baixo e me vi afundando, afundando, afundando, para o meu lar eterno no fundo do lago, as mechas do meu cabelo tremulando como algas, minha pele se decompondo em flocos de comida para peixe, a carne se soltando do meu corpo até sobrar apenas o esqueleto, um crânio nu e os dentes. Sir recolheria o que sobrasse de mim com uma rede de pesca, a maior presa que já subjugara. Ou talvez ele me deixasse ali, apodrecendo e tremulando em meu leito de lodo, envergonhado demais da minha covardia para reclamar meu corpo.

Ainda tremendo, mexi os braços e bati as pernas como Sir havia me mostrado. Ele me encarava de uma cadeira na parte de trás do barco.

— Você acha que eu *gosto* de passar as minhas primeiras férias em dez anos ensinando à minha filha o significado de disciplina?

Eu tinha aprendido o que era uma pergunta retórica anos antes.

Bati o pé e espalhei água, me debatendo, sem jamais afastar os olhos do barco. Afastei os pensamentos do que estava atrás e abaixo de mim, de como seria a sensação de ter a pele se soltando dos meus músculos, pedacinho por pedacinho.

— Deus bem sabe que você não vai sobreviver à custa de talento ou de algum dom. Deus pulou os nossos ancestrais quando estava distribuindo esses presentes, disso eu tenho certeza. Se o seu avô tivesse tido alguma boa ideia, não teria morrido sozinho. Não que o seu bom e velho pai seja muito melhor que isso. Não podemos controlar o que nos é dado, mas o que podemos controlar?

Fez uma pausa longa o suficiente para eu perceber que agora ele queria uma resposta.

— Nossa dedicação ao trabalho — respondi, arquejando.

— Fale mais alto.

— Nossa dedicação ao trabalho — repeti, mais alto dessa vez.

— Qual é a única forma de você ter sucesso?

— Através da minha disposição para resistir — recitei.

Sir assentiu, satisfeito.

— Não acredito em destino, mas acredito muito em potencial. Você tem todo o potencial do mundo para a grandeza, meu bem. Não deixe ninguém te dizer o contrário. — Ele checou o cronômetro. — Dez minutos.

Depois de mais alguns minutos, ele pareceu entediado. Então se levantou e esticou os braços acima da cabeça. Talvez desistisse daquilo e nos levasse de volta para casa. Eu estava disposta a desistir das férias inteiras se isso significasse poder sair da água.

— Você está indo muito bem, docinho. Já se passaram mais de quinze minutos. Jack vai cuidar do cronômetro enquanto tiro um cochilo.

Meu coração saltou no peito ao ver Jack seguir até a parte de trás do barco. Ela deixou o corpo cair no assento que Sir estava ocupando até segundos antes, então examinou o cronômetro, ao mesmo tempo ansiosa e irritada.

— Me deixa... — falei.

Ela me lançou um olhar furioso, olhou por cima do ombro e levou um dedo aos lábios. Meu coração acelerou.

Nada aconteceu. Ele provavelmente não tinha me ouvido.

Jack inclinou a cabeça para trás e ficou olhando para o céu, se recusando a voltar os olhos para mim. Eu batia e batia os pés, esperando pelo que pareceram horas, tentando não entrar em pânico enquanto sentia os dedos das mãos e dos pés ficando dormentes. Com certeza ele já devia estar dormindo àquela altura.

— Me deixa descansar — pedi à minha irmã.

Ela desviou os olhos na direção de Sir, então olhou rapidamente para mim e voltou a olhar para o céu.

— Não posso.

— Eu tô cansada.

— Sinto muito.

Jack fechou os olhos. Aquele era o agradecimento que eu recebia por ter entrado no barco, por ter ajudado minha irmã para que ela não se encrencasse.

Eu me aproximei lentamente do barco, então tentei subir pela lateral. Jack deu um pulo do assento, pronta para me impedir, mas a lateral estava escorregadia demais para que eu conseguisse algum tipo de apoio para a mão. Deslizei para o fundo e arquejei ao sentir o choque da água fria no meu rosto encharcado. Engoli água, e quando voltei à superfície estava tossindo, engasgada.

— Se você fizer isso de novo, vou recomeçar a contagem do tempo.

— Por favor. Não vamos contar para ele.

— Ele vai saber. — Jack voltou a espiar por cima do ombro. — Ele sempre sabe.

Tossi, tentando colocar a água para fora.

— Vou ficar quieta.

— Xiiiu. Você vai arrumar problema para nós duas.

— Não consigo fazer isso — choraminguei, tremendo.

Ela consultou o cronômetro.

— Você já tá há trinta e cinco minutos na água. Mais da metade do tempo.

Eu sentia câimbras na lateral do corpo. Uma das meias tinha escorregado e saído do meu pé, deixando meus dedos expostos a dentes e garras. Alguma coisa estava me puxando para o fundo do lago — eu sabia disso. Fosse o que fosse, a coisa não me comeria em pequenos pedaços, mas em grandes bocados, meio braço ou meia perna de cada vez. Senti os dentes afiados cortando meu braço e imaginei o lago se transformando em um vermelho-ferrugem. Chorei baixinho.

Jack também estava chorando. E virou a cadeira, assim eu só conseguia ver seu perfil.

— Não seja uma bebezinha. — Ela secou o rosto.

Uma bebezinha? Eu a tinha visto chorar de soluçar quando Sir a empurrara para desafios mais fáceis do que aquele. O que a minha irmã sabia sobre ser corajosa? Jack tinha tudo com facilidade: fazia amigos, conseguia boas notas, sabia nadar. Era fácil não ficar com medo quando se era boa em tudo.

Uma criatura deslizou pela água bem perto do barco. Dei um gritinho e me debati para recuar, tentando ficar o mais longe possível daquilo. Girei em círculos, procurando pelo que quer que fosse, arrastando o queixo na água. Pelo canto do olho, vi a criatura novamente. Dei outro grito e bati os pés para longe, com força, até perder o fôlego.

Imaginei a coisa tocando meus pés e encolhi os dedos. Qual era o tamanho daquilo? Mordia? Qual seria o grau da dor da mordida comparado a perder um dente? Sir nos fazia usar um fio preso à maçaneta toda vez que estávamos para perder um dente de leite, e dizia que ficar só balançando o dente até cair era coisa de covardes. Ser comida seria daquele jeito? O medo seria pior do que a dor? Quanto tempo demoraria até eu não conseguir sentir mais nada?

Alguma coisa roçou a minha panturrilha direita. Gritei novamente e afundei na água. Estava com medo demais para abrir os olhos. Gritei, mas o som saiu como um murmúrio. Consegui erguer a cabeça acima da água e respirei fundo, gorgolejando, gritando e girando, procurando pelo barco. Como eu tinha ido parar tão longe? O assento na parte de trás do barco estava vazio. Onde estava Jack? Tossi antes de afundar de novo.

Daquela vez, abri os olhos. A água era de um verde-vômito turvo. Engoli mais dela, o que fez a minha garganta queimar e me deixou tonta. Meus braços e pernas pareciam feitos de concreto. Não conseguia mais que respondessem aos comandos do meu cérebro. Estavam cansados demais. Eu estava congelando, não conseguia ver nem ouvir nada, e me senti afundar, sozinha. Morrer era daquele jeito? Implorei para não sentir nada.

Tudo escureceu.

Despertei já fora da água e ergui o corpo em busca de ar. Abri os olhos e minha visão foi ofuscada pelo sol. Os rostos de Sir e Jack entraram em foco, pairando acima de mim. Eu estava deitada no piso do barco. Os olhos de Jack estavam injetados. Seus cabelos encharcados pingavam no meu rosto. Pisquei algumas vezes.

Sir sorriu para mim, as mãos apoiadas nos joelhos.

— Parece que você vai ter que fazer aulas de natação no fim das contas, meu bem.

3

Natalie

8 DE JANEIRO DE 2020

O ônibus para no estacionamento do Terminal de Barcas de Rockland depois de três horas e meia de viagem. No caminho, tínhamos passado por quiosques, lanchonetes, lojas de material para pesca de lagosta, além de uma loja de trabalhos manuais chamada Armarinho ao Estilo do Maine. Uma placa próxima a um carrinho de comida se gabava de já ter vendido mais de cinco milhões de cachorros-quentes. Em outras circunstâncias, eu teria apreciado a extravagância, mas não conseguia parar de pensar na minha irmã.

Nosso último contato via FaceTime tinha sido normal, até Kit anunciar que estava partindo para Wisewood. Tínhamos debatido quem iria ganhar a temporada de *Survivor* do momento. (Não nos importávamos com o fato de que provavelmente éramos as únicas que ainda eram fãs do programa — nosso apoio a Jeff Probst era inabalável.) Eu tinha comentado com ela de um aplicativo para guardar senhas de que eu gostava, já que Jack tinha perdido todas as senhas dela de novo. (Isso faz meu corpo se tensionar pelo estresse também.) Ela mencionou uma start-up de consultoria de moda que escolhia e mandava roupas para a casa das pessoas, para que elas não precisassem se submeter à tortura requintada de fazer compras em uma loja. Kit estava tranquila, de bom humor — até eu reprovar a decisão dela de ir para Wisewood.

Você gostaria de vir contar à sua irmã o que fez? Ou a gente mesmo conta?

Eu me retraio por dentro. A única coisa pior do que admitir o meu segredo para Kit seria deixar que o remetente do e-mail ou qualquer outra pessoa fizesse isso por mim. Vou precisar amparar o sofrimento dela e me defender; isso se Kit estiver disposta a me ouvir.

O que era uma suposição e tanto.

Eu me levanto do assento, as pernas trêmulas, e desço do ônibus para a manhã ensolarada, mas fria. Alguns centímetros de neve suja tinham sido empurrados para as laterais do estacionamento. Na mesma hora, eu me senti exposta. E se a equipe de Wisewood já estivesse ali, me observando? Semicerrei os olhos para ver melhor os poucos carros no estacionamento, então abaixei a cabeça e corri com a minha bolsa de viagem em direção ao terminal de barcas.

Depois que Gordon desligou o telefone na minha cara dois dias antes, respondi ao e-mail que tinha recebido de forma curta e simples: *Quem está falando? Por favor, peça à minha irmã para entrar em contato comigo.* Então joguei Wisewood no Google. Logo surgiu um endereço e um número de celular, que era o mesmo para onde eu tinha acabado de ligar, além de links para alguns endereços e três avaliações no Google. A primeira URL nos resultados de busca era oqueeuodeio.com. Cliquei.

E cheguei a um página vazia com fundo preto. Fiquei olhando para a tela, esperando que alguma coisa acontecesse. Depois de alguns segundos, surgiram grandes letras brancas, uma de cada vez, como se estivessem sendo digitadas na tela.

┌───┐
│   │
│   EU ODEIO _____   │
│   │
│   │
└───┘

No fim do espaço em branco, o cursor piscava. Eu deveria preencher aquilo? Então me inclinei na direção do computador, estreitando os olhos. A digitação começou de novo: m-e-u t-r-a-b-a-l-h-o. Assim que as palavras "meu trabalho" acabaram de ser digitadas, novas palavras a substituíram. E outras passaram a preencher o espaço em branco cada vez mais rápido, se sucedendo com tanta rapidez que quase perdi algumas.

┌───┐
│   │
│   EU ODEIO MEU____TRABALHO_____   │
│   │
│   │
└───┘

┌───┐
│   │
│   EU ODEIO MEU(MINHA)____PARCEIRO(A)   │
│   │
│   │
└───┘

EU ODEIO MEUS __AMIGOS__

EU ODEIO MINHA __FAMÍLIA__

EU ODEIO MINHAS __DÍVIDAS__

EU ODEIO MINHA   DOENÇA

EU ODEIO MEU   CORPO

EU ODEIO MINHA   CIDADE

> EU ODEIO MEU __VÍCIO__

> EU ODEIO MINHA __DEPRESSÃO__

> EU ODEIO MINHA __ANSIEDADE__

> EU ODEIO MEU ___LUTO___

> EU ODEIO MINHA ___VIDA___

Quando a palavra "vida" surgiu, as letras se sacudiram, sutilmente a princípio, mas então com mais violência, até explodirem em vários pontos. Quando todos os pontos se fundiram à tela preta, apareceu uma nova frase.

> **NÃO ESTÁ NA HORA DE MUDAR?**

> **DO QUE VOCÊ TEM TANTO MEDO?**

> **COMO SERIA A SUA VIDA?**

> **SE VOCÊ COMEÇASSE A VIVÊ-LA?**

VENHA DESCOBRIR.

Nisso, um campo de formulário surgiu, pedindo o meu endereço de e-mail com um botão de "enviar" abaixo, onde se lia TORNE-SE UMA PESSOA DESTEMIDA. Eu me recostei na cadeira e soltei o ar com força, enquanto imaginava Kit vendo aquela apresentação. Tentei adivinhar que parte dela tinha sido fisgada pela tática; o que ela também odiava? O trabalho? O luto? A nossa família? Saí do site sem me inscrever, porque não estava com paciência para receber discurso motivacional toda semana nem com saco para passar anos tentando cancelar minha inscrição no e-mail.

Em vez disso, voltei à página dos resultados de busca e cliquei nas avaliações do Google. Duas pessoas davam cinco estrelas e a terceira era a única que dava apenas uma. Os usuários anônimos não deixaram nenhum comentário na avaliação. Procurei por Wisewood no TripAdvisor e no Booking.com. O resort era citado, mas não tinha nenhuma avaliação. Como Wisewood ainda estava funcionando se tinha tão poucos clientes? Então me ocorreu que, se uma pessoa estava disposta a deixar toda a tecnologia de lado por seis meses, provavelmente não correria para um computador para postar uma avaliação do lugar assim que voltasse para casa.

Passei a conferir a caixa de entrada do meu e-mail de poucos em poucos minutos, e fiquei aérea durante o restante das minhas reuniões de segunda-feira. Quando constatei que não tinha recebido mais nenhuma mensagem, senti um aperto no estômago. A manhã de terça seguiu seu curso. Liguei novamente para Wisewood, mas daquela vez ninguém atendeu. Outro dia de trabalho se passou. Às cinco da tarde, liguei uma terceira vez, mas não fui atendida novamente. O aperto no estômago se intensificava. Considerei a possibilidade de registrar o desaparecimento de Kit, mas ela não estava desaparecida. Eu me imaginei entrando em uma delegacia de polícia, explicando que sabia onde a minha irmã estava, mas que ela se recusava a entrar em contato comigo. Eles me orientariam a procurar o consultório do psicólogo mais próximo.

Quando saí ontem do trabalho, foi com a certeza de que não teria notícias de Kit ou Gordon. Em casa, eu me sentei na cozinha e fiquei olhando para o celular. Meu relógio tiquetaqueava como se me recriminasse. Tive vontade de arrancá-lo da parede. Mandei um e-mail para o meu chefe dizendo que tinha uma emergência de família e que precisaria me ausentar do escritório por alguns dias, uma semana, no máximo. Ele me disse para tirar o tempo de que eu precisasse. Quando se trabalha muitas horas e não se tem qualquer vida social, seus superiores aprendem rapidamente a amar você.

O terminal de barcas de Rockland é um prédio limpo e silencioso. A bandeira norte-americana e a do estado do Maine pendem de uma viga. Há quatro fileiras de bancos voltadas para o porto. Na parede, pequenos vitrais com cenas de pássaros e plantas que devem ser importantes no Maine.

Depois de usar o banheiro, saio do terminal. Nuvens cinzentas se esgueiram na direção do porto. Enfio as mãos nos bolsos, solto o ar com força e fico observando o vapor que sai da minha boca. Paro diante de duas rampas de embarque em forma de H. Na primeira, a balsa pública para a ilha de Vinalhaven está se preparando para partir. Homens usando jeans e moletom amarelo-neon orientam os caminhoneiros que guiam seus veículos para dentro da barca. A água cintila, mais azul do que eu esperava, levando em consideração todo o trânsito de embarcações por ali.

Do outro lado do porto, dezenas de barcos à vela oscilam. Há um quiosque vermelho vendendo lagostas, com mesas de concreto e banquetas de bar vermelhas ao lado. Vejo uma placa manuscrita presa a um poste de luz:

HÓSPEDES DE WISEWOOD, POR FAVOR, AGUARDEM AQUI.

Eu me sento em um dos bancos, tentando me convencer de que não estou em perigo. Torço para não ser a única passageira nesse barco — seria muita falta de sorte tentar salvar a minha irmã e acabar em um saco preto no fundo do mar.

Batendo o pé no chão com ansiedade, olho o celular. O táxi aquático deve chegar em seis minutos. Considero a possibilidade de mandar alguns e-mails enquanto espero (Tyler vai passar o dia aperfeiçoando seu número de *stand-up* se eu não o mantiver ocupado), mas estou agitada demais para me concentrar. Vejo vindo na minha direção uma mulher que parece estar na casa dos sessenta anos, usando um chapéu de sol cáqui e arrastando uma mala roxa. Deixo escapar um suspiro de alívio. Mesmo uma conversa banal é preferível a imaginar um chefão de Wisewood me enrolando em uma lona feito um enroladinho de queijo e presunto.

A mulher acena, fazendo balançar a pochete ao redor da sua cintura.

— Veio pegar a barca para Wisewood?

Faço que sim.

— Eu também. — Ela estende a mão. — Cheryl.

— Natalie — digo, enquanto trocamos um aperto de mão. — O que fez você decidir ir para Wisewood?

— Estou querendo descansar um pouco, e também refletir. — Ela morde o lábio, pensativa. — Ah, que se dane, esse é um lugar para a gente ser sincero, certo? — Cheryl se inclina mais para a frente e abaixa a voz. — A minha sócia e eu íamos nos aposentar no ano que vem, íamos vender a nossa floricultura. Mas, em vez disso, ela me passou uma rasteira e colocou outra pessoa no meu lugar. Depois de vinte anos juntas. — A mulher aperta a alça da mala com tanta força que seria capaz de parti-la ao meio. Então, ela se esforça bastante para relaxar a mandíbula e faz movimentos circulares com a cabeça. — Já tentei meditação. Atividade física. Terapia. Muita terapia. — Ela dá uma risadinha amarga. — Mas não consigo tirar isso da cabeça. Eu me sento no sofá por um instante e, quando me dou conta, horas se passaram sem que eu percebesse. — A expressão de Cheryl fica mais sombria. — Você deveria ver a indenização que ela me pagou, a audácia que ela teve. A loja foi ideia *minha* e foi aberta com as *minhas* economias da vida toda. Eu precisaria começar tudo de novo aos sessenta e quatro anos se não fosse pela pensão do meu marido.

Ela tensionou os ombros de volta.

— Sinto muito, mesmo.

Cheryl toca no meu braço.

— Obrigada, meu bem. Então, já que a terapia tradicional não estava adiantando, achei que talvez eu precisasse de algo menos convencional. Foi a minha irmã que me falou da Wisewood. Ela veio para cá depois de um divórcio difícil. O marido dela era um completo imbecil. Eu disse exatamente isso a ela antes de eles se casarem, trinta anos atrás, mas quem disse que ela me ouve? Enfim, Wisewood não me parece um retiro comum, um daqueles lugares superestimados com ioga ao nascer do sol e coisa e tal. Sabe aquele formulário que tivemos que preencher? Eu não escrevia nada tão longo desde os meus tempos de estudante. — Ela ergueu uma sobrancelha. — Ouvi dizer que eles só aceitam dez por cento do número de candidatos. Gostei daquela frase na frente do folheto deles: *Não somos sua primeira opção de resort.*

Que história Kit deve ter contado no formulário de inscrição? Fiquei me perguntando se a taxa de dez por cento de aprovação seria verdade ou só uma jogada de marketing para fazer o lugar parecer exclusivo.

— Gostei disso — repete Cheryl. — Passa a ideia de que Wisewood é para pessoas que realmente precisam de ajuda. Não vão ser só quatro dias de dinâmica da confiança e conversa fiada sobre empoderamento para depois voltarmos para casa. É meio difícil mudar a vida em uma semana, não acha? Digo, uma mudança real, duradoura.

Faço que sim, distraída. Kit devia estar desesperada. Sinto uma pontada de culpa; eu não tinha ideia de que ela estava se sentindo tão mal.

— Minha irmã nunca esteve tão feliz, por isso pensei em também experimentar Wisewood.

Eu deveria ter sido sincera com a minha irmã desde o início. Não, a verdade é que eu nunca deveria ter feito o que fiz.

Ela vai te odiar se você contar a ela.

Passo a mão pelo rosto enquanto outro grupo se aproxima: dois adultos com cerca de cinquenta anos e uma adolescente. O casal conta que inscreveu a filha, Chloe, antes de ela começar a universidade no outono, mas não diz por quê.

— Ela nunca ficou tanto tempo assim longe da gente — diz o pai, passando o braço ao redor de Chloe, que é uma mistura de Wandinha Addams e do Coisa, com a sua pele muito pálida e os cabelos escuros e cheios.

Chloe se desvencilha do toque do pai.

— Eu vou ficar bem.

Quando ouvimos o som de um motor, todos nos viramos na direção do porto. Procuro pela fonte do barulho, mas a neblina encobre o horizonte, transformando a água, antes muito azul, em um cinza-gelo. A cerração imobilizou os barcos a vela e engoliu os funcionários da barca. Estamos sozinhos no porto. Eu me faço a mesma pergunta pela centésima vez: se as pessoas em Wisewood não têm qualquer problema em ameaçar estranhos, como vêm tratando a minha irmã nos últimos seis meses? Cerro os punhos dentro dos bolsos. Esperamos, no frio, até um barco a motor branco com detalhes azul-marinho atravessar lentamente a bruma. Olho de novo a hora: meio-dia em ponto.

Há dois homens a bordo. O piloto deve ter quase setenta anos, é baixo, tem o peito largo e a cabeça raspada. Seu companheiro é mais ou menos da minha altura, um metro e setenta e cinco, está usando jeans largos, um blusão grande e luvas de trabalho grossas. Por baixo do blusão, ele usa um moletom com o capuz por cima da cabeça. Eu diria que deve ter quase trinta anos, o público-alvo perfeito para a cerveja do meu cliente. Os dois estão olhando fixamente para mim.

E se foram esses homens que me mandaram o e-mail?

O piloto desce do barco. Quando o Cara de Capuz tenta descer também, recebe um olhar severo, então se encolhe e volta para o seu assento. O piloto amarra o barco a um gancho, aponta de forma ríspida para o parceiro, dando um alerta, e se encaminha na nossa direção no passo de um homem décadas mais novo. Sinto meu coração pulsar na garganta. Quando o homem chega ao nosso grupo, leva as mãos às costas e inclina a cabeça.

— Sejam bem-vindos a Wisewood. Eu e meu colega levaremos vocês à ilha hoje. Sou Gordon.

Merda.

Gordon indica o barco atrás dele com um gesto, e vejo que há uma ampulheta preta e branca com asas na lateral.

— Esse é o *Ampulheta*. A menos que tenham alguma pergunta, agora é hora de se despedirem dos seus entes queridos. Depois disso, seguiremos viagem.

Gordon bate o pé enquanto Chloe abraça rapidamente os pais. Quando os dois se afastam, ele examina o rosto de cada um de nós três e franze o cenho. Coloco as mãos na cintura e endireito a coluna.

— Estamos esperando Cheryl Douglas — ele olha para Cheryl antes de ela levantar a mão — e Chloe Sullivan. — Gordon se vira rapidamente para Chloe, como se também soubesse quem ela era. Então, ele se vira para mim com um sorrisinho. — Quem é você?

Com base na nossa conversa ao telefone, imagino que simpatia não funcione aqui, mas sorrio para ele mesmo assim.

— Natalie Collins.

Vejo uma expressão desagradável passar de relance pelo rosto de Gordon.

— Que tal as senhoras subirem a bordo? — sugere ele a Cheryl e Chloe. As duas me olham com curiosidade, mas puxam suas malas na direção do barco. Gordon assente para o Cara de Capuz, que estava nos observando do barco com uma expressão desolada. O Cara de Capuz pega a bagagem das mulheres, então as ajuda a subir no *Ampulheta*. Gordon o encara até o rapaz voltar a se sentar pesadamente no assento.

Depois que os três estão acomodados no barco, ele se vira novamente para mim.

— Oferecemos a Kit uma vaga na nossa equipe.

Sinto o ar preso no peito.

— Ela trabalha lá?

— Há três meses já. E está muito bem.

Nesses três meses, a minha irmã sequer fez menção de me contar isso. Eu me recuso a deixar surgir um nó na garganta.

— Então por que eu recebi aquele e-mail?

O vento nos atinge com força. Preciso recorrer a todo o meu autocontrole para não estremecer, mas o clima não parece incomodar Gordon. Ele me examina.

— Você não chegou a me dizer qual é o conteúdo desse suposto e-mail.

Eu tinha decidido compartilhar o e-mail com o mínimo de pessoas possível — ele só levaria a perguntas que não quero responder. Não caio na armadilha dele.

— Não há nada de "suposto" nele. Eu lhe disse ao telefone que Kit me pediu para ir até Wisewood. Quero me certificar de que a minha irmã está bem.

— Conferi a pasta de enviados do nosso e-mail corporativo. Não havia qualquer e-mail para você lá.

— Eu nunca disse que ele foi mandado pelo e-mail corporativo de vocês.

— Essa é a única conta a que os nossos hóspedes e a equipe têm acesso.

Recuo.

— Alguém deve ter apagado, então.

— Ou você inventou uma desculpa para poder interferir — diz Gordon, perdendo a paciência. — Não seria a primeira.

— Tenho mais o que fazer.

— Nesse caso, pode confiar na minha palavra. Vi a sua irmã esta manhã mesmo, na reunião da equipe e, como eu já lhe disse, ela está ótima.

Se Gordon tem alguma coisa a ver com o e-mail, ele com certeza iria querer que eu fosse para a ilha, em vez de se esforçar tanto para me manter longe de lá.

— Preciso vê-la pessoalmente. Com meus próprios olhos.

Ele olha por cima do ombro. No barco, o Cara de Capuz conversa tranquilamente com Cheryl e Chloe enquanto observa o estacionamento. Gordon se vira de novo para mim.

— Como eu disse ao telefone, só hóspedes aprovados podem ir a Wisewood.

Seguro com força o celular no bolso. Eu poderia esquecer a ameaça feita no e-mail e aceitar a palavra de Gordon de que a minha irmã está muito bem na ilha. Nada me agradaria mais do que voltar para Boston; se eu partir agora, talvez consiga participar da reunião de criação de hoje à tarde. Ninguém vai passar o *briefing* melhor do que eu.

Se Kit, porém, estivesse no meu lugar, não desistiria de mim. Ela se agarraria a Gordon como um coala se esse fosse o único meio de me encontrar. Minha irmã talvez não fosse muito boa cuidando de si, mas jamais falhava em defender as pessoas que amava.

Antes de mais nada, Kit nunca teria mentido para mim.

Imito a compostura de Gordon e digo:

— Então me aprove.

— O processo de aprovação exige...

— Não me importa. Ajuste as regras.

— Estou lhe dizendo que não há nada de errado com ela — retruca ele, irritado.

A perda de controle dele me assusta. Por que Gordon está sendo tão insistente? Deixo estourar o estresse, o pânico e a culpa que eu vinha tentando conter.

— Como vou saber se a minha irmã não está machucada ou em perigo? — explodo. — Se você não me levar a Wisewood, vou procurar a polícia.

Ele fica tenso.

— Espere um minuto.

— Não vou desperdiçar mais nem um segundo com você.

Dou as costas a ele. Gordon segura o meu pulso com tanta força que solto um grito.

— Tire as mãos de mim.

Eu me desvencilho dele e recuo alguns passos. Gordon dá uma olhada na direção do barco. O Cara de Capuz está em pé agora, andando de um lado para o outro, parecendo agitado. Gordon fica rígido.

— Tudo bem. — Ele troca um olhar com o companheiro. — Você vai embora de Wisewood amanhã de manhã cedo.

— Com prazer. — Esfrego o pulso, enquanto o encaro com raiva.

— E vai pagar pela diária e pelo transporte.

— Sem problema.

— Vai seguir as nossas regras.

Reviro os olhos sem fazer qualquer esforço para esconder, mas assinto mesmo assim.

Gordon dá um passo para o lado.

— Anda, entra logo.

O barco oscila como um brinquedo na água agitada. Cheryl e Chloe me observam de olhos arregalados. Até o Cara de Capuz parece sair do seu devaneio para olhar em minha direção. Paro no meio do caminho, as botas parecendo coladas ao concreto.

Gordon pigarreia. Sinto seus olhos fixos na minha nuca e sigo na direção do cheiro de salmoura e combustível. A cada passo, tento ignorar o frio na barriga. Vai ficar tudo bem. Preciso contar a verdade a ela.

O Cara de Capuz arrasta os pés até a frente do *Ampulheta* para abrir espaço para mim. Subo a bordo e quase caio. Abaixo de mim, a água bate no barco. Meu estômago se revira.

Estou indo, Kit.

4

Estava com medo de talvez vomitar o arroz tufado que tinha comido no café da manhã. O professor de natação me observava com expectativa. Olhei para os meus colegas de turma, a maior parte deles pelo menos trinta centímetros mais baixos do que eu, o que era humilhante. Eles chapinhavam ao redor da piscina como lontras-marinhas, todos com o rosto já molhado. Prendi a respiração, juntei um pouco de água nas mãos e joguei no rosto (+1). Meu coração deu um salto.

— Muito bom!

Passei a mão para tirar o excesso de água do rosto e abri os olhos. O professor de natação, que era adolescente, um aluno da escola de ensino médio que eu frequentaria um dia, me deu um tapinha no ombro.

Ele sorriu.

— Você avançou muito nessas últimas semanas.

Levando em consideração que eu tinha vomitado no vestiário antes das minhas três primeiras aulas, imaginei que ele estivesse certo. Fiquei em pé na piscina, com a água na altura do peito, querendo me sentir tão despreocupada quanto os alunos mais novos. Por um lado, queria passar o mais rápido possível para uma turma mais adiantada, para sair do meio das crianças de seis anos de idade. Por outro, via os alunos das turmas mais adiantadas na extremidade mais funda da piscina. Eles estavam enfiando a cabeça debaixo da água e permaneciam lá por tempo demais. E estavam fazendo isso de propósito. Estremeci.

— Um último exercício — avisou o professor. — Vamos treinar boiar de costas.

Soltei um suspiro de alívio. Eu conseguia boiar de costas. O que me apavorava era a ideia de boiar de bruços.

Depois que a turma terminou o último exercício, sentamos ao redor da beirada da piscina para que o professor nos desse algumas orientações. Os outros alunos balançavam as pernas na água, mas mantive as minhas cruzadas. Claro que eu compreendia que não poderia haver nenhum monstro com barbatanas no fundo de uma piscina pública, mas isso não impedia o meu cérebro de insistir que alguma coisa deslizava na direção das minhas pernas, pronta para cravar seus dentes afiados nos meus braços, me puxar para o fundo, me envolver em seus tentáculos e me manter presa até eu parar de me debater.

Afastei aqueles pensamentos. Era mais fácil passar o mínimo de tempo possível na água.

Tirei a touca de natação e torci a água do cabelo. Meus fios eram de um loiro quase branco, não importava a estação do ano, como os de Sir. Um menino pálido e gorducho estava sentado ao meu lado. Era a única outra criança de nove anos na turma de nível um. Até onde eu sabia, a principal razão para Alan falar comigo era porque eu também já sabia amarrar os sapatos.

Quando a aula terminou, Alan disse:

— Estou ansioso pra gente passar pro nível dois e começar a usar as pranchinhas. Tomara que eu pegue a vermelha na primeira vez. Ou a azul. A azul também é legal. Acho que vamos subir de nível logo, não acha? Do que você mais gostou na aula de hoje?

Estreitei os olhos para encarar Alan, como se ele estivesse louco.

— De agora.

— Agora? — perguntou ele, confuso.

A maior parte dos nossos colegas de turma estava disparando pelo piso escorregadio de ladrilhos para falar com os pais. Eles diminuíram a velocidade quando o professor chamou a atenção — *Andando, por favor*. A minha mãe nunca entrava no centro comunitário para me pegar. Ela dizia que usava aqueles minutos extras no carro para rezar, mas desconfio de que só queria evitar as outras mães. Ela acreditava que as outras cochichavam pelas costas dela, que espalhavam rumores de que ela passava o dia todo na cama.

— A parte da aula de que eu mais gosto é quando acaba.

Alan ergueu as sobrancelhas. E pensou por um momento no que eu tinha acabado de dizer, enquanto ainda batia as pernas na água, fazendo algumas gotas espirrarem em mim. Eu me afastei alguns metros.

— Por que você faz as aulas se detesta tanto?

— Porque o meu pai me obriga.

Eu mal podia esperar para tirar aquele cheiro de cloro do corpo.

— Por que não diz ao seu pai que não quer fazer?

Talvez Alan fosse *realmente* louco.

— Ele não é esse tipo de pai.

— Que tipo de pai ele é? — Alan me encarou, enquanto coçava seu nariz de bebê.

Ingênuo: demonstra ausência de experiência, conhecimento ou juízo.

Demoro algum tempo tentando encontrar a melhor forma de responder.

— Do tipo que obriga a gente fazer coisas que não quer porque ele acha que é bom pra gente.

— Mas e se não for bom pra você?

Dei de ombros.

— Ele que é o pai.

Alan também deu de ombros.

— Acho que você precisa de um truque de fuga.
— O que é isso?
— Igual ao Houdini.
— O que é um Houdini?
— Tá falando sério? — Alan arregala os olhos. — Você não sabe quem é o Houdini?
— Foi isso que eu falei, não foi?
— Desculpa, desculpa. Ele era um mágico famoso antigamente. O meu pai comprou um livro sobre ele. E às vezes lê umas partes pra gente.

Tia Carol tinha levado Jack e eu a um espetáculo de mágica uma vez, na época em que Sir deixava que ela tomasse conta da gente. O mágico me chamou no palco para ser assistente dele, o que era a coisa mais empolgante que já tinha acontecido comigo. Ele tirou uma moeda da minha orelha e disse que eu podia ficar com ela. Então, transformou uma pomba de mentira em uma pomba de verdade e a deixou sair voando. Eu sempre me perguntei para onde ela teria ido, se o mágico a treinara para voltar de alguma forma. Depois do espetáculo, a tia Carol comprou pipoca e jogou algumas no ar para que a gente pegasse com a boca. Ninguém contou quem pegou mais pipocas, nem nos deu longos sermões sobre autocontrole. Aquele era um dos meus dias favoritos da vida.

Alan encarou o meu silêncio como um encorajamento para continuar a falar.

— Houdini começou com truques de cartas, mas ele ficou famoso mesmo com as fugas malucas que ele fazia. Ele conseguia se soltar de qualquer algema do mundo.

Fiquei encarando Alan.

— Você tá mentindo.
— Não tô, não. Houdini deixava as pessoas algemarem ele, depois prenderem ele dentro de um caixote. Aí jogavam o caixote no mar e mesmo assim ele conseguia escapar.

Eu me senti nauseada só de imaginar aquilo. Não conseguiria aguentar ser jogada no mar nem com os braços e as pernas livres. Quem era aquele homem absurdamente corajoso? Ele não podia ser de verdade.

— Não acredito em você — falei.

— Vou trazer o livro na próxima aula. Aí você mesma vai poder ler. E vai ver que é verdade.

Assenti, tentando parecer indiferente, já arquitetando como poderia esconder o livro de Sir. O que Alan estava dizendo não tinha como ser verdade. Não era possível que aquele livro fosse me dizer como escapar do meu pai e dos desafios dele. Não era possível encontrar respostas para uma coisa dessas em nenhum livro.

Ainda assim, não fazia mal dar uma olhada.

Só para garantir.

5

Natalie

8 DE JANEIRO DE 2020

O interior do *Ampulheta* parece ter tomado um banho de água sanitária. Todas as superfícies cintilam: os assentos de couro branco com detalhes castanhos, o deque branco para tomar sol, o piso branco. Há um mapa dobrado no painel. Eu me junto a Cheryl e Chloe nos assentos em formato de L. Gordon solta a corda do barco, depois sobe atrás de mim. O Cara de Capuz observa Gordon, que se acomoda na cadeira do capitão.

— Bem-vindas mais uma vez — diz Gordon para nós três. — Sou Gordon, e esse é o meu amigo Sanderson. Normalmente, ele faz essas viagens sozinho, mas está indisposto hoje. Por uma questão de segurança, vou pilotar, mas ele vai contar um pouco para vocês sobre a área. Finjam que nem estou aqui.

Enquanto Gordon fala, Sanderson coça os pelos do rosto, que não têm o volume necessário para formar um bigode ou um cavanhaque, mas crescem em retalhos teimosos. O homem tem a aparência geral de um gato de rua.

Sanderson franze o cenho enquanto Gordon sai com o barco do porto de Rockland.

— Que tenham um dia potencializado — diz ele, o tom meio atordoado. — Sou Mike Sanderson. Estou em Wisewood há três anos e meio.

— Três anos, uau — comenta Cheryl. — Você deve adorar o lugar.

Sanderson engole em seco.

— Wisewood me salvou. Segurem-se firme, estamos prestes a acelerar.

O frio castiga ainda mais depois que deixamos a marina. Meus dentes tiritam e meu cabelo bate com força no rosto. Tiro um gorro da bolsa e fico olhando a costa se afastar, sentindo uma atração irracional pelo porto.

Eu me pergunto se Kit já pilotou o *Ampulheta*. Nossa, isso é muito a cara dela: se jogar de cabeça em alguma coisa, sem se preocupar com as possíveis implicações daquilo sobre a vida de outras pessoas. Desde que ela esteja indo atrás do seu verdadeiro objetivo, Kit não se importa, e provavelmente nem percebe, quando deixa as pessoas à deriva. Ela consegue ser egocêntrica a esse ponto; ninguém nunca dependeu de Kit. Ela sempre teve alguém em quem se apoiar: eu.

Respiro fundo e tento acalmar a tensão que faz minha barriga se contrair. Não tenho direito a dizer nada no que se refere a desconsiderar as consequências dos meus atos — sou o pior dos exemplos. Tento relaxar as mãos, mas elas continuam a apertar uma à outra quando não estou prestando atenção.

— Nenhuma de vocês é do Maine, certo? — pergunta Sanderson, os olhos agora já sem aquela expressão vidrada. — Certo, nem eu. Guardem isso: há mais de quatro mil e seiscentas ilhas no estado.

Cheryl deixa escapar um arquejo. Ergo as sobrancelhas. Chloe não reage, mantém-se completamente indiferente.

— Neste momento, estamos na baía de Penobscot, que deságua no Atlântico. Vocês devem ter ouvido falar de Vinalhaven, a ilha mais populosa da região, se é que podemos chamar de "populosa" com mil e duzentas pessoas. Só fazemos a viagem de onze quilômetros de Wisewood para Vinalhaven para pegar a correspondência...

Cheryl dá um gritinho e aponta para a água.

— Aquilo é uma foca?

Enquanto todos se viram para onde ela está apontando, os olhos de Gordon permanecem fixos em mim. Finjo não perceber. Um volume arredondado cinza salta à distância.

— Olhos de lince, Cheryl — diz Sanderson, animado, enquanto saca um par de binóculos e faz o máximo possível para encarnar Steve Irwin, o naturalista australiano. Ele agora parece uma pessoa diferente de quando ainda estávamos no porto; falante e alegre, não mais lançando olhares nervosos para Gordon a cada trinta segundos.

— Vemos um monte de focas por aqui, e também lontras e botos. Fiquem atentas. Uma vez, um bando de golfinhos chegou a nadar ao lado do barco. É bem legal.

Cheryl solta "oohs" e "aahs" debruçada na borda do barco. A menção à vida marinha me faz lembrar da interpretação de Kit de uma morsa, usando dois *grissini*. Ela faria qualquer coisa para arrancar uma risada da minha mãe e de mim: aquela dança boba da bundinha; piadas sem graça; o jeito como andava de bicicleta sem as mãos no guidão enquanto encarnava Mariah Carey, seriamente convencida de que cantava bem, sendo que, na verdade, parecia um corvo em sofrimento. Quando me dou conta de que estou me referindo à minha irmã no tempo passado, sinto faltar o ar.

A essa altura, o litoral do Maine já desapareceu. Estamos cercados por ilhas desabitadas. Na costa delas, vejo placas de granito tão monstruosas que uma pessoa poderia cair entre duas e desaparecer para sempre. Árvores perenes muito altas ocupam cada centímetro de terra além do granito, as folhas tão densas que não se consegue ver além delas. As árvores se inclinam para longe da água, recuando como se fossem uma só, o que é compreensível. O mar ruge e bate, com uma cor e uma determinação de aço. Uma névoa frágil nos envolve, dançando na superfície da baía. Em vez de descer do céu prateado, os vapores sobem da água de uma forma sobrenatural. Espio pela lateral do barco, tentando entender de onde vêm. Sinto alguma coisa lá embaixo, observando, esperando.

— O que é essa neblina, Sanderson? — pergunta Cheryl.

— É fumaça do mar. O ar muito frio se movendo acima da água mais quente.

— Isso significa que podemos nadar em Wisewood? — diz Chloe, e fico aliviada ao ver que ela ainda respira. — Se a água é quente...?

Sanderson franze o cenho.

— A temperatura máxima é de dez graus, mesmo no verão, então acho que você não ia querer. Mas temos um curso para alunos avançados chamado Dominando Condições Extremas, que inclui uns nados sinistros em água gelada.

— Qual é a profundidade da água? — pergunta Cheryl.

— Cerca de três metros e meio.

— E os grupos de hóspedes costumam ser assim tão pequenos? — Cheryl gesticula para Chloe, para si mesma e para mim.

— Depende da época do ano. Poucas pessoas querem vir para cá no inverno. Quando o vento está forte demais, é impossível fazer a travessia até a ilha. Ou seja, ninguém consegue sair de Wisewood por semanas a fio. Não que vocês fossem perceber. Temos bastante comida e insumos médicos, então não há nada com que se preocupar.

Cheryl inclina a cabeça.

— Olhem para a minha esquerda — fala Sanderson. — Estão vendo aquela águia-de-cabeça-branca na copa da árvore? Temos várias delas na região.

Depois da vida selvagem, Sanderson passa a nomear as porções de terra ao nosso redor: Hurricane, White, Spectacle, Crotch (virilha em inglês — sim, é sério), Lawrys, Cedar, Dogfish. Algumas ilhas que ele aponta têm casas construídas, mas a maior parte parece desabitada.

Cada nova ilha é idêntica à anterior: um exército de abetos tentando espetar o céu, quebra-mares de granito guardando o perímetro. De onde estamos não se consegue ouvir a sirene de uma ambulância nem o alerta de um novo e-mail. Já estamos longe demais para isso.

Depois de um longo silêncio, arrisco um olhar para Sanderson. Ele está com os olhos fixos no horizonte, a mente a quilômetros de distância de novo.

— Tudo bem com você, filho? — pergunta Cheryl a ele.

Gordon se vira pela segunda vez desde que deixamos o porto.

— Conte a elas sobre o seu contratempo hoje. Sobre o que conversamos na viagem até o porto.

Sanderson faz uma careta.

— Estou sóbrio há três anos e meio. Não coloquei nem uma gota na boca. — Ele morde os lábios como se tentasse impedir as palavras de saírem. — Hoje de manhã, quando acordei, a vontade de beber bateu forte. Mais forte do que o normal. Pensei em pegar o barco, colocar na água e ir atrás de uma bebida no bar mais próximo. Só uma. — O rapaz fechou os olhos. — Mas, em vez de fazer isso, contei ao Gordon o que eu tinha em mente. Então ele se ofereceu para fazer a viagem comigo, assim eu não precisaria encarar a tentação sozinho.

— Estamos sempre prontos para ajudar uns aos outros aqui — diz Gordon, a atenção novamente no volante.

Sanderson força um sorriso. Apesar da temperatura baixa, ele está pálido e suado.

— Deve ser muito difícil mudar velhos hábitos — comenta Cheryl.

— A chave para a recuperação não é consertar a sua antiga vida — diz Sanderson. — É começar uma vida nova.

Gordon aponta para uma ilha à distância.

— Chegamos. — Ele fuzila Sanderson com os olhos. — Lar, doce lar.

Wisewood tem a mesma costa pedregosa e a mesma floresta densa, mas à medida em que damos a volta na ilha, a floresta dá lugar a uma cerca viva bem aparada de pelo menos dois metros e meio de altura. No meio da cerca viva, há um portão de ferro fundido. Além do portão, uma longa trilha leva a uma estrutura disforme e silenciosa.

A construção geométrica parece ter dois andares, mas é difícil dizer. Paredes se projetam de outras paredes, como se crescessem tumores na casa. Algumas laterais são de vidro do chão ao teto, enquanto outras são pintadas do mesmo verde profundo da floresta.

— Essa é a casa da Professora — disse Sanderson de um jeito meio inaudível.

Foi "professor" que eu ouvi? É assim que chamam o cara que administra esse lugar? Eu já consigo até imaginar como deve ser: descalço o tempo todo, cabelos castanhos ondulados no estilo Jesus Cristo, óculos com armação de metal, olhos um tanto arregalados. Já vi documentários sobre isso.

O que o homem tinha feito para inspirar tamanha devoção naquelas pessoas?

O barco passa pelo portão, e mais uma vez a cerca viva esconde a maior parte do prédio. À nossa frente, um píer de alumínio se projeta da água, inabalável contra a quebra das ondas. Há um pequeno volume na extremidade do píer. Estreito os olhos para ver. É uma mochila.

Gordon para o *Ampulheta*, e os dois homens amarram o barco. Com a ajuda de Sanderson, nós três cambaleamos com nossa bagagem para o píer salpicado de neve. Uma rajada de vento nos atinge, quase jogando Chloe na água. Seguro seu braço até ela se firmar de novo. Sanderson pega a mochila. Parece pesada, abarrotada de coisa. Na alça estão bordadas as letras *MS*. Mike Sanderson.

— Eu levo isso. — Gordon estende a mão para a mochila.

— Já estou com ela — diz Sanderson.

— Eu insisto. — Gordon arranca a mochila da mão do outro homem, pendura em uma das mãos e gesticula com a outra para Sanderson. — Por favor, vá na frente.

Sanderson abre a boca e volta a fechá-la. Então, abaixa a cabeça para se proteger do vento e nos leva até o começo do píer. Para que ele precisava daquela mochila enorme? E por que a deixou para trás? Por que não queria deixar Gordon carregá-la?

Colocamos os pés na ilha. O chão está coberto por vários centímetros de neve, mas alguém já passou a pá em uma parte do caminho, abrindo uma trilha larga o bastante para ser possível caminhar do píer até o portão da frente. A terra congelada e a grama morta estalam sob os nossos pés enquanto subimos a trilha em fila, com Sanderson na frente e Gordon na retaguarda. Mais uma vez, sinto os olhos dele em mim.

Quando chegamos ao portão, Sanderson digita um código em um sistema de segurança. A porta se abre. Cheryl, Chloe e Sanderson entram rapidamente. Eu giro o corpo em um círculo lento. No píer, o *Ampulheta* se agita na água. De onde estou, não consigo ver outra porção de terra.

Wisewood é só isso: uma migalha no meio de um oceano selvagem.

— Vamos, Sra. Collins — diz Gordon.

Corro para me juntar aos outros enquanto o portão se fecha atrás de mim.

O pátio da frente é um jardim modernista, com arbustos podados, cobertos de neve, no formato de cones, cubos e esferas. Tudo muito perfeito. O vento grita como uma mulher sendo esfaqueada repetidamente, nos empurrando trilha acima. Ajusto melhor o cachecol ao redor do pescoço, pensando em laços de captura e armadilhas. Estreito os olhos diante do covil de ângulos grotescos à frente.

Apressamos o passo na direção da casa. Sanderson grita para ser ouvido acima do vento.

— Vamos direto para o refeitório, assim tiramos vocês desse tempo gelado.

Paro nos degraus da frente da casa. A pessoa que me ameaçou talvez durma dentro daquelas quatro paredes. Os vidros das janelas trepidam, mas não há qualquer movimento atrás delas. Eu poderia muito bem estar parada diante de uma pintura. É impossível imaginar pessoas se curando, amadurecendo, amando aqui.

Todos ali dentro estão mortos.

— Sra. Collins — diz Gordon atrás de mim.

Afasto o pensamento bizarro e vejo que os outros estão caminhando em direção à lateral da casa. Pouco antes da cerca viva, eles viram à esquerda, desaparecendo de vista. Respiro fundo, sinto o cheiro forte dos pinheiros e apresso o passo.

O caminho entre a casa e a cerca é tão estreito que eu poderia tocar os dois ao mesmo tempo se estendesse os braços. Eu me viro para Gordon.

— Dispenso a ambientação — falo. — Só me diga onde fica o quarto de Kit e já saio do seu pé...

Nós cinco ficamos paralisados na trilha. Sou interrompida por um grito tão alto, longo e apavorante que acho que os meus joelhos vão ceder.

O grito vem do outro lado do muro.

6

Tirei da nossa estante o livro em brochura, de capa creme, e me sentei na minha cama de solteira. Ilustrações de longas correntes envolviam a primeira e a quarta capa do livro. HOUDINI estava impresso em tinta preta e em negrito na capa. Abaixo do nome dele havia o desenho do próprio mágico usando uma camisa de força antiquada e com todo o corpo preso. A lombada do livro estava rachada. Folheei as páginas com cuidado até chegar ao capítulo sobre a soltura das algemas. Algumas páginas estavam quase caindo.

— Quantas vezes você vai ler esse livro bobo? — perguntou Jack da cama dela, a apenas alguns metros de distância. Ela rabiscava em um caderno, provavelmente desenhando corações ao redor de nomes de garotos sobre os quais nunca falava comigo.

— O número de vezes que eu precisar para aprender cada um desses truques — respondi, sem levantar os olhos. — E o livro não é bobo.

— Eu não entendo o que tem de tão incrível nesse cara.

Dessa vez eu olhei para ela.

— Ele se apresentava na frente de milhares de pessoas, conseguindo fazer truques de mágica que ninguém nunca tinha feito. — Fechei o livro. — E Houdini também não tinha medo de tentar. Imagina como deve ser não ter medo de nada.

Minha irmã não pareceu impressionada.

— Ele fez elefantes de quatro toneladas e meia desaparecerem assim, ó — digo, estalando os dedos.

Isso chama a atenção dela.

— Como?

Aceno com o livro diante do seu rosto.

— Não, obrigada. — Jack franze o nariz. — Você está lendo esse troço todo dia há um ano.

— E dois meses.

— A essa altura, já deve ter decorado cada parágrafo.

— Decorar instruções e ser uma grande ilusionista não é a mesma coisa. — Peguei o meu baralho na estante. — Harry Houdini fez as pessoas acreditarem que mágica é real.

Quando Alan me emprestou o livro dele, um dia depois da aula de natação, mergulhei na leitura por três dias. Então, li uma segunda e uma terceira vez antes de Alan dizer que o pai queria o livro de volta. Até que um dia convenci a minha mãe a comprar um exemplar para mim, dizendo que precisava dele para o colégio.

Embaralho as cartas.

— Quer ver o último truque que eu aprendi?

— Hum... não. — Jack voltou aos seus rabiscos.

Apatia: desinteresse, mesmo quando alguém está tentando mostrar uma coisa muito legal.

— Contagem de pontos — gritou Sir do andar de baixo.

Fiquei imóvel e lancei um olhar para a minha irmã.

— Já fiz a minha — disse ela.

— Já vou — gritei de volta para ele.

Peguei meu caderninho preto no chão, enfiei o baralho no bolso e desci a escada, dois degraus por vez. Parei perto da cadeira reclinável de Sir na sala de estar e fiquei esperando. Quanto mais rápido terminasse com aquilo, mais rápido poderia começar a treinar com a corda, se eu conseguisse encontrá-la.

Sir não olhou para mim, parada ao lado dele com a postura perfeita. Ele continuou a ler uma história de faroeste, segurando o livro em uma das mãos e equilibrando um saco de peras congeladas em cima da outra. Sir tinha martelado o próprio dedo enquanto trabalhava na casa de um cliente. Não ousei pigarrear para chamar sua atenção.

Eu ouvia minha mãe abrindo os armários e limpando as bancadas na cozinha. Tínhamos comido carne assada de novo no jantar — seca e borrachuda. Minha mãe servia o mesmo cardápio de refeições sem sabor várias e várias vezes — Sir não a deixava gastar dinheiro com temperos e condimentos. Ele dizia que só os fracos vivem para comer, que é comer para viver que constrói fibra moral.

Quando chegou ao fim do capítulo, Sir fechou o livro.

— Acha que conseguiu quinze pontos?

Conferi o caderno, embora já tivesse refeito a conta quatro vezes. Perdíamos dois pontos por cálculo incorreto.

— Consegui, senhor. — Passei a descrever os pontos de cor. — Dois pontos por fazer a minha cama de manhã, dois por ir para a escola, três por ter tirado "Excelente" no meu trabalho sobre o livro *A teia de Charlotte*. — Mostrei a ele as páginas de um branco imaculado. — Um por colocar a mesa antes do jantar, um por limpar o meu prato depois do jantar, dois por dominar o truque de adivinhação de três cartas, três por passar para o nível cinco na natação, e um por dobrar a roupa limpa.

Entreguei o caderno a ele para que pudesse conferir a contagem. Sir ficou olhando para a folha por um tempo tão longo que comecei a ficar nervosa, com medo de, no fim, ter errado o cálculo. Minha mãe entrou na sala arrastando os pés, se sentou na outra poltrona reclinável e pegou o bordado em ponto de cruz em que estava trabalhando com um suspiro cansado.

Sir levantou os olhos.

— Vamos ver o truque das três cartas, então.

Eu me ajoelhei diante da mesa de centro, na frente da poltrona reclinável do meu pai, e afastei para o lado uma pilha de jornais velhos. Abaixo deles estava a corda que eu não sabia onde tinha colocado. Coloquei-a em cima dos jornais. Sir fechou o apoio para os pés da poltrona e se inclinou para a frente, os olhos atentos, enquanto eu pegava o baralho do bolso. Abri as cartas na frente dele, voltei a empilhá-las, cortei o baralho e embaralhei com a facilidade de um crupiê de Las Vegas. Abri as cartas em leque nas mãos, escolhi uma e coloquei virada para baixo. Deixei que Sir escolhesse uma carta. Ele tirou um sete de copas e colocou a carta na mesa, virada para cima, perto da primeira. Escolhi uma segunda carta e passei o baralho para ele, para que fizesse o mesmo. Repetimos o processo uma terceira vez. Havia, então, seis cartas na mesa, em três pares. As de Sir viradas para cima, as minhas viradas para baixo.

Àquela altura, minha mãe também estava assistindo. Fiz uma pausa para um floreio dramático, então comecei com a carta perto do sete de copas. Virei-a para revelar um sete de ouros. Ao lado do quatro de espadas, um quatro de paus. E ao lado do valete de copas estava um valete de ouros. Eu tinha feito todo o truque em menos de dois minutos sem me atrapalhar e sem hesitar (+2). Controlei a vontade de colocar uma expressão presunçosa no rosto. Dois meses atrás, eu tinha dominado o truque de adivinhar uma carta, e agora já chegava a três.

Minha mãe bateu palmas, entusiasmada, mas Sir manteve a expressão contida. Ele passou a mão pelo cabelo muito curto e assentiu uma única vez.

— Eu diria que esse truque está dominado — falou. E examinou o meu caderninho.

Mordi os lábios para evitar sorrir e guardei o baralho novamente na caixa.

Sir pegou os óculos no bolso da camisa xadrez e encaixou-os no nariz.

— Mas temos alguns problemas com o cálculo aqui.

Fiquei paralisada.

— Dois pontos por ir para a escola? Qualquer idiota no quarteirão tem que fazer isso. Receber esses pontos era aceitável quando você estava no jardim de infância e tinha medo de sair de casa, mas agora você está com quantos anos, onze?

— Dez — sussurrei.

— Chega de receber pontos por coisas que são sua obrigação. O mesmo vale para colocar a mesa e lavar o prato depois do jantar. Não estamos te cobrando casa e comida aqui, estamos? Esperamos que você e sua irmã paguem o que nos devem de outra forma. Que tipo de pai eu seria se criasse duas preguiçosas? Duas pessoas que iam crescer esperando por benefícios do governo em vez de ganhar a vida de forma decente e honesta. E dois pontos por fazer a cama? Acho que não, meu bem. Pelas minhas contas, então, isso deixa você com nove pontos. O que mais você tem?

Fiquei olhando sem entender. Ele nunca tinha invalidado atividades antes.

E ele ergueu as sobrancelhas.

— Nada. Acho que não tenho mais nada, senhor.

Ele suspirou e olhou o relógio.

— Vai ter que fazer alguma coisa grande, então, se quiser ir para a cama antes da meia-noite.

Tentei me lembrar das tarefas de valor mais alto que eu já tinha completado. Uma vez ganhei quatro pontos por ficar sentada na neve sem casaco por uma hora. Outros quatro quando prendi a respiração por dois minutos. Cinco por ficar ajoelhada em cacos de vidro. Esperei pelo que ele inventaria daquela vez, desejando que a minha irmã tivesse descido comigo. Não que ela já tivesse enfrentado Sir. Por que começaria a fazer isso agora?

Ele correu os olhos pela sala, detendo-se na travessa rasa que tinha sido da minha avó, que já morrera. Aquele era o bem mais precioso da minha mãe, seu único pertence de algum valor, feito de porcelana muito delicada e elegante, com estampa de rosas. Nunca usávamos aquela travessa — minha mãe não queria correr o risco de arranhá-la. Embora contrastasse com o tapete barato e com a mobília em mau estado, ela havia pendurado a peça de louça na parede, como um objeto de decoração, depois que a minha avó morreu.

Senti uma onda de pânico, mas mantive a expressão impassível. Demonstrar que estava assustada diante do meu pai só tornava as coisas piores, o que era algo que a minha mãe nunca tinha entendido. Invoquei meu Houdini interior. Como o rei dos escapes se livraria daquela encrenca?

Sir se levantou da cadeira e tirou a travessa da parede. Então, girou-a no dedo como se fosse uma massa de pizza. Minha mãe soltou um arquejo. Ele a silenciou com um olhar de alerta.

— Tenho uma tarefa que vale seis pontos, se estiver interessada — disse Sir.

Olhei de relance para a minha mãe, em busca de alguma orientação. Ela estava ocupada demais observando-o girar a travessa para pensar em alguma solução — suas mãos apertavam com força os braços da poltrona e seu rosto estava tão branco quanto seu cabelo. Minha mãe tinha ficado grisalha anos antes de eu nascer.

— Não se preocupe com ela, meu bem — disse Sir. — Os Barbers já nasceram covardes. Ela não entende.

— A Bíblia nos diz para honrar pai e mãe — disse a minha mãe, os olhos baixos. — Essa travessa é uma herança sagrada de família.

Ele parou de girar o prato.

— Não começa com essa sua pregação idiota. — Sir deu dois passos na direção dela. — É engraçado como as vontades de Deus sempre se alinham com as suas.

Eu me levantei do meu lugar no chão.

— Estou interessada.

Aquilo o distraiu da minha mãe, e ele se virou para mim e deu uma piscadela. Quase desmaiei de alívio.

— Bem, você sabe que todo esse negócio de mágica a que você tem se dedicado exige muita energia, física e mental. Esses exercícios vão te deixar grande e forte como eu sou agora. Assim, quando tiver a minha idade, vai ser maior e mais forte do que eu já fui.

Assenti. Eu tinha ouvido aquele discurso mil vezes.

— Que tal um desafio de equilíbrio? Se conseguir manter essa travessa na cabeça por quarenta minutos, eu lhe dou seis pontos e nós dois podemos dormir. O que acha?

Ou eu aceitava, ou ele me manteria acordada a noite toda. Aquela era a regra: era preciso ter quinze pontos por dia, no fim de cada dia, para poder dormir. E eu tinha uma prova de matemática no primeiro tempo pela manhã.

Mordi o lábio, pensando.

— Se eu conseguir equilibrar a travessa por uma hora também posso comprar uma coisa na loja de mágica amanhã? — Sir gostava de ousadia. Se demorássemos muito a aceitar seus desafios, ele já diminuiria um ou dois pontos.

— Quando você se transformou em uma pequena negociante? — Ele sorriu. — Tudo bem, negócio fechado.

Assenti. Minha mãe deu um gritinho.

Sir foi revirar uma gaveta na cozinha, buscando sabe Deus o quê. Um instante depois, voltou com um rolo de fita adesiva. Uma lembrança esquecida voltou à minha memória: metade de um dia em que passei com a boca fechada com fita adesiva. Aquilo tinha valido cinco pontos? Não poderia ter sido seis. Talvez tivesse sido quatro.

Ele viu a interrogação no meu rosto.

— Para garantir que não vai haver trapaça. Os Barbers trapaceiam, mas nós com certeza não fazemos isso.

Olhei para a corda em cima da pilha de jornais, peguei-a e estiquei na frente dele.

— Isso é mais resistente.

Sir assentiu, impressionado.

Ele pousou a travessa na minha cabeça, para que eu me acostumasse com ela. Nesse momento, minha mãe subiu correndo a escada, para o quarto dela. Ele a viu sair, seus lábios retorcidos de desgosto.

Tirei a travessa da cabeça e passei a corda algumas vezes ao redor do meu pulso, então deixei Sir amarrar meus pulsos juntos atrás das minhas costas. Ele deu um nó duplo, satisfeito. Pelo menos eu estava de pé em cima do tapete. Se a travessa caísse, havia uma chance de que não quebrasse. Eu tinha menos de um metro e trinta.

Como se lesse meus pensamentos, Sir me guiou até o chão de cerâmica da cozinha. Ele pegou a travessa, então, e segurou-a diante de mim de forma solene, como se fosse um bebê prestes a ser batizado.

Então ajustou-a no alto da minha cabeça, enquanto me observava.

— Mexa a cabeça quando estiver pronta — brincou ele. — Está tudo bem, docinho?

Eu me preparei.

— Pode soltar.

Sir recuou e ligou o cronômetro. Depois de dez minutos, começou o sermão. Ele ficava dando a volta ao meu redor, como um pistoleiro pronto para um duelo.

— Qual é a única forma de você obter sucesso?

Eu me perguntei se a vibração da minha voz seria suficiente para derrubar a travessa, que, até então, vinha se mantendo firme. Meu pescoço já começava a doer.

— Através da minha disposição para resistir.

— Seu público no futuro não vai ouvir se você sussurrar desse jeito, feito um ratinho de igreja. Você não vai conseguir que os ingressos esgotem, nem vai ver seu nome nos cartazes. É melhor encontrar a sua voz, garota, e rápido. O mundo não vai demorar muito para decidir que você não tem nada de excepcional. Você ama mágica?

Aquela era uma pergunta absurda, como perguntar a uma pessoa se ela amava respirar ou engolir. O que eu tinha passado a sentir pela mágica nos últimos catorze meses ia além de algo tão frágil quanto o amor. O meu erro tinha sido confiar aquilo a Sir, que achava a mágica uma bobagem, mas só até perceber que poderia usá-la para os seus desafios.

— Claro que sim.

Ele assentiu e se agachou na minha frente, a voz baixa:

— Mantenha o foco no seu objetivo e você vai ser alguém um dia. Sinto isso. — Sir mexeu a mão, como se para enfatizar o que dizia. — O mundo nunca viu ninguém como você, docinho.

Ele ficou em pé de novo, esticou as costas, então se acomodou em uma cadeira da cozinha.

— Sir? — Jack chamou da escada assim que ele tinha se acomodado. — Pode vir aqui em cima?

— Seja o que for, peça à sua mãe — disse ele, sem se mover.

— A porta dela tá trancada.

— Desça aqui, então.

— Não consigo. — Ela hesitou. — Eu estava tentando aquele truque de pular corda que você me ensinou. Acho que torci o tornozelo. — Quando Sir não disse nada, Jack acrescentou: — Tá doendo de verdade.

Ele se levantou da cadeira e pegou o cronômetro.

— Faltam quinze minutos.

Então, Sir saiu da cozinha e subiu a escada já repreendendo a minha irmã.

Resisti à vontade de relaxar o corpo. A travessa estava firme. Só o que eu precisava fazer era mantê-la exatamente onde estava por mais quinze minutos. Eu era capaz de fazer qualquer coisa por aquele período, não era?

A tarefa à minha frente era fácil se comparada ao trabalho de Houdini. Para o truque de Cabeça para Baixo, ele prendia os pés em um tronco de imobilização, depois o enfiavam de cabeça para baixo em um tanque cheio de água. Houdini ficava ali por dois minutos, até conseguir escapar. Ele fez aquele truque centenas de vezes.

Na fuga da Caixa Submersa, Houdini foi algemado e teve as pernas acorrentadas antes de entrar em um caixote de madeira. O caixote recebeu quase cem quilos de chumbo de lastro, foi fechado com pregos e enrolado em correntes. Depois, foi jogado da lateral de uma barca no East River em Nova York, segundo Alan tinha me contado, e afundou na mesma hora. Cinquenta e sete segundos depois, Houdini voltou à superfície, livre das amarras. Quando o caixote foi levado para a margem do rio, estava intacto, com os grilhões ainda lá dentro.

Aqueles eram os extremos a que eu precisaria chegar para conseguir ter sucesso nas minhas apresentações. Sir estava certo: eu tinha que estar acima de todo mundo. Fingi que mal sentia a corda ao redor dos meus pulsos, ou a travessa pesando na minha cabeça.

Ainda assim, considerei a possibilidade de dar dez passos para a esquerda, para chegar à sala e me colocar acima do sofá, só para garantir que a travessa tivesse um lugar macio para aterrissar se fosse necessário. Sir sempre me alertava contra esse pensamento de "só para garantir". Só perdedores pensavam desse jeito e, ao fazê-lo, já predeterminavam o próprio fracasso. Mas ele não tinha dito em nenhum momento que eu precisava completar os sessenta minutos parada exatamente no mesmo lugar.

Decidi ficar onde estava. Não havia motivo para perturbar a paz.

Então, eu senti. Às vezes eles iam crescendo lentamente, dando tempo para a gente pressionar a língua no céu da boca, ou dizer "picles". Outras vezes, como era o caso naquele momento, pareciam sair do nada.

Eu tinha que espirrar.

Então, eu me apressei na direção do tapete, ao mesmo tempo em que o meu nariz e a minha boca entravam em erupção. De repente, senti a cabeça terrivelmente leve. E vi, como se estivesse acontecendo em câmera lenta, a travessa caindo, caindo, caindo. Com três rápidos movimentos de pulso, libertei as mãos da corda que me prendia e peguei a travessa pouco antes de ela se espatifar no chão.

Fiquei parada ali por um minuto, o corpo dobrado ao meio, ofegando. Quando minha respiração voltou ao normal, reparei no silêncio do segundo andar da casa.

Sir havia interrompido o sermão.

Senti uma onda de alguma coisa mais forte do que a náusea me invadir. Eu teria ouvido se ele tivesse descido a escada, não teria? Parei de respirar, mas ainda conseguia sentir a minha pulsação latejando. Meus joelhos estavam fracos e instáveis. Eu me vi trancada dentro de um armário de casacos, de uma gaiola para cães, de um caixão, no breu, na luz branca, com tudo vermelho. Estava apavorada demais para chorar ou gritar. Segurei a travessa com mais força nas mãos suadas. E me forcei a espiar a escada atrás de mim.

Ele não estava ali. Ainda estava no andar de cima.

Soltei o ar pesadamente enquanto voltava na ponta dos pés até o lugar onde estava antes e voltei a equilibrar a travessa na cabeça. Quando tive certeza de que estava firme, passei mais uma vez a corda ao redor dos pulsos.

Obrigada, Houdini.

Ouvi os passos do meu pai e, trinta segundos depois, ele descia a escada pisando firme e resmungando.

— Essa sua irmã está destinada aos palcos. — Ele tirou o cronômetro do bolso e jogou em cima da mesa. — Não tem nada de errado com aquele tornozelo.

Vários minutos depois, o cronômetro soltou um bipe e vibrou. Sir olhou para a tela, então para a minha cabeça, e pressionou o botão de parar a contagem.

— Olha só, docinho! Está vendo o que acontece quando você se determina a fazer alguma coisa?

Eu sorri. Ele se aproximou lentamente de mim. Quando ergueu a travessa, senti a cabeça tão leve que parecia prestes a sair voando. Prendi a respiração enquanto ele desamarrava a corda dos meus pulsos. Se eu não tinha amarrado exatamente como ele deixara, Sir não pareceu perceber.

— Aposto que a sensação é boa. — Ele pousou a corda em cima da mesa de jantar.

Esfreguei a pele avermelhada dos meus pulsos.

— Vamos à loja de mágica depois da escola amanhã. — Ele pegou a travessa e começou a girá-la de novo. — O que você vai querer de lá?

— Algemas. — Mantive os olhos na travessa.

Ele assentiu. A travessa diminuiu de velocidade, oscilando no dedo dele. Meu pai suspirou uma vez como se estivesse entediado e, sem aviso, abaixou o braço. A travessa da minha mãe caiu no chão antes que eu sequer tivesse tempo de pensar em me mover.

E se estilhaçou em centenas de pedaços.

Meus joelhos fraquejaram, meu queixo encostou no peito. Peguei alguns cacos como se eles ainda pudessem ser colados. Pensei na minha mãe sozinha no andar de cima. Ela provavelmente tinha ouvido o barulho da queda e àquela altura devia estar se acabando de chorar, perguntando a Deus por que Ele não lhe tinha dado uma família melhor, uma filha mais forte. Cravei as unhas nas palmas da mão para não chorar. Eu não conseguiria suportar perder quatro pontos agora. Fechei os olhos, determinada a escapar como Houdini fazia.

Quando tive certeza de que não iria chorar, levantei os olhos do chão para o meu pai. Ele me olhava com curiosidade, como se eu fosse um experimento científico.

— Por quê? — foi só o que eu consegui dizer. Será que ele sabia que eu tinha trapaceado?

— Não se preocupe, meu bem. Acordo é acordo. Ainda vamos à loja de mágica amanhã.

Assenti, confusa, e comecei a juntar os cacos em uma pilha.

— Deixe isso aí. Você conseguiu os seus quinze pontos. Vá para a cama.

— Mas... — Indiquei a confusão ao redor com um gesto.

Ele deu uma piscadela.

— De manhã ela limpa.

7

Natalie

8 DE JANEIRO DE 2020

Ficamos parados em silêncio, esperando, mas não ouço nada vindo da floresta, do outro lado da cerca viva. Gordon e Sanderson trocam um olhar.

— Que diabo foi isso? — Cheryl agarra a mala com força.

Chloe olha para o caminho de onde tínhamos vindo, como se estivesse cogitando a possibilidade de voltar correndo por ele.

Examino a cerca viva, as folhas muito rígidas, em um tom de verde pouco natural. Estendo a mão para tocá-las. Falsas. Ergo os olhos pelos dois metros e meio de altura dela. No topo há pequenas estacas afiadas de metal.

— Para os pássaros — diz Gordon no meu ouvido.

Levo um susto e logo imagino um pássaro empalado em cada estaca — pardais e várias espécies de aves canoras, todos presos na terra do progresso. Solto as folhas.

Sanderson continua a descer a trilha estreita entre a casa e o muro de cerca viva. Quando se dá conta de que não tem ninguém atrás dele, que ainda estamos pálidas de medo depois do grito, ele se detém.

— Não se preocupem com isso. Provavelmente é algum exercício.

— Provavelmente? — pergunto.

— Na floresta? — diz Chloe.

— Parecia alguém sendo torturado... — A voz de Cheryl sai trêmula.

Sanderson ergue a mão em uma rendição zombeteira.

— Nunca dissemos que nossos métodos eram comuns aqui.

— Não foi por isso que se inscreveram para vir para cá? — completa Gordon.

Venha em busca do autodesenvolvimento e permaneça pelos pesadelos à luz do dia.

Sanderson continua andando, mas hesitamos em segui-lo.

— Já ouviram falar em terapia de exposição? Wisewood tem a ver com superação do medo. Para fazer isso, precisamos estar vulneráveis. Às vezes, vulnerabilidade significa fazer uma dancinha boba, outras vezes significa gritar a plenos pulmões. Já fiz as duas coisas. E vocês não acreditariam em como a gente se sente livre depois.

Imagino Kit embrenhada na floresta, gritando até seus pulmões não terem mais forças, até a garganta estar arranhada e rouca. Meus joelhos fraquejam de novo. O nó sempre presente no meu estômago parece mais apertado, mas Cheryl e Chloe estão animadas. Elas já não compartilham mais da minha preocupação. Ali está a racionalização pela qual esperavam: estranheza com um propósito. Excentricidade como remédio.

Quando chegamos aos fundos da casa principal, observo o terreno. Está tudo coberto por uma camada de neve. Nuvens acinzentadas tomaram o céu que estava tão azul pela manhã e, sem o sol, o frio é brutal. Uma neblina densa se insinua no nosso caminho de novo, como se tivesse nos seguido pacientemente por todo o caminho desde Rockland. O vento uiva, fazendo meus dentes baterem. Embora o solo esteja cheio de pegadas, ainda não há qualquer ser humano à vista além de nós. Mas sinto os olhos de outras pessoas, sinto sua presença.

A ilha é grande, tem o tamanho de pelo menos quatro ou cinco campos de futebol americano, pelo que eu posso ver. Chegamos a um poste com placas de sinalização em cor creme. Uma aponta para a esquerda, para o REFEITÓRIO, um prédio longo, verde-escuro, que sai da construção principal. Outras setas apontam para a direita, uma para SALA DE AULA, em um trailer pequeno. Outra indica os APOSENTOS DOS HÓSPEDES, apontando para um círculo de bangalôs. Giro o corpo em um círculo lento. Em todas as direções se vê o muro da cerca viva de dois metros e meio. As árvores além do muro fazem com que ele pareça menor. Juntos, árvores e muro impedem qualquer vista para o mar. Não se consegue nem ouvir as ondas daqui, e o vento se sobrepõe a qualquer outro som. Mordo a unha do polegar.

Gordon se vira para Sanderson.

— Por favor, leve a Sra. Douglas e a Srta. Sullivan para o refeitório, para almoçarem, depois deixe a bagagem delas nos quartos quarenta e dois e quarenta e três. Depois do almoço, leve-as para o tour de praxe ao redor da ilha e mostre onde ficam os bangalôs delas, sim? — Ele olha para as duas mulheres e inclina a cabeça. — Aproveitem a sua estada.

Então, Gordon se vira para mim.

— Eu cuido de você.

Sanderson se afasta rapidamente do olhar atento de Gordon, e segue com Cheryl e Chloe na direção do refeitório, como orientado. Ele segura a porta aberta para as mulheres e os três desaparecem lá dentro.

Depois que se vão, Gordon fixa a atenção em mim, tão estranhamente silencioso quanto o cenário que nos cerca. Onde estão os outros hóspedes? Avalio a possibilidade de sair correndo e entrar de prédio em prédio até encontrar a minha irmã. Gordon pode até estar em forma, mas não conseguiria me alcançar.

As portas do refeitório são abertas de novo e várias pessoas saem de lá: algumas de vinte e poucos anos; outras são os idosos mais animados que eu já vi; e, entre eles, há também gente de todas as gerações. Sinto meus ombros relaxarem de alívio. O horário de almoço deve ter terminado naquele momento. Examino cada rosto, procurando por Kit. Os residentes de Wisewood usam jeans e casacos acolchoados, bem agasalhados contra o frio. Alguns carregam pilhas de livros, outros têm equipamentos de limpeza nas mãos. Parecem relaxados, mas se movem com determinação. Duas jovens andam com a cabeça inclinada para trás e a língua para fora, dando risadinhas enquanto tentam capturar flocos de neve. Todos parecem... normais.

Mais felizes do que o normal, para ser honesta. Poucas olheiras. Peles viçosas. Passam sorrindo por nós. Nada de túnicas brancas soltas ou sangue pingando dos rostos. Talvez não seja culpa de Wisewood que Kit tenha me cortado de sua vida. A decisão dela de ficar neste lugar talvez não tenha sido nem um pouco difícil. Talvez ela esteja cansada da irmã mais velha sabe-tudo criticando cada decisão que toma.

Kit e eu discutíamos por causa de um monte de coisas (lápis de cor, bicicletas, meninos, a importância de economizar para a aposentadoria), mas, mais do que tudo, brigávamos por causa da nossa mãe. Kit era cheia de dedos no que se referia à mamãe. Deixava que ela passasse dias na cama, enquanto eu a incitava a se levantar e entrar no chuveiro. Kit era a favorita porque nunca pressionava, porque abria espaço para a fraqueza como se isso fosse um membro da nossa família. Ela pegava leve com a nossa mãe, que retribuía na mesma moeda. Elas faziam massagem nas costas e terminavam as frases uma da outra. Nunca pulavam uma terça-feira de quebra-cabeça — sabiam que eu detestava quebra-cabeças. As duas pareciam uma mente dividida em dois corpos. Tentei conquistar o afeto da minha mãe através do êxito pessoal, batendo recordes no projeto de leitura da escola e trabalhando como salva-vidas na piscina local — ela me dava um tapinha nas costas, então voltava para o quebra-cabeça da vez.

Quando eu tinha seis anos, perdi meu primeiro dente e o escondi cuidadosamente embaixo do travesseiro. A fada do dente nunca apareceu. Quando Kit perdeu o dela, alguns anos mais tarde, eu já tinha descoberto quem era a fada do dente, ou quem supostamente deveria fazer o papel dela. Não consegui suportar a ideia de ver no rosto da minha irmã a decepção que eu havia tido. Como não tinha dinheiro, enfiei o meu brinquedo favorito (um elefantinho de pelúcia que Kit cobiçava havia tempos) embaixo da cabeça adormecida da minha irmã, e guardei seu minúsculo incisivo no bolso. Eu tentava dar uma folga para a minha mãe sempre que podia, colocando waffles congelados na torradeira antes de sair para o colégio, conferindo para ver se a minha irmã tinha terminado todo o dever de casa e lavando o rosto dela. Talvez por isso a minha irmã perdoasse os defeitos da minha mãe — Kit ainda conseguiu ter uma infância.

Quando um médico diagnosticou a nossa mãe com câncer de pulmão, três anos atrás, as brigas entre Kit e eu se intensificaram. Um ano depois do enterro, minha irmã anunciou que estava se mudando para Wisewood. Kit detestou o modo como lidei com a doença da mamãe, mas ela não sabe da missa um terço. Por dois anos, o vírus do que omiti vem me devorando por dentro.

Fico olhando o grupo que saiu do refeitório se dispersar. Aquelas pessoas podem parecer inofensivas, mas ao menos uma delas me ameaçou. Eu me concentro e me viro para Gordon.

— Você tem alguma ideia de onde está Kit?

Ele balança a cabeça.

Cruzo os braços, cansada de tanta reticência.

— Como se chama o seu supervisor?

Ele sorri para mim.

— O meu o quê?

— A quem você se reporta?

— Todos nós nos *reportamos* à Professora — responde ele em um tom debochado, deixando claro que eu havia feito uma imagem errada em relação a quem estava no comando ali. Era uma mulher.

— Se você não vai me ajudar, então quero falar com ela.

A voz do homem transborda condescendência quando ele volta a falar:

— Você não sabe nada sobre este lugar.

— Sou toda ouvidos — respondo.

— Vejo que a senhora é uma mulher acostumada a conseguir o que quer, mas isso aqui não é um balcão de SAC em que você exige falar com funcionários em cargos cada vez mais altos até conseguir o que deseja. Em Wisewood, somos todos iguais. Estou aqui há mais tempo do que qualquer um, mas ainda assisto às aulas como todo mundo.

Tento interromper, mas ele me atropela e continua a falar.

— A Professora é ocupada e importante demais para se preocupar com pessoas como você, assim como o restante de nós. Kit trabalha por toda a ilha. Como ela não usa dispositivo de rastreamento, não sei onde está no momento. Como desejo tornar a sua visita o mais conveniente possível, vou dizer a ela para procurar você no seu quarto na próxima vez em que a vir. — Ele aponta na direção dos bangalôs. — Vamos?

Discutir com Gordon é perda de tempo, já que ele claramente está determinado a não ajudar. Decido, então, investigar o terreno por minha conta. Se Kit for funcionária, com certeza vou encontrá-la.

— Para onde estamos indo?

Ele aponta para a bolsa de viagem pendurada no meu ombro.

— Imagino que queira deixar isso em algum lugar.

Atravessamos as acomodações dos hóspedes, que ficam posicionadas em quatro círculos concêntricos. Os bangalôs são simples, mas de aparência sólida, com janelas em três das quatro paredes. Levando em consideração a proximidade entre eles, deve ser fácil bisbilhotar. A menos que haja cortinas que não estou conseguindo ver, dá para ficar vendo o vizinho dormir.

— Cuidado onde pisa — diz Gordon, quando passamos por um grande buraco no chão, no centro dos círculos.

Provavelmente era uma piscina. Com a neve cobrindo tudo, seria fácil cair naquele poço de concreto drenado se a pessoa não prestasse atenção. Ou se fosse empurrada.

— Vou precisar de duas coisas antes de liberar você. — Gordon estala os dedos. — Primeiro, o seu celular.

Mordo o interior da boca.

— Eu não trouxe.

Ele fixa os olhos em mim.

— Onde ele está, então?

— Deixei em casa.

Gordon franze os lábios.

— Imaginei que não teria sinal aqui — explico.

Ele está prestes a continuar a falar, quando uma voz profunda atrás de nós chama o seu nome. Nós dois nos viramos.

— Por onde você andou? — pergunta o homem em um tom autoritário. Ele está na casa dos quarenta anos, é alto, corpulento e careca. A barba deixaria Hagrid com inveja.

A expressão no rosto enrugado de Gordon é amarga.

— Estou ocupado no momento. Sua cena vai ter que esperar.

O homem pisca furiosamente.

— Você sai para essas viagens e ninguém tem notícias suas por dias.

— Fiquei fora apenas por algumas horas, estava trazendo novos hóspedes para a ilha.

— Esse trabalho é do Sanderson.

— Sim, bem, ele está indisposto hoje. Agora, se nos der licença...

Ele se afasta do grandalhão e continua subindo pelo caminho. Eu sigo o exemplo, olhando por cima do ombro. O homem sai furioso na direção oposta.

A neblina diminuiu, pairando ao nosso redor como cortinas esfarrapadas, mas a neve cai mais rápido e as nuvens pairam mais baixo; agora tão perto que chegam a ser sufocantes.

— Então, a gentileza da sua hospitalidade se estende tanto aos funcionários quanto aos hóspedes — comento.

Gordon mexe o maxilar.

— Vocês, mulheres Collins, são pura encrenca, sabia disso?

Eu me pergunto o que Kit fez para irritar esse cara.

— Isso significa que devo cancelar a reserva da bicicleta dupla que fiz para nós?

Ele ignora o que eu falo, para no bangalô número dezesseis e tira um cartão-chave do bolso.

— Você vai passar a noite aqui.

— Tudo bem. — Estendo a mão para pegar o cartão.

— É estranho. — Gordon continua a segurar o cartão, enquanto me encara. — Você disse que deixou o celular em casa, mas tenho certeza de que estava usando um telefone no estacionamento do porto hoje à tarde.

Assustada, deixo cair a bolsa. Gordon e eu nos abaixamos ao mesmo tempo para pegá-la, mas ele é mais rápido. Gordon espia dentro da bolsa, então demora um instante antes de me deixar tirá-la da sua mão. Nossos olhos se encontram.

— É melhor contar a sua história direito. — Ele me entrega a chave. — Aqui, não gostamos de mentirosos.

8

Olhei para as cortinas de veludo vinho. Uma gota de suor escorreu pelo meu couro cabeludo. Quando as cortinas se abriram, contive a vontade de sair correndo do palco e forcei um sorriso no rosto.

Segurei com força a minha varinha e dei um passo à frente no piso de madeira polida. Um mês atrás, os holofotes teriam me cegado. Agora, mal reparava neles. Olhei ao redor do auditório da minha escola. Metade dos trezentos lugares estava ocupada, o maior número de espectadores que eu já havia tido. Poucos artistas iam à nossa pequena cidade. E a notícia tinha se espalhado.

No meio da primeira fila estavam sentados Sir e a mamãe. Jack não estava ali. Ela tinha ido para a faculdade no início daquele ano — não que fosse assistir ao meu show de qualquer maneira. Jack tinha escolhido uma universidade no Oeste, determinada a se mudar para o mais longe possível de casa. Eu tentava perturbá-la o mínimo possível, e só ligava nas noites em que estava realmente apavorada com o que o nosso pai poderia fazer. E Jack não havia atendido nem uma vez.

Para aquela noite, a minha mãe estava usando a sua melhor roupa de domingo. Sir usava jeans e uma camiseta. Querendo aperfeiçoar meu desempenho primeiro, adiei o máximo que pude a presença deles na apresentação, mas na noite anterior Sir tinha batido o pé. Já no teatro, a mamãe acenou para mim. Sir piscou.

Eles eram a menor das minhas preocupações. Eu me aproximei do pedestal do microfone e me apresentei.

— Bem-vindos a *Prazeres terrenos*.

Examinei a plateia em busca de quatro rostos cheios de espinhas, então peguei o microfone e gesticulei pelo palco, onde já havia espalhado vasos de flores vazios.

— Vamos deixar esse lugar mais colorido antes de começarmos.

Apontei a varinha para um vaso. Uma tulipa de um vermelho intenso desabrochou. Alguém arquejou. Andei de vaso em vaso, fazendo brotar uma flor diferente em cada um, uma mais bonita do que a outra. A plateia deixava escapar murmúrios encantados. Eu poderia ter feito aquele truque até dormindo, e já havia despertado de mais de um sonho brandindo meu dedo indicador como uma varinha. Depois que cada vaso exibia uma flor, ergui os braços e me virei para a plateia. Eu me deleitei com os aplausos estridentes e soltei o ar, deixando um sorriso surgir em meu rosto pela primeira vez naquela noite.

Eu ainda não os havia localizado. Talvez tivessem ensaio naquela hora.

Depois do truque das flores, caminhei com um passo afetado até a mesa de papelão à esquerda do palco, animada pelo entusiasmo da minha plateia. Entrei no ritmo já tão conhecido do meu espetáculo, uma rotina de quarenta minutos que eu tinha levado seis meses para montar e praticar. Peguei a minha corda velha na mesa e cortei em duas antes de torná-la inteira novamente. Bolas de golfe apareceram entre meus dedos e desapareceram com a mesma rapidez. Fiz uma série de truques com lenços, primeiro puxando da boca um longo pedaço de tecido com listras de arco-íris. Separei-o em cinco lenços menores, cada um de uma cor diferente, então voltei a transformá-los em um único pedaço de tecido novamente, em padrão *tie-dye*.

Embora os truques não fossem inovadores, o público foi à loucura. De acordo com o novo livro que eu estava lendo, o ilusionismo não tinha a ver com truques, mas sim com convencer o seu público, fazendo-o acreditar no que vê.

Apresentação após apresentação, continuei trabalhando no básico. Eu estava ansiosa para passar para práticas mais difíceis, mas prometi a mim mesma não fazê-lo até aperfeiçoar o número que já havia montado. Trabalhei naquela corda até a palma das minhas mãos sangrarem. Surgiram bolhas nos dedos que empunhavam a varinha. Na maior parte das noites, eu mal me lembrava de encostar a cabeça no travesseiro quando ia para a cama. Eu não me preocupava com namorados ou melhores amigos. Tinha um único foco, e o meu trabalho árduo estava mostrando resultados: eu me sentia cada vez mais confiante no palco. E aquela era a melhor reação do público que eu já havia tido.

Estava prestes a fazer a transição para a minha parte favorita do espetáculo quando um "buu" baixo ressoou no fundo do teatro. Meu estômago se revirou. Semicerrei os olhos. Alguns espectadores olharam ao redor, tentando encontrar a origem do barulho. Os quatro rostos que eu vinha procurando entraram lentamente no meu campo de visão, na última fila. Eles tinham ficado escondidos nos assentos o tempo todo, esperando por um momento oportuno. Normalmente se sentavam na frente. Senti um aperto no peito.

Esta noite, não. Não enquanto Sir estiver aqui.

Talvez ele não os ouvisse. Afinal, era ligeiramente surdo do ouvido esquerdo.

Coloquei o microfone de volta no suporte e levantei um par de algemas de aparência complicada, o mesmo que Sir tinha comprado para mim no dia seguinte ao incidente com a travessa da minha mãe.

— Para o meu próximo truque, vou precisar de um assistente. Algum voluntário?

Mãos se ergueram na plateia.

— Por que você não desaparece? — gritou um dos quatro.

Pela voz anasalada, eu soube que era Alan, meu antigo colega da aula de natação.

Sequei o suor da testa e examinei a plateia. Atrás dos meus pais havia uma família com dois meninos. O mais velho parecia enfeitiçado pelo que via no palco, tinha olhos cor de mel e o nariz torto. Parecia o tipo de pessoa que ficava em casa lendo livros sobre Houdini, memorizando cada apresentação, cada truque, como eu tinha feito. Como eu ainda fazia. Chamei-o, enquanto me perguntava se a multidão também tinha vaiado Houdini em seus primeiros dias. Os livros nunca diziam nada a respeito disso.

A primeira experiência de sucesso de Houdini tinha sido com o escape das algemas. Em uma de suas primeiras apresentações, ele se vangloriou de ser capaz se libertar de qualquer algema dada pelo público ou pela polícia local. E cumpriu a palavra. Dali em diante, passou a fugir de prisões, depois começou a pular de pontes, e logo a se trancar em caixas debaixo d'água. Aos quinze anos, eu não tinha ideia de como conseguiria comprar o material necessário para reproduzir as façanhas posteriores dele. Como eu entraria em uma prisão? Era preciso pedir permissão para pular de uma ponte? Aquelas eram missões absolutamente colossais para alguém que nunca havia se afastado mais de duas horas da própria cidade natal. A falta de opções me forçava a dar um passo de cada vez em minhas performances. Quando criança, aprendi truques com cartas, como Houdini havia feito. Se simples escapes de algemas tinham impulsionado a carreira do meu ídolo, então eu também dominaria aquilo.

O garoto fascinado se juntou a mim no palco.

— Como você se chama?

— Gabriel.

Eu me lembrei do mágico que tinha me escolhido tantos anos antes.

— Sua família veio de muito longe para estar aqui, Gabriel?

Ele olhou para a mãe, o medo estampado no rosto. Ela assentiu, encorajando-o. O garoto abriu a boca.

— S-somos de Aldsville.

Aldsville ficava a algumas cidades de distância. Dei uma piscadela para os pais de Gabriel. O irmão mais novo dele estava literalmente na ponta da cadeira, os olhos cintilando.

— Obrigada por terem vindo me assistir hoje. — Eu me voltei para Gabriel. — Você gostaria de ser meu assistente no próximo truque, Gabriel?

O garoto assentiu com entusiasmo, já parecendo menos assustado.

Levantei as algemas no ar — tinha treinado com aquele par por quase cinco anos, conhecia cada arranhão, cada amassado no metal. Escapar delas tinha se tornado algo natural.

Entreguei as algemas a Gabriel. Ele as prendeu nos meus pulsos, então mostrou a chave ao público para que todos pudessem ver que era ele, e não eu, quem estava segurando. Os alunos do clube de teatro tinham ficado em silêncio enquanto Gabriel se apresentava e me ajudava, mas tinham voltado a zombar tão alto que até o meu pai ouviu.

— Vamos ver se você consegue conjurar alguns amigos — disse Alan.

Sir cerrou os lábios, mas seus olhos permaneceram fixos no palco. O restante da plateia não parava de lançar olhares por cima dos ombros. Alguns davam risadinhas hesitantes, achando que aquilo talvez fosse parte da minha atuação. Outros olharam de cara feia para os meus colegas de classe. Uma mulher fez "xiii" para que se calassem. A maior parte das pessoas estava confusa, com a atenção dividida entre a minha apresentação e os adolescentes da última fila, que sussurravam e cutucavam uns aos outros quando não estavam zombando de mim. Meu rosto ardia.

No palco, Gabriel me observava, e era a única pessoa no auditório que não dava a menor importância para os quatro *bullies* que me atormentavam. As algemas chacoalharam, chamando a atenção para as minhas mãos trêmulas. Eu me atrapalhei enquanto tentava abrir a fechadura. O público me encarava. Com certeza podiam perceber que eu estava tendo dificuldades, que não estava fingindo para causar um efeito dramático. Erros não faziam parte da minha apresentação.

Ao longo do último mês, tinha tentado todas as soluções que consegui imaginar para fazer com que os alunos do clube de teatro parassem de me atormentar. Primeiro, apelei para eles em particular. Depois, exigi que parassem com aquilo no meio de uma apresentação, a minha voz ecoando no microfone. Em seguida, envolvi um professor, que ficou de guarda em algumas apresentações, mas que era ocupado demais para comparecer a todas. Sem falta, meus colegas simplesmente continuavam importunando. Não se preocupavam com qualquer punição da escola — afinal, a Sra. Kravitz costumava defendê-los. Por fim, decidi ignorá-los. Aquilo fazia com que as vaias parassem mais rápido, embora nada naquelas humilhações que aconteciam três vezes por semana fosse rápido.

— Ninguém gosta de você — disse Alan.

Cometi um erro crasso no truque das algemas, e não conseguia me soltar. Aquilo normalmente levava metade do tempo. Os olhos de todos no público percorriam o meu corpo. Eu ouvia minha pulsação latejando nos ouvidos. O suor se espalhava como um bigode pelo meu lábio superior. Minha respiração saía muito alta, e eu sentia a garganta seca. Será que todos conseguiam ouvir o coração disparado que me denunciava?

Finalmente consegui me livrar das malditas algemas. Entreguei-as a Gabriel, que parecia menos impressionado à medida em que os minutos passavam. Pedi a ele que segurasse as algemas para o público ver, então para que verificasse se não havia molas artificiais ou mecanismos secretos para abri-las. Enquanto ele fazia isso, esfreguei os pulsos machucados. Tinha cortado o pulso esquerdo. Sangue escorria do corte (-2). Todo aquele desempenho infeliz merecia um grande menos dez. Olhei de relance para Sir. Ele tinha afundado ainda mais no assento, como se não quisesse que ninguém soubesse que éramos parentes.

Fiz um gesto para Gabriel e falei ao microfone.

— Que tal uma salva de palmas para o meu assistente?

A plateia aplaudiu, agora com menos entusiasmo. Àquela altura, os que antes estavam confusos haviam percebido que as vaias não faziam parte da apresentação ou de algum impulso masoquista adolescente incompreensível. Dei um tapinha carinhoso no ombro de Gabriel, que sorriu para mim antes de sair do palco. Quando voltou ao seu lugar, o irmão mais novo apertou seu braço, emocionado. Eles reviveriam aquela apresentação várias vezes ao longo das semanas seguintes.

— Por hoje é só, pessoal. — Limpei o sangue do pulso. — Eu me apresento aqui todas as segundas, quartas e sextas-feiras, e acrescento novos truques à minha apresentação a cada poucas semanas, então, por favor, venham me ver de novo. Obrigada.

Fiz uma reverência profunda no centro do palco, deixando cada gota de sangue subir à cabeça para ter uma desculpa melhor para o meu rosto vermelho. A plateia aplaudiu educadamente, então se apressou a sair do auditório, como se o fracasso pudesse ser contagioso.

Dei uma espiada na última fileira. Vazia. Eles sempre desapareciam antes da salva de palmas final, permitindo que eu ouvisse algumas palmas que não tinham sido dominadas por provocações. Parecia que faziam questão de deixar no ar um mínimo de esperança, o bastante para me fazer voltar ao palco alguns dias depois. Voltei os olhos para a primeira fila. Minha mãe estava com a testa franzida. Sir, com a cara fechada. As cortinas se fecharam. Estremeci e fechei os olhos com força.

Nunca vai doer mais do que agora.

Sir costumava nos dizer aquilo o tempo todo, sempre que dávamos uma topada ou mordíamos o lábio sem querer. A dor imediata era a pior, e a cada segundo que passava só tendia a melhorar. Repetíamos mentalmente versões abreviadas daquele refrão, *nunca vai doer mais, nunca vai doer mais*, esperando que a dor diminuísse. Ele estava certo. Sempre passava.

Endireitei os ombros, saí do palco e entrei no auditório. O restante do teatro estava vazio, mas os meus pais permaneceram sentados.

— Obrigada por terem vindo — consegui dizer.

A minha mãe deu um único tapinha no meu ombro, como se tivesse medo de ser carinhosa demais.

— Você foi maravilhosa. Deus deve ter guiado a sua mão.

Sir lançou um olhar perplexo para ela e apontou com o polegar para o palco.

— Não culpe um bicho-papão pelo que aconteceu ali em cima.
— Ele se virou para mim. — É assim que costumam ser esses shows?

Eu estava exausta demais para me fazer de boba.

— Está falando das vaias? São uns garotos do clube de teatro. Estão bravos porque todo mundo veio à minha apresentação em vez de ir à noite de estreia deles. Querem que eu pare de fazer o meu espetáculo, e como eu não paro, continuam me perturbando.

Quando apresentei *Prazeres terrenos* para o diretor da escola, ele concordou em me deixar encenar no ginásio e me deu três datas para escolher a da minha estreia. Eu provavelmente não teria escolhido a mesma noite de sexta-feira de dezembro em que o clube de teatro estrearia *Adeus, amor* se a diretora do clube de teatro, a Sra. Kravitz, não tivesse me chamado de idiota na frente de toda a sua turma de física naquele dia. Não foi a primeira vez que ela me tratou assim, então não me intimidei com a sagrada estreia do clube de teatro na noite de sexta-feira. Como eu poderia saber que a cidade toda, que todos os alunos prefeririam assistir ao meu espetáculo de mágica do que à trupe sem talento dela? O auditório costumava ficar lotado para o musical da escola, e os meus colegas atribuíam aquilo ao talento deles. Quando viram que o engajamento foi fraco daquela vez, foram forçados a encarar a realidade. O tamanho e o entusiasmo do público de sábado e domingo — eu não me apresentava nos fins de semana — não tinham compensado a decepção da noite de estreia. O estrago estava feito. Eles agora queriam meu sangue.

Eu tinha a esperança de deixar a rixa para trás durante as férias de inverno. Novo semestre, nova peça. No mesmo dia das audições para *Do mundo nada se leva*, o diretor do colégio me chamou na sala dele. Então me disse que a minha apresentação era tão popular que ele queria transferi-la do ginásio para o teatro. Eu poderia fazer o meu espetáculo três noites por semana, em um palco de verdade, com cortinas e holofotes em vez de plataformas de exercício. Não consegui acreditar na minha sorte. Se eu pensava que o meu upgrade forçaria o clube de teatro a mudar a sua programação e transferir alguns ensaios para outro lugar? Não, na época, não. Estava ocupada demais apertando a mão do diretor e agradecendo efusivamente. Não me dei conta do que tinha feito até que eles apareceram na minha primeira apresentação naquela semana. O bullying continuou, mas eu não estava disposta a voltar para o ginásio com o rabo entre as pernas. Quem sabia quando eu teria outra chance de me apresentar em um palco? Se os meus colegas redirecionassem metade da energia que gastavam me vaiando para aprender a atuar, as pessoas talvez aparecessem para assistir às peças idiotas deles.

Sir rangeu os dentes.

— Vamos para casa.

O trajeto de quinze minutos foi silencioso. Eu queria que ele já tivesse dito logo qual seria a minha punição. Não saber era a pior parte. Sir não chamaria aquilo de punição, preferia mascarar como uma "oportunidade pontual", fazendo parecer que estávamos fazendo aquilo pelo meu bem-estar, tudo em nome do autodesenvolvimento.

Àquela altura, eu já tinha idade suficiente para saber daquilo, mas quando teria idade suficiente para enfrentá-lo? Faltavam três anos e meio para eu ir embora para a faculdade. E eu iria para muito, muito longe, como Jack tinha feito. Não para a mesma universidade que ela, obviamente. Para algum lugar do outro lado da Costa Oeste. Flórida, talvez. Eu teria que pesquisar qual era a cidade mais distante da nossa.

Quando eu divagava em relação à minha fuga, tentava não pensar em como seria ter que deixar a minha mãe sozinha com Sir. Mas se aquilo não tinha impedido Jack, por que deveria me deter? Além disso, se a minha mãe já havia tido algum espírito de resistência, fazia muito tempo que tinha evaporado. Uma vez, enquanto Sir estava trabalhando, perguntei por que ela não o deixava. Minha mãe chorou como se eu tivesse dado um soco nela, disse que tinha feito um juramento, que aquele era o plano de Deus para ela. Quando comentei que não era um plano muito bom, ela perguntou como eu ousava desafiar a sabedoria de Deus e começou a bradar contra o meu atrevimento e a minha falta de fé. E ainda estava furiosa quando saiu pisando firme para o quarto, onde fechou a porta com estrondo e a trancou. Aquela foi a vez em que a vi mais irritada.

Nós três entramos em casa, cansados. A pintura da porta da frente tinha começado a descascar naquele ano, mas ninguém se dera ao trabalho de consertar. Demorei tirando os sapatos no hall de entrada — se corresse para o meu quarto, ele me chamaria de volta assim que eu me acomodasse. Olhei de relance na direção dele. Sir tinha afundado na poltrona e aberto o jornal. Eu realmente iria passar ilesa por aquela noite? Subi as escadas na ponta dos pés.

— Meu bem — gritou ele quando cheguei à soleira da porta do meu quarto.

Segurei com força o batente da porta, pensando na ironia de que durante toda a minha vida tinha desejado ter o meu próprio quarto, mas, agora que Jack havia ido embora, o que eu mais queria era continuar a dividi-lo com a minha irmã. Sem ela, a casa parecia um cemitério.

— Estou indo.

O pavor apertou a boca do meu estômago. Como seria ter um pai comum que só me fizesse revirar os olhos de chateação em vez de arregalá-los de pavor quando o ouvia me chamar? Desci a escada em silêncio, o coração batendo forte a cada passo. O que ele queria? Eu estava abalada demais para enfrentar um dos seus desafios. Tinha acordado às quatro e meia da manhã para conseguir treinar mágica por uma hora antes de ir para a piscina (+1).

Parei na frente da poltrona reclinável dele, com seu tecido manchado e desgastado. Sir juntou as pontas dos dedos como se estivesse me avaliando pela primeira vez, como se não víssemos os rostos feios e amargos um do outro todos os dias.

Por favor, a lixa não.

— Você treinou nado de costas hoje?

Eu o encarei, surpresa. Nunca dava para saber o que sairia da boca de Sir, mas raramente era uma pergunta normal.

— Sim — respondi, certa de que estava caindo em uma armadilha.

— Tempo?

— Um e quinze.

Ele franziu a testa.

— Seu melhor tempo (+2).

Por que ele estava com aquela cara, então?

Mesmo eu tendo passado por todos os seis níveis da aula de natação um mês mais rápido do que Jack, aquilo ainda não foi suficiente. Eu tinha que ser melhor, mais rápida, mais forte. Sir tinha decidido que eu entraria para a equipe de natação da escola.

— Já é hora de você começar a pensar no futuro — disse ele. — Chega dessa bobagem de mágica. — Eu o encarei boquiaberta.

— Sua irmã ganhou uma bolsa acadêmica. Você com certeza não vai se qualificar da mesma forma. Como planeja pagar a faculdade? Tirando notas de dólar da orelha das pessoas?

Jack tinha conseguido uma bolsa acadêmica *parcial*. Ela estava pagando a maior parte das taxas da universidade com gorjetas que recebia trabalhando como garçonete. Eu duvidava que meus pais tivessem meios para nos ajudar com a faculdade, mas fato é que eles não ajudariam, mesmo que pudessem. Sir estava determinado a nos ensinar autossuficiência.

— Se você se esforçar mais nos treinos de natação, pode conseguir uma bolsa de estudos para atletas. Não num lugar bom, mas talvez em uma universidade pequena que esteja querendo melhorar seu desempenho.

Eu fervi de ódio. Meu progresso teria emocionado qualquer outro pai: eu não tinha mais medo de entrar na água, fosse na banheira, na piscina ou no mar. Era uma nadadora mais do que proficiente, forte o bastante para nadar levando outra pessoa a reboque até ela estar a salvo. Mas nadar era uma tarefa árdua. Eu não tinha intenção de continuar no esporte depois de me formar. Só estava no maldito time de natação porque ele tinha me inscrito.

Pigarreei.

— Eu não quero entrar na faculdade pela natação.

— Sim, bem, eu não quero trabalhar para viver, mas a vida adulta se resume a fazer coisas que a gente preferiria não fazer. Como está planejando ganhar a vida? A sua irmã vai se formar em administração, enquanto você é vaiada em auditórios.

— Aqueles garotos eram só colegas maldosos fazendo retaliação. Todo mundo adorou o espetáculo.

— Aqueles encrenqueiros foram a parte mais interessante. — Eu me encolhi, subitamente ansiando pela lixa. — Agora, escuta, eu apoiei esse seu hobby quando você era criança, mas agora é hora de levar a vida a sério. Você não vai colocar comida na mesa tirando coelhos da cartola.

— Se eu for boa o bastante, posso conseguir. Ainda estou aprendendo.

— Não mais, você não vai mais aprender nada disso.

Eu arquejei.

— Nada mais de shows de mágica até você reduzir seu tempo no nado de costas para 1:02.

Meus olhos quase saltaram das órbitas.

— Treze segundos a menos? As minhas colegas de equipe estão se esforçando para reduzir um segundo só.

— Aquelas garotas estavam em clubes de natação quando você se cagava toda no lago Minnich.

Aquela era uma maneira bem particular de descrever um quase afogamento.

— Você tem muito mais margem para se aprimorar do que elas. — Meu pai fungou. — E não nos rebaixamos aos padrões de outras pessoas, meu bem. Estou dizendo que treze segundos até o final do último ano é possível.

— Como?

Ele deu de ombros.

— Melhorando a técnica. Mais musculatura. Cárdio. Você consegue ser extremamente engenhosa quando quer. Vai dar um jeito.

Continuei a olhar para ele, boquiaberta, me recusando a ceder àquela exigência intransponível. Sir estreitou os olhos.

— Estou falando sério. Chega de shows, chega de treinos de mágica, chega de mágica. A menos que você diminua o tempo no nado de costas.

Cerrei os dentes.

— Consigo fazer as duas coisas. Vou melhorar na natação e na mágica ao mesmo tempo.

— O diabo que você vai. Tente entender isso com essa sua cabeça oca: não existe futuro para mágica aqui. Você tem que ir para Nova York ou para algum outro lugar para se dar bem em uma merda dessas. E você vai ficar — ele bateu com o dedo na mesinha dobrável — bem aqui.

Em menos de um ano, eu tiraria a minha carteira de motorista. Ia poder sair daquela casa e dirigir para onde quisesse. Poderia abandonar o ensino médio, encontrar um sofá qualquer para dormir e descobrir outra maneira de conseguir o meu diploma do ensino médio.

— Chega de mágica para você.

O olhar dele me desafiava a desafiá-lo. Não adiantava discutir.

Abaixei a cabeça.

— Sim, senhor.

— Eu já disse um milhão de vezes que, se você se esforçar, vai conseguir ser alguém um dia. Mas você precisa se concentrar. Chega de brincadeira. — Os olhos dele se voltaram para a televisão. — Traga seu caderno de pontos aqui.

— Sim, senhor — repeti.

Subi a escada até o meu quarto, me joguei na cama e apertei a cabeça do Sr. Urso até os meus braços doerem. Então, abri a gaveta da mesinha de cabeceira, peguei o caderno de pontos e tive vontade de jogá-lo pela janela. De agora em diante, eu ia treinar mágica antes que Sir acordasse. Faria espetáculos improvisados para públicos menores em locais secretos. Faria todas as minhas leituras e pesquisas na biblioteca e diria aos meus pais que tinha algum trabalho em grupo. Eu aperfeiçoaria a minha arte, sangrando, ganhando hematomas, até ficar impecável e destemida como Houdini. Então, eu me mudaria para Nova York se fosse necessário. Sir poderia me ameaçar o quanto quisesse, mas eu não iria parar.

Eu nunca, jamais desistiria de me apresentar.

9

Natalie

8 DE JANEIRO DE 2020

— *Não* gosto de ser chamada de mentirosa. — Lanço um olhar fulminante para Gordon, coloco o cartão-chave diante do leitor e escuto a porta ser destrancada. — Seja quem for a pessoa que lhe disse isso, está errada. — Abro a porta com o coração acelerado, e coloco minha bolsa de viagem para dentro, sem dar chance a ele de responder.

O que eu sei sobre qualquer uma dessas pessoas, do que elas são capazes? Quem pode garantir que vão limitar suas ameaças ao e-mail? Pressiono meu pulso dolorido e imagino Gordon me arrastando pelos cabelos até a água e me segurando até meu corpo ficar inerte. Quem saberia meu paradeiro?

Quem se importaria o bastante para procurar?

Balanço a cabeça para clarear as ideias e olho ao redor no bangalô. O quarto está impecável, sem nenhuma partícula de poeira à vista. É rústico, funcional e de decoração espartana. Há uma cama de solteiro encostada na parede oposta, com lençóis muito brancos perfeitamente esticados nos cantos. Em frente à cama, uma escrivaninha de carvalho e uma cadeira de encosto duro. Portas de correr escondem um pequeno armário. Nenhum tapete no chão ou aparelhos na mesa de cabeceira, nem qualquer obra de arte nas paredes. Há apenas os nós no pinho do piso que parecem enxames de abelhas.

— Mais uma coisa — diz Gordon.

Levo um susto e me viro rapidamente. Gordon cruzou a soleira e está dentro do meu quarto. Ele fecha a porta e enfia a mão na bolsa, de onde tira um maço de folhas grampeado.

— Preciso que você assine isso.

Folheio as páginas do contrato. Diz que não posso processar Wisewood por danos físicos ou morais, que prometo não compartilhar nada do que acontece ali com o "mundo exterior". Não é permitido publicar classificações ou comentários em sites de viagens ou em outros lugares da internet.

Não queremos que ninguém divulgue segredos comerciais ou comprometa a experiência de futuros visitantes.

Isso explica por que há tão poucas avaliações de Wisewood online. Passo para a última das vinte páginas de um texto jurídico tedioso. Quando levanto a cabeça, vejo Gordon me olhando em expectativa. Ele está esperando que eu assine imediatamente. Não é que eu leia os termos e condições da Apple antes de atualizar meu iPhone, mas, até onde eu sei, o contrato de Wisewood pode incluir sacrifício de animais à noite.

— Vou precisar ler isso com atenção — digo. Ele assente, mas não faz qualquer menção de sair do quarto. — Sozinha.

— Sem pressa. — Gordon dá batidinhas com o pé no chão. — Você só precisa permanecer nesse quarto até assinar. Precisamos proteger nossa propriedade intelectual.

Pego o maço de folhas. Quanto mais tempo demorar lendo aquilo, mais tempo vou levar para encontrar Kit. Sem mencionar que não confiro o meu e-mail há horas. Embora meu celular esteja desligado, já ouço os alertas de mensagens de pânico chegando, na minha ausência.

Leio rapidamente as páginas do contrato. Nada muito louco salta à vista. Assino na linha pontilhada e entrego o contrato a Gordon.

— Você pode pagar pela noite de estadia quando fizer o checkout amanhã. Servimos o jantar às seis no refeitório. — Ele se dirige para a porta.

— Ei, o que você quis dizer quando nos falamos por telefone? — Mordo o lábio inferior. — Quando disse que eu já tinha feito o bastante?

— Você mexe a boca quando está nervosa. Presumo que use uma placa para bruxismo à noite para evitar de ranger os dentes. — Paro na mesma hora. Ele cruza as mãos enormes como patas de urso atrás das costas. — Kit falou muito sobre a família na aula.

— O que ela disse?

— Pergunte você mesma. — Com isso, ele abre a porta e sai. Eu me apoio na porta. — Eu lhe desejo um dia potencializado, Sra. Collins — diz Gordon, baixinho.

Espero meu coração desacelerar. Depois de um instante, percebo que não cheguei a perguntar qual é o quarto de Kit. Abro a porta, mas Gordon já se foi.

Solto um palavrão e examino o cômodo. Ao lado do armário fica o banheiro, que é tão pequeno que dá para lavar as mãos na pia enquanto estou sentada no vaso sanitário. Suspiro e levanto os olhos acima da pia para ver os danos que, sem dúvida, o clima do lugar está provocando no meu cabelo.

Não há espelho na parede.

Confiro todo o banheiro minúsculo. Não há espelhos em lugar nenhum. Saio do banheiro e examino as paredes da minha casa temporária, que certamente não tem mais de trinta metros quadrados.

Abro as gavetas, vejo os armários, espio até embaixo da cama. Nem um único espelho.

Desisto dessa busca e procuro por persianas ou cortinas nas janelas. Também não há nada semelhante. Quando olho para fora, não vejo ninguém, mas isso não significa que não haja ninguém ali, escondido atrás de um bangalô ou de uma árvore. Eu me afasto da janela, levo meu casaco para o banheiro e fecho a porta. Pego o celular e, depois de me certificar que está no modo silencioso, ligo o aparelho. Cruzo os dedos e verifico a tela.

"Sem serviço".

Solto um gemido e vou até as configurações. É claro que não há sinal de Wi-Fi.

Espero mais um minuto para ver se o telefone encontra sinal, mas o status "Sem serviço" não muda. Fico arrepiada diante da ideia do número de notificações em vermelho subindo cada vez mais. Vou ter que encontrar sinal em outro lugar da ilha. Procuro tomadas nas paredes para carregar o celular e descubro que não há nenhuma. Fico parada no meio do quarto, confusa, até perceber que os hóspedes não precisam de tomadas se não podem ter acesso a aparelhos eletrônicos. O despertador na mesa de cabeceira funciona com pilha.

Tiro da bolsa de viagem roupas suficientes para passar a noite. Sutiã e roupas íntimas sempre ficam na prateleira de cima do armário, pijamas na segunda, jeans e meu suéter turquesa favorito na terceira. Eu costumava pendurar meus suéteres até ler que isso esgarça o tecido nos ombros — agora eu os dobro ao meio, depois em terços. Se esse bangalô não tem espelho ou tomadas elétricas, há zero por cento de chance de que tenha ferro de passar, mas confiro mesmo assim, por causa da minha calça jeans. Obviamente não acho e deixo escapar um suspiro. Juro que não consigo entender por que a maioria das pessoas têm preguiça de tirar três minutos do dia para ficarem apresentáveis. Escondo o celular no pijama e fecho a porta do armário.

Na gaveta da escrivaninha, encontro um mapa da propriedade, que guardo junto com o cartão-chave no bolso e volto a vestir meu casaco pesado. Saio, então, me certificando de que a porta está trancada. Eu me sinto absurdamente aliviada pelo fato de a névoa que escondia tudo ter desaparecido. No lugar dela, flocos de cristal giram em direção ao chão. Observo seu voo. Por um segundo, o mundo parece pacífico e seguro. Então uma rajada de vento me atinge e o feitiço se quebra. Sigo em direção ao círculo mais externo dos bangalôs. Pisar na neve fresca me faz lembrar de Kit. Ela detesta andar na neve intocada, odeia vê-la perturbada, e costumava insistir para que a evitássemos, por mais tortuoso que tivesse que ser o nosso caminho. Eu me pergunto como ela lida com isso em uma ilha. Sorrio, imaginando-a acordando cedo todas as manhãs para limpar as passagens. Kit sempre soube como manter a magia viva.

Procuro em todas as janelas por um vislumbre da minha irmã ou dos seus pertences. Todos os bangalôs estão vazios e arrumados, como um hotel que ainda não abriu. Onde estão os objetos pessoais dos hóspedes? Não tem como todo mundo aqui ser maluco por limpeza. Não encontro nenhum traje de banho ou óculos de natação, nenhum baralho ou livro velho em cima da mesa. Não há nada de Kit à vista. Sinto as axilas suadas, apesar do frio.

Onde está todo mundo? Sinto as pessoas por perto, olhos fixos em mim, mas toda vez que olho por cima do ombro, não vejo nada, ninguém.

Depois de percorrer o primeiro círculo, passo para o segundo. Eu me sinto como o serial killer Night Stalker, espiando quartos de estranhos, mas esse método é mais rápido do que bater em todas as portas. Do lado de fora, o perímetro está novamente vazio. Ninguém passeando pela ilha. Nesse momento me ocorre como é raro estar no mundo sem outra pessoa à vista. Um desastre natural poderia varrer a humanidade da face da Terra nesse momento, e eu não teria ideia. Meu coração acelera ainda mais.

E se Kit estiver desesperada para sair daqui? O continente fica a mais de uma hora de distância. E se o *Ampulheta* virar durante uma tempestade? Não faço ideia de onde fica a terra firme mais próxima, menos ainda de como chegar lá. E se essa ilha afundar, e se for totalmente engolida pelo Atlântico?

E se eu nunca conseguir contar a ela? E se outra pessoa fizer isso primeiro?

Paro entre um bangalô e outro e apoio as mãos nos joelhos, ofegante. Sempre odiei segredos: ter, saber, guardar. E esse segredo está enterrado no meu peito, como um verme, abrindo um buraco no meu coração. Respiro fundo. Não posso ser a irmã Collins que perde a cabeça. Espero a respiração estabilizar.

Uma estranha sensação de estar sendo observada me obriga a erguer o queixo. A vários metros de distância, duas mulheres estão paradas na trilha, olhando para mim. A mais velha tem uma expressão gentil, a outra é de meia-idade e parece vibrar com uma energia nervosa. Elas usam roupas de inverno, mas nenhuma das duas está de chapéu, o que deixa à mostra os cortes de cabelo idênticos.

Ambas têm a cabeça totalmente raspada.

A pele é muito esticada, revelando cada depressão, protuberância e saliência em seus crânios. Manchas hepáticas marcam o couro cabeludo da mais idosa, mas a outra é a mais feia das duas, com um crânio oblongo e orelhas irregulares. Juntas, elas são como reflexos espelhados em uma casa de espelhos de um parque de diversões, dois ovos prestes a quebrar. Estremeço diante daquelas cabeças expostas, diante da frágil massa cinzenta subjacente à crosta.

A mulher mais velha sorri.

— Você está bem, querida?

Talvez elas saibam onde posso encontrar Kit. Vou até onde estão.

— Estou, sim, obrigada.

A segunda mulher me examina, os olhos amendoados cintilando. De perto, seus lábios são carnudos e as maçãs do rosto definidas.

— Você é sangue novo?

Antes que eu possa responder, a mulher mais velha diz:

— O que ela quis dizer é que ainda não tínhamos visto você por aqui? Eu sou a Ruth? — Ela fala inclinando a cabeça e coloca entonação de pergunta em todas as frases. — Ministro nosso curso introdutório a todos os hóspedes e ainda não vi você na aula? Por acaso você é Chloe ou Cheryl?

Balanço a cabeça.

— Não vim para ficar, estou apenas visitando.

Ruth hesita.

— Ah, uma visitante?

A outra mulher se agita.

— Wisewood não recebe visitantes.

— Como você chegou aqui? — pergunta Ruth.

— Wisewood não recebe visitantes — repete a outra com mais insistência, oscilando o corpo levemente na planta dos pés.

— Eu vim na balsa com Gordon. Hoje à tarde — digo a Ruth, tentando ignorar a maluca.

Ruth fala com a voz esganiçada:

— Só com o Gordon?

— Não, com um cara chamado Sanderson também.

Ruth solta o ar e abaixa a cabeça.

— Você sabe onde posso encontrar Kit Collins? — pergunto.

Ruth volta a levantar rapidamente a cabeça.

— É ela que você veio ver?

— Não é permitido amigos e familiares juntos em Wisewood — avisa a outra mulher.

Ruth esfrega a testa como se uma dor de cabeça estivesse começando.

— Você a viu? — insisto.

— Desculpe, meu bem, não vi. Gostaria de poder ser mais útil.

Faço que sim, prestes a me virar e ir embora, quando a mais nova diz:

— Eu sei onde ela está.

Espero.

— No caminho para o destemor. — Ela pisca para Ruth.

Fecho a cara.

— Que tal um lugar que eu possa achar em um mapa?

— O que a gente parece? Lewis e Clark? — Ela grita como uma alma penada, e sua risada é tão estridente que machuca meus ouvidos.

— Por favor, Sofia, já chega. Você vai dar a impressão errada a ela.

Sofia me encara fixamente. Acho que tenho exatamente a impressão certa: desequilibrada.

— Você é bem-vinda se quiser assistir a uma das minhas aulas — convida Ruth. — Meu curso para iniciantes começa amanhã às sete da manhã.

A ideia me parece tão divertida quanto aquele dia no ensino fundamental em que um absorvente interno caiu do meu bolso na frente de toda a turma.

— Obrigada, preciso ir. — Aceno para me despedir e começo a me afastar das duas.

— Se mudar de ideia — diz Ruth —, acho que posso ajudar com toda a solidão que pesa em seus ombros.

De onde ela tirou essa ideia? Eu me viro e vejo as mulheres paradas, me observando. Qualquer vestígio de risada desapareceu. Continuo andando, sem conseguir imaginar minha irmã se adaptando a este lugar, gostando tanto daqui a ponto de aceitar um emprego para trabalhar com essas pessoas. Kit confia demais nas pessoas, sim, mas tem um bom detector de conversa fiada. Ela é do tipo que sempre espera o melhor das pessoas até que lhe deem motivo para não fazê-lo. Ou seja, ela se permite ser manipulada, mas só até certo ponto. Como minha irmã poderia achar que esse lugar é a resposta para qualquer coisa? Passei a vida tentando ensiná-la a ser mais cética, até mesmo cruel quando necessário. Mas ela não aceita, quer acreditar na bondade inerente da humanidade. E é por isso que acabo vindo parar em lugares como este, para arrastá-la de volta à realidade. Ela perde a noção das coisas mais do que qualquer pessoa que já conheci.

Como tenho pouco tempo de luz do dia, decido não ver o restante dos bangalôs dos hóspedes. Corro para o canto noroeste da propriedade, onde está um segundo trailer. Eu me esgueiro até ele, com medo de ser pega bisbilhotando, mas as persianas estão fechadas.

Por que há persianas nas salas de aula, mas não nos bangalôs? Fico ouvindo do lado de fora, mas não consigo entender nenhuma palavra do que estão dizendo. Em vez de discursos apaixonados ou de uma meditação guiada, gemidos e gritos saem por baixo da porta. Um arrepio sobe pela minha espinha. Passo correndo pelo trailer.

Agora sinto arrepios em dobro. A neve cai em montes desagradáveis. Flocos lamacentos entram nas minhas botas, molham minhas meias. Brigo comigo mesma por não ter me agasalhado o bastante e decido passar pelo meu quarto para me aquecer melhor antes de continuar a busca.

Atravesso a ilha correndo até o bangalô e deixo as botas no capacho depois de tirar a neve que se acumulou dentro delas. Já no quarto, tiro o casaco e as luvas e esfrego as mãos. O cômodo pode ser estéril, mas pelo menos está quentinho.

Estaco quando percebo um cheiro desconhecido. É um perfume feminino, com notas intensas que não consigo identificar.

Alguém esteve aqui?

Afasto a ideia. Estou sendo paranoica. Essa ilha me deixou nervosa.

Vou até o armário e abro a porta. Mais um suéter deve me aquecer. Eu me agacho até a terceira prateleira, mas só encontro a calça jeans. Há um espaço vazio onde deveria estar o meu suéter. Franzo a testa.

Quando me levanto, um lampejo turquesa chama a minha atenção. Eu me viro para ele e depois me afasto do armário como se ele estivesse pegando fogo. Meu coração parece preso na garganta, bloqueando o grito que quer sair.

Balançando suavemente em um cabide está o meu suéter favorito.

10

Mais uma volta. Mergulhei e emergi de costas, cortando a água com os dedos mínimos primeiro.

Isso é o melhor que você consegue fazer?

Eu o afastei da mente, mas acelerei o ritmo.

Bandeirolas vermelhas e brancas, penduradas de parede a parede em todas as seis raias da piscina, tremulavam. Em cada uma delas estava estampado o logotipo da minha universidade. Quando cheguei ao fim da raia, olhei para o relógio. A volta foi um segundo mais lenta que a anterior. Tirei um ponto de mim mesma, então também afastei o pensamento.

Tentaria de novo.

Inspirei profundamente e comecei outra volta. Tinha aprendido a amar o cheiro limpo e químico do cloro, a forma como ele domina todos os outros odores, purifica tudo. Eu estava na metade da raia quando alguém de short amarelo-neon e camiseta se aproximou da beirada da piscina. Acenei para minha colega de quarto e acelerei. Quando cheguei aos pés de Lisa, estava ofegando e bufando. Levantei os óculos, apoiando-os na touca de natação.

— Deixa um pouco de gasolina no tanque para hoje à noite — disse ela.

— Para qual armazém decadente nós vamos dessa vez? — brinquei.

— *Evelyn Luminescência* é brilhante. Você vai ver.

— O trocadilho foi intencional?

Ela mostrou a língua.

— Vejo você no dormitório.

Assenti e parti para mais algumas voltas, jurando para mim mesma que iria estabelecer um novo recorde pessoal naquele dia.

Trinta minutos depois e com o dito recorde pessoal alcançado, voltei para o quarto, ainda nada ansiosa para sair à noite. Quando entrei pela porta, Lisa, cujo cabelo e pele escuros eram perfeitos sem produtos de beleza, estava tentando arrumar a maquiagem dos olhos. Ela brigaria comigo com unhas e dentes por causa disso.

Os lençóis tinham se soltado de uma das pontas do meu colchão de solteiro. Ignorei o impulso de registrar -1 ponto para aquilo, ajeitei os lençóis de volta com a precisão de uma cama de hospital e me joguei.

— Acho que talvez eu não vá hoje.

Lisa se afastou do espelho, com o bastão do rímel em uma das mãos e o tubo na outra.

— De jeito nenhum. Fui àquele show de mágica horrível que você escolheu no fim de semana passado. Preciso te lembrar que o cara tentou tirar uma pomba de debaixo da minha saia? Essa exposição é o mínimo que você pode fazer para me recompensar.

Ri ao lembrar da cena. Mas a verdade é que eu acabara de descobrir uma nova biografia de Houdini e o que eu mais queria era passar a noite perdida no mundo dele.

— Estou cansada.

— Por que você está dando o sangue na piscina? Você nem está na maldita equipe de natação.

Eu tinha continuado a nadar durante todos os quatro anos do ensino médio, como Sir havia exigido. Quando cruzei o palco na formatura, minha principal fonte de felicidade tinha sido constatar que nunca mais precisaria usar touca e óculos de natação na vida. Imagine a minha surpresa ao descobrir, seis meses depois, que eu realmente sentia falta de nadar. Hesitante, eu retornara às piscinas havia poucas semanas e, desde então, não faltei um dia. O esporte era muito mais agradável quando era eu quem decidia o quanto me esforçar.

— É difícil abandonar antigos hábitos.

Lisa voltou a aplicar o rímel.

— Então crie alguns novos. Você tem dezenove anos e, até onde eu sei, não faz parte de nenhum convento. Amo você, garota, mas às vezes acho que vive como se a vida fosse um castigo.

Eu sabia que ela estava certa, mas não disse nada.

— De que adianta morar a meia hora de Nova York se você vai passar a sexta-feira à noite no quarto do dormitório?

Seria porque Houdini havia escapado de uma caixa no East River e eu queria fazer o mesmo? Levantei os braços em sinal de rendição e calcei meus chinelos de borracha para entrar no banho.

— Eu vou, eu vou.

Lisa e eu esperamos em uma longa fila do lado de fora de um prédio de tijolos genérico em uma calçada decadente de Manhattan. Era uma noite quente de final de março, o primeiro dia do ano com cara de primavera. Olhei para minha colega de quarto e dei o braço a ela, feliz por Lisa ter insistido tanto para que eu saísse. Lisa era a melhor amiga que eu já havia tido. Era estudante de arte e queria gerenciar uma galeria algum dia. Ela adorava karaokê, cachorros e comida grega. E não ria quando eu dizia que queria ser ilusionista. Nós nos conhecíamos havia apenas dois meses quando Lisa me convidou para visitar a casa da família dela na Pensilvânia, no Dia de Ação de Graças e depois no Natal, assim eu não precisava voltar para casa. Em momento nenhum ela disse que era esse o motivo, só explicou que seu irmão mais novo a deixava louca e que eu seria um bom escudo. Quando o pai dela perguntou que curso eu havia escolhido — psicologia — e o que queria fazer depois que me formasse, admiti, hesitante, que eu era uma aspirante a ilusionista. A família dela também não riu.

— Ela não é aspirante — intrometeu-se Lisa. — Ela faz shows há quatro anos. Já é profissional.

Lisa piscou para mim do outro lado da mesa. Ela insistia repetidamente que eu não era nenhum dos rótulos que Sir tinha me atribuído. E foi a primeira pessoa que ouvi chamá-lo de idiota.

Eu não voltava para casa desde que tinha começado a faculdade e nunca mais teria que comer sanduíches de mortadela ou arroz tufado. Falava com a minha mãe mais ou menos de quinze em quinze dias e conseguia falar com Jack por telefone uma ou duas vezes por semestre. Toda vez ela encerrava a conversa depois de cinco minutos, alegando ter dever de casa ou festas. Pelo tom constrangido e contido, eu percebia que ela não estava a fim de conversar, que havia me incluído na disfunção da nossa infância. Percebia que Jack tinha vergonha de nós. Depois de um tempo, parei de tentar. Não ia implorar que ela agisse como minha irmã.

Com Sir, eu não falava desde o dia em que me mudara para a universidade. No final do ensino médio, eu havia reduzido sete segundos do meu nado de costas para ele, mas mesmo assim meu pai me repreendeu por não ser boa o bastante. Ele não sabia que eu tinha vencido o show de talentos do ensino médio — nos últimos três anos — com minhas apresentações de mágica. E não teria se importado.

Quando parti para a universidade, eu tinha um metro e oitenta de altura, assim como ele, e braços musculosos por causa da natação. Aos poucos, comecei a entender que o meu pai não era sábio nem corajoso. Parei de dar a ele o benefício da dúvida, parei de esperar que suas punições de alguma forma me fortalecessem. Admiti para mim mesma o que ele era: um sádico, um homem tão patético que o único poder que exercia com sucesso era sobre duas garotinhas que só queriam agradar o pai. Parei de contar pontos para ele e mal podia esperar para estar o mais longe possível daquela casa.

Mas os vestígios do seu controle permaneceram. Eu ainda tinha dificuldade de relaxar. Se ouvisse passos fora do nosso quarto no dormitório da universidade, pulava da cama e fingia que estava organizando a minha mesa ou limpando o quarto. Precisava lembrar a mim mesma — ou Lisa fazia isso — que ninguém iria gritar ou me chamar de preguiçosa. Eu não precisava conquistar o direito de relaxar. Torcia para que aquele impulso desaparecesse.

Uma porta do prédio de tijolos foi aberta. Uma fila de pessoas começou a passar lentamente pela entrada. Lisa bateu palmas, empolgada. Sorri ao ver a animação dela.

— Às vezes, os shows dela são interativos — disse ela enquanto entrávamos.

Aquilo era uma coisa boa? Examinei o espaço: piso de concreto, paredes brancas, teto alto. A não ser pelos corpos quentes que enchiam a galeria, o prédio estava vazio. Normalmente, quando Lisa me arrastava para instalações de arte, havia... arte.

Eu a cutuquei e indiquei as paredes áridas com um gesto.

— Não está faltando alguma coisa?

Lisa deu de ombros, os olhos também percorrendo o salão, tentando absorver cada centímetro. O segurança fechou a porta. À medida que os minutos passavam sem qualquer ação, a reverência diminuía. As vozes aumentavam de volume. Então a porta se abriu novamente e entrou uma mulher que presumi ser a artista.

Ela era pequena, devia ter cerca de sessenta anos, o cabelo preto ia até a cintura, despenteado, com uma grossa mecha prateada. Seu vestido esvoaçante nas cores do arco-íris lembrava um paraquedas de criança. A expressão da mulher era solene, grave, até. Ela caminhou lentamente, descalça, até o meio da sala, como se estivesse em transe, segurando um pedaço de tecido preto em uma das mãos.

Lisa me cutucou com o cotovelo.

— É ela! Essa é a Evelyn.

Dei batidinhas na mão da minha amiga.

Evelyn parou bem no centro da sala. Quando falou, seu tom era hipnótico. Ela andou em círculo, fazendo contato visual com cada um dos presentes.

— Nós nos acostumamos com a violência. Quando ouvimos que mais de um milhão de pessoas morreram numa guerra, isso mal nos aflige. Nos sentimos proporcionalmente mais perturbados com um milhão de vítimas do que com cem mil? Não. Deveríamos nos sentir? — Ela fez uma pausa. — Que número seria necessário para acabarmos com essa insensatez?

A mulher parou de se mover e fixou os olhos nos meus.

— Que tal uma única pessoa? E se tornarmos a violência algo pessoal, nos colocando como alvo dela?

Evelyn desviou os olhos de mim, passando os dedos pelo pano preto que tinha na mão.

— Agora, convido vocês a me insultarem. As críticas podem dizer respeito a qualquer coisa. Minha arte, minha aparência física, coisas que vocês imaginam que são verdade a meu respeito. É irrelevante se acreditam ou não no que estão dizendo. Não se contenham. — Ela inclinou a cabeça. — Por favor, comecem.

As pessoas ao redor trocaram olhares, mudando o peso do corpo de um pé para o outro, desconfortáveis. Algumas deviam saber o que as aguardava. Olhei para Lisa, que já parecia se sentir culpada, sem dúvida certa de como eu riria dela quando voltássemos para o dormitório naquela noite. Quem era aquela mulher perturbada pedindo às pessoas que a ofendessem?

Ninguém falou.

— Achei que isso talvez acontecesse. — Evelyn colocou o tecido preto sobre a cabeça e os olhos. — E agora? Está melhor assim?

Outros vinte ou trinta segundos se passaram, e o salão pareceu prender a respiração coletivamente. Ninguém queria dar o primeiro golpe, mas também ninguém queria que o silêncio constrangedor continuasse.

Por fim, um homem do outro lado da sala sugeriu timidamente:

— Você poderia cortar o cabelo.

Várias pessoas soltaram risadinhas abafadas. Evelyn fez uma reverência, como se agradecesse.

— Seu nariz é muito grande.

Evelyn assentiu.

— Sua roupa é horrível.

— Não acredito que vim até aqui para isso.

Os ataques continuaram sem parar, como uma represa rompida. Olhei para Lisa novamente. Ela roía as unhas.

— Você está drogada?

— Acho as suas crenças ofensivas.

— Meu pai morreu lutando pela sua liberdade de fazer essa apresentação. Às vezes, a violência é necessária.

— Seu marido não te ama.

— Ninguém gosta de você.

Fiquei paralisada por um momento, então estiquei o pescoço para localizar a origem daquele ataque em particular, meio esperando que fosse Alan zombando novamente de mim no palco: *Ninguém gosta de você*.

Os ataques a Evelyn continuaram, mas não os ouvi mais. Meu rosto ardeu quando me lembrei da vergonha de Sir na primeira fila enquanto Alan cumprimentava os amigos, dando toques nas mãos, no fundo do auditório. Em toda apresentação ele estava lá para me provocar. Impiedoso.

Até o dia em que o salvei.

Foi na última semana do primeiro ano do ensino médio. Eu tinha ficado depois da aula de álgebra para fazer uma pergunta ao professor. Quando o sinal tocou, anunciando o início do próximo tempo, saí correndo da sala, esperando não chegar tarde demais para a aula de história. Quando dobrei em um canto, vi dois alunos do outro lado. Eram Alan e Peter Levine, um garoto do terceiro ano. Peter tinha dezoito anos e o tipo físico perfeito para o time de futebol americano, mas era delinquente demais para se qualificar para atividades extracurriculares. Ele havia emboscado Alan perto do bebedouro e estava segurando seu rosto embaixo do fluxo de água, enquanto Alan se debatia impotente.

Eu me virei para voltar de onde tinha vindo. Eu não venceria um concurso de popularidade no ensino médio, mas tinha um comportamento hostil o bastante para fazer com que, a não ser pelo clube de teatro, meus colegas me respeitassem. Eu não me metia nos assuntos dos outros e os outros retribuíam o favor. Podia lidar sozinha com incômodos eventuais como Alan. Mas a última coisa de que eu precisava era um *bully* de verdade atrás de mim.

Enquanto seguia pelo caminho mais longo até a aula, admito ter me sentido satisfeita por Alan estar recebendo um castigo merecido. Ele merecia a humilhação. Por isso, ninguém ficou mais surpreso do que eu quando me peguei voltando para o bebedouro. Peter Levine era apenas alguns poucos centímetros mais alto do que eu, mas cerca de quinze centímetros mais alto do que Alan. Ou seja, meu algoz não iria a lugar algum até que Peter ficasse entediado.

— Ei — falei quando dava para ser ouvida do bebedouro, sem ousar chegar muito mais perto. Se existia alguém que bateria em uma garota, esse alguém era Peter Levine. — Deixa ele em paz.

Quero deixar claro que não arrisquei o pescoço por Alan porque aquilo era a coisa certa a fazer. Não vim de um lar que desse muita importância ao altruísmo. Fiz aquilo porque vi uma oportunidade de salvar o meu espetáculo. Queria passar os três anos seguintes treinando mágica em paz.

Peter Levine se virou para mim, ainda segurando o cabelo de Alan.

— Cai fora. Ninguém te chamou aqui.

Eu me aproximei mais alguns passos e levei as mãos à cintura, tentando fazer jus aos boatos que circulavam pelas salas de aula: de que eu tinha um morcego de estimação, que dormia em um caixão, que tinha língua de serpente. Tudo porque eu usava roupas pretas e maquiagem. Alan engasgou com a água, chorando e se debatendo.

— Você não tem uma prova para se dar mal ou uma menina menor de idade para engravidar, não?

O sorriso de Peter Levine se transformou em fúria. Seu controle sobre Alan afrouxou por um momento.

— Por que não vai se foder?

Alan percebeu a oportunidade, então se desvencilhou e saiu correndo na maior velocidade com que eu já tinha visto o garoto se mover, sem nem olhar para trás. Uma veia saltava na testa de Peter Levine. Éramos só ele e eu.

Relaxei os ombros e fingi um tom de indiferença. Peter Levine era pequeno em comparação com o *bully* que eu enfrentava em casa todos os dias.

— Vou pensar na possibilidade.

Então simplesmente passei por ele e entrei na minha sala de aula. Peter não moveu um músculo.

Na manhã seguinte, encontrei no meu armário da escola a primeira edição de um manual de Houdini, difícil de encontrar. Nunca mais ninguém do clube de teatro me incomodou.

De volta à galeria de arte, a enxurrada de ofensas continuou inabalável durante dez minutos. Presumi que a multidão se cansaria da farsa e perderia o fôlego, mas as pessoas continuaram a gritar com entusiasmo.

Evelyn ficou o tempo todo parada no meio da sala, vendada e com uma expressão serena no rosto. Quanto mais tempo ela permanecia ali, mais curiosos todos ficavam. Sua recusa em desistir os intrigava. Uma constatação me atingiu como o punho de um pai: as melhores apresentações não tinham a ver com escapar o mais rápido possível. Qualquer um com certa dose de petulância e uma chave conseguiria fazer aquilo.

As melhores apresentações tinham a ver com suportar o máximo possível.

Os truques de Houdini eram simplesmente isso. Ele usava painéis secretos, alçapões e chaves escondidas. Era um inventor, um vendedor acima de tudo. Houdini vendia a sua mágica tão bem que as multidões que lhe assistiam ficavam cegas para a cortina de fumaça bem diante de seus olhos.

E se eu pudesse criar mágica de verdade? Uma apresentação sem respostas fáceis ou alçapões. Uma performance que não precisasse de chaves. Não queria que o meu trabalho fosse replicável por qualquer pessoa comum com uma caixa de ferramentas. Levava alguns minutos para reproduzir os feitos de Houdini. Levaria meses de disciplina copiar os meus. De repente, eu me vi transbordando de ideias.

Mesmo naquele momento, eu compreendia que o perigo em que Houdini se colocava era apenas parte da atração que exercia. O que o público ansiava era o "tã-dã". As pessoas queriam ver coragem diante do perigo, um herói por quem torcer, alguém que conseguisse o impossível sem tremer o queixo ou morder os lábios até deixá-los arrebentados. E quem havia sido uma aluna mais dedicada ao destemor do que eu? Eu já não me assustava facilmente, afinal, havia passado a maior parte da infância criando coragem para completar qualquer façanha insana que Sir resolvesse exigir. No entanto, eu não era infalível. Queria ser. Como Evelyn era imune à dor? Como eu poderia me fortalecer para ser da mesma forma?

A artista ergueu a mão e o salão ficou em silêncio na mesma hora. Ela retirou a venda, revelando olhos vermelhos e o rosto molhado de lágrimas. Nossas palavras a *haviam* machucado.

Os rostos dos meus colegas espectadores se encheram de acanhamento, até mesmo de horror. Eles se desculparam pelo que haviam dito, embora ela mesma tivesse pedido que falassem. Agora que podiam ver os olhos dela novamente, lembraram que havia uma pessoa sob aquela venda. Nossa humanidade emergiu e se prendeu àqueles dois pequenos orbes. Seria possível ouvir um alfinete cair no chão.

— Agora sabemos como é a violência no nível individual. — Evelyn estendeu a venda. — Alguém mais gostaria de enfrentar uma sessão como essa?

Todos recuaram um passo. Uma coisa era zombar de um estranho; outra bem diferente era ser você mesmo forçado a ficar sob os holofotes. Mas eu era mais parecida com Evelyn do que com o restante das pessoas ali. Sabia o que era ser vaiada e, ainda assim, me manter de pé. Aquela plateia talvez conseguisse me magoar, mas nada do que qualquer um pudesse dizer ali seria um golpe fatal. Talvez um dia eu pudesse passar adiante o que havia aprendido, e ensinar outros a não terem medo.

Uma calma tomou conta de mim. Levantei a mão.

— Eu.

11

Natalie

8 DE JANEIRO DE 2020

Seguro o cabide para que pare de balançar e fico olhando boquiaberta para o meu suéter.

Alguém esteve neste quarto. Alguém mexeu nas minhas coisas.

Prendo a respiração enquanto apalpo o meu pijama. Meu celular ainda está aqui. Solto o ar e fecho os olhos.

A paz dura apenas alguns segundos até que surge um novo pensamento: quem fez isso pode estar me observando neste exato momento. O medo revira o meu estômago. Eu me levanto e me viro na direção de cada janela.

A primeira está vazia.

A segunda também.

Na terceira, vejo uma sombra desaparecendo de vista. Minhas têmporas latejam. Vou até a janela, determinada. Mas, quando a abro, quem quer que estivesse lá fora desapareceu.

— O que você quer? — grito.

Recebo só o silêncio como resposta.

Cerro os punhos e murmuro cada palavrão que conheço. Reviro a bolsa de viagem, a gaveta da mesa de cabeceira, o banheiro, catalogando minhas coisas, tentando descobrir o que está faltando. Tem que haver alguma coisa, mas não descubro nada. Nem um único item foi roubado. Nada de novo também foi deixado para trás. O quarto está exatamente como deixei, a não ser pelo suéter.

A pessoa que entrou aqui, seja lá quem for, fez isso só para me desestabilizar.

A constatação me deixa com raiva, um sentimento muito mais confortável do que medo. Raiva eu consigo usar a meu favor. Eu me lembro do e-mail, da hostilidade das pessoas daqui, da irresponsabilidade da minha irmã. Tudo isso é combustível.

Vou continuar. Vou encontrá-la. Vou contar a Kit o que ela precisa saber, então vou embora desse lugar esquecido por Deus. Visto o suéter e volto a colocar todas as minhas camadas de roupa de frio. Penso em levar o celular junto, então imagino o aparelho caindo do meu bolso ou alguém me revistando. Deixei o celular aqui antes e ninguém pegou. É mais seguro que permaneça onde estava do que comigo. Volto a guardá-lo no seu esconderijo, tranco a porta do bangalô e caminho em direção ao extremo norte da propriedade.

Para me manter orientada, vou acompanhando a cerca viva. Além dos bangalôs, ao longe, não há nada para ver aqui. O céu é de um tom furioso de chumbo. Atrás do muro da sebe, o vento verga os abetos, ameaçando arrancá-los da terra e atirá-los na arrebentação. Por um momento, tenho certeza de que consigo ouvir o mar furioso, atacando a costa de granito, pedindo briga. Ando até o meu nariz escorrer, até sentir os dedos das mãos e dos pés congelando, apesar do suéter extra. A neve sopra por cima das minhas botas. De tempos em tempos, o vento me obriga a parar e me apoiar na cerca viva. Eu me agarro às folhas falsas enquanto elas tremem. O avanço é lento, desgastante e inquieto. Apesar da minha raiva, gostaria que Kit estivesse aqui. Ela tornaria essa situação divertida: me desafiaria a cantar a música-tema de *Três é demais* ao contrário ou inventaria a sua própria versão da dança da galinha. Mas, obviamente, se Kit estivesse ao meu lado, eu não estaria procurando por ela.

Quando chego a um canto da cerca viva, noto uma porta embutida nos arbustos. Quase deixei passar, porque ela está pintada no mesmo tom de verde das folhas ao redor. Na porta, em letras pretas, leio: SOMENTE PARA FUNCIONÁRIOS.

Estendo a mão para a maçaneta.

Trancada. Xingo baixinho.

Sigo a cerca viva de volta aos bangalôs. Agora tenho uma noção melhor do terreno, mas ainda nem sinal de Kit. Quase não há sinal de ninguém. Sanderson disse que estão na baixa temporada. Mexo os dedos dos pés. Eu deveria ter trazido meias de lã.

Tento me preparar para a aparência da minha irmã quando encontrá-la. Digo a mim mesma para pensar positivo, para imaginar aquele sorriso contagiante, suas covinhas, mas as imagens pérfidas superam as agradáveis. Bochechas molhadas e lágrimas pingando do queixo. Um rosto cheio de sangue, as feições destroçadas e irreconhecíveis. Um nariz despontando no meio. Olhos sem luz. Rosto sem olhos.

Digo a mim mesma para deixar de ser ridícula. Não há qualquer sinal de que ela esteja ferida.

Que eu consiga encontrar minha irmã. Vou contar tudo a ela. Vou ser uma pessoa melhor.

Eu me pergunto se outras irmãs têm tantas coisas não ditas entre si quanto nós. Nunca pedimos desculpas pelas ofensas que trocamos na infância. Um pouco da dor infligida foi acidental, mas a maior parte foi intencional. Ainda me sinto mal por todas as vezes que me recusei a deixá-la brincar comigo e com meus amigos, por todas as vezes em que gritei para que nos deixasse em paz. Uma vez me ofereci para fazer a maquiagem dela. Kit dava pulinhos de empolgação, mas fiz malfeito de propósito, transformando-a em uma palhaça.

Ela ficou emocionada quando lhe entreguei o espelho, jovem demais para entender a minha traição. Tudo o que a minha irmã queria era passar tempo comigo. Outra vez, tranquei-a do lado de fora enquanto estávamos sozinhas em casa. A minha intenção era fazer uma brincadeira inocente, mas acabei me esquecendo dela. Meia hora depois, encontrei Kit encolhida e chorando na soleira da porta.

Há tantas coisas sobre as quais nunca conversamos. Não conversamos sobre o garoto do colégio de quem ela gostava, mas que eu namorei mesmo assim. Nem sobre a noite em que a peguei falando mal de mim com as amigas. Não falamos sobre sexo. Outras irmãs falam? Não conversamos sobre a morte da nossa mãe. Não falamos sobre o nosso pai. Kit nunca se deu ao trabalho de entender a minha dor, e acho que também não me preocupei com a dela. Quando se conhece alguém durante toda a vida, é fácil presumir que entendemos como a mente daquela pessoa funciona. Na maior parte das vezes, eu sei não apenas o que ela vai dizer antes mesmo que abra a boca, mas também o tom e os gestos exatos que vai usar. Parte de mim sempre vai ver Kit como a bebê de colo que preciso manter na linha, assim como parte dela me vê como uma mandona carrancuda. Será que as mágoas que ela me causou, pequenas e grandes, ainda pesam na sua consciência também? Eu me consolo com o fato de não conseguir me lembrar de quase nenhum dos erros da minha irmã, apenas dos meus. Espero que o mesmo seja verdade para Kit. Por que simplesmente não pedimos desculpas uma à outra?

Porque "desculpa" é terrivelmente inadequado no meu caso. Se eu soubesse que as palavras têm o poder de corrigir meus atos, eu as teria dito anos atrás.

A neve continua caindo como se uma barragem tivesse arrebentado no céu. Ela se acumula na minha cabeça, nos meus ombros, parece querer me enterrar viva, por mais rápido que eu ande. Nuvens cor de carvão se abrem, revelando uma lua distante. Confiro o relógio e decido fazer uma pausa para jantar. A grande construção se ergue à frente, silenciosa, observando. Eu me apresso em direção ao vazio escuro.

Dez minutos depois chego a um jardim. Luzinhas iluminam as calçadas, lançando sombras fantasmagóricas na neve. As hortas estão áridas. Tento imaginar Wisewood no verão. Talvez, com tudo florindo, se pareça menos com o cenário de um filme do Tim Burton.

Abro a porta do refeitório, sentindo os ossos doloridos de frio. Uma forte onda de calor atinge o meu rosto. Depois de uma tentativa frustrada de conter meus movimentos descontrolados, decido que a ausência de espelhos pode ser uma coisa boa.

No refeitório há seis longas mesas de madeira. As bancadas com a comida ficam na extremidade oposta. Ao fundo, vejo uma cozinha industrial. O refeitório está movimentado, todas as mesas ocupadas, embora não totalmente cheias. Calculo que haja cerca de vinte pessoas. A maioria se conhece. Conversam e riem enquanto voltam da bancada com bandejas cheias de comida fumegante. Vestígios dos aromas de tomilho, orégano e manjericão pairam na sala. Meu estômago ronca.

Procuro por Kit nas mesas, o coração apertando um pouco mais a cada rosto desconhecido. Os hóspedes observam enquanto eu passo. Eu me apresso até a bancada, pego um prato e entro na fila atrás de outros quatro. Vejo dois *réchauds* com penne e molho vermelho. Um terceiro guarda pãezinhos. Fico espantada ao me deparar com a funcionária atrás de toda aquela comida.

Ela também é careca.

As luzes fluorescentes refletem em seu couro cabeludo brilhante. Quais são as chances de todos os funcionários aqui fazerem parte de um grupo de apoio ao câncer? Meu estômago se revira quando chega a minha vez na fila.

— O seu cabelo é lindo — diz ela. — Como você faz para deixar assim tão brilhoso?

A banalidade da pergunta me pega de surpresa.

— Uso máscara capilar. Parece loucura, mas uma vez por semana eu bato um ovo, passo no cabelo e enxáguo depois de quinze minutos. Muito mais barato que as versões de salão.

— Nossa, é lindo. — Ela passa a mão pela própria cabeça lisa. — Você deve ser nova aqui. Bem-vinda a Wisewood. Eu sou a Debbie. Sou eu que preparo toda a comida.

Debbie está na casa dos cinquenta e tem olhos castanhos com cor de uísque que se inclinam para baixo nos cantinhos, como se sobrecarregados pelo peso das muitas merdas que já viram.

— Natalie. — Estendo a mão para Debbie, mas ela mantém os braços junto ao corpo. Constrangida, indico a comida com um gesto. — O molho está com um cheiro delicioso.

Debbie evita contato visual e fala olhando para o tanque de líquido vermelho:

— Ah, mas não está. Sou uma péssima cozinheira. E não é por falta de esforço.

— Tenho certeza de que está fantástico. — Entrego o meu prato a ela. — Você trabalha com a Kit, certo?

Ela enrijece visivelmente o corpo.

— Como você conhece a Kit?

— Tem alguma ideia de onde posso encontrá-la?

Debbie segura o meu prato com força. Aposto que ela parece exausta mesmo depois de dez horas de sono.

— Qual você disse que era seu nome mesmo?

Hesito.

— Natalie Collins.

Debbie fica surpresa e depois se ocupa em encher o meu prato. Olho atrás dela, para dentro da cozinha, procurando pela minha irmã. Debbie me devolve o prato cheio.

— Não sei onde ela está, mas você não vai encontrá-la aqui. Ela é importante demais para o trabalho na cozinha.

Debbie gira os pulsos e puxa conversa com a próxima pessoa da fila, me dispensando.

Eu me viro na direção do salão de jantar, cambaleando. Que diabos significa "importante demais para o trabalho na cozinha"? Meu prato treme quando imagino a minha irmã como uma entre várias escravas exclusivas, todas a serviço da tal Professora. Se eu conseguir encontrar essa Professora, aposto que vou encontrar a Kit também.

Examino as mesas novamente e fico aliviada ao ver Chloe sentada com duas jovens.

— Se importam se eu me juntar a vocês? — pergunto.

Chloe dá uma palmadinha na cadeira ao lado dela, muito mais calorosa agora do que no barco. Ela me apresenta às duas garotas com quem está sentada, April e Georgina. As duas parecem ter a idade de Kit e estão bem-vestidas, claramente têm dinheiro.

Chloe volta a falar.

— April e Georgina vão para casa amanhã.

April (baixa, roliça, alegre, vestida como um manequim de alguma loja chique de roupas esportivas) balança a cabeça e joga o cabelo castanho para o lado.

— Esse lugar mudou a minha vida, mas estou pronta para ir embora.

Georgina, esguia em um vestido de seda com óculos de sol gigantes em cima da cabeça (um traje absurdo nesse clima), comenta, rindo:

— Sei que isso vai me fazer parecer uma pessoa péssima, mas estou quase tão animada para receber meu celular de volta quanto para ver minha família.

Finalmente, pessoas normais.

— Por que vocês vieram para cá? — pergunto a elas.

As duas trabalham em setores diferentes, mas têm histórias semelhantes. Georgina trabalha oitenta horas semanais em um banco de investimentos. April é advogada especializada em propriedade intelectual e costuma trabalhar o mesmo número de horas. Ambas tiveram ataques de pânico nas semanas anteriores à inscrição.

Georgina passa o dedo por uma argolinha prateada na cartilagem da orelha.

— Essas são as primeiras férias que eu tiro desde que entrei na empresa, seis anos atrás. No início, resisti à ideia de uma pausa... eu sabia que isso ferraria com a minha meta anual. Mas a minha chefe bateu pé, e aí eu insisti em fazer um daqueles retiros de uma semana, em algum lugar da Grécia ou de Mônaco, de preferência com uma gim-tônica na mão. Mas ela me olhou nos olhos e disse: "George, você tem tido ataques de pânico há seis anos. Acha mesmo que uma semana numa praia europeia vai resolver esse problema?" Então, sugeriu Wisewood. — Georgina levanta os braços. — E aqui estou.

— Eu, por outro lado — fala April —, sou viciada em autodesenvolvimento. Li a maioria dos livros de autoajuda e já experimentei praticamente todos os tipos de retiros. Silêncio, ioga, empoderamento feminino, alguns dos luxuosos que a Georgina mencionou. Mesmo nos lugares glamorosos, eu sentia azia toda vez que pegava o celular. Enquanto estive ligada à minha vida cotidiana, continuei presa. Estava empurrando a ansiedade para baixo do tapete, mas não conseguia me livrar dela.

— E vocês estão felizes por terem vindo para cá?

As duas assentiram com entusiasmo.

— Não tive nenhum ataque de pânico desde que cheguei aqui. Só isso já valeu o dinheiro que paguei — diz Georgina. — Além disso, aprendi a parar de me preocupar com eles.

— A parar de associar conquistas com autoestima — completa April.

— E fiz uma ótima amiga. — Georgina pisca para April.

— Foram os seis meses mais intensos da minha vida. — April abre um sorriso caloroso. — Mas foi uma intensidade boa. A gente passa os dias tentando resolver os próprios problemas e ajudar outras pessoas com os delas, mas também fazemos um monte de coisas malucas, como andar de balanço na árvore e fazer a dança do limbo em chamas. — Sei que parece loucura. Todos os meus colegas disseram não para pelo menos um desafio, mas ainda assim cada um de nós superou todos eles. Acho que a gente não se dá conta do quanto o medo governa as nossas decisões até chegar aqui. Com o passar do tempo, fui tendo mais certeza de que sou capaz de fazer qualquer coisa.

— Mas... — Georgina levanta um dedo. — Algumas pessoas levam o programa longe demais. Acham que o destemor pode resolver tudo. Parece ótimo na teoria, mas quando a gente vê essas pessoas colocando isso em prática, parecem loucas.

April faz que sim, concordando.

Um silêncio tenso se instala ao redor da mesa.

— Onde eu posso encontrar essa pessoa que manda em Wisewood? — pergunto.

April e Georgina trocam olhares.

— O nome dela é Rebecca — diz April.

Volto a ficar impressionada com a confirmação de que Wisewood é dirigida por uma mulher. Não são homens que normalmente lideram esse tipo de lugar, essas comunidades estranhas cheias de pessoas que acreditam que são moralmente superiores demais para participar da sociedade? Ainda assim, uma onda renovada de alívio percorre o meu corpo.

Georgina solta uma risadinha sem humor.

— E boa sorte.

Eu me viro para ela, sem entender.

— Não a vemos há semanas — explica April. — Quando chegamos, ela estava por aqui o tempo todo.

Georgina se intromete.

— Mas agora ela parece ter se tornado importante demais para nós, está trabalhando em algo novo e importante. Supostamente comandando o espetáculo nos bastidores. Para mim, parece uma baboseira meio Mágico de Oz.

Georgina tem uma energia à la Jordan Belfort, autor de *O lobo de Wall Street*, e imagino que ela provavelmente reagiria a uma afirmação dessas com um sorrisinho de "obrigada e foda-se".

— Georgina — protesta April.

— Rebecca disse que Wisewood era a sua prioridade número um.

— O que você quer dizer com isso? — pergunta April.

April é claramente mais leal à causa do que a amiga. Tenho certeza de que se alocássemos mais uma ou duas vezes juntas, ela acabaria dizendo que o livro *Faça acontecer* mudou sua vida e professando seu amor por todas as coisas com sabor de abóbora.

— O que eu quero dizer com isso é que as pessoas estão pagando um bom dinheiro para vir para essa ilha e trabalhar com *ela*, não com a Ruth. Enfim — continua Georgina —, é preciso ser uma grande puxa-saco para conseguir algum tempo na agenda da Rebecca agora.

April suspira.

— Tipo aquela pobrezinha que era nossa amiga.

Georgina se anima.

— Uma garota superlegal. Da nossa idade, morava no Brooklyn antes de vir para cá. Tem umas histórias de vida muito loucas, mas dá para ver que é tudo verdade. Tipo ter abandonado a faculdade para sair em turnê com a banda do namorado. Quem faz isso?

Sinto um frio no estômago.

— Lembro que senti inveja. A vida dela era tão espontânea comparada à minha. Nós três ficamos próximas bem rápido. Não há muitas mulheres da nossa idade aqui — comenta April. — Mas depois de algumas semanas...

— De repente, ela só se importava com a Rebecca. Disposta a fazer qualquer coisa para impressionar a mulher. — Georgina faz uma careta e sinto náuseas. — Foi meio patético ver uma garota tão legal se tornar uma chata. Não me entendam mal, todas somos gratas ao que a Rebecca criou aqui. Mas ela não é um deus.

— O certo é tomar o Ki-Suco aos pouquinhos, mas tem gente que vira logo o copo todo, né?

12

No glorioso armário que era o meu camarim, segurei os braços da cadeira com força, determinada a acalmar o meu coração disparado. Já tinha me apresentado centenas de vezes diante de uma plateia, passei um ano inteiro performando em espaços maiores do que esse.

A diferença é que eu não era a atração principal naquela época.

Alguém bateu na porta. Sequei as mãos suadas na calça.

— Pode entrar.

Na porta estava Evelyn Luminescência, vestida com uma roupa índigo, tipicamente havaiana, e uma coroa de flores na cabeça. Ela estava com um sorriso enorme no rosto.

— Evie? — Puxei-a para um abraço. — O que você está fazendo aqui?

— Eu não podia perder o seu primeiro ato solo, não é? — Ela se jogou no sofá esfarrapado e fez uma careta quando olhou ao redor do espaço pequeno. — Bem, o lado bom é que daqui para a frente só dá para melhorar.

— Como estou? — Apontei para a minha roupa.

Ela me examinou dos pés à cabeça.

— Parece que está indo para um velório. — Evie tirou um maço de ervas e um isqueiro do vestido. — Como sempre.

Abaixei os olhos para a minha calça justa preta e para o suéter também preto de algodão e franzi a testa.

Evelyn afastou a minha preocupação com um gesto de mão antes que eu a verbalizasse.

— Essa *vibe* de usar tudo preto é a sua praia. A minha é de mãe terra que lê auras.

Eu ri. Ela acendeu as ervas e começou a espalhar a fumaça pelo camarim com uma pena. Eu me perguntei pela centésima vez qual era a profundidade dos bolsos do seu vestido. A mulher tinha mais bugigangas do que todas as pessoas que eu conhecia somadas. Já fazia algum tempo eu tinha parado de perguntar o significado por trás de todos os seus rituais. Invariavelmente, eram para dar sorte ou afastar demônios.

— Como está se sentindo?

— Apreensiva — admiti, sentindo as palmas das mãos úmidas novamente.

— Isso é normal. No meu primeiro show, suei três cafetãs antes mesmo de pisar no palco.

Evie estava na estrada com suas performances artísticas havia vinte anos. No verão entre o meu primeiro e segundo ano de faculdade, assisti a outra apresentação dela e depois a convenci a me deixar abrir seu espetáculo com um número de dez minutos. Quando Evelyn aceitou, abandonei a faculdade para me juntar a ela. Evie tinha certa fama na Costa Leste, então era lá que passávamos a maior parte do tempo. Depois de um ano juntas, ela me disse que era hora de se estabelecer em algum lugar. Agora, Evie limitava suas apresentações à área metropolitana de Nova York.

Um dia antes de ela me contar sobre a sua iminente aposentadoria da estrada, um agente se ofereceu para me representar. Ele tinha visto a minha estreia na turnê de Evie e prometeu que poderia me transformar em atração principal. Dez meses depois, provou ser fiel à sua palavra. Ali estava eu, a vinte e um minutos da minha primeira apresentação solo.

— Tenho muita coisa em jogo essa noite — falei.

Ninguém tinha aprovado a minha decisão de abandonar a faculdade. Quando contei a notícia a Jack, ela perguntou por que eu não podia escolher uma carreira menos constrangedora. Lisa, meu suposto bastião de apoio, me confrontou em três ocasiões diferentes, argumentando que a minha carreira como ilusionista deveria esperar até eu me formar. *Você vai precisar de algo para se apoiar quando isso der errado*, disse ela, e rapidamente corrigiu o "quando" para um "se". Não tínhamos nos falado desde então. Nem me preocupei com Sir ou com a mamãe.

— Você sempre pode voltar para a faculdade — disse Evie. — Oportunidades como essa não surgem com frequência.

Exatamente. O que eu estava fazendo me preocupando com a faculdade quando minha primeira chance de verdade batia à porta? Finalmente tinha a oportunidade de provocar alguma mudança, de ajudar outras pessoas como eu, que haviam tido uma infância angustiante. Bilhões de pessoas em todo o mundo se afogando em todo tipo de medo possível, na dor de viver. Eu poderia diminuir essa carga para elas, aliviar esse medo. Só precisavam estar abertos para mim e ouvir o que eu tinha a dizer.

Muitos, talvez até a maioria, me dispensariam. Diriam que eu não passava de uma mágica, uma charlatã, uma bruxa. Que zombassem. A dor deles não encontraria remédio.

Eu provavelmente ainda parecia nervosa, porque Evie se inclinou.

— Um conselho — disse ela, e balançou a cabeleira preta. — Você precisa de um mantra.

Evie se recostou, satisfeita consigo mesma, como se tivesse acabado de me contar onde estava a Arca da Aliança.

— O quê?

Conferi meu relógio. Evie era mais conhecida por fazer purificação com sálvia do que por oferecer pura sabedoria.

— Você cria uma frase para te fortalecer, sabe? Para aumentar a sua confiança. Aí repete isso indefinidamente, tipo por uma hora todos os dias, até acreditar. Sempre que estiver desanimada, bum — ela estalou os dedos —, você invoca essa frase.

Intrigada, perguntei:

— Qual é o seu mantra?
Ela fingiu uma expressão ofendida.
— Dá azar compartilhar o mantra.
Conferi o relógio de novo.
Daquela vez, Evie entendeu a deixa.
— Tudo bem. — Ela devolveu a pena, o maço de sálvia e o isqueiro às dobras do vestido. — É melhor eu ir. Vou estar bem ali na primeira fila, torcendo por você o tempo todo. — Evie deu uma palmadinha carinhosa no meu ombro. — Você trabalhou muito, garota. Divirta-se.
E com isso ela se foi.
Olhei meu reflexo no espelho mais uma vez e respirei fundo. Tinha treinado aquela apresentação milhares de vezes. Estava impecável, era revolucionária. Ninguém que eu conhecia tinha feito algo parecido. Pensei no meu potencial, na quantidade de vidas para além do palco esperando por mudanças. Eu não os decepcionaria. Uma certeza tomou conta de mim: *Sou invencível, cacete.*
Gostei da frase. Joguei os ombros para trás e ergui o queixo. Na maior parte do tempo, eu não parecia ter um metro e oitenta de altura. Naquele dia, seria dona de cada centímetro.
Sou invencível, cacete.
Segui na direção do palco, esperei nos bastidores e abaixei os olhos para a nova tatuagem na parte interna do meu pulso esquerdo, escrita em tinta branca. Ninguém veria a única palavra gravada ali, a menos que estivesse procurando por ela. Passei os dedos pelas letras.
Sou invencível, cacete.
A voz do apresentador bradou no sistema de som.
— Senhoras e senhores, agradeço por estarem aqui esta noite no Teatro Luke Gillespie.
Sou invencível, cacete.
Ele pediu ao público uma salva de palmas. Minhas pernas me levaram para o centro do palco. Olhei para o meu velho amigo, o holofote, e esperei que os aplausos cessassem. Fitei, então, meus novos discípulos, ansiosa para motivá-los.
— Permitam que eu me apresente. Sou a Madame Destemor.

13

Natalie

8 DE JANEIRO DE 2020

Engulo com certa dificuldade, sentindo a garganta seca.

— Qual é o nome dela?

Os olhos de Georgina e April se encontram entre um lado e outro da mesa.

— Não quero fazer fofoca sobre ela. — April coça o pescoço. — Só estamos dizendo que algumas pessoas aqui se deixam levar.

Georgina parece decepcionada, como se quisesse saborear a fofoca.

— Você vai saber quando a vir. Ela tem um brilho de loucura nos olhos.

April olha com severidade para Georgina, que dá de ombros.

O que Wisewood fez com Kit? Com a irmã mais nova que sempre me deixava cantar as partes femininas das músicas da Disney, que sabia quando contar uma piada e quando segurar a minha mão?

Tenho quase certeza de que é dela que April e Georgina estão falando e não fico surpresa por não me reconhecerem como sua irmã. Enquanto Kit tem o cabelo loiro e comprido, o meu é castanho-escuro. Seu rosto é redondo com bochechas rosadas, enquanto o meu é comprido e com ângulos bem marcados. Meus olhos são castanhos; os dela, verdes. Nós não parecemos ser nem parentes, muito menos irmãs. Kit se parece com nosso pai. Eu me pareço com a mamãe.

— É Kit Collins? — pergunto.

As duas me encaram boquiabertas.

— Estou tentando encontrá-la. Vocês sabem onde ela está?

Georgina me analisa.

— Você está procurando muita gente por aqui.

Dou de ombros.

— Como você conhece a Kit?

Eu não respondo e me viro para April.

— Quase não vemos mais a Kit — diz April. — Mas ela fica no bangalô quatro.

O círculo mais interno. Eu não tinha chegado tão longe durante a minha busca. Levanto da mesa, carregando a bandeja comigo.

— Prazer em conhecer vocês duas. — Olho de relance para Chloe. — A gente se vê por aí.

— Vamos fazer uma aula juntas — sugere Chloe.

Eu me lembro do grito que ouvi na floresta mais cedo. Recuso firmemente qualquer autoajuda que lembre *A bruxa de Blair*.

— Claro, a gente combina.

Imagino as expressões perplexas de todas na mesa depois da minha saída abrupta, mas estou animada demais para me importar. Deixo o prato e a bandeja na cozinha e saio correndo do refeitório, de volta para a noite feroz. Estrelas caem do céu, vindo na minha direção. Zonza, percebo que é neve. De onde estou, não consigo identificar os milhares de flocos que sustentam o céu preto, não consigo distinguir estrelas de cristais de neve.

Alguém limpou recentemente a passagem, mas já há neve fresca cobrindo o chão de pedra. Corro pelo caminho o mais rápido que consigo com aquelas botas pesadas, na direção dos círculos de bangalôs, então atravesso cada um deles me sentindo vigiada, exposta. Cada bangalô tem uma luz externa que ilumina o número da construção. Passo correndo pelo um, pelo dois, pelo três e paro no quatro. Meus braços tremem quando levanto o punho em direção à porta. Bato e prendo a respiração.

Lá dentro, Kit vai estar sentada na cama, com as pernas dobradas e meias vermelhas felpudas nos pés. E aí ela vai colocar a sua versão de marcador de página (um cupom fiscal ou um pedaço de papel higiênico) naquele livro de cor creme que já leu um milhão de vezes. Vai estar usando um short solto e dois suéteres, mas ainda vai vestir um terceiro suéter antes de atender à porta. O que quer que a esteja esperando do outro lado, minha irmã vai estar preparada para enfrentar. Ela sempre está.

Mas não escuto som algum de passos. A porta não é aberta. Nenhuma luz vaza por baixo da porta do quarto. Bato de novo, dessa vez mais alto. Nada ainda.

— Merda.

Dou a volta pela lateral do bangalô em direção à janela dos fundos, segurando o gorro enquanto o vento sopra forte. Sem me preocupar com discrição, coloco as mãos em volta dos olhos e encosto o nariz no vidro. Não dá para enxergar muita coisa, mas o que consigo ver é um quarto arrumado, como qualquer outro. Espero meus olhos se ajustarem, desesperada para identificar algo que seja indiscutivelmente dela, mas, além de uma toalha de banho colocada nas costas da cadeira, o lugar nem parece habitado.

Pisco várias vezes, exausta. Meus olhos estão secos por causa do vento. Passei a maior parte do dia com os dedos das mãos e dos pés dormentes. Não tenho ideia de onde está o funcionário mais próximo e, com base na minha experiência até o momento, duvido que qualquer um deles me ajudasse. Penso que é melhor desistir por hoje. Amanhã vou encontrar a tal Rebecca e exigir ver a minha irmã. Vou encontrar Kit não importa o que aconteça, vou confessar tudo, deixar que ela me xingue de tudo o que quiser e que jure que nunca mais vai falar comigo. Aceitarei qualquer punição que Kit considere devida. Talvez então eu pare de sonhar que minha caixa torácica está colapsando, pare de cutucar as cutículas até sangrarem.

Atrás de mim, um galho quebra. Eu me viro ao mesmo tempo em que um vulto corre para trás de um bangalô. Por causa da nevasca, não consigo distinguir nenhuma outra característica além de que a pessoa era baixa, parecia estar em forma e, definitivamente, era um homem. Gordon? Era ele espiando pela minha janela mais cedo? Dou um passo na direção do vulto, agindo com mais coragem do que sinto de verdade. Quando viro em uma curva, ele se foi.

Giro 360 graus, mas não o vejo. Dou a volta nos bangalôs mais próximos, mas ainda nada. Para onde ele foi? Por que estava me observando? Ainda estaria por perto?

A coragem que senti quando estava no bangalô me foge na escuridão. Corro de volta para o meu quarto, número dezesseis. Quando piso no capacho, procuro o cartão-chave no bolso. Faço uma pausa. Vejo a luz saindo pelo vão embaixo da porta. Tento me lembrar se deixei alguma lâmpada acesa. Não poderia ter deixado — é o cartão-chave que acende as luzes do bangalô. Encosto o ouvido na porta, mas só escuto o silêncio.

Não conheço as políticas deste lugar. Talvez haja luzes automáticas que se ativam após o anoitecer ou alguém esteja ajeitando as cobertas para a hora de dormir, embora eu duvide que tenham esse tipo de serviço aqui. Ou talvez a pessoa que invadiu o meu quarto antes esteja ali agora.

Encosto meu cartão-chave no leitor e sinto o vento bater nas minhas costas, implacável. A porta destranca. Respiro fundo, estremeço e abro. Quando entro, solto um grito.

Sentada na minha cama, com os olhos cintilando, está a minha irmã.

PARTE DOIS

Enquanto eu temer, não posso ser livre.

PARTE DOIS

Por que estou me candidatando

Acordo com dor de cabeça quase todos os dias. Vivo quarenta e oito horas em cada cento e sessenta e oito. Às vezes esqueço quantos anos tenho, em que ano estamos. Meu nome só aparece em e-mails e declarações de imposto — e vai desaparecer completamente depois que eu morrer. Meu número do Seguro Social resumiu minha contribuição terrena até o momento: pessoa número X de sete bilhões.

Quero me juntar a vocês para provar que a minha irmã está errada. Há coisas mais importantes na vida do que um salário fixo.

Quero me juntar a vocês para me libertar de curtidas, *stories*, filtros e seguidores.

Quero me juntar a vocês para descobrir se a minha mãe está em um lugar que eu consiga alcançar com os pés no chão.

Para descobrir se quero estar acima ou abaixo do solo.

Tenho medo de querer estar abaixo.

Para sair da minha cabeça. Eu preferiria estar na de qualquer outra pessoa.

Para saber se posso ser mais do que um receptáculo. Se posso fazer mais do que aceitar almoços e buquês de outras pessoas.

Quero me juntar a vocês porque viagens, terapia, religião, acupuntura, novas cidades, novos empregos, novos amigos, quebra-cabeças, diários, velas, meias grossas, máscaras faciais, longas caminhadas, banhos, drogas, sexo, esportes, alongamento, dormir, beber, correr e meditar não funcionaram.

Porque gosto da ideia do destemor.

Porque tem de haver mais.

14

Kit

SEIS MESES ANTES
JULHO DE 2019

Abri a porta do trailer e espiei ao redor do cômodo escuro e abafado. As persianas das janelas estavam fechadas. Cartazes motivacionais cobriam as paredes. O perfume inebriante de um incenso aceso preenchia o espaço. Sete cadeiras estavam dispostas em um círculo. Todas, exceto uma, ocupadas. Eu me apressei em me sentar. April e Georgina, duas mulheres que eu tinha conhecido na viagem de balsa, acenaram para mim. Sorri para elas.

No dia anterior, quando saí do *Ampulheta* e coloquei os pés no cais de Wisewood, uma quietude tomou conta do meu corpo, uma calma que eu não tinha experimentado depois de adulta. As conversas entre os colegas recém-chegados ficou em segundo plano. Inspirei fundo o aroma de pinheiro e ergui a cabeça em direção ao céu brilhante. Um pássaro voou e cantou para a vida marinha abaixo. Nuvens preguiçosas contemplavam seu reflexo na superfície verde-azulada do mar que se estendia por quilômetros e quilômetros. Jade, abacate, limão, musgo: nunca tinha visto um arco-íris de verdes assim. No entanto, uma estranha sensação de déjà-vu tomava conta de mim, como se eu conhecesse esse lugar desde sempre, como se fosse encontrar meu sangue e minhas veias dentro dos troncos das árvores.

A emoção de todo o potencial daquele lugar, a possibilidade de a minha resposta estar ali, me deixou trêmula. Eu nem tinha certeza do que estava procurando — só sabia que a vida estava acontecendo *independentemente* de mim, que eu era uma personagem secundária na minha própria história. Durante aqueles primeiros momentos no cais, de repente consegui ter um vislumbre do que todos estávamos buscando.

Esperança.

No trailer, uma mulher mais velha ficou de pé. A não ser pela cabeça raspada, ela poderia ter sido a avó de todos os amigos ou colegas de classe que já tive. Com a calça cápri, o cardigã rosa abotoado e lenço floral, era uma típica personagem daquelas séries americanas de famílias da década de 1950, o tipo de pessoa que chama camisa de "blusa". Provavelmente se destacava nos jogos de palavras cruzadas e tinha sido voluntária na biblioteca local antes de se mudar para Wisewood. Eu me perguntei o que a havia levado até ali — ela certamente não era do tipo que se desviava dos caminhos tradicionais.

— Agora que estamos todos aqui, podemos começar, meus amores? — Ela sorriu enquanto olhava para cada um de nós, a voz cálida e suave. — Bem-vindos ao primeiro dia de "Descobrindo o seu Eu Potencializado". Meu nome é Ruth? Se quiserem, vamos correr o círculo, dizer nossos nomes, de onde somos e por que viemos para Wisewood? O que esperamos obter com a experiência?

Ruth fez um gesto para que a mulher à sua direita se apresentasse. Pensei no que dizer quando chegasse a minha hora. Tinha ouvido falar de Wisewood pela primeira vez enquanto escutava secretamente a conversa de duas contadoras no refeitório do escritório. As mulheres estavam sentadas à mesa ao lado da minha, conversando e mexendo no celular enquanto comiam sanduíches do Burger King. Não reconheci nenhuma das duas — milhares de pessoas trabalhavam no escritório de Nova York —, mas a emoção na voz de uma delas chamou a minha atenção.

A primeira mulher deixou o celular de lado.

— Não estou brincando, Amy, foi melhor do que aquela noite com a ginasta italiana. — Ela riu. — Pela primeira vez na vida, pude ser eu mesma. Com todos os meus defeitos. — Ela brincou com um *J* que pendia de uma fina corrente de ouro em volta do pescoço. — Você sabe que eu fui lá para me dar seis meses para superar você sabe quem, mas depois de um mês eu mal pensava nela. Meu motivo para estar lá mudou completamente.

— Que bom para você. — Amy deu uma palmadinha no braço de J. Ela deixou um dos sapatos pretos de salto ficar pendurado só pelos dedos dos pés. — Mas ainda não consigo acreditar que você aguentou ficar lá esse tempo todo. Você odeia conversar com estranhos.

— Foi estranhamente libertador. Ninguém me conhecia da minha vida real, então eu podia ser quem eu quisesse. Em vez da contadora chata que assiste *The Crown* e vai para a cama às dez, lá eu era audaciosa. Podia ser até a estrela da festa.

Amy parecia estar achando engraçado, mas também parecia um pouco cética.

J se inclinou mais para perto.

— Eu escalei uma árvore de seis metros usando apenas as mãos e os pés. Nadei nua no mar e convenci algumas outras pessoas a se juntarem a mim. Eu! A mulher que odeia falar em público e que não pegava uma praia há cinco anos porque desprezava trajes de banho a esse nível. É como se essa versão mais ousada e viva de mim estivesse esperando por uma chance de se libertar. — Ela fez uma pausa e disse: — Vou pedir demissão.

Amy arregalou os olhos quando compreendeu o que a amiga estava dizendo.

— Demissão? Daqui? — perguntou em uma voz alta e aguda. J pediu para que ela falasse mais baixo e assentiu. — E onde você vai trabalhar?

— Talvez eu finalmente me candidate a uma vaga naquela escola de culinária francesa. — Amy levou a mão à boca, enquanto J mastigava uma batata frita, pensativa. — Estou nesse ramo há vinte anos e nem sei bem por quê. Do que tenho tanto medo? Das pessoas me julgarem por recomeçar aos quarenta? De fracassar em tudo o que eu tentar? Antes de Wisewood, eu conseguia ver sentido num emprego estável, numa vida confortável, mas um pouco monótona. Mas agora sou uma pessoa diferente. O mundo está cheio de possibilidades e eu posso escolher quais quero aproveitar.

O brilho nos olhos de J me convenceu, sua convicção recém-descoberta de que a vida era muito mais do que um monte de rotinas inúteis. Os esforços graduais que eu vinha incorporando na minha vida diária — dez minutos de respiração profunda aqui, uma sessão de terapia ali, nada de álcool durante a semana — não tinham me levado muito longe. Eu estava mais saudável, mas não me sentia muito empolgada com o meu futuro. Queria uma mudança impactante. Queria jogar para o alto a vida que eu estava levando, como aquela mulher tinha feito.

Voltei correndo para a minha mesa, pesquisei Wisewood no Google e me inscrevi para obter mais informações. Um folheto eletrônico chegou à minha caixa de entrada logo depois. Fiquei olhando as palavras até memorizá-las: *Semanas 1-8: Descoberta; Semanas 9-16: Dedicação; Semanas 17-24: Excelência.* Cada fase delineava atividades do curso, aulas individuais e workshops. Por toda parte jorravam depoimentos efusivos. No final de tudo estava o preço: quatro mil dólares por seis meses, incluindo hospedagem, alimentação e toda a programação.

Respirei fundo e quase deixei aquilo de lado, até começar a fazer as contas. Seis meses de aluguel do meu estúdio no Brooklyn custavam mais do que aquilo. A terapeuta com quem eu tinha me consultado uma ou duas vezes cobrava cem dólares por sessão. Vê-la todos os dias durante seis meses me custaria US$ 18.400. Wisewood custava um quarto desse preço, além de incluir hospedagem e refeições. Na verdade, eu economizaria morando lá, desde que conseguisse rescindir meu contrato de aluguel sem multa.

No final do folheto havia um link para uma inscrição online de três páginas, solicitando informações pessoais básicas, histórico familiar e médico, e tinha uma seção para escrever um texto. *Quais são as suas dificuldades?*, queria saber a página. *Como tentou resolver seus problemas no passado? O que espera obter com o seu tempo em Wisewood?*

Deixei o e-mail ali por uma semana e cheguei a excluí-lo uma vez, mas doze horas depois o arrastei de volta para a caixa de entrada. Eu não conseguia deixar a ideia de lado — uma folha em branco, um novo começo em um lugar onde ninguém me conhecesse. Uma chance de construir a vida que eu quisesse. Talvez eu ainda não soubesse como era aquela vida, mas quem sabe Wisewood pudesse me dizer? Preenchi o formulário às duas da manhã de uma sexta-feira de insônia e pressionei "enviar" antes que pudesse mudar de ideia. *Agradecemos a sua inscrição*, dizia o e-mail de confirmação. *Nosso objetivo é responder a todos os candidatos em até 48 horas. Se a sua inscrição for aprovada, você receberá um e-mail de acompanhamento informando as datas da sua estadia. Se essas datas não funcionarem para você, daremos duas alternativas. Você deve escolher uma dessas três opções. O pagamento é feito na chegada.*

Acordei na manhã seguinte com um convite para participar. E fiquei andando nas nuvens desde então.

Isso explicava como eu tinha vindo parar em Wisewood, mas dificilmente esclarecia o porquê. Foi porque eu quis jogar toda a minha vida para o alto? Porque tinha chorado no chuveiro todas as manhãs durante o último ano e meio? Porque as pessoas diziam que a dor do luto costumava vir em ondas, mas para mim era como uma onda de dez metros que nunca diminuía? Porque a única maneira de acabar com a culpa era me afogando em tantos compromissos que não me sobrasse tempo para pensar? Estalei o elástico ao redor do meu pulso contra a pele já rosada.

A pessoa à direita de Ruth disse que vinha lutando contra a ansiedade havia quarenta anos. O segundo era um solitário — era do Maine, tinha se aposentado no ano anterior e queria construir uma comunidade de idosos ativos. O terceiro, com uma doença terminal de evolução lenta, esperava conseguir ter menos medo da morte.

Enquanto aquelas pessoas falavam, examinei os cartazes motivacionais nas paredes. Alguns eram convencionais — um gatinho pendurado num galho de árvore pelas garras com letras garrafais arredondadas nos encorajando: AGUENTE FIRME! Outros tinham sido feitos especificamente para e por funcionários ou hóspedes de Wisewood. Um deles ilustrava uma complicada pirâmide no estilo da de Maslow com EU POTENCIALIZADO em letras grandes no topo. Outro listava os três princípios de Wisewood:

I. Quero viver uma vida em que eu seja livre.
II. Enquanto eu temer, não posso ser livre.
III. Devo eliminar qualquer obstáculo que se coloque no caminho para a minha liberdade.

Foi então a vez de Georgina. Alta e magra, ela parecia uma modelo de passarela, usava calça de couro e camiseta branca.

— Meu nome é Georgina. — A mulher passou a mão cheia de anéis de ouro grossos pelo cabelo liso. — Moro em Nova York e estou tendo ataques de pânico frequentes. Tentei não dar importância a eles por um tempo, mas o último foi bem ruim. — Ela fechou os olhos. — Preciso fazer algumas mudanças no meu estilo de vida e não sei como fazer isso sozinha, então aqui estou.

Georgina abriu os olhos e deu de ombros. O grupo lhe deu as boas-vindas.

A mulher pequena sentada entre mim e Georgina roía as unhas já roídas até a raiz.

— Meu nome é April. — Ela enrubesceu. — Sou de Boston. Tenho o mesmo problema que a Georgina. — April manteve os olhos baixos. — Tive só um ataque de pânico, mas foi o bastante para me apavorar e me fazer tomar uma atitude.

Todos também deram as boas-vindas a April, então se viraram para mim.

Passei a mão no cabelo.

— Eu me chamo Kit. Nos últimos tempos, morei no Brooklyn. Meu último emprego foi como recepcionista em uma empresa de contabilidade. Acho que o meu problema é... — procurei as palavras certas — ... não saber bem qual é o meu propósito. — Fiquei mexendo no elástico ao redor do meu pulso. — No passado, eu costumava confiar em pessoas como a minha irmã ou parceiros para resolver meus problemas. Um tempo depois, larguei a faculdade para sair em uma turnê do meu namorado, na expectativa de que ele me fizesse feliz num passe de mágica. Vocês podem imaginar no que deu. — Forcei uma risada. — A decisão de vir para cá é uma tentativa de assumir o controle da minha vida.

April e Georgina me lançaram olhares solidários. Depois da chegada de barco na véspera, tínhamos nos acomodado em nossos bangalôs e jantado juntas. Gostei do humor irônico de Georgina e do jeito carinhoso de April. Conseguia ver nós três nos tornando amigas.

Do outro lado do círculo, Ruth falou.

— Vocês são todos muito corajosos por compartilhar suas histórias, obrigada. — Ela cruzou os tornozelos, apoiou as mãos nas pernas e girou os polegares. — Como eu disse no início da aula, meu nome é Ruth. Entrei na Wisewood há seis anos porque, bem, francamente, a minha vida desmoronou. O homem com quem eu estava casada fazia trinta anos descobriu que eu estava tendo um caso.

Fiquei espantada. Não conseguia acreditar que aquela mulher de aparência tão doce havia traído alguém. Os outros pareciam tão chocados quanto eu.

— Vou poupar vocês dos detalhes sórdidos, mas todos na minha vida me cortaram. — Ela levou a mão ao colo, próximo ao pescoço, mas não havia joias ali. — Meus filhos, vizinhos, amigos. Meu irmão também. Até o homem que eu amava. — Ruth fungou. — Nós éramos uma comunidade muito unida, religiosa. E como sempre fui dona de casa, bem... fiquei sem ter para onde ir. Desde os vinte anos de idade, eu tinha me dedicado exclusivamente ao meu marido e aos meus filhos.

Ela passou a mão pelo pescoço.

— Foram três meses terríveis. Parei de comer e perdi muito peso. No fim, não aguentei mais os olhares de reprovação e parei de sair.

O trailer ficou em silêncio, eu não conseguia ouvir nem uma respiração. Ruth passou a mexer em um botão do cardigã, então se conteve e voltou a pousar as mãos nas pernas.

— Decidi, então, que já era hora de ir embora de Utah. Sempre quis visitar o Maine. A vista para o mar, os faróis, os quiosques de lagosta... era tudo tão diferente do que eu conhecia.

Ruth pareceu relaxar um pouco a postura.

— Eu não tinha certeza se aquele era o plano de Deus para mim, mas me mudei para Rockland mesmo assim. Estava morando lá havia um mês quando conheci Gordon em um mercado de agricultores na cidade. Naquela época, Wisewood não estava listado em nenhum desses guias de viagem por aí, mas ele me contou tudo a respeito, falou dessa nova comunidade que estava ajudando a construir. — Ruth sorriu. — Me pareceu perfeito. Rescindi meu aluguel e me inscrevi.

Os olhos dela cintilaram.

— Quando cheguei aqui, conheci a Professora. Ela ouviu e ouviu... — Ruth deu um sorrisinho constrangido —, então ouviu um pouco mais. Falei tudo de que tinha medo: de que os meninos nunca me perdoassem, de que os melhores dias da minha vida já tivessem ficado para trás, de que eu fosse uma pessoa tão podre quanto todos diziam que eu era. Ela enxugou as minhas lágrimas e montou um plano. A Professora disse que tenho muito a oferecer. — Olhei de relance para April e Georgina para ver se tinham achado estranho o uso do termo "Professora" por Ruth, mas as duas estavam atentas a cada palavra da mulher. — Ela disse que eu poderia ajudar a aliviar o sofrimento dos outros e que é claro que os melhores dias da minha vida não tinham ficado para trás. A Professora prometeu que eu encontraria uma nova família aqui.

Ruth nos analisou. Eu me perguntei o que ela via em cada par de olhos.

— E a Professora estava certa. Depois de seis meses, eu me sentia mais em casa em Wisewood do que tinha me sentido em Utah. — Ela se recostou na cadeira. — Meus colegas me amam incondicionalmente e eu também os amo... alguns são como se fossem meus próprios filhos. Vejo agora que eu não merecia ter a vida arruinada. E não tenho mais medo. De nada. — Ela ergueu o queixo.

April aplaudiu Ruth com entusiasmo. O restante de nós se juntou a ela. Todos havíamos atenuado os nossos problemas, falando com reservas para não parecermos desesperados demais. Ruth, por outro lado, tinha mantido a cabeça erguida enquanto confidenciava seus segredos mais sombrios a uma sala cheia de estranhos. Ela não era perfeita, mas era corajosa.

Ruth inclinou a cabeça.

— Vocês todos vão chegar ao ponto em que estou, confiem em mim. Ajuda quando se tem que lavar a roupa suja na frente de uma nova turma a cada duas semanas. — Nós rimos. — Agora que nos conhecemos um pouco melhor, gostaria de falar mais sobre Wisewood. — Ela se levantou, alisando os vincos na calça cápri. — Então o que é Wisewood? Por que estamos aqui? — Ruth uniu as pontas dos dedos das duas mãos. — Nossa missão é ajudar nossos alunos a eliminarem seus medos. — Ela falava devagar agora, dando a cada palavra o mesmo peso. — Fazendo isso, acreditamos que vocês podem se tornar uma versão mais realizada e alegre de si mesmos. Chamamos esse estado de Eu Potencializado.

Ruth franziu os lábios.

— Passaremos a primeira semana de aula identificando como é o Eu Potencializado de cada um. A resposta será diferente para cada pessoa, mas vamos trabalhar juntos para descobrir todas elas. Antes de começarmos, permitam-me explicar as regras de Wisewood.

April estava tão inclinada para a frente que achei que fosse cair da cadeira. Georgina se recostou com os braços e as pernas cruzados, o tornozelo apoiado no joelho.

— Como em Wisewood o foco é o nosso interior, preferimos eliminar possíveis distrações. Em vez de pensarmos em nossas regras como restrições, nós as consideramos como liberdades. Em vez de dizer *É proibido beber ou fumar*, por exemplo, dizemos que somos um espaço livre de drogas. Quando você está livre das drogas, pode se concentrar no trabalho que o ajudará a alcançar o seu Eu Potencializado. Alguns dos nossos hóspedes são adictos em recuperação, por isso temos uma política de tolerância zero com relação a essa regra.

A mulher ao lado de Ruth assentiu, muito séria.

— Também somos livres de eletrônicos e meios de comunicação. Acho que o motivo é bastante autoexplicativo. Depois que os hóspedes entendem os benefícios, a maioria fica feliz em desligar os celulares por seis meses.

— Amém — disse April.

Ruth olhou para ela.

April corou.

— Também somos veementes em relação ao incentivo à abstinência. É muito difícil se concentrar em si mesmo quando se está pensando no corpo de outra pessoa. — Georgina ergueu uma sobrancelha, mas não disse nada. — É por isso que não aceitamos casais em Wisewood.

Ruth fez uma breve pausa.

— Por esse mesmo motivo, desencorajamos beijos, abraços e toques, inclusive para funcionários, mesmo em relações platônicas. Alguns retiros proíbem sorrir, dizer olá e olhar uns para os outros, mas consideramos essas regras drásticas demais para a nossa comunidade. Porque é isso que estamos fazendo aqui, *estamos* nutrindo uma comunidade. — Ruth fixou os olhos em mim, o que fez meu coração palpitar. — Queremos que vocês ajudem uns aos outros a percorrer o caminho, mas queremos enfatizar o relacionamento com o próprio eu em detrimento dos demais. Faz sentido para vocês?

Todos assentimos. Ruth sorriu.

— Agora vamos para a minha regra favorita: senhoras, podemos ficar livres de maquiagem. A maquiagem foi inventada para criar medo nas mulheres... para fazer com que acreditemos que nossos supostos defeitos precisam ser escondidos, que nossas características precisam ser melhoradas. Nós discordamos disso. Aqui, valorizamos vocês como nasceram e esperamos que não percam um momento sequer do seu tempo se preocupando com os padrões de beleza inatingíveis da sociedade. Cuidem da higiene pessoal básica, mas fora isso não se preocupem em pentear o cabelo, usar joias ou perfume. — Ruth olhou para Georgina. — Podem nos usar como desculpa para não se preocupar com depilação por seis meses.

April torceu o nariz, mas se controlou antes que Ruth percebesse.

— O último tópico que quero abordar são as responsabilidades. Conseguimos manter o valor do programa baixo porque pedimos aos nossos hóspedes que contribuam com a manutenção de Wisewood. Espero que seja óbvio que o objetivo principal de Wisewood não é obter lucro. A Professora doa regularmente espaços nossos para refúgios de mulheres e abrigos de emergência, para ajudar na recuperação de pessoas que passaram por momentos difíceis.

Ruth desviou os olhos para um quadro de avisos cheio de fotos de pessoas sorridentes. Então se virou para nós.

— Descobrimos que a maioria dos nossos hóspedes está ansiosa para retribuir de alguma forma. As tarefas tomam algumas horas por dia, e essa troca de trabalho por autodesenvolvimento faz com que todos invistam ainda mais na causa de Wisewood. Só o que pedimos é que sejam pontuais e façam um bom trabalho. Lembrem-se também de que contamos com nossos hóspedes para autopoliciar a comunidade. Acreditem em mim quando digo que fazem isso muito bem.

Ruth voltou ao seu lugar e cruzou novamente os tornozelos.

— É muita coisa para lembrar, eu sei, mas vocês vão pegar o jeito. — Ela deu uma piscadela. — Na próxima semana será o primeiro encontro individual de vocês com a Professora. Ela espera que, até lá, vocês já tenham assimilado bem as regras. — As pessoas começaram a se inquietar nas cadeiras... animadas ou nervosas, ou os dois. Ruth consultou o relógio. — Nosso tempo se encerra por aqui. Guardem as perguntas para amanhã.

Começamos a juntar as nossas coisas. Nat ficaria apoplética se ouvisse algumas dessas regras. *Qual vai ser a próxima?*, perguntaria em tom de sermão. *Nada de desodorante? Nem de risadas? Nenhum pensamento individual? Que porra de lugar é esse?*

Estalei o elástico novamente — dessa vez com mais força.

15

No meio do palco, havia um único banco preto, iluminado por um holofote. O público estava quieto, prendendo a respiração, com os olhos semicerrados para as sombras. Faíscas cor-de-rosa explodiram à direita do palco. A multidão arquejou. Outra explosão à esquerda. Mais arquejos. Os holofotes foram apagados por um segundo.

 Quando voltaram a ser acesos, eu estava no centro do palco, imóvel e com os braços estendidos. O público aplaudiu, incapaz de acreditar no que via. Eu não tinha subido no palco, não fui baixada ou erguida até ele. Eu simplesmente me materializei.

 — Senhoras e senhores — comecei, em um tom baixo e sedutor —, obrigada por estarem aqui esta noite. Sou Madame Destemor. Antes de começarmos, deixe-me lembrá-los de que não uso atores ou plantas na plateia. Tudo o que verão neste teatro é cem por cento real. — Por cima do meu vestido longo preto, eu usava uma capa enfeitada com uma fênix gigante de asas abertas. Deixei-a de lado.

 — Quero lembrar a todos também que não faço mágica. Sou, na verdade, uma mentalista. Antes que considerem essa diferença um detalhe técnico esnobe, permitam-me explicar. Esta noite não cortarei uma pessoa ao meio, embora existam alguns homens com os quais eu gostaria de tentar essa façanha. — Arqueei uma sobrancelha e deixei o público rir. — Não posso garantir que juntaria os pedaços novamente.

A plateia continuou rindo. Dei alguns passos para a direita, e o holofote me seguiu.

— Também não farei nenhum truque de cartas, nem truques de prestidigitação, nem puxarei um nó interminável de lenços da boca. — Toquei no pescoço, como se imaginasse o ato, então dei vários passos para a esquerda. O público se acalmou novamente.

— Se insistirem em chamar o que eu faço de mágica, que seja considerada como uma mágica mental, então. — Voltei para o meio do palco e juntei as pontas dos dedos das duas mãos, contemplando o mar de rostos. — Vamos começar. Alguém se oferece para se juntar a mim no palco?

Centenas de mãos se ergueram rapidamente no ar.

Nos dois anos e meio em que vinha apresentando aquele espetáculo, descobri que selecionar assistentes de palco era uma arte. Nos meus primeiros dias, eu chamava apenas os participantes mais entusiasmados, aqueles que balançavam os braços e tiravam a bunda dos assentos, desesperados para serem escolhidos. Aprendi da maneira mais difícil que muitas dessas pessoas tinham um objetivo próprio — queriam uma oportunidade de chamar atenção para si, de roubar meus holofotes. Trabalhando noites e mais noites, ajustando alguns aspectos da apresentação, eu me dei conta de que a chave para a escolha estava nos olhos. Às vezes eu descia do palco e andava pelos corredores em busca dos olhos mais arregalados e brilhantes que pudesse encontrar. Eu os reconhecia no instante em que os via: os que ansiavam profundamente por acreditar. Eram esses os assistentes de palco que eu queria.

Enquanto eu andava de uma ponta à outra, na beirada do palco, examinando a multidão, dois funcionários do teatro foram montando uma mesa comprida atrás de mim. Um terceiro membro da equipe empurrava um carrinho com uma variedade de itens ao lado da mesa. Todos já haviam saído do palco quando escolhi a primeira pessoa. Recebi uma jovem de cabelos ruivos cacheados, que usava um casaco com ombreiras, e pedi que ela dissesse a todos seu nome e de onde era. Como todos os meus espetáculos até ali tinham sido na Costa Leste, a maior parte da plateia vinha da Nova Inglaterra, às vezes do Centro-Oeste. Mas aquilo estava prestes a mudar. Na semana anterior, meu agente tinha conseguido uma turnê nacional do meu espetáculo.

Entreguei um vaso de vidro à Ruiva, com uma única rosa branca dentro, mas sem água.

— Pode segurar isso para mim?

Ela assentiu e segurou o vaso com força.

Protegi os olhos dos holofotes, enquanto voltava a examinar a multidão como se estivesse imersa em pensamentos, quando na verdade já havia localizado meus outros alvos. Chamei um homem mais velho com uma grande verruga na bochecha ao meu palco e lhe dei uma caixa de ferramentas.

Por último, mas com certeza não menos importante, porque a terceira escolha era a mais crítica, escolhi um homem de meia-idade com óculos de lente bifocal. Depois que Bifocal se apresentou, dei a ele um pequeno pacote embrulhado em um papel azul-bebê. O cenário estava montado, os jogadores no lugar. Minha coluna formigava de expectativa. Os três espectadores ficaram um ao lado do outro, nervosos.

Eu me virei para a plateia.

— Como sou ambiciosa, quando comecei a montar a minha apresentação, pensei: "Não seria maravilhoso se eu pudesse não só entreter as pessoas, mas também melhorar a vida delas?" Comecei a pensar, então, em como poderia ajudar, e no que significa ser humano. Pensei em amor, alegria e compaixão. — Fiz uma pausa e deixei o sorriso desaparecer do meu rosto, milímetro por milímetro. — Mas alguns de nós não têm a sorte de experimentar nem mesmo uma dessas coisas, muito menos todas elas. Com o que *todos* nós podemos nos identificar...? Dor.

A melancolia tomou conta do auditório. Grande parte da arte de um artista era o trabalho invisível: a capacidade de ler o público, de acrescentar toques aqui e remover outros ali, como um chef diante de uma panela de *bouillabaisse*. Um verdadeiro artista era capaz de manipular as emoções de centenas de pessoas no espaço de uma frase.

Dei um sorrisinho afetado.

— Alguns de vocês estão pensando: "Não vim aqui assistir a uma aula de filosofia. Comece logo com os truques."

A plateia riu, e a atmosfera ficou um pouco mais leve.

— Mas saibam que há um sentido em toda essa introdução. Voltando, não posso prometer aliviar toda a dor. Se você levar um tiro na barriga ou um soco na cara, não posso dizer que você não iria sentir. Se eu pudesse, estaria num palco muito maior e teria muito mais dinheiro.

Todos riram mais alto dessa vez. O contrato entre quem se apresentava e o público era uma promessa de sedução. Eu os tinha conquistado mais uma vez.

Disse ao homem mais velho com a verruga:

— Por favor, abra essa caixa de ferramentas. Dentro dela, você vai encontrar um martelo.

Verruga localizou rapidamente a ferramenta. Pedi que ele entregasse à Ruiva, então me virei para ela.

— Você vai reparar que há uma toalha de praia na mesa à sua frente. Quero que retire a rosa do vaso e a deixe de lado. Depois, você vai embrulhar o vaso com a toalha e quebrá-lo com o martelo.

A Ruiva me encarou, como se tivesse ouvido errado. Eu a encorajei, indicando a plateia com um gesto.

— Essas boas pessoas pagaram um dinheiro razoável pelos ingressos, e nós só temos... — conferi meu relógio — ... quarenta e sete minutos.

A Ruiva ergueu o martelo e quebrou o vaso em pedaços cada vez menores dentro da toalha, estremecendo enquanto cumpria a tarefa. Pedi a ela que desembrulhasse para que o público pudesse ver os cacos.

Posicionei o meu microfone na frente da Ruiva.

— Você pode confirmar que esse é realmente o vidro que você destruiu?

— É ele, sim.

— Me passe um dos cacos menores.

A Ruiva obedeceu às instruções. Segurei o pedaço de vidro no ar para que o público visse. Um telão acima das nossas cabeças projetava tudo o que acontecia no palco para que as pessoas mais ao fundo do teatro também pudessem ver.

— Vocês devem se lembrar de que estávamos conversando sobre dor há pouco. Sabiam que estudos mostram que a dor é exacerbada pelo medo? — Desviei os olhos para a Ruiva, esperando uma resposta. Ela balançou a cabeça, mais concentrada no caco de vidro na minha mão do que em qualquer coisa que eu estivesse dizendo. Aproximei o caco do meu rosto, girando-o entre os dedos. — Se você estiver relaxado e acreditar que tudo o que está prestes a acontecer com você não será doloroso, então realmente não vai sentir dor alguma, ou apenas uma fração do que sentiria se estivesse ansioso.

Estendi a língua e coloquei o caco de vidro em cima dela, provocando novos arquejos no auditório. Fechei os olhos, exalei profundamente, fechei a boca com o vidro dentro dela e engoli.

— Ou seja, a chave para eliminar grande parte da dor do mundo é primeiro eliminar nosso próprio medo.

Abri os olhos e exibi a língua vazia. Eu nem senti o vidro atravessar o meu esôfago.

O público foi à loucura, gritando e aplaudindo. Acreditavam piamente em mim.

Pedi ao Verruga que entregasse à Ruiva uma tesoura da caixa de ferramentas. Então, disse à Ruiva para cortar um pedaço do caule da rosa e a orientei que ela o engolisse, com espinhos e tudo. Ela estremeceu diante da ideia, a princípio, mas continuei a estimulá-la, falando baixinho, até a jovem realizar a façanha sem problemas. No fim, a Ruiva estava sorrindo. Pedi à multidão que aplaudisse a Ruiva, então agradeci a participação dela e dispensei-a.

Quando a jovem voltou para o seu assento, os amigos se debruçaram sobre ela, impressionados com aquele breve momento de coragem. Todos deram tapinhas orgulhosos no seu ombro e apertaram a sua mão, desejando que um pingo de magia passasse para eles. Eu já tinha visto aquilo mil vezes. E veria mais mil.

No ano seguinte, eu viajaria por todo o país fazendo ao menos uma apresentação em cada estado. As longas horas e as madrugadas finalmente estavam valendo a pena. Em breve, precisaria de um assistente, alguém para organizar minhas viagens, cuidar das minhas refeições e garantir que cada etapa estivesse devidamente preparada. Dali a dois meses eu me apresentaria em um teatro a vinte minutos da minha cidade natal. Ainda não tinha decidido se convidaria meu pai — não nos falávamos havia cinco anos.

Voltei a atenção para Verruga, então pedi a ele que retirasse o conjunto de brocas da caixa de ferramentas e escolhesse uma delas. Ele me entregou uma das menores, que engoli inteira. O público arquejou novamente, ao mesmo tempo horrorizado e encantado. Verruga ingeriu um pequeno parafuso seguindo a minha orientação tranquila. Agradeci e o liberei.

Passei para o último aluno. Bifocal tinha permanecido em pé, segurando pacientemente a pequena caixa azul durante todo aquele tempo. Passei o braço ao redor do pescoço daquele homem relutante. Os participantes sempre presumiam que a intimidade era genuína. Era reconfortante para eles nos considerarem parceiros.

— Se eu fosse você, estaria otimista. A caixa que você está segurando é bem pequena. O que está dentro dela não pode ser tão grande, não é?

Bifocal concordou com a cabeça.

Retirei o braço dos seus ombros.

— Abra.

Eu me afastei e fiquei aguardando de costas para ele, um sorriso se espalhando pelo meu rosto enquanto observava o público tenso.

Bifocal fez o que lhe foi dito e levantou a tampa da caixa. Quando viu o que havia dentro, quase deixou a caixa cair. O tremor dele perturbou o público, que ficou em silêncio. Voltei para o lado de Bifocal e dei uma palmadinha em seu braço.

— Diga a eles o que tem aí dentro.

Levei o microfone à boca do homem. Ele estava com tanto medo que não conseguia falar.

— Aranha.

— Quantas?

— Duas. — Ele enxugou a testa com a mão trêmula.

O cinegrafista deu um zoom no conteúdo da caixa para que o público pudesse ver as duas aranhas andando ali dentro.

Um tremor coletivo percorreu a multidão. Na primeira fila, uma espectadora cobriu os olhos e espiou pelo espaço entre os dedos.

Peguei a caixa que estava com Bifocal e apertei a mão dele.

— Lembre-se de tudo o que falei sobre a dor. Ela é exacerbada pela preocupação.

Ele relaxou um pouco depois que as aranhas saíram de suas mãos.

— O medo é mais doloroso para o cérebro do que aquilo que você realmente teme. Repito: o medo é mais doloroso para o cérebro do que aquilo que você realmente teme.

Dito isso, tirei uma aranha da caixa, levantei-a para o público ver, inclinei a cabeça para trás, deixei a aranha cair na minha boca e engoli.

Dezenas de espectadores soltaram gritos agudos. Vários levaram a mão à boca.

Mais uma vez mostrei ao público a minha boca vazia. Mais uma vez eles foram à loucura nos aplausos.

Qualquer pessoa que diga que não gosta de ser adulada está mentindo. Mas realizar essas façanhas sozinha estava longe de ser a parte mais difícil do espetáculo. Convencer completos estranhos a fazer o mesmo é que era o verdadeiro truque.

Ao longo de três minutos, usando uma combinação de treinamento e provocação, convenci Bifocal a comer a outra aranha. Depois disso, ele não pareceu muito satisfeito comigo e ficou bastante nauseado, assim como muitos que assistiam. Muitas vezes me perguntei sobre os pensamentos da plateia naquela altura do espetáculo.

Graças a Deus não levantei a mão.

Imagine todas as aranhas andando em volta dos vidros quebrados e das brocas dentro dela.

Ela não teria conseguido me convencer a fazer isso.

A propósito, eu conseguiria e teria convencido. As pessoas comuns superestimavam imensamente a própria força de vontade, ou subestimavam imensamente a minha. Também precisamos dar crédito ao poder do constrangimento social e até onde as pessoas estão dispostas a ir para evitá-lo. Em 650 apresentações, a segunda aranha não havia permanecido intacta nem uma vez. Pedi à multidão que ajudasse Bifocal, então mandei-o de volta ao seu lugar. Assim que todos se acomodaram novamente, falei em voz baixa.

— Fechem os olhos.

Uma música animada tocava agora nos alto-falantes do teatro. Falei alto, acima dela.

— Quero que cada um de vocês visualize a pessoa que é. Observe a si mesmo, a si mesma, vivendo um dia normal: você acorda de manhã, vai para o trabalho, se reúne com amigos ou com a família, ou qualquer outra coisa que faça no seu tempo livre. — Fiz uma pausa, para dar tempo a todos de evocarem as cenas. — Agora, imagine a pessoa que deseja se tornar. O que seria diferente? Você procuraria outro emprego? Passaria mais tempo com seu parceiro ou parceira? Ou buscaria um novo relacionamento? Correria aquela maratona que sempre jurou que participaria?

Fiz outra pausa. Os silêncios eram tão cruciais quanto o discurso.

— Visualize o que está impedindo você. Concentre-se nas partes da sua mente e do seu corpo que sofrem. Uma dor no joelho impediu você de correr? A timidez te impediu de buscar um novo amor? Qual é o obstáculo no seu caminho?

Mais uma breve pausa.

— A impotência é criada por nós mesmos, é uma questão de perspectiva. Órgãos e tecidos internos são insensíveis à dor. É o nosso cérebro quem nos diz que a dor existe. O que estou dizendo é: se conseguirem mudar a ideia que têm a respeito da dor, serão capazes de mudar a própria dor.

Eu sabia que aquilo era verdade, havia experimentado aquela transformação. De que outra forma poderia explicar todos os cacos de vidro que engoli sem nem um arranhão? De que outra forma eu poderia ter rompido o controle do meu pai? A dor era uma ilusão, uma muleta.

— Quando abrirem os olhos, vou libertar vocês do domínio dessa dor. E vocês estarão prontos para começar uma nova vida. Uma vida de destemor.

Obviamente aquele discurso não curaria o que afligia todos os membros da plateia. A hipnose só funcionava se a pessoa quisesse ser hipnotizada. Os céticos alegariam uma imunidade arrogante à minha feitiçaria. Esses, porém, voltariam para casa com a mesma dor nos quadris e com a mesma ansiedade esmagadora que haviam enfrentado durante anos. Quem é que era mais esperto?

A música parou.

— Abram os olhos.

O público obedeceu, piscando lentamente, atordoados.

— Mexam a cabeça de um lado para o outro. Estiquem os braços e as pernas. — Fiz uma pausa. — Se a sua dor passou, por favor, levante-se.

Arrepios subiram pela minha nuca. Aquela era a minha parte favorita do espetáculo.

Centenas de pessoas se levantaram dos assentos, como se fossem um só, como se eu as tivesse trazido de volta dos mortos — e de certa forma tinha mesmo, não? A plateia explodiu de alegria ao reconhecer a quantidade de Lázaros entre eles. Aquilo fazia valer a pena eu ter me sujeitado ao estilo de vida nômade de artista: cachorros-quentes em postos de gasolina, donos de motéis desagradáveis e relacionamentos inevitavelmente fracassados. Sim, era divertido brincar de Deus, ver até que ponto eu conseguia levar um indivíduo, mas a verdadeira razão pela qual eu continuava a subir ao palco noite após noite era para ajudar, para ensinar as pessoas a diminuir a dor que sentiam, para que pudessem se mostrar mais firmes na próxima vez que tivessem que enfrentar o mundo. *Eu estive onde você está*, sentia vontade de gritar. *Se conseguir se manter um pouco mais firme por um pouco mais de tempo...*

O cinegrafista desviou as lentes do palco para a multidão de rostos deslumbrados. Não demoraria muito para que eu estivesse comandando o palco do Madison Square Garden. Não, o que eu estava pensando? O MSG era pequeno demais, com sua mísera capacidade de vinte mil pessoas. O estádio de futebol da Universidade de Michigan acomodava 107 mil. Aquilo era mais provável. Sorri.

A tela de projeção acima exibiu um close da alegria da plateia até começar a escurecer lentamente. No centro do palco, fiz uma reverência profunda.

— Obrigada.

Na tela escura brilhou uma única palavra em letras brancas em negrito.

DESTEMOR

O público foi à loucura. A cortina caiu.
Sou invencível, cacete.

16

Kit

Julho de 2019

Georgina fez uma careta para a tigela de arroz tufado à sua frente. Ela olhou para mim.

— Nervosa?

Meu primeiro encontro individual com Rebecca seria depois do café da manhã.

— Mais animada do que nervosa — respondi.

— Pois fique mesmo — falou April. — Ela é maravilhosa.

April havia tido a primeira sessão dela na véspera e desde então não tinha parado de elogiar Rebecca.

Fiquei mexendo distraidamente na minha tigela de comida.

— Sobre o que devo conversar com ela?

— Sobre a sua mãe? — sugeriu Georgina.

O que eu diria? Que havia perdido a pessoa que tinha sido pai e mãe para mim e também a minha melhor amiga em um único dia?

Que a culpa de não estar presente quando ela faleceu me devorava por dentro? Aquilo parecia intenso demais para uma primeira sessão. Mas a verdade era que eu já estava cansada de fingir uma cara feliz. Sempre tive que ser a divertida. Mesmo quando estava triste, eu cantava ou inventava danças bobas para animar minha mãe e minha irmã. Cumpri meu papel de palhaça da família e mantive a farsa até a minha mãe morrer. Quando ela se foi, eu enfim me vi exausta, sem nenhum truque de mágica na manga. Atualmente, eu só queria chorar em paz. Chorar com desespero, sem remorso. Estava de saco cheio de ver o lado positivo das coisas.

— Você acha? — perguntei.

April colocou uma colher de cereal na boca, enquanto pensava no assunto.

— É a questão que está te incomodando mais. Certo?

Assenti. Eu não tinha contado sobre a minha mãe a ninguém ali além de April e Georgina. E mesmo com elas, tinha compartilhado apenas o panorama geral, nenhum dos detalhes que tornavam minha mãe brilhante. Eu não tinha contado às duas sobre os "desafios do sorvete" que ela fazia. Nós descíamos o quarteirão correndo atrás do carrinho de sorvete, devorávamos as nossas casquinhas e quem experimentasse a sensação de "cérebro congelando" primeiro ganhava. Não tinha contado a elas que, enquanto as outras crianças ganhavam moedas da fada dos dentes, eu ganhava um elefante de pelúcia, igual ao que Nat tinha. Também não tinha contado das terças-feiras de quebra-cabeça. Por pior que ela estivesse se sentindo, minha mãe nunca perdia uma terça-feira de quebra-cabeça. Nós convidávamos Nat para participar, mas ela sempre recusava. Minha irmã não entendia como era possível que o que eu mais desejasse da nossa mãe fosse ficar sentada ao seu lado.

— Talvez eu me concentre nas questões relacionadas à carreira — falei.

April assentiu.

— Ontem ela me ajudou a entender que só continuei no trabalho em que estou porque tenho medo de ser quem eu sou sem ele, sem o dinheiro. Isso me faz pensar no que eu faria da minha vida se não tivesse tanto medo da opinião dos outros.

Lembrei da contadora que se tornaria chef na França.

— Esse é o primeiro dos cinco passos da April até ela se mudar para uma iurta, uma daquelas tendas de pastores nômades na Mongólia, sabe? — brincou Georgina.

Eu ri. April deu um tapa brincalhão nela.

Uma mulher alta, de cabeça raspada, se levantou do banco no canto.

— Sem toques.

April acenou com a mão, pedindo desculpas. Levaria algum tempo para nos acostumarmos com as regras.

Georgina gesticulou para que nos aproximássemos mais uma da outra.

— Quanto tempo vocês acham que faz desde a última vez em que a Raeanne transou?

A melhor maneira de descrever Raeanne seria dizer que parecia um abutre — cinquenta anos, nariz adunco, carranca permanente, sempre à caça de erros. Sua pele era dourada, mas nem por isso tinha um brilho saudável; Raeanne parecia murcha, como se tivesse se bronzeado na superfície do sol. Eu a achava bastante assustadora.

April abafou uma risadinha.

— Ela só está fazendo o trabalho dela.

— Aposto que a mulher tem bolas de naftalina lá embaixo — disse Georgina.

Sorri e me levantei para devolver a minha bandeja.

— Vejo vocês mais tarde.

— Boa sorte — gritou Georgina.

Saí do refeitório e segui em direção à casa de Rebecca. Era um dia ideal de julho para mim: quente o bastante para usar short, fresco o suficiente para calça jeans. Todos os dias, desde que cheguei, o céu tinha se mostrado de um azul ofuscante, repleto de nuvens ao vento que lembravam os quadros de Monet. Os raios do sol lançavam uma luz suave e dourada pelo jardim. Algumas partes do terreno transbordavam de flores — magnólias, sinos-dourados e tangos. Do resto, brotavam tomate, vagem, nabo e abobrinha. Aquele arco-íris abundante daria uma foto linda. Coloquei a mão no bolso de trás, já com possíveis legendas de postagem passando pela mente — mas meu celular não estava ali. Será que algum dia aquele impulso deixaria de existir?

Respirei fundo o cheiro de pinho misturado com sal marinho. Eu só estava ali havia uma semana. Precisava ser paciente. Uma andorinha-do-mar com asas prateadas cortou os raios de sol. Era ela, cuidando de mim.

Eu estava exatamente onde deveria estar.

Durante minha primeira semana em Wisewood, conheci muitas pessoas simpáticas e dobrei dezenas de pilhas de roupas recém-lavadas. Na aula, cada um de nós fez uma lista do que nos assustava e leu em voz alta. A minha incluía: falar em público; desperdiçar a minha vida; e a morte — a minha ou a dos meus entes queridos. Passaríamos a aula seguinte tentando encontrar soluções para superar esses medos. Eu estava ansiosa para começar.

Respirei fundo, abri a porta de vidro de correr nos fundos da casa e entrei. O andar térreo era claro, minimalista e monocromático — paredes nuas, tetos de cerca de três metros e meio, planta aberta. À minha esquerda havia uma cozinha imaculada.

— Eu me pergunto, o que na Raeanne deixa você nervosa?

Levei um susto. Gordon estava encostado na bancada, os braços cruzados diante do peito robusto. Eu tinha visto o braço direito de Rebecca pela ilha uma ou duas vezes, mas ele nunca havia falado diretamente comigo. Gordon me examinou pelo que pareceram horas. Não o vi piscar nem uma vez por trás dos óculos de armação grossa.

— Quem disse que ela me deixa nervosa? — perguntei quando meu coração enfim desacelerou.

— Você está sempre animada, até alegre, mas se apaga quando está perto dela. Mas pode ser coincidência. — Ele encolheu os ombros. — Só o menor dos cérebros sente necessidade de latir tão alto quanto Raeanne. — Gordon apontou para o corredor. — Vou acompanhar você até a sua reunião, sim?

O quanto ele vinha me observando?

Gordon caminhava com o andar de um homem trinta centímetros mais alto. Eu o segui pela cozinha até o hall de entrada. A casa de Rebecca era o oposto arquitetônico dos nossos bangalôs espartanos — ela não havia economizado ali. À nossa esquerda havia uma sala de jantar com uma mesa grande o bastante para acomodar vinte pessoas. À frente, uma elegante escada em espiral. Atrás da escada, havia uma sala ampla com dois sofás fundos e enormes.

A casa parecia um museu, espaçosa e silenciosa. Não havia casacos, cachecóis ou sapatos espalhados perto da porta. Nenhuma chave pendurada em um gancho ou bolsa largada em cima do aparador. Nenhum espelho onde pudesse ver meu reflexo, para ter certeza de que não estava com restos de café da manhã presos nos dentes.

Gordon parou na base da escadaria. Era uma construção escultural, com paredes de gesso branco e carpete macio. Do teto, atravessando o centro da espiral, pendia uma instalação de luz: pingentes de fios finos com esferas redondas brilhantes fixadas em alturas variadas. Meu guia olhou para a luminária com reverência.

— O que trouxe você a Wisewood? — perguntei.

— Prefiro me concentrar no presente — respondeu ele, sem olhar para mim.

Tive a sensação de ter ultrapassado um limite tácito. Todos os outros ali tinham sido muito abertos sobre o seu passado... Gordon era o primeiro a se mostrar reticente sobre o dele.

— Não tive a intenção de me intrometer.

— Teve, sim.

Gordon começou a subir. No topo da escada, havia corredores à nossa direita e à esquerda com várias portas fechadas de cada lado.

— O escritório dela é a última porta à direita. Todas as sessões individuais são aqui.

Eu ainda estava pensando se deveria me desculpar, sem saber se aquilo pioraria as coisas. "Desculpe" era uma palavra que estava sempre na ponta da minha língua, provavelmente alojada ali desde o maldito dia em que nasci. Tenho certeza de que saí do útero pedindo desculpas à minha mãe e ao médico pelo inconveniente. Meu maior desejo era atravessar a vida sem ter incomodado ninguém, sem deixar uma única mancha em um vidro ou pegada na neve. Algumas pessoas admitiam que era necessário um pouco de conflito para progredir. A maioria aceitava que não agradaria todo mundo.

Eu não era uma delas.

Paramos diante do escritório.

— Pronta? — Gordon me examinou de cima a baixo.

Assenti, nervosa. Ele bateu três vezes na porta — batidas rápidas e distintas, como uma senha — e então a abriu.

Rebecca aguardava atrás da escrivaninha. Ela se levantou e caminhou em nossa direção. Nós três nos encontramos no meio do escritório.

A primeira coisa que notei foi sua altura. Ela era mais alta do que eu imaginara, devia ter um metro e oitenta descalça, mas usava sapatos de salto agulha de dez centímetros e se erguia bem acima de mim. Ela tinha a postura de uma bailarina.

Rebecca estendeu a mão e pegou as minhas.

— Kit, eu estava esperando tanto por esse encontro.

A pele de Rebecca era lisa como alabastro, quase imaculada, a não ser pelas cicatrizes de queimaduras nas mãos. Os olhos eram de um violeta acinzentado, provavelmente com lentes de contato — eu nunca tinha visto uma cor como aquela. Não consegui chegar à conclusão se o cabelo na altura dos ombros era loiro platinado ou branco. Seu nariz era comprido e curvo e os lábios ostentavam um batom de um roxo profundo — imaginei que a regra de não usar maquiagem não se aplicasse a ela. Rebecca usava uma calça preta de corte perfeito e um suéter de caxemira também preto. No ombro esquerdo do suéter, havia um rosto de leão bordado com lantejoulas, os dentes à mostra. A maneira como ela se movia dava a impressão de estar flutuando.

Rebecca me observava com tanta intensidade que tive que desviar os olhos. Eu não tinha dito uma palavra, mas já me sentia exposta, como se aquela mulher tivesse feito um download de todos os meus pensamentos para o próprio cérebro.

— Por favor. — Ela apontou para o sofá diante da escrivaninha, o olhar ainda fixo no meu rosto. — Sente-se.

Fiz o que ela disse. Rebecca deu as costas e foi como se alguém tivesse afastado um holofote de mim. Meus ombros relaxaram vários centímetros e soltei o ar que estava prendendo.

— Obrigada, Gordon. Faça de hoje um dia de destemor.

— Certamente, Professora — respondeu ele, com uma leve reverência.

E lá estava aquele apelido novamente.

Gordon saiu do escritório e fechou a porta, me deixando ao mesmo tempo aliviada e com a sensação de estar presa ali. Rebecca caminhou em direção ao sofá, com movimentos lentos e suaves.

Ela me observou com atenção.

— Gostaria de beber alguma coisa?

Engoli em seco.

— Água, por favor.

— Ela fala.

Os lábios de Rebecca se curvaram em um sorriso malicioso. Ela se moveu suavemente até o carrinho que servia de bar ao lado da escrivaninha. Ali, havia um serviço de chá de porcelana, uma jarra de cristal com água e rodelas de pepino, um balde de gelo e uma dúzia de copos altos. Rebecca encheu dois copos com água e me entregou um deles. Agradeci.

Ela pousou o próprio copo em cima da mesa de centro entre nós, depois de deixar ali um porta-copos de ardósia. Então, cruzou as pernas. Analisei a sala. A escrivaninha em estilo *mid-century* tinha acabamento em nogueira. Nas paredes atrás do móvel e à minha direita havia estantes embutidas, que iam do chão ao teto. Atrás de mim, perto da porta por onde entrei, vi um armário alto — em uma placa afixada nele lia-se em letras vermelhas em negrito: APENAS PESSOAL AUTORIZADO. À minha esquerda havia portas francesas que davam para uma varanda. Eu podia ver o terreno se estendendo mais além.

Voltei os olhos novamente para a mesa de centro. No meio dela, uma tigela de vidro guardava cacos do que parecia ser uma travessa de porcelana quebrada. Algumas peças tinham delicadas rosas inglesas pintadas.

Rebecca quebrou o silêncio.

— Isso me lembra fraqueza.

Olhei para ela.

— Você acha estranho que me chamem de Professora.

— Eu não disse isso — balbuciei.

Rebecca se inclinou na minha direção.

— Eu também acho estranho.

A curiosidade tomou conta de mim.

— Você não pediu para ser chamada assim?

— Os hóspedes inventaram isso. Uma vez me referi a eles como meus alunos, em uma sala de aula. Um deles começou a me chamar de Professora. O apelido pegou.

Ela deu de ombros e voltou a me observar fixamente. Eu estava inquieta.

— Seu lenço é lindo.

Brinquei com a seda colorida que tinha colocado ao redor do pescoço. A echarpe tinha detalhes em laranja com toques intensos de verde, rosa, turquesa, amarelo e branco. Quando estava totalmente aberta, a estampa era de uma grande flor no centro com um monte de pinceladas ao redor. Eu achava que os traços lembravam conchas. Nat dizia que eram garras.

— Era da minha mãe — falei sem pensar. — Ela deixou para mim.

Rebecca apoiou o queixo na mão.

— Para onde ela foi?

Abaixei a cabeça.

— Minha mãe morreu.

— Ah, Kit. — Rebecca se levantou da poltrona para se juntar a mim no sofá. Ela apertou a minha mão. — Sinto muito. Então imagino que esse deva ser um dos seus bens mais preciosos.

Assenti e enfiei o nariz no lenço. Eu sabia que era infantil da minha parte fingir que mesmo depois de um ano e meio o tecido ainda guardava o perfume da minha mãe — frésia e spray de cabelo barato —, mas queria acreditar que sim e lavava aquela echarpe o mínimo possível. Uma vez achei que a havia perdido e liguei para Nat chorando. Ela agiu como se eu estivesse sendo ridícula, como se o lenço fosse uma coisa velha qualquer que eu pudesse substituir em uma loja de roupas qualquer.

Rebecca levantou a palma da minha mão e começou a acariciá-la com o polegar. Ela se inclinou para que nossos rostos ficassem a uns trinta centímetros de distância. Seu hálito cheirava a menta. Os pelos dos meus braços se arrepiaram. Torci para ela não notar.

— Do que você tem mais medo?

Hesitei, me sentindo desconfortável em abordar tão rápido o lado pessoal.

— Vamos poupar muito tempo se ultrapassarmos o conforto das mentiras e entrarmos no desconforto da verdade. O mundo lá fora nos doutrina a acreditar que mentiras inocentes ou omissões são a melhor abordagem, mas acho que mentiras de qualquer magnitude erguem paredes entre nós. A sociedade nos ensinou a temer interações sociais desconfortáveis, como se elas pudessem realmente nos ferir. Estou pedindo que você mergulhe no desconforto. Que se concentre nele para que eu possa te ajudar.

Respirei fundo.

— Tenho medo de não ter importância. De a minha vida não ter sentido.

Pronto, eu tinha falado. Levantei os olhos para encontrar os dela, com medo do que encontraria ali — pena, desprezo, nojo.

Mas os olhos de Rebecca estavam cheios de amor. Ela me envolveu em seus braços.

— Menina querida, você importa. É claro que importa. Você é importante para mim. Todos nós precisamos de você aqui. Você pode não conseguir ver isso ainda, mas em breve vai ver. Eu te prometo.

Deixei meu rosto relaxar em seu ombro. Meu corpo se movia em espasmos de choro, mas meus olhos estavam secos.

Você importa. Você importa. Você importa. Essas duas palavras ficariam girando como um carrossel na minha mente naquela noite quando me deitasse. O que eu mais queria na vida era acreditar nela.

— Você se acha corajosa, Kit?

Balancei a cabeça. Eu sabia que deveria me afastar dela, colocar uma distância mais apropriada entre nós no sofá — o que eu estava fazendo, deixando uma estranha me abraçar? —, mas queria permanecer naquele casulo. Rebecca não parecia uma estranha, e eu tinha certeza de que, assim que me afastasse dela, o feitiço se quebraria. A sensação de segurança, de pertencimento, desapareceria. E eu voltaria a ser a Kit normal e sem brilho.

— Você não precisa ir a lugar nenhum. Pode ficar exatamente onde está. — Rebecca acariciou o meu cabelo e relaxei em seus braços, aliviada. — Sei com certeza que você é mais corajosa do que pensa. Deixe-me provar isso para você.

Esperei, ouvindo. A voz dela era como música de piano, ondas do mar, gotas de chuva nas folhas.

— Me conta uma coisa corajosa que você já fez.

— Eu fiz *BASE jumping* quando morei na Tailândia. Pulei de um penhasco em Krabi só com um paraquedas preso nas costas.

— Por quanto tempo morou na Tailândia?

— Três meses.

— Você se mudou para o outro lado do mundo, para um lugar em que não conhecia uma única alma viva. Isso também não parece corajoso para você?

Dei de ombros.

— Fugi para lá depois que a minha mãe morreu. Tenho tendência a fugir quando as coisas ficam difíceis ou assustadoras. — Quantas vezes Nat já tinha dito aquilo? — Eu não chamaria isso de coragem.

— Às vezes, a coisa mais corajosa que uma pessoa pode fazer é fugir.

Ela parou de acariciar meu cabelo e eu me recostei no sofá. A dúvida deve ter ficado evidente no meu rosto, porque Rebecca perguntou:

— Você diria que uma mulher que foge do seu agressor é covarde?

— É claro que não. Não é a mesma coisa.

— Você é dura demais consigo mesma.

Estremeci.

Rebecca olhou para o elástico ao redor do meu pulso. Seus olhos violeta encontraram os meus.

— Do que mais você fugiu?

— Eu larguei a faculdade. — Senti um nó na garganta pela culpa.

— Eu também.

Levantei os olhos para encará-la, surpresa.

— Fugi da minha família, da faculdade, dos conceitos de casamento e de maternidade. Recusar-se a aceitar o que a sociedade espera de nós não nos torna covardes.

Pensei naquilo enquanto olhava pelas janelas francesas, tentando decidir se concordava. De repente, alguma coisa bateu no vidro, sacudindo a vidraça na moldura. Eu me levantei num pulo e vi de relance asas prateadas deslizando pela janela. Rebecca pegou as minhas mãos com gentileza e me fez sentar novamente.

Então, ergueu meu queixo para que a encarasse.

— Você não tem absolutamente nada a temer, ou do que se envergonhar. Você é afetuosa, atenciosa e compassiva, cheia de potencial. Posso te ajudar.

Não falei, ainda distraída pelo pássaro, mas incapaz de ver para onde ele tinha ido. E se o animal tivesse quebrado uma asa e nunca mais voasse?

— Deixa eu te ajudar.

— Como? — perguntei, assustada com a esperança que sentia crescer no meu peito, ciente de que a ideia de felicidade me assustava, mas sem saber por quê.

— Estou pavimentando o caminho há muito tempo. Tenho muitas ferramentas para oferecer. — Ela me observou. — Você é um tsunâmi, Kit, e não faz nem ideia.

Abri a boca, mas Rebecca fechou-a suavemente. Então, deixou o polegar no meu lábio inferior por um instante, e depois desceu com ele pelo meu queixo, pelo meu pescoço. E tocou a echarpe da minha mãe.

Nossos olhos se encontraram. Ela se inclinou na minha direção. Minha boca ficou seca.

Rebecca riu e segurou as minhas coxas, se apoiando nelas para ficar em pé. E caminhou até a porta.

— Está na hora de reformular a história que você conta sobre si mesma. Vamos começar parando de falar mal de si, então passaremos a não pensar mal de si. Antes da nossa próxima sessão, quero que você crie um mantra, uma frase para incutir autoconfiança, algo que possa invocar quando estiver deprimida. Depois que tiver esse mantra, você vai passar vinte minutos, todas as manhãs, de preferência assim que acordar, repetindo essa frase em voz alta no seu quarto.

Rebecca ficou ali parada, esperando.

Eu me levantei com as pernas trêmulas e caminhei em direção a ela. Seus olhos cintilaram.

— Mal posso esperar para ver o que você vai criar.

17

Kit

Julho de 2019

— Só estou dizendo que acho meio estranho — disse Georgina — que ela não siga as regras que inventou.

April encolheu os ombros.

— A Rebecca faz isso há muito mais tempo do que nós. A regra de não tocar talvez não sirva mais para ela.

Eu conversava sobre aquilo com as minhas amigas enquanto saíamos do refeitório depois do café da manhã. Meu primeiro encontro com Rebecca tinha sido dois dias antes. Depois de quarenta e oito horas de reflexão, eu tinha concluído que a líder de Wisewood era excêntrica — mas no bom sentido. Era verdade que ela quebrava as próprias regras, mas se sentia muito confiante em relação ao que havia construído ali, parecia muito certa do meu potencial. Eu mal conseguia acreditar que a mulher tinha se debruçado sobre mim e visto algo além de fracasso.

Eu queria ser aquele tsunâmi.

— Isso é verdade. — Georgina protegeu os olhos do sol. O ar denso e abafado grudava meus cabelos compridos à nuca. — Eu quase chorei na minha sessão, então Rebecca deve ter mesmo algum talento para o que faz. — Ela fez uma pausa, pensativa. — Nossa, eu não chegava tão perto de chorar desde que aquela cretina da Kim Johnson contou para todo mundo que eu tinha um distúrbio alimentar.

— O que te deixou tão chateada? — perguntou April.

— Bem, para começar, a escola inteira passou a me chamar de Vomita-gina durante meses. Foi uma merda, obviamente.

— Estou perguntando em relação a ontem — esclareceu April. — Com a Rebecca.

Georgina deu de ombros, evitando nossos olhares.

— Tenho que ir. Não quero me atrasar para as tarefas... — Ela fez uma careta engraçada e se afastou com um aceno.

April e eu a vimos entrar na casa de Rebecca, então seguimos em direção ao canto noroeste da ilha, para a aula. Nós nos abanávamos enquanto caminhávamos, falando sobre nada em particular, rindo de piadas internas recém-criadas. Eu tinha a sensação de que a conhecia desde sempre.

Poucos minutos depois, chegamos ao trailer onde aconteceria a aula. April segurou a maçaneta da porta. Antes de segui-la para dentro, um movimento perto da cerca viva chamou minha atenção. Eu me virei e vi uma parte da cerca aberta — não tinha percebido que havia portas ali. Gordon entrou por ela. Fiquei encarando. Durante o passeio pelo terreno, fomos informados de que não havia nada depois da cerca viva, a não ser uma floresta. Então, o que ele estava fazendo lá fora? Gordon trancou a porta atrás de si, então se virou para mim, como se soubesse o tempo todo que eu estava observando.

Desviei o olhar — com o coração acelerado, o rosto ruborizado —, mas o estrago estava feito. Ele com certeza tinha me visto. Corri para entrar no trailer, atrás de April.

O ar ali dentro ainda estava mais úmido, como se as janelas não fossem abertas há semanas. As cadeiras tinham sido substituídas por almofadões no chão, agrupados em pares. Os outros hóspedes conversavam entre si. Ruth nos cumprimentou calorosamente.

— Fiquem à vontade para bater papo enquanto esperamos pelos alunos que faltam.

April se virou para dois rapazes de vinte e poucos anos. Um deles era Sanderson, o cara que guiava a balsa e que vivia com o capuz do casaco na cabeça, mesmo com aquele calor. Ele havia conversado bastante no barco, então, outro dia, quando o vi arrancando ervas daninhas da horta, me ajoelhei ao seu lado e puxei conversa. Enquanto trabalhávamos, descobri que Sanderson tinha chegado ali depois de ser expulso de vários programas de reabilitação, e que, mesmo estando há três anos em Wisewood, ele ainda sentia culpa pela forma como tinha se aproveitado dos pais. Sua voz saiu trêmula quando ele falou sobre a mãe, por isso não insisti no assunto. Sanderson repetiu ao menos quatro vezes quanto amava Wisewood.

Antes que eu pudesse me juntar a April e aos rapazes com quem ela conversava, um homem e uma mulher na casa dos quarenta anos se aproximaram de mim. Ele usava um boné do time de basquete Cleveland Cavaliers, era corpulento e tinha uma barba espessa, mas bem aparada.

— Um dia potencializado. Sou Jeremiah.

A mulher era careca e tinha um leve tique que a fazia contrair o lado esquerdo do rosto.

— E eu sou Sofia. — Ela parecia inquieta como uma adolescente no primeiro encontro.

— Prazer em conhecer vocês. Meu nome é Kit.

Jeremiah se levantou e ajeitou o chapéu. Vi de relance uma pele nua em sua cabeça e me perguntei se ele também seria careca.

— Está gostando de Wisewood até agora?

Assenti em resposta.

— Bastante. Só estou aqui há alguns meses, mas não consigo me imaginar morando em outro lugar.

— Ah, eu sinto o mesmo — concordou Sofia, com os olhos arregalados. — Cheguei há três anos e meio. Eu sou a responsável pelos cuidados médicos básicos aqui.

— Ela está sendo modesta. — falou Jeremiah com um sorriso. — Sofia é uma médica brilhante.

— Fiz um bom trabalho na Universidade Tufts, mas gostaria de ter vindo morar em Wisewood mais cedo. Foram muitos anos de excesso de trabalho e exaustão lá fora. — Ela apontou para a porta do trailer, como se uma semana insustentável de trabalho a espreitasse do lado de fora.

— Mas foi graças a esses anos de trabalho árduo que você conseguiu doar algumas das suas economias para cá, não foi? — observou Jeremiah.

— Não apenas *algumas*. — Ela olhou para mim. — Eu faria qualquer coisa pela Professora. Ela me salvou.

— Quanto a mim — disse Jeremiah —, eu era contador em uma pequena empresa em Chicago. Era como viver dentro das tirinhas de *Dilbert*, sabe?

— Ah. — Sorri. — Eu também trabalho no setor de contabilidade, em Nova York. Bem, sou só recepcionista.

— É mesmo? — disse ele. — Em que empresa?

Enquanto eu explicava o que já tinha feito, tentava não me sentir inferior, mas Jeremiah e Sofia não se importaram por eu não ter um diploma superior... ou qualquer outro diploma. Os dois ouviram atentamente cada palavra.

— Sinto muito pela sua mãe — falou Jeremiah quando terminei. — O meu irmão faleceu há catorze anos e ainda sinto muita falta dele. Há muitas coisas que eu gostaria de ter feito diferente enquanto ele estava vivo. — Ele abaixou os olhos.

— Eu também.

Jeremiah voltou a levantar a cabeça, e estava prestes a dizer mais alguma coisa quando a porta do trailer se abriu. Raeanne entrou, um palito entre os lábios. Ela foi até o centro da sala.

— Raeanne, os sapatos — alertou Ruth. — Você está espalhando lama por toda parte. — Raeanne girou o palito na boca e se abaixou para desamarrar as botas. Ruth suspirou. — Deixa, deixa. Você viu Gordon?

Raeanne balançou a cabeça.

— Vamos ter que começar sem ele, então. — Ruth bateu palmas. — Muito bem, turma, hoje vamos trabalhar a transferência parental. Todos encontrem um parceiro e sentem-se em frente a ele, por favor? Examinei a sala em busca de April e corri para o lado dela.

— Quer ser minha parceira?

Ela deu levantadas de sobrancelha e assentiu. Sentamos nos almofadões mais próximos. Olhei ao redor da sala, para os outros pares. Jeremiah e Sofia. Sanderson e seu amigo. Debbie e Raeanne. Estavam todos sentados de pernas cruzadas, os joelhos quase tocando os do parceiro. April também reparou nisso e aproximou a almofada da minha. Um calor úmido emanava dela.

Ruth foi até uma das janelas e baixou a persiana. Então, falou em um tom suave:

— Na Wisewood, trabalhamos incansavelmente para eliminar nossos medos e alcançar o nosso Eu Potencializado. Muitos dos nossos medos mais profundos estão enraizados na infância, sejam oriundos de experiências desagradáveis que internalizamos ou advertências severas e maus-tratos que sofremos...

— Ei, Ruth. — Raeanne levantou a mão. — Acho que Jeremiah e Sofia deveriam trocar de parceiros.

Todos olhamos para os dois. Ambos pareciam perplexos.

— Por quê? — perguntou Jeremiah.

Raeanne enfiou o dedo mindinho na orelha.

— Você anda interessado demais em ficar perto dela ultimamente. — Ela levou o dedo ao nariz e fungou. — Regras são regras: romance não é permitido.

Jeremiah enrubesceu.

— Não sei do que você está falando.

— Vai ser um prazer dar alguns exemplos. — Raeanne deu um sorrisinho pretensioso.

Sofia se afastou de Jeremiah, que parecia horrorizado.

— Quero um novo parceiro.

Ruth respirou fundo.

— April, você pode, por favor, trocar de lugar com Jeremiah?

April deu de ombros, em um pedido de desculpas silencioso para mim, e trocou de lugar com o grandalhão.

— Só estou zelando pelo seu caminho. — Raeanne disfarçou o riso.

— Você já deixou o seu ponto de vista claro, Raeanne — disse Ruth. — Vamos em frente.

Ela atravessou o trailer e baixou a outra persiana. A expressão de Jeremiah era severa, seus lábios estavam firmemente cerrados.

— Transferência é o redirecionamento de sentimentos para uma nova pessoa. O objetivo desse exercício é simular que o pai ou a mãe de vocês, ou ambos, estão sentados à sua frente. Vamos liberar as lembranças negativas que vocês estão guardando. Pode ser qualquer coisa, desde "Detesto o jeito como você critica os meus amigos" até "Nunca fui bom o bastante para você" ou "Por que você me machucou?" Não precisam colocar tudo para fora em uma sessão. — Ruth deu uma risadinha — Alguns dos nossos membros mais antigos já fizeram esse exercício dezenas de vezes e sabem que nunca ficamos sem coisas para dizer aos nossos pais. — Alguns presentes deixaram escapar murmúrios de concordância. — Sintam-se à vontade para abordar qualquer assunto, de menor ou maior importância. Em um minuto, vou apagar as luzes e vocês não vão mais conseguir ver seu parceiro ou parceira.

A porta do trailer voltou a ser aberta, inundando o ambiente com a luz do sol. Na entrada estava Gordon. Ele fechou a porta silenciosamente atrás de si.

— Obrigada por nos agraciar com a sua presença — resmungou Raeanne.

Gordon cumprimentou Ruth com um aceno de cabeça e se sentou perto da porta, as costas apoiadas na parede.

— Se importa de nos dizer onde estava? — perguntou Raeanne.

Todos permaneceram imóveis enquanto Gordon a encarava.

— Sim. Eu me importo.

Raeanne não o pressionou.

Ruth apagou o interruptor e ficamos envoltos na escuridão. O espaço ficou em silêncio. Ouvi as inspirações e expirações fracas dos outros.

— Seu parceiro está aqui para encorajar você se precisar, para manter você no caminho certo — disse Ruth. — Agora, por favor, feche os olhos e mantenha-os assim durante todo o exercício. Concentre-se na minha voz e no que estou dizendo. Se alguém tiver alguma dúvida ou preocupação final antes de começarmos, fale agora.

— Boa sorte — sussurrou Jeremiah.

— Para você também — sussurrei de volta.

Ele sorriu e fechou os olhos.

Em algum lugar no trailer, alguém estalou os dedos. Estremeci mesmo no calor.

— Imagine a sua mãe ou o seu pai — orientou Ruth em tom hipnótico. — Imagine a cor dos olhos, a ruga entre as sobrancelhas, a curva dos lábios em um sorriso, o formato dos dentes. Pense no detalhe físico de que mais gosta no rosto dessa pessoa. — Ela fez uma pausa. — Agora pense no detalhe de que menos gosta. O sorriso é mais como um escárnio? Os dentes são amarelados demais? O olhar é duro, reprovador? Registre o rosto dessa pessoa na sua mente. Imagine que ele ou ela está sentado à sua frente, que você está tocando os joelhos da mamãe ou do papai, ou seja lá como você os chame. Consegue imaginá-los?

— Sim — sussurrou alguém.

— Ótimo. — Ruth baixou ainda mais a voz. — Agora pense em uma lembrança ruim desse pai ou dessa mãe. Não se esforce demais. Não precisa ser a pior das suas lembranças, embora possa ser.

A data saltou na minha mente antes de Ruth terminar de falar: 12 de janeiro de 2017. Eu havia passado a última hora do meu turno da tarde no Corrigan's ouvindo insultos nada criativos de alguns universitários bêbados depois que ignorei suas cantadas. Voltei dirigindo para casa, exausta. Já tinham se passado cinco anos desde que eu havia largado a faculdade. Naquela meia década, só o que eu tinha conseguido fazer era pular de bar em bar em Scottsdale, esperando que as gorjetas fossem mais generosas no lugar seguinte. Nunca eram.

Quinze minutos depois eu estava de volta a Tempe. Estacionei o carro na garagem e entrei pela porta da frente da nossa casa, furiosa com as decisões erradas que tomara no passado. Parei no hall de entrada e suspirei ao ver o papel de parede descascado e meses de contas empilhadas no aparador. Joguei a bolsa no chão e fui até a cozinha, mas estaquei quando vi Nat debruçada sobre a mesa de jantar. Ela estava limpando o tampo com um pano e spray antibacteriano.

— O que você está fazendo aqui? — perguntei.

— Essa casa também é minha.

Olhei a hora no relógio do forno.

— Achei que você estaria no trabalho.

— A mamãe tinha consulta hoje, lembra? — perguntou Nat, irritada por eu não estar pensando exatamente no que ela queria que eu pensasse o tempo todo, todo dia.

Eu provavelmente me esqueci disso, tive vontade de gritar, *quando três clientes que eu estava atendendo começaram a entoar a palavra com P para mim*. Mas não falei nada, porque Nat teria respondido: *Você sabe onde não escutaria a palavra com P o tempo todo? Em um hospital, se tivesse terminado a faculdade. Ou se trabalhasse em um escritório*. Ela ficava o tempo todo no meu pé, insistindo para que eu deixasse de trabalhar como garçonete de bar.

— Eu saí mais cedo hoje para vir saber o resultado. — Nat me olhou, abatida. — Ela está no banheiro.

Como se seguindo a deixa, mamãe emergiu do corredor, fantasmagórica e com a expressão sombria.

— Estou tão feliz em ver vocês, meninas.

A minha mãe havia passado a vida inteira se obrigando a sorrir — imaginei como seus músculos faciais deviam estar cansados. Eu me sentia exausta por ela.

Nat parou de limpar. Dei um passo à frente.

— Você recebeu o resultado da biópsia?

A mamãe desviou os olhos de nós, tentando adiar a resposta. Meu estômago se revirou.

— Talvez seja melhor vocês se sentarem.

— Mãe, fala logo — pediu Nat. — O que o médico disse?

Ficamos encarando a nossa mãe. Ela mexeu o corpo, inquieta, e levantou os olhos para o teto.

O chão sob meus pés foi se abrindo.

Minha mãe suspirou antes de finalmente falar.

— É câncer. Sinto muito, meninas.

Um gemido escapou pela minha garganta. Corri na direção da minha mãe e me agarrei a ela — uma mulher já magra, que parecia encolher cada vez mais. Nat desabou em uma cadeira.

Mamãe acariciou meu cabelo por um tempo, fungando. Deixei as lágrimas caírem, enterrando o nariz no lenço colorido que ela usava todos os dias. Nós três ficamos imóveis na cozinha, esperando que algo acontecesse, que alguém nos dissesse o que fazer. Tinha que ser a Nat. Sempre tinha sido ela.

Ela pigarreou diante da mesa. Quando falou, percebi, sem nem olhar, que ela estava tentando não chorar.

— Quais são as opções de tratamento?

— Não vou fazer tratamento.

— O quê?

Nat pulou da cadeira. Estremeci e me afastei com relutância da mamãe, em protesto.

— Meu amor, eu não quero que me cortem ou envenenem o meu corpo. Não quero me tornar uma concha vazia de mim mesma. Estou em paz com essa decisão.

— E se você morrer?

— Que seja. — Minha mãe olhou nos olhos da minha irmã. — Pelo menos irei nos meus próprios termos.

Minha boca ficou seca. Meus joelhos tremiam.

— Vocês duas sabem que sempre quis morar perto do mar. Andei pesquisando apartamentos em San Diego.

— Essa é a desculpa que você estava esperando, não é? — perguntou Nat, furiosa, enxugando as lágrimas que agora rolavam pelo seu rosto. — Depois de todos esses anos, finalmente você vai deixar a depressão vencer.

— Querida, eu não escolhi ter câncer.

— Você precisa lutar. — Nat bateu com o punho na mesa para pontuar a palavra. — Precisa ser forte.

— Eu lutei a vida toda. — Mamãe abaixou a cabeça. — Estou cansada.

Nat deu a volta na mesa e agarrou os ombros da nossa mãe, o olhar transtornado.

— Eu vou lutar *por* você, então. Vou te levar a todas as consultas, exames e tratamentos. Vou tirar uma licença no trabalho para poder cuidar de você. Vou raspar a cabeça. Eu vou resolver isso. Custe o que custar.

Mamãe tocou os cabelos escuros e brilhantes de Nat e puxou-a para um abraço.

— Eu te amo tanto, Natalie.

Nat se deixou abraçar por um segundo antes de se afastar.

— Mãe, não. Você não pode desistir. Fala para ela, Kit.

Abri a boca, mas não saiu nenhum som. Eu sentia as mãos e os pés dormentes. Meu cérebro parecia ter sido triturado em um liquidificador. O olhar da minha mãe pousou em mim. Um olhar que implorava por compreensão, para que eu ficasse do lado dela.

Quando não respondi, Nat também virou a cabeça na minha direção.

— Eu tive que ser a vilã durante toda a nossa vida enquanto você era a favorita. Só que você não vai ter mãe por muito tempo se não for um pouco mais rígida nesse seu amor por ela, pelo menos uma vez.

Algo pareceu se romper dentro de mim.

— Mãe, por favor. Se não quer fazer isso por si mesma, faça por nós.

— Já chega, meninas. — Mamãe nos puxou para perto.

No trailer que parecia ferver, pisquei várias vezes, sentindo aquela onda familiar de náusea. Nenhuma parte de mim queria fazer aquele exercício. Eu poderia inventar uma história qualquer, mais fácil de engolir e de compartilhar — sobre uma mãe que criticava demais as minhas notas ou que não me deixava receber namoradinhos em casa. Antes que eu pudesse me conter, arranquei alguns fios de cabelo da cabeça. O alívio foi instantâneo. Estava no controle novamente, como quando a água do lava-jato escorria pelas janelas do carro, enxaguando o sabão sujo.

Ruth quebrou o silêncio.

— Converse com o seu pai, ou com a sua mãe, sobre essa lembrança. Você pode começar recontando a história ou pode ir direto aos seus sentimentos. Mas quero que tenha uma conversa honesta, que diga tudo o que vem escondendo por todos esses anos. Imagine que você fosse escrever uma carta para a sua mãe ou para o seu pai, mas nunca enviasse. Imagine como seria se sentir livre para dizer a verdade, por mais que essa verdade possa passar uma imagem ruim de você. Esse momento não tem nada a ver com julgamento, e sim com abrir espaço para nos curarmos. Não se preocupe em se revezar com seu parceiro. Falem ao mesmo tempo. Podem gritar. Mas quero que mantenham os pés no chão. E nada de violência. — Ela fez uma pausa. — Podem começar.

Jeremiah e eu hesitamos, e ficamos ouvindo as vozes ao nosso redor em busca de pistas. A maior parte dos nossos colegas falava em voz baixa e sibilante.

Mas Sofia chorou alto desde o início.

— Como você foi capaz de fazer isso? Sua neta morreu e, em vez de me confortar, você disse que era culpa dela.

Abri os olhos, que se arregalaram com a acusação. As vozes se tornaram mais altas, carregadas de raiva.

— Quantas vezes você me usou como saco de pancadas? — disse Raeanne, com ódio.

— Eu não deveria ter roubado o seu dinheiro — falou Sanderson.

— Como você pôde deixar ela se afogar? — perguntou April. — Você devia nos proteger.

A voz de Ruth soou leve como uma pena no meu ouvido.

— Por favor, mantenha os olhos fechados, meu bem. Concentre-se nas suas próprias lembranças.

Meus olhos se fecharam na mesma hora. A voz de Jeremiah vacilou quando ele falou.

— Se você tivesse tido um pingo de compaixão, nada daquilo teria acontecido. — A voz dele soou tão fria que meus braços ficaram arrepiados. Ele hesitou quando percebeu que eu não estava falando. — Quer dizer alguma coisa, Kit?

Respirei bem fundo.

— Você nos deixou. A gente precisava de você.

— Isso, garota — disse Jeremiah.

— A gente teria ficado bem se você tivesse sobrevivido.

Eu me sentia culpada por responsabilizar a minha pobre mãe morta, que, além de lutar contra a depressão ao longo da vida toda e depois contra um câncer terminal, agora também tinha que carregar o peso dos meus fracassos. Desejei que a minha irmã estivesse sentada à minha frente em vez de Jeremiah. Ela entendia de solidão melhor do que ninguém, entendia como a solidão acabava se tornando uma craca.

Àquela altura, a sala estava repleta de desespero. Sofia e Raeanne gritavam. Sanderson balançava o corpo, pedindo desculpas repetidas vezes aos pais, desacelerando o movimento só quando Ruth murmurou algo em seu ouvido. Olhei de relance para Gordon. Ele permanecia sentado no canto, com as costas retas, imóvel. Eu não sabia dizer se seus olhos estavam abertos ou fechados.

— A morte dele também é culpa sua — disse Jeremiah.

Estremeci, me sentindo esmagada. Não tive tempo de pensar se queria participar daquela dinâmica — simplesmente participei, para que a minha voz não ficasse notavelmente ausente, como quando faziam o "om" em grupo no final de uma aula de ioga. Se eu não continuasse falando, Jeremiah talvez se sentisse constrangido de novo por eu estar só escutando o que ele dizia.

— Você deveria ter lutado, mãe — falei um pouco mais alto, para acompanhar o volume do restante do grupo. Minha mente girava. — Por que não éramos motivo suficiente para você continuar viva?

— Você está indo muito bem — disse Ruth. Eu não tinha certeza se ela estava falando comigo ou com Jeremiah. — Continue.

— Eu deveria ter estado ao seu lado. Me desculpa — eu disse, e então expressei o pensamento que tive milhares de vezes: — É tudo culpa minha.

Eu tinha pegado leve com a minha mãe quando deveria ter sido dura, e tinha sido dura quando deveria ter demonstrado compaixão. Eu estava vomitando nos meus próprios pés em Las Vegas enquanto ela dava seus últimos suspiros. Minha mãe era mais importante para mim do que qualquer outra pessoa no mundo, e ainda assim falhei completamente com ela. Abaixei a cabeça, me abanando desesperadamente.

Ruth se afastou e gritou para ser ouvida acima da cacofonia.

— Bom, pessoal, muito bem. Agora fiquem quietos.

A sala ficou em silêncio, cheirando a suor. Eu precisava de ar.

— Tirem uma foto mental dessa lembrança e coloquem no meio de um lençol branco e impecável.

Visualizei a minha mãe curvada em cima da mesa da cozinha, triste por estarmos nos unindo contra ela. Coloquei a imagem no lençol.

— Juntem os quatro cantos do lençol e fechem as pontas com uma faixa elástica. Vocês não podem mais ver a foto. A lembrança está tentando se soltar, talvez esteja se sacudindo dentro do lençol. Estão vendo?

Fiz o que me foi dito e enrolei a faixa elástica ao redor da expressão traída da minha mãe.

— Agora, usando toda a força que puderem, joguem essa lembrança embrulhada contra a parede. Quero ouvir o esforço de vocês.

As pessoas começaram a grunhir, como se estivessem tentando derrubar um edifício de seus alicerces. Alguém uivou. A mão de Jeremiah cortou o ar e imaginei que ele estava realmente tentando apagar a memória. Hesitei, porque não queria jogar a minha mãe contra a parede. Será que a gente não podia abrir pelo menos uma janela nesse trailer sufocante? Eu ansiava por uma brisa, por uma fuga.

— Vamos, Kit. Você consegue — instou Ruth.

Eu me imaginei girando o lençol cada vez mais rápido acima da cabeça, até que finalmente o soltei. Meu traseiro se levantou do chão. Eu me impedi de estremecer quando minha mãe bateu contra a parede. Em vez de entrar em pânico pensando em como me sentia enlouquecida, tentei me concentrar nas maravilhas do cérebro, e refletir sobre o poder da imaginação.

— Comecem a se acalmar, turma — orientou Ruth. — Comecem a deixar essas emoções intensas saírem de vocês. Deixem a raiva ir embora. Deixem ir embora a dor, a confusão. Deixem ir o medo. — As pessoas começaram a se acalmar. — Vocês se sentem um pouco mais leves depois de se livrarem do peso dessas lembranças? Alguns até muito mais leves?

Mesmo com os olhos fechados, percebia que a sala estava mais iluminada. Ruth estava abrindo as persianas bem devagar. Meus colegas respiraram profundamente, não mais ofegantes. Só Sofia ainda choramingava e repetia sem parar: "meu pobre bebê", "meu pobre bebê".

A insanidade de momentos antes começava a parecer um sonho. Um ambiente cheio de adultos tinha entrado em surto e agora deveríamos fingir que estava tudo bem?

— Agradeçam ao seu parceiro por acompanhar vocês nessa jornada — orientou Ruth. — Depois se concentrem na respiração.

Jeremiah murmurou um agradecimento. O que a mãe ou o pai dele tinha feito? Ele estaria se referindo à morte do irmão?

— Agora se deitem de costas e fiquem confortáveis — continuou Ruth. — Talvez queiram esticar os braços acima da cabeça ou encolher o corpo de lado. Deixem que a posição de que precisam escolha vocês. É hora de dedicar vinte minutos ao autocuidado.

Passei o tempo todo racionalizando o que tinha feito. Por que tinha me deixado levar e participado com eles? Por que havia compartilhado algo tão profundamente doloroso e pessoal? Eu me sentia melhor por ter feito aquilo? Só sabia que eu estava morrendo de vergonha com o fato de aquelas nove pessoas provavelmente terem encaixado as peças mórbidas do quebra-cabeça da minha família. Fiquei nervosa por ter sido tão facilmente arrastada para o exercício.

Mas também me sentia ligeiramente mais leve por ter compartilhado em voz alta um pouco da minha culpa, da minha raiva, do meu medo. Por ter ouvido quantas outras pessoas se sentiam furiosas com seus pais ou carregavam um fardo do qual sentiam vergonha. Por ter descoberto que eu não era a única filha ou filho péssimo na sala. Sim, eu estava um pouco mais leve.

Quando os vinte minutos se passaram, Ruth nos orientou para que nos sentássemos. Então, acendeu todas as luzes. Arrumamos os almofadões em um círculo. Ruth nos pediu para fechar os olhos de novo e respirar, enquanto ela contava por alguns minutos.

Examinei cada rosto. Pareciam todos tão sinceros — as pessoas acreditavam naqueles exercícios. Jeremiah estava tão concentrado que suas sobrancelhas se franziram.

— Uma última expiração — falou Ruth. — Todos abram os olhos, por favor.

Dez pares de olhos se abriram.

— Pronto. — Ela sorriu. — Não se sentem melhor?

18

Fiz uma reverência de agradecimento no centro do palco, sob aplausos estrondosos. Para alguns, o ritual noturno incluía um banho quente, uma máscara facial e um bom livro. O meu era uma ovação de pé.

— Obrigada, Dayton. — Sorri para o meu público.

Não existia sensação melhor na vida do que quando uma plateia gritava meu nome. À noite, na cama, os gritos daquelas pessoas giravam na minha cabeça.

Sou invencível, cacete.

Olhei ao redor do teatro mais uma vez, procurando por um rosto familiar. Minha irmã, Jack, supostamente assistiria à apresentação daquela noite. Depois de todo aquele drama de se mudar para o mais longe possível na faculdade, ela acabara de volta ao ponto de partida, a quinze minutos de carro da casa onde crescemos. Não consegui localizá-la no meio da multidão. Talvez tivesse mudado de ideia.

Quando a cortina desceu, saí do palco, entrei no camarim e fechei a porta. Fiquei andando de um lado para o outro, esperando a adrenalina baixar. Minha turnê tinha começado havia três meses. Eu vinha me apresentando em uma cidade diferente a cada dia e meus espetáculos estavam ganhando força. Uma estação de rádio local me convidou para uma entrevista. Um fã me reconheceu e veio falar comigo enquanto eu jantava em um restaurante na noite anterior. Logo eu mal conseguiria dar conta de toda a correspondência que recebia. Uma onda se formava e se erguia abaixo de mim, aos meros vinte e quatro anos de idade. Uma boa noite de sono se tornou impossível.

Alguém bateu na porta. Abri e senti o oxigênio fugir do meu corpo.

— O que você está fazendo aqui?

Sir passou por mim e entrou no camarim.

— Estamos em um país livre, não estamos?

Eu não via o meu pai desde que ele me deixara na faculdade, seis anos antes, e fiquei chocada com a rapidez com que ele tinha envelhecido desde então. O que antes era loiro ficou prateado. As papadas estavam firmemente assentadas, a barriga de cerveja bem redonda. As rugas no rosto eram profundas como as de um buldogue, a infelicidade embutida em cada uma delas. Ele me observou de mau humor.

— Eu não esperava você aqui hoje. — Engoli em seco. — Você nunca me escreveu de volta.

— Sua irmã me obrigou a vir.

— Onde ela está?

Ele deu de ombros.

— Esbarrou com um amigo do ensino médio.

— E a mamãe?

— Mais doente do que nunca. Quase não sai de casa.

Abaixei os olhos.

— Lamento ouvir isso.

Aquilo parecia uma experiência extracorpórea, conversar com meu pai tão formalmente, como se ele fosse um estranho.

Ele fungou.

— Você saberia se aparecesse em casa.

Jurei manter as coisas civilizadas. Eu não morderia a isca, não deixaria meu pai estragar o brilho de uma apresentação virtuosa.

— É difícil com a agenda da turnê.

Ele olhou ao redor do camarim, fazendo beicinho.

— Você nunca teve as prioridades bem definidas, não é?

— Você me disse para ir para o mundo e ser alguém, não disse? Repetiu isso durante toda a minha vida. Bem, é isso que tenho feito.

— Acha que convencer as pessoas a comerem aranhas faz de você grande merda?

— Não é o ato em si. É o que ele representa.

Ele cruzou os braços.

— Não havia nenhuma carreira respeitável para você escolher? Tinha que ser essa?

Eu sentia minhas entranhas definhando, mas por fora reagi.

— Eu sou a atração principal, Sir. Tenho a minha própria turnê.

Ele bateu com o dedo em riste na porta.

— Você estava andando por aquele palco como uma prostituta de rua qualquer.

Eu me contive para não abrir a boca. *Ele está certo, está absolutamente certo. Eu não valho nada, sou uma farsante sem talento.*

— C... c-com todo o respeito, senhor — disse uma voz do lado de fora da porta —, mas o senhor está falando com uma das mentalistas mais proeminentes do nosso tempo.

Um adolescente musculoso, de dezessete ou dezoito anos, com olhos cor de mel e um nariz torto entrou no camarim. Sir e eu o encaramos.

Sir se virou para mim e apontou com o polegar para o garoto.

— Quem é esse fedelho?

Dei de ombros. Eu nunca tinha visto o garoto.

— Eu não pude deixar... d-de escutar — disse o adolescente — porque estava atrás da porta. O senhor sabia que o show dela de hoje à noite esgotou? Aliás, sabia que Madame Destemor é a primeira mulher mentalista a fazer uma turnê nacional?

O meu pai olhava para o garoto como se ele fosse de outro planeta.
— Grande coisa.
— É uma grande coisa mesmo — afirmou o rapaz. — O senhor pode não gostar de mágica, embora, francamente, eu não consiga entender p... p-por que veio hoje à noite se não gosta, mas em quantos palcos já pisou? Quantas pessoas gastaram o próprio dinheiro suado para ouvir o senhor falar?

Sir estava sem palavras, algo que eu só havia testemunhado uma ou duas vezes na vida.

— Não muitas, eu acho. Se é assim que trata as pessoas — completou o garoto.

Sir agora cerrou os dentes.

— Eu falo com a minha filha do jeito que eu quiser.

A surpresa fez o garoto franzir a pele muito lisa da testa.

— Ah, então o senhor é o pai dela? — O garoto me examinou. — Acho que a senhora não teve muita sorte nesse quesito. Lamento saber. Meu pai também é um c... c-cretino. — O garoto deu de ombros.

Os cantos dos meus lábios se contraíram.

O rosto de Sir estava começando a ficar roxo.

— Eu devia te dar uma surra daquelas que você nunca mais vai esquecer.

O adolescente sorriu.

— Eu n... n-não faria isso, senhor. Joguei futebol americano pelo Aldsville, então sou muito bom em receber golpes. E também estou acostumado a devolver. — O rapaz disso tudo aquilo sorrindo, fazendo a ameaça no mesmo tom que poderia usar para desejar feliz aniversário a Sir.

— Como ousa falar comigo desse jeito? — disse Sir.

— Como ousa falar com *ela* desse j... j-eito.

— J-j-j-jeito — zombou Sir do garoto.

Meu corpo se retraiu.

— Muito bem, senhor. — O menino acenou com a cabeça para meu pai. — Por que não me dá um soco na garganta, para acabar com a gagueira? É um golpe baixo, e não muito criativo, mas ainda assim é um golpe. Mas vou logo avisando que vai precisar de coisa muito p... p-pior do que isso para me colocar para correr. — Ele apoiou o peso do corpo nos calcanhares e colocou as mãos atrás das costas como se estivesse disposto a ficar ali a noite toda.

Sir olhou irritado para mim.

— Você não vai fazer nada com relação a esse delinquente?

Meu pai estava errado a meu respeito: eu *tinha* algo a oferecer; eu *era* talentosa. Um dia eu mudaria o mundo.

— Acho melhor você ir embora — falei.

— Eu sabia que era um erro vir aqui. Falei isso pra sua irmã.

Ninguém disse nada. Olhei para Sir, desejando que ele fosse embora. Até que ele finalmente foi.

— Não se preocupe em aparecer nesta região de novo.

— Com prazer — falei alto o bastante para ele ouvir.

Meu pai saiu abruptamente do camarim, esbarrando no ombro do garoto no caminho. O adolescente mal se mexeu, sólido como uma rocha. Assim que Sir saiu, o ar voltou aos meus pulmões.

— Obrigada.

O rapaz sorriu com simpatia.

— Como eu disse, tenho um como ele em casa.

Naquele momento, eu me lembrei de que *eu* deveria ser a encarnação do destemor. Endireitei os ombros e me forcei a erguer o queixo.

— Não preciso que outras pessoas lutem as minhas batalhas por mim.

— É claro que não. Você é Madame Destemor. Mas às vezes é bom saber que tem alguém apoiando a gente.

Algo se suavizou dentro de mim.

— Pode me chamar de Rebecca.

Ele assentiu, mas não fez nenhum movimento para explicar por que estava ali.

— Como posso te ajudar? — perguntei.
— Você não se lembra de mim?
Eu semicerrei os olhos.
— Do seu show de mágica. Q... q-quando você estava no ensino médio.
— Eu apresentei aquele show três vezes por semana durante quatro anos. — Pousei as mãos na cintura. — Poderia me localizar um pouco melhor?
— Fui seu assistente no número das algemas — explicou o garoto, ao mesmo tempo em que eu o reconhecia.
Era o garoto da segunda fila do espetáculo que Sir e minha mãe assistiram, aquele que eu estraguei por causa das provocações dos garotos do clube de teatro. Uma vida inteira havia se passado desde então.
Apertei a mão dele.
— Me lembra qual o seu nome?
— Gabe. — Ele sorriu. — P...p-passei meses emp...p-olgado para ver esse espetáculo. Foi fantástico.
— Você está me bajulando, Gabe.
— Você merece. Foi genial.
— É muita generosidade sua. Você quer um autógrafo em alguma coisa? Ou tirar uma foto?
— Na verdade, eu esperava poder oferecer alguma coisa a *você*. Eu me p... p-pergunto se você não está precisando de um aprendiz.
Pensei na forma mais rápida de recusar enquanto ele continuava a falar. Era verdade que eu precisava desesperadamente de um assistente, mas o plano era contratar alguém por meio de uma agência de empregos temporários. Aquele rapaz animado definitivamente não fazia parte do plano.
— Estou estudando relações públicas, então posso ajudar você a d... d-divulgar o espetáculo.
Ele estava na faculdade, então, era mais velho do que eu pensava.

— Posso tomar conta de tudo que você precisar, como um a... como um a-assistente pessoal.

— E o que você ganha com isso? — perguntei, desconfiada.

— Eu sempre q... q-quis ser mágico.

— Então por que não monta o seu próprio espetáculo?

Gabe mudou de posição.

— Meu pai q... q-quer que eu siga uma linha mais estável de t... t-trabalho. Que encontre algo mais lucrativo.

Eu o olhei do alto.

— O que o seu pai faz?

— Ele é dono de uma r... de uma r-rede de p-pizzarias. — O rosto de Gabe ficou vermelho. Ele abaixou os olhos para os tênis esfarrapados. — Ele diz que eu nunca vou ser mágico mesmo se não consigo nem dizer uma frase inteira sem gaguejar.

O silêncio avançou lentamente pelo ambiente e pairou desconfortavelmente no ar. *Quantos pais pisoteavam os sonhos dos filhos? Aquilo nunca iria parar?* Cerrei os dentes.

— E a sua mãe?

Ele deu de ombros.

— Pelo que me lembro, você tinha um irmão mais novo — tentei de novo. — Ele apoia você?

— Q... q-quando estamos só eu e ele, claro. Caso contrário, ele concorda com q... q-qualquer coisa que o meu pai diz.

— Irmãos não são mesmo confiáveis, não é mesmo? — comentei, o tom sombrio.

Gabe abaixou os olhos, mordendo o lábio.

— Bom, pela minha experiência, os pais raramente sabem do que estão falando.

Gabe levantou os olhos de novo, tão cheios de esperança que meu peito doeu. Seu rosto voltou a ficar anuviado.

— Eu não sou o tipo de cara que chamam p... p-para subir no palco.

— Não faz muito tempo que as mulheres também não podiam subir em um palco — falei calmamente. — A única pessoa que tem o poder de impedir você de ser o que quer é você mesmo. — Ele abriu um sorriso, e eu tive o impulso um tanto impiedoso de acrescentar: — Mas vai precisar ser mais cascudo se quiser ter sucesso no *show business*.

Ele assentiu.

— Quero aprender o ofício da melhor maneira possível.

Qual era a atitude mais responsável a tomar ali: dar uma mão ao garoto ou dissuadi-lo de uma vida de rejeição e contratempos? Eu reconhecia o fogo que ardia em Gabe. Evie alguma vez havia tentado extinguir o meu?

Quando ele percebeu a minha hesitação, disse:

— M... m-mas não estou pedindo caridade.

Franzi o nariz.

— Não sou do tipo filantrópica.

Um "sim". Era tudo o que ele queria. Fazia quanto tempo que eu dizia que queria ajudar os outros, transmitir tudo o que aprendi sobre a arte do destemor? Eu tinha ambições de efetuar mudanças em maior escala, mas talvez estivesse colocando a proverbial carroça na frente dos bois. Poderia treinar com Gabe, desfazer o controle que o medo tinha sobre ele. Eu era inteligente demais para acreditar em conceitos quiméricos como destino, mas permitia um empurrãozinho ocasional do acaso. Que primeiro aluno mais adequado eu poderia desejar do que um rapaz sob o domínio do pai?

— Eu arrancaria o seu couro de tanto trabalhar. Suas aulas na faculdade vão parecer brincadeira de criança.

Gabe balançou novamente a cabeça. Fiquei observando-o por um tempo, procurando por um sinal de que aquilo era um erro. Achei Gabe um garoto meio chato, bajulador, animado e servil demais. Ele ignorava o protocolo no que dizia respeito a decoro social. Provavelmente esperava que fôssemos amigos ou que compartilhássemos nossos sentimentos ocasionalmente.

Fui até minha bolsa, que tinha deixado na bancada de maquiagem e tirei um cartão de visitas de dentro dela. Quando me virei, vi a minha irmã parada na porta, atrás de Gabe.

Tomei um susto. Ela estava usando muita maquiagem nos lugares errados, o que dava a impressão de que havia retornado recentemente de um dia de trabalho pesado em uma mina de carvão. Um sorriso descuidado curvou seus lábios.

— Sir foi embora — avisei.

Gabe se virou para ver a quem eu estava me dirigindo.

— Eu sei — disse Jack. — Estou aqui para ver você.

Eu me recompus e entreguei meu cartão a Gabe.

— Me ligue na segunda-feira bem cedo.

Ele apertou a minha mão com a exuberância de um político em primeiro mandato.

— Você n... n-não vai se arrepender. Eu prometo.

Ah, mas eu iria. Nunca me arrependeria tanto de algo em toda a minha vida.

19

Kit

Julho de 2019

Olhei ao redor do refeitório. Eu tinha trinta minutos antes do meu segundo encontro individual com Rebecca, mas tanto April quanto Georgina estavam trabalhando na limpeza.

Vi Jeremiah em uma mesa mais distante. Ele estava debruçado sobre um folheto, com um lápis na mão, assoviando para si mesmo. Eu me aproximei, hesitante, porque não queria incomodar. Vi que estava resolvendo palavras cruzadas.

— Tudo bem se eu me sentar aqui? — perguntei.

Ele levantou os olhos.

— Só se você me ajudar com isso.

Fiz uma careta, enquanto me sentava.

— Não levo o menor jeito para palavras cruzadas. Não sou inteligente o bastante.

— Aposto que você é mais inteligente do que pensa.

Jeremiah enfiou o lápis atrás da orelha.

— É mesmo? Será que um gênio quase incendiaria o refeitório usando o micro-ondas? — Ruborizei ao lembrar.

Jeremiah se encolheu.

— Bom argumento. Talvez você não seja mesmo um gênio.

Eu ri. Ele girou o livro de palavras cruzadas para que nós dois pudéssemos ver. Metade estava preenchida.

— Dezessete vertical: condimento proibido no cachorro-quente ao estilo de Chicago.

Pensei por um segundo.

— Ketchup.

Ele contou os quadrados, então pegou o lápis.

— Bingo. Vinte e três horizontal: jogo de tabuleiro de compras popular nos anos 1990.

— Mall Madness. Você está me dando as fáceis.

Ele ergueu uma sobrancelha e apontou para sua barba espessa e seu físico de urso.

— Eu pareço ser o público-alvo de Mall Madness? — Ri de novo.

— Nunca ouvi falar desse jogo. Como eu disse, você deve ser mais inteligente do que imagina.

Dei de ombros.

Jeremiah olhou de novo as palavras cruzadas.

— Quarenta e dois vertical: sobrenome do inimigo de Dwight Schrute.

— Ah, qual é? Você está me dizendo que nunca assistiu a *The Office*? H-a-l-p-e-r-t.

— Eu estava escrevendo errado. — Ele preencheu as letras. — E é claro que já assisti. Não me diga que o Jim é o seu favorito ou vou ter que pedir pra você mudar de lugar. — Jeremiah levou a mão ao peito. — Ou a Pam, Deus me livre.

Fiz uma careta.

— O meu favorito obviamente é o Michael. Mas podemos falar como o Andy Bernard foi seriamente subestimado da terceira até a quinta temporada?

— Só se deixarmos claro antes que o Creed é o verdadeiro herói da série. Ele acrescenta mais humor a cada minuto do que qualquer outro personagem.

Sorrimos um para o outro.

Jeremiah girou o lápis entre os dedos e manteve os olhos fixos nas palavras cruzadas.

— O meu irmão costumava me ajudar com isso quando éramos mais novos. Eu ficava com as de história e política. Ele sabia tudo de arte e de Hollywood, adorava filmes antigos. — Sua expressão assumiu um ar distante. — Uma vez, nas férias, ele me fez assistir a todos os vencedores do Oscar. Eu ficava reclamando durante todos os filmes em preto e branco e perguntava *por que a gente não pode ver* Superman *pela quinquagésima vez como as outras crianças?* Naturalmente, ele me ignorava.

Ele se recostou na cadeira e passou a mão na nuca.

— Agora, todos os anos, no aniversário dele, alugo o que tiver vencido por último o Oscar de Melhor Filme. Pego pipoca para mim, e bala Junior Mints para ele... e sempre acabo jogando a bala fora. Que tipo de criatura mórbida gosta de Junior Mints?

Ergui as mãos para garantir que *eu não*.

— Pois é, só o idiota do meu irmão. — Jeremiah desenhou estrelas nas margens da página de palavras cruzadas. — Éramos uma boa equipe.

— Você sente muita falta dele, né?

— Sinto.

— Estou tão de saco cheio de as pessoas ficarem me dizendo que essa saudade vai melhorar — eu disse, mantendo os olhos fixos nas estrelas que ele tinha desenhado. — Só que não vai melhorar, né?

Jeremiah fez um ruído evasivo.

— Eu já não me sinto tão sufocado pela dor. Ela é menos aguda, claro, mas ainda presente. Algumas manhãs eu acordo e já não vejo o rosto dele logo de cara. O que também é doloroso de certa forma.

— Não quero parar de ver o rosto dela. Nunca.

— Eu sei.
Olhei meu relógio.
— Merda, minha sessão individual é daqui a alguns minutos. — Eu tinha me demorado um pouco mais à mesa, sem querer que a conversa terminasse.
— É melhor você não se atrasar. Pega o atalho pela porta dos fundos.
— Foi o que ela disse — gritei enquanto corria.

Minutos depois, eu estava sentada diante de Rebecca no sofá do escritório dela. Rebecca usava uma camiseta e calças pretas justas, tinha os pés descalços e as unhas dos pés pintadas com um esmalte da cor de sangue seco. Ela me examinou com um olhar carinhoso. Eu me forcei a manter contato visual. Queria ser um tsunâmi.
Depois de meio minuto de silêncio, Rebecca franziu os lábios pintados com o batom cor de ameixa.
— Você já criou seu mantra?
Assenti, hesitante. Eu tinha passado noites na cama, obcecada, tentando decidir qual frase usaria. A tarefa parecia um teste em que eu precisava ser bem-sucedida. Tentei até pensar em alguma coisa que tivesse a ver com um tsunâmi, mas acabei chegando à conclusão de que era muito bobo, mesmo que fosse verdade.
Rebecca esperou, ainda me observando. O autocontrole dela garantiria que não repetisse a pergunta nem sentisse necessidade de ficar tamborilando com as unhas no braço da poltrona. Ela simplesmente permaneceria ali pelo tempo que fosse necessário, sentada, esperando pacientemente.
Brinquei com o elástico em meu pulso.
— Morra com lembranças, não com sonhos.
Os olhos dela cintilaram.
— Mais uma vez, com confiança.
Estufei o peito, invocando uma falsa coragem.
— Morra com lembranças, não com sonhos.

Rebecca abriu um sorriso largo.

— É perfeito. — Deixei escapar um suspiro. — Como você é inteligente.

— Você acha? — perguntei, em dúvida, mas esperançosa.

— Precisamos trabalhar na sua autoconfiança. Nós não *achamos*... nós sabemos. Como esse mantra vai guiar você?

— Ele vai me lembrar de não ter medo. De assumir riscos. De viver a vida que realmente quero em vez daquela que acho que deveria ter. — Eu havia tirado aquela ideia do sermão que ouvi de April.

Rebecca assentiu uma vez.

— Você já está começando a tomar as rédeas. Apenas duas semanas aqui e veja como amadureceu. Me fale das suas impressões sobre Wisewood.

— Tem sido maravilhoso. Todo mundo é tão gentil e aberto aqui. — Coloquei as mãos embaixo das pernas. — Os hóspedes são diferentes do que eu esperava.

Ela aguardou que eu explicasse.

— Estão todos tão determinados a abandonar suas antigas vidas. — Eu me virei em direção à janela, era mais um dia ensolarado. — A maior parte não se sente culpada por abandonar amigos e familiares.

Rebecca ergueu a mão.

— Por que deveriam? Seus colegas são pessoas que foram abandonadas. Sanderson está aqui porque os pais o expulsaram de casa quando ele mais precisava de ajuda. Ruth foi embora porque toda a sua comunidade a condenou ao ostracismo em vez de praticar o perdão. Debbie veio para Wisewood para fugir de um parceiro abusivo. Neutralizar uma ameaça nem sempre significa ficar e lutar. Às vezes significa fugir para salvar a própria vida.

Mordi o lábio enquanto pensava naquilo.

— Seus colegas foram rejeitados por vizinhos, pais e irmãos. Assim como você.

Eu me virei rapidamente para encará-la.

— Como é que v...

— Sei tudo sobre você, Kit. — Ela se inclinou na minha direção. Engoli em seco. — Todos na sua família trataram você mal — disse Rebecca em um tom carinhoso.

— Isso não é verdade.

— Não mesmo? — Ela se recostou, os olhos cheios de compaixão. — E quanto ao seu pai?

Balancei a perna em um movimento nervoso.

— Eu não diria que ele faz parte da minha família. O meu pai começou a ter um caso com uma colega de trabalho quando a depressão da minha mãe piorou. Até que um dia, quando eu tinha três anos, ele foi embora para sempre. — Cutuquei a casquinha de uma ferida nas costas da mão, no lugar onde eu havia me queimado na semana anterior, enquanto ajudava a Debbie a tirar algumas bandejas de frango do forno. — Ele liga pra gente no aniversário e no Natal. A minha irmã fala com ele, mas eu não.

Rebecca brincou com um pingente de prata pendurado perto do decote. Vi uma pequena marca de nascença no meio do seu peito.

— E a sua mãe?

Enrijeci o corpo. Minha mãe nunca era a primeira a se soltar de um abraço. Ela nos ensinou a acender uma fogueira e assar marshmallows. Contava histórias de fantasmas que nos faziam gritar, mas não causavam pesadelos. Ela montava acampamentos no quintal e dormia com a gente na barraca. Eu e Nat costumávamos brigar para ver quem receberia o último beijo dela antes de dormir, então minha mãe ficava indo de um lado para o outro entre as bochechas das filhas até que nós duas dormíssemos, então no fim a gente nunca ficava sabendo quem realmente tinha sido a última.

— Ela era incrível — foi tudo o que consegui dizer.

Rebecca inclinou a cabeça, me avaliando.

— Eu sei que era, mas ela também não esteve presente em vários momentos, não é mesmo? Recitais de dança, peças da escola e coisas do gênero?

Fiquei boquiaberta. Como ela sabia?

— Ela fez o melhor que pôde. — Segurei a echarpe da minha mãe com força.

— E o melhor que ela pôde foi suficiente? — Rebecca olhou para o lenço de seda ao redor do meu pescoço.

— Não posso falar mal da minha mãe.

Os olhos daquele violeta acinzentado de Rebecca cintilaram.

— Eu sei que isso é difícil. Mas o objetivo dessas sessões é ajudar você a alcançar o destemor. À medida que for percorrendo o caminho, você vai descobrir que quanto mais honesta for com os outros, e especialmente com você mesma, mais rápido será o progresso. Sua mãe tinha fraquezas, Kit.

— Todos temos.

— Ela escolheu a condição de vítima. E lhe deu as costas quando você mais precisou dela.

— A pessoa não escolhe ter depressão. Assim como não escolhe ter câncer ou ELA. Minha mãe lutou muito a vida toda.

— Kit, quem arrumava você para ir à escola pela manhã? — perguntou Rebecca com um sorriso triste. — Quem separava suas roupas e garantia que você fosse alimentada?

Abaixei a cabeça.

— A mamãe e Nat faziam isso.

— Pelo que entendi — disse ela, o tom sempre gentil —, a sua irmã assumiu a maior parte da responsabilidade.

— Como você sabe tudo isso sobre mim?

As únicas pessoas para quem eu havia feito confidências ali tinham sido April e Georgina. Não achava que alguma delas revelaria os meus segredos, mas já começava a duvidar de mim mesma. Está certo que eu não tinha pedido explicitamente a elas para não compartilharem as minhas histórias sobre a minha mãe... mas, ora, era uma questão de bom senso. Eram coisas pessoais, íntimas.

— Isso importa?

— Contei essas histórias às minhas amigas de forma confidencial.

Rebecca voltou a se inclinar na minha direção. O pingente balançou acima dos seus seios.

— Você deve ter cuidado com quem chama de amiga ou amigo. E ainda mais cuidado ao escolher em quem confia. Você conhece bem alguma dessas pessoas?

Eu me encolhi. April não havia dito uma palavra sobre o afogamento daquela pessoa importante para ela desde o exercício de transferência, e eu não me sentia bem em insistir para obter mais detalhes. Aquela aula tinha adquirido uma aura mística — o que tinha sido compartilhado no trailer ficava no trailer. Ainda assim, embora não tivéssemos conversado sobre a acusação de April, nós três havíamos descoberto muitos pontos em comum em duas semanas. Os pais de April também se divorciaram quando ela era nova. Georgina foi pega roubando em uma loja quando era adolescente, assim como eu. Ambas desejavam que a primeira vez delas tivesse sido com alguém diferente. Eu também. Abaixei os olhos. Achei que éramos amigas.

— Escute bem, Kit: esta conversa não é uma acusação à sua mãe. Ela claramente devia ter muitos pontos fortes se conseguiu criar uma filha forte e inteligente como você. — Rebecca abaixou a cabeça, tentando me fazer olhar para ela. — Mas preciso que você resista ao impulso de defendê-la aqui. Estamos todos condicionados a aceitar o mau comportamento para manter a paz dentro da unidade familiar. Para apresentar essa unidade como feliz e funcional para o resto da sociedade. — Isso é condicionamento ou lealdade?

— Condicionamento. Dourar nossas lembranças só serve para travar o nosso caminho para o Eu Potencializado. Não quero que você condene a sua mãe, só que admita que, em momentos críticos da sua vida, ela falhou com você.

Soltei um suspiro longo e relutante.

— Acho que você está certa.

Se o que eu admitia era verdade, por que parecia uma traição?

Rebeca fechou os olhos.

— Você é mais forte do que imagina, Kit. Não tenho dúvidas de que vai percorrer o caminho rapidamente.

Eu me animei. Parte do desconforto diminuiu.

— Agora, sobre a sua irmã. Natalie, não é?

Olhei para ela com cautela.

— Ela sempre esteve disponível quando você precisava, mas também critica toda vez que você tenta explicar sua infelicidade, o seu desejo de conseguir mais do mundo, não é mesmo?

Aquela informação com certeza tinha sido passada por April, Georgina, ou por ambas. Eu tinha dito exatamente aquilo sobre Nat quando estávamos conversando no meu quarto outra noite. A falta de lealdade das duas doeu.

Mordi o lábio inferior.

— Ela quer garantir que eu seja saudável e feliz.

— E você?

Continuei a encará-la, sem entender.

— Está feliz? — incitou Rebecca.

Desviei os olhos para as estantes atrás dela. Títulos aleatórios me chamaram a atenção: *No ar rarefeito*, de Jon Krakauer, *Nada pode me ferir*, de David Goggins.

— Na maior parte do tempo — respondi tarde demais.

Ela se inclinou para passar o dedo no elástico em volta do meu pulso.

— E quanto a isso?

Meu estômago se revirou.

— O que tem isso?

— Você estala esse elástico para não arrancar fios do cabelo, não é verdade?

Meu rosto ficou muito vermelho e quente de vergonha. Eu tinha tentado ser cuidadosa, manter aquilo só para mim. A vontade de puxar o cabelo percorreu meus dedos. Coloquei novamente as mãos embaixo do corpo.

— Quando isso começou?

Falar sobre aquilo aumentava a vontade, como quando pensamos em uma coceira e não podemos coçar.

— Depois que ela morreu.

— Você se sente culpada pela morte dela?

— Eu me sinto culpada por um monte de coisas.

— Então você não é feliz, certo, Kit? — Rebecca se sentou ao meu lado no sofá — Não precisa se punir assim.

Desejei que aquele calor no rosto passasse.

— Não precisa sentir vergonha. — Rebecca tirou a minha mão de debaixo da minha perna e segurou-a. — Vamos resolver isso juntas. No final da sua estadia aqui você não vai mais precisar disso. — Ela apontou para o elástico. — Você vai ver.

A mistura de vergonha e esperança e de vergonha diante da minha esperança — o modo como eu me apegava tão desesperadamente a qualquer vislumbre de esperança — me deixou com os olhos marejados. Pisquei para afastar as lágrimas antes que Rebecca as visse. Eu nunca seria tão forte quanto ela.

— Vamos voltar a falar sobre a sua irmã. — Rebecca deu um tapinha carinhoso na minha mão. — Natalie quer que você encarne a versão dela de felicidade, não a sua. Quantas vezes você já tentou explicar isso a ela?

Aquele processo não funcionaria a menos que eu me permitisse ser vulnerável. Mesmo que não fosse capaz de ser tão forte quanto Rebecca, eu poderia ao menos ser tão sincera quanto ela.

— Muitas.

— Quantas vezes conseguiu?

Cerrei os lábios, enquanto enviava um pedido silencioso de desculpas a Nat.

— Nenhuma.

— O que Natalie pensa sobre você estar aqui?

— Ela acha que é uma perda de tempo e de dinheiro. — Mordi o interior da bochecha. — Natalie não acredita nessas coisas.

A minha irmã era assim desde a infância. Se eu queria fingir que o parquinho do nosso bairro era um parque de diversões, ela logo listava todos os motivos por que aquilo era impossível. Se eu queria deixar o prédio de Lego alguns centímetros mais alto, ela começava uma palestra sobre estabilidade arquitetônica. Se estivéssemos deitadas no parque nas férias de verão e eu dissesse ter ouvido a música do carrinho de sorvete, Natalie logo dizia que não, que eu não tinha ouvido nada, que o sorveteiro não passava às segundas-feiras.

Por que você não consegue acreditar em nada? Eu queria perguntar a ela.

Rebecca assentiu como quem tinha conhecimento de causa.

— Então Natalie também lhe deu as costas, minimizando as suas necessidades. Preste atenção que não chamei de desejos, mas de necessidades. Porque acredito que você está correndo um perigo crítico. Mesmo aqui, sentada à minha frente, você está clamando por algo mais.

Fixei os olhos nos dela. Até ali, só tinha conseguido me sentir péssima em relação à minha família, além de ter descoberto que as minhas novas "amigas" não passavam de duas fofoqueiras. Eu queria muito que Rebecca estivesse errada sobre as pessoas da minha vida. Ela não estava.

Rebecca colocou uma mecha de cabelo perolado atrás da orelha. Vi uma única palavra tatuada na parte interna do pulso dela com tinta branca: *Resistir*.

Ela dobrou as pernas no formato de um pretzel.

— Descanse a cabeça no meu colo.

Fiquei surpresa.

— O seu corpo está tenso. Precisamos fazer com que relaxe para continuar progredindo durante esta sessão. Uma massagem rápida nas têmporas costuma resolver.

Deixei que ela guiasse a minha cabeça até pousá-la sobre as suas pernas cruzadas. Rebecca passou os dedos pelo meu cabelo, afastando-o delicadamente do rosto. Fechei os olhos, sentindo pressão em ambas as têmporas. As pontas macias dos dedos dela massageavam a área em pequenos círculos. Fiquei deitada ali, apreensiva com a estranheza de deixar uma mulher que eu mal conhecia me tocar daquele jeito. Mas, depois de alguns minutos, senti a respiração desacelerar. Meus ombros também relaxaram. Minha cabeça parecia leve.

— Pronto — murmurou Rebecca. — É isso.

Ouvi a nossa respiração, a dela em compasso com a minha. O mundo fora das portas do escritório estava silencioso. Deixei de lado os pensamentos sobre a minha mãe, Nat, April, Georgina.

— Agora fale sobre o momento em que você decidiu ingressar em Wisewood.

Mantive os olhos fechados.

— O formulário de inscrição estava na minha caixa de entrada havia uma semana. Eu estava no trabalho, numa quinta-feira à tarde, comendo sobras de macarrão no almoço, quando tive um déjà-vu estranho. Tentei lembrar se tinha comido ziti, aquela massa pequenininha, sabe, no dia anterior ou no anterior a ele, mas não consegui. Não conseguia me lembrar quando tinha feito aquilo, ou o que havia comido no almoço em qualquer dia daquela semana. — Minha respiração acelerou. — Por um minuto não consegui lembrar que dia da semana era... todos pareciam se misturar, eram todos iguais... e entrei em pânico.

Meus ombros ficaram tensos de novo. Rebecca levou as mãos a eles e massageou-os.

— Relaxe — falou quase cantarolando. — Relaxe.

Baixei o tom de voz e tentei de novo.

— Eu estava no piloto automático, atravessando os dias feito uma sonâmbula. Tomava banho, ia trabalhar, comia, trabalhava mais um pouco, ia para casa, assistia TV, saía para tomar um drinque, ia para a cama, levantava e fazia tudo de novo. Todos os dias da semana. Por um ano. Fiquei com medo de um dia, quando enfim acordasse, já estar com quarenta, oitenta anos, ou algo no meio do caminho, e ser diagnosticada com alguma doença terminal. Eu não consegui dormir naquela noite, e foi quando preenchi o formulário.

Eu vinha tentando encontrar um sentido para a minha vida. Depois que a minha mãe morreu, tinha me mudado para Nova York, achando que uma nova cidade poderia resolver o problema. Como isso não aconteceu, fiz a viagem à Tailândia, ficando em albergues para economizar. Pensei em voltar a estudar, mas a dívida do meu financiamento estudantil já estava em trinta e três mil dólares, e a ideia de aumentar aquele valor revirava o meu estômago. Em vez disso, arrumei um emprego como recepcionista. De vez em quando eu descrevia o tédio que sentia para algum colega de trabalho, depois para Nat, mas ninguém entendia. Todos sugeriam que eu encontrasse uma nova carreira ou saísse de Nova York. Tentei explicar que o problema não era o trabalho ou a cidade, que eu me sentia presa do mesmo jeito em Tempe e em San Diego, mas ninguém entendia de verdade. Mais um mês se passou.

Abri os olhos. Rebecca estava me observando do alto. Eu me sentei, me desloquei para o outro lado do sofá e passei os braços ao redor dos joelhos.

— Eu não parava de pensar: e se o resto da minha vida for só isso? E se eu olhar para trás e não tiver feito nada além de comer sobras de ziti durante quatro décadas?

— E por isso você veio para cá.

— Exatamente. Gosto que cada dia seja diferente. Consigo ouvir meus pensamentos de novo.

Ela me examinou através dos longos cílios e disse:

— Estou sentindo um "mas".

Soltei as pernas e pousei os pés no chão.

— Sinto saudade da minha irmã.

Puxei novamente as bordas da casquinha da ferida. Eu sabia que não deveria fazer aquilo. Nat teria me dito para parar. Aliás, o mais provável era que tivesse vasculhado a bolsa em busca de uma pomada e de um band-aid. Eu nunca tinha band-aids comigo.

— Sim, talvez a Nat não me apoie — continuei, ainda mexendo na casquinha —, mas sei que ela faria qualquer coisa por mim. Não nos falamos muito desde que a mamãe... você sabe. Tenho agido como se a morte dela fosse culpa da Nat, mas não é.

— Você vai arrancar essa coisa? Ou vai se torturar para sempre? — Rebecca estava olhando para as minhas mãos.

Estremeci e parei de cutucar.

— Está começando a sarar. É melhor deixar quieto — falei.

— Mas qual é a graça nisso?

Rebecca alisou o cabelo platinado, as unhas escuras como aranhas descendo pelo couro cabeludo.

— É comum que os alunos se sintam solitários ou com saudades de casa durante o primeiro mês aqui. Mas prometo que, se você se dedicar ao programa, vai encontrar o grupo a que pertence.

Ela fez uma pausa, então continuou.

— E o melhor de tudo é que os seus colegas aqui não se contentam em passar a vida como ovelhas em um rebanho. Eles querem fazer a diferença, assim como você. Não estão interessados em bater ponto, beber até cair ou só ficar vendo vida passar. Vão dar a você mais apoio do que a sua irmã já deu, e vão ajudá-la a encontrar o seu caminho.

Mordi o lábio. Não ser ridicularizada constantemente, passar os dias com outras pessoas que entendiam o que eu buscava. Eu me lembrei do exercício de transferência parental, de estar rodeada de pessoas dispostas a fazer o que fosse necessário para criar uma vida com mais sentido para si mesmas.

— Você também tem a mim. — Rebecca moveu as pernas de modo que nossos joelhos se roçaram. — Podemos ajudar uma à outra, sabe?

Meus olhos encontraram o rosto dela.

— Acho que você é exatamente a pessoa de que Wisewood precisa.

20

Gabe pediu licença para sair do meu camarim, sorrindo e gaguejando palavras de agradecimento. Ele desceu apressado o corredor, me deixando sozinha com Jack.

Ela entrou e me envolveu em um abraço, como se não tivesse passado a maior parte da vida adulta me evitando. Mantive os braços junto ao corpo. Minha irmã se afastou.

— Estou tão orgulhosa de você. A plateia te amou, *Madame Destemor*.

Assenti.

— Obrigada, Jack.

Fazia muito tempo que eu não via a minha irmã. A aplicação tosca de maquiagem a deixava com aparência bem mais velha do que os vinte e sete anos que tinha. Em algum momento ela também tinha colocado um piercing no nariz, o que me pareceu profundamente imaturo.

Jack hesitou.

— Eu agora uso o meu nome verdadeiro.

Ergui as sobrancelhas, surpresa por a minha irmã finalmente mostrar alguma coragem.

— Entendo. E como o Sir te chama hoje em dia, Abigail?

A expressão dela ficou mais sombria, como eu sabia que aconteceria. Enfrentar o mundo inteiro era uma coisa. Enfrentar o nosso pai era bem diferente.

— Quer jantar? — perguntou ela, ansiosa para mudar de assunto.
— Por minha conta. Vou só deixar Sir em casa primeiro.

Pelo menos ela havia tido o bom senso de não convidá-lo.

Trinta minutos depois, minha irmã se juntou a mim em um restaurante italiano pequeno, de família. Nossa primeira taça de vinho tinto desapareceu rapidamente — Jack virou a dela como se houvesse uma seca na Toscana. Em seguida, ficou olhando fixamente para a taça; ela estava esperando que eu dissesse alguma coisa, embora eu não conseguisse imaginar o quê.

Quando os pratos foram servidos, um espaguete à bolonhesa para ela e frango à *cacciatore* para mim, eu já havia sido atualizada sobre cada detalhe da vida de Jack. Com base no que ouvi, notei que eu tinha ainda menos coisas em comum com a minha irmã agora do que quando éramos crianças. Ela logo se casaria com o namorado da faculdade, teria alguns filhos e continuaria a administrar sua pequena empresa de marketing que atendia a clientes no oeste de Ohio. A vida da Jack era bem típica do Meio-Oeste. Eu não conseguia acreditar que alguém com uma infância tão complicada pudesse evoluir para algo tão desinteressante.

— É uma pena que a mamãe não tenha podido vir hoje — falou Jack, já na metade da terceira taça. — Ela teria adorado o espetáculo.

— Teria mesmo? — Eu me recostei contra o couro vermelho grudento do banco em que estava sentada. — Nossa mãe está ocupada demais se curvando à vontade de Sir para formar uma opinião própria. E com base na avaliação crítica que ele me fez, nosso pai preferia ser queimado na fogueira a se ver forçado a assistir a outra das minhas apresentações.

Jack ergueu rapidamente as sobrancelhas.

— Nossa. O que ele disse?

— O de sempre. Que eu sou um fracasso total, que a minha carreira é vergonhosa. Dessa vez ele me comparou a uma prostituta de rua, o que foi um toque novo.

Jack se encolheu no assento.

— Achei que ele ia se comportar.

Encarei a minha irmã.

— E quando diabos ele fez isso?

Ela pareceu inquieta sob o meu olhar.

— Por que você o levou lá?

— Achei que seria bom reunir a família. Você o convidou, não foi? Algo que eu gostaria de não ter feito.

— Eu estava tentando ser legal — disse ela.

Amassei o guardanapo de papel e o coloquei dentro do prato que eu só comera pela metade. O pouco apetite que eu tinha antes desapareceu totalmente.

— Já não era sem tempo — falei.

Minha irmã ficou me olhando, os lábios cerrados. Eu tinha a intenção de que as minhas palavras a ferissem, mas foi como enfiar uma faca nas minhas próprias entranhas.

— É nesse momento que você me diz que a culpa foi minha? — Empurrei o guardanapo com mais força no molho, observando o papel branco ficar vermelho como um tomate. — Que se eu tivesse sido mais parecida com você quando éramos mais novas, ele não teria sido tão horrível?

— De jeito nenhum. — Jack engoliu em seco. — Eu não sabia que as coisas que aconteceram na nossa infância ainda incomodavam você.

Olhei irritada para os outros clientes que sugavam macarrão, limpando o molho alaranjado dos lábios rachados e do queixo manchado.

— Me incomoda que você tenha ido assistir ao meu show e aja como se fôssemos melhores amigas quando passou a maior parte das nossas vidas fingindo que eu não existia.

Jack enrubesceu.

— Eu estava tentando me libertar. Começar do zero.

— Aham, só que uma de nós ainda estava presa. Eu precisava de você.

— Eu não deveria ter colocado você no mesmo saco que ele. Agora eu entendo isso. Sinto muito por ter excluído você da minha vida.

Algumas desculpas, mesmo quando sinceras, são ridiculamente inadequadas.

— Eu arriscava meu pescoço por você o tempo todo. — Fiz um esforço para manter a voz firme. — Entrei naquele barco no lago Minnich para que você não tivesse problemas. Você sabia que eu morria de medo de água e mesmo assim deixou que eu quase me afogasse.

— Eu mergulhei atrás de você. Eu te salvei.

Você me salvou? A raiva e a tristeza eram sintomas de fraqueza, do medo se manifestando de formas diferentes. A raiva sem dúvida era mais fácil.

— Não teria sido necessário me salvar se você tivesse enfrentado ele antes que alguma coisa acontecesse — falei.

Eu sentia vontade de ferir a minha irmã e de protegê-la de mim ao mesmo tempo. Por que eu não conseguia deixar aquilo de lado? Que direito eu tinha de transmitir sabedoria aos outros quando continuava a enfiar o dedo nas mesmas velhas feridas?

— E aonde isso teria nos levado? A sermos jogadas na água juntas? A ele me abandonar em alguma praia qualquer e me deixar sozinha para encontrar o caminho de casa? À mamãe me procurando freneticamente no escuro com uma lanterna?

— Ele nunca encostou a mão em nenhuma de nós.

— Mas eu tinha medo de que um dia ele fizesse isso. Escuta, me desculpa por não ter te protegido naquela época, tá bom? E por ter te ignorado quando eu estava na faculdade. Estou tentando compensar isso agora. — Ela indicou os pratos na mesa entre nós com um gesto. — Gostaria que fôssemos mais próximas.

Pensei em abraçá-la. Em vez disso, cruzei os braços.

— Por que agora? Por que você esperou até eu começar a fazer sucesso para entrar em contato?

Jack revirou os olhos.

— Admiro o sucesso que você conquistou, mas vamos com calma. Ainda está bem longe de alguém querer te usar pela "fama".

Tive que conter a vontade de arranhar o rosto dela. O que a Jack tinha dito quando liguei para dizer que estava abandonando a universidade para sair em turnê? *Você não pode escolher uma carreira um pouco menos... constrangedora?* Minha irmã sempre duvidou de mim. E ainda não acreditava na minha missão.

— Passei o último ano tentando me reconectar com você — disse ela. — É você quem continua me ignorando.

Como você está se sentindo, irmã querida? Eu tinha ido para aquele jantar com duas alternativas em mente: poderia recomeçar o nosso relacionamento ou poderia fazer a minha irmã se sentir tão indesejada quanto ela havia feito com que eu me sentisse. Minha escolha não me dava prazer, mas eu me manteria firme nela. Eu tinha mais vontade de infligir dor a Jack do que de me sentir feliz.

Quando olhei para a minha irmã, não vi mais a garota com quem havia construído fortes e perseguido vaga-lumes. Revi as centenas de vezes que ela havia se esquivado das minhas ligações ou desviado o olhar. Aos dezoito anos, Jack tinha ido para o outro lado do país para recomeçar a vida, mas desde então escorregava na areia movediça do medo. O retorno a Ohio, a quantidade de jantares, jogos de cartas e filmes que agora certamente compartilhava com Sir. Como ela era capaz de convidá-lo para a sua vida depois de tudo o que ele tinha feito? Jack era mais fraca do que eu imaginava.

Belisquei a dobra do braço por baixo da mesa até a pele romper.

— Não acho que você mereça fazer parte da minha vida — declarei.

Nem todos eles podiam ser salvos. Nem todos eram dignos disso.

Jack me encarou boquiaberta. E ficou sentada ali, perplexa e sem palavras.

— Isso foi bem cruel da sua parte.

Coloquei a bolsa no ombro e saí do banco.

— É de família.

21

Kit

Julho de 2019

Saí do escritório de Rebecca e desci a escada em espiral me sentindo atordoada. Meus pés me levaram em direção ao refeitório. Do lado de fora, sob o sol ofuscante, eu tinha vaga consciência dos hóspedes cuidando da horta, cenouras e couve à esquerda, abobrinhas e ervilhas à minha direita. Pensamentos contraditórios batalhavam por espaço na minha mente.

Ninguém pode criticar a minha família além de mim.

Ela tem razão: elas falharam comigo. Elas me amaram, me protegeram e me salvaram... mas também falharam comigo de centenas de pequenas formas, e de outras não tão pequenas.

Isso não é normal? Toda mãe, pai, irmãos não falham vez ou outra?

Mas será que todo pai e toda mãe falham tanto quanto os meus?

O que há de tão errado em querer tirar seis meses de folga para melhorar a minha vida? Que direito a Nat tem de fazer eu me sentir mal?

Fiquei parada na porta do refeitório, tentando clarear a mente. Do outro lado da sala, Georgina acenou. Franzi a testa e fui até a mesa onde ela e April estavam sentadas.

— Sanduíches de mortadela de novo — avisou Georgina como cumprimento. Ela usava um vestido máxi turquesa que fazia seus olhos parecerem ainda mais verdes. E torceu o nariz. — O que uma garota precisa fazer para conseguir maionese por aqui?

— Mostarda seria ainda melhor — disse April.

As duas começaram a debater os méritos da Dijon em comparação com a mostarda com mel. Depois de pegar meu sanduíche, eu me sentei em frente a Georgina e ao lado de April.

April falou com entusiasmo sobre uma palestra a que tinha assistido, que explicava como separar a autoestima de conquistas e fracassos profissionais.

— É isso que está me travando. — Ela apontou um dedo para as anotações em seu diário. — Por isso não larguei o emprego.

Georgina ouvia, assentindo quando se identificava com alguma coisa. Qual delas havia contado para Rebecca? Georgina gostava de uma fofoca, mas April era mais dedicada ao programa do retiro. Dei uma mordida no sanduíche seco.

Georgina me cutucou com o braço ossudo.

— Você está quieta hoje.

April olhou ao redor, procurando por Raeanne — preocupada que tivéssemos problemas por quebrar novamente a regra de não tocar uma na outra —, mas descobriu que ela estava ocupada repreendendo alguns adolescentes ali perto.

Dei de ombros e continuei comendo. Deveria puxar o assunto? Eu não queria criar confusão. Depois de algumas semanas passando quase todas as horas do dia juntas, eu tinha me tornado mais próxima daquelas duas do que dos amigos do ensino médio e da faculdade com quem tinha perdido contato.

— Como foi sua sessão? — perguntou April.

— Ela é intensa — comentei, e ambas assentiram. — E sabe muito sobre mim e sobre a minha família. — Hesitei, mas decidi que eu precisava saber. — Coisas que não contei a ela.

— A mulher é intuitiva demais — disse April. — Ela também adivinhou como a minha família era.

— Ela não estava adivinhando.

Enfiei o último pedaço de sanduíche na boca, enquanto as duas me encaravam, esperando por uma explicação.

— Alguma de vocês contou alguma coisa a ela? — Mantive a voz firme e enxuguei as palmas das mãos suadas na calça jeans.

Georgina tentou encontrar o olhar de April, mas ela estava olhando para mim.

— Estou falando das coisas que contei a vocês sobre a minha mãe e a minha irmã — esclareci.

As duas arregalaram os olhos. Os segundos de silêncio entre a minha pergunta e a resposta delas foram torturantes. Meu coração parecia prestes a sair pela garganta.

— É claro que não — falou Georgina.

— Não é o tipo de coisa que se sai falando por aí — disse April.

Assenti e afastei o prato, enquanto avaliava se deveria deixar pra lá — mas não consegui.

— Não consigo imaginar de que outra forma ela descobriria. Vocês foram as únicas pessoas para quem contei em Wisewood.

Os olhos de April e Georgina se encontraram por um segundo antes de se voltarem para mim.

— Ela já aconselhou muita gente — falou April. — Deve conhecer as pistas, coisas que precisa observar. Dá para perceber que a mulher tem uma intuição excelente.

— Ela sabia que era Nat que me arrumava para a escola todas as manhãs. Que a minha mãe tinha perdido os meus recitais de dança.

Ninguém disse nada por um minuto. Meu rosto foi ficando cada vez mais quente.

— Isso é estranho. — Georgina girava os anéis grossos nos dedos. — Mas, como eu disse, não contei nada. E April disse que também não. — Quando não respondi, ela acrescentou: — Mas parece que você está acusando a gente. — Ao ver que eu permanecia em silêncio, Georgina esticou o pescoço de cisne. — E não gosto disso.

— Não estou acusando ninguém de nada. Só estou confusa.

— Você perguntou a Rebecca como ela sabia? — questionou April.

— Perguntei. Ela disse que não importava.

O silêncio que se seguiu deixou claro que as duas concordavam com Rebecca. Talvez elas estivessem certas e eu estivesse fazendo uma tempestade em um copo d'água.

— Nós nunca faríamos isso com você — disse April, o rosto em formato de coração cheio de sinceridade. — Pode confiar na gente.

— Mas isso pode ter sido uma coisa boa — disse Georgina. — Agora você tem tudo às claras.

— Você está certa. — Inclinei a cabeça, não totalmente convencida. — Sinto muito, pessoal. Não sei o que eu estava pensando. Esse lugar está bagunçando a minha cabeça. — Pigarreei. — Quanto ao debate sobre condimentos, eu mataria um para conseguir molho de pimenta. Para anular o sabor da mortadela.

As duas riram. A tensão na mesa diminuiu.

Fiquei mais alguns minutos ali para me certificar de que elas não estavam chateadas comigo, então pedi licença antes do fim da hora do almoço, alegando que estava atrasada nas tarefas. Recolhi as bandejas delas, além da minha, como um gesto de gentileza. Acenei em despedida, então, torcendo para não ter criado nenhuma inimizade. April e Georgina eram mulheres espertas e divertidas, e eu gostava de andar com elas.

Mas por mais perspicaz que Rebecca pudesse ser sido, não era onisciente. Eu não havia comprado a ideia de que ela teria intuído todos aqueles detalhes sobre mim depois de uma reunião de uma hora.

Uma delas tinha que estar mentindo. Eu só não sabia quem.

Saí do refeitório. O sol queimava meus ombros. Abanei o rosto, juntei o cabelo num rabo de cavalo e o deixei cair sobre as costas. Desejei que uma tempestade amainasse aquele calor, que o outono — ou um ar-condicionado — chegasse. Quando o tempo ficava implacável assim, não tinha escapatória.

Abri a porta dos fundos da casa de Rebecca e virei à direita. Na lavanderia, doze cestos com roupas e toalhas aguardavam no chão para serem lavados, secos e dobrados. Abri as portas das quatro lavadoras industriais e carreguei-as. Medi o sabão, tentando distrair a cabeça.

A verdade era que eu teria compartilhado minhas histórias de qualquer jeito, em aula ou durante uma sessão individual. E daí se alguém tivesse cometido uma inconfidência, se deixado levar? Disse a mim mesma que aquilo não importava, prometi deixar para lá todo o aborrecimento. Mas o desconforto no meu estômago permaneceu.

Não faria mal nenhum ampliar os meus contatos, fazer novos amigos. Eu estava tão colada em April e Georgina que tinha prestado pouca atenção aos outros hóspedes. Já estava na hora de parar de me preocupar com o resto do mundo — com o que Nat acharia de Wisewood, com o que Rebecca acharia de mim. Precisava me concentrar no que *eu* achava das coisas.

Fechei as portas das quatro lavadoras. Os tambores começaram a girar. Eu me sentei no piso de cerâmica e me encostei em uma das secadoras. Levantei os olhos para o teto — tudo o que separava Rebecca de mim. E me perguntei como ela devia passar a hora do almoço. Eu nunca a vira no refeitório. O que ela estaria fazendo naquele momento? O que quisera dizer quando falou que eu era exatamente a pessoa de que Wisewood precisava?

Toquei distraidamente no meu cabelo. Passei os dedos ao redor dos primeiros fios e, quando percebi o que estava fazendo, peguei o elástico. Examinei as minhas mãos, e a casquinha de pele marrom com bordas rosadas da queimadura.

Arranquei a casquinha.

22

Gabe endireitou o forro de seda preta do caixão pela terceira vez. Dei um tapa na mão dele.

— Chega de ajeitar isso — falei. — O salão está sublime.

Examinamos a galeria que tinha se tornado a nossa segunda casa. O teto, seis metros acima de nós, era feito de claraboias e vigas de madeira expostas. Colunas antigas, do tamanho de troncos de árvores, sustentavam o teto. Havia lâmpadas individuais, penduradas em longos fios, espalhadas por todo o espaço. O céu noturno com estrelas no lugar de olhos nos espiava através do teto, cintilando de curiosidade a respeito das coisas impossíveis que, segundo rumores, aconteceriam ali.

Como sempre, as paredes brancas imaculadas tinham sido despidas de todos os desenhos, pinturas e fotografias. Para aquela performance nós havíamos criado letras de um metro e oitenta de altura com fita adesiva preta, e colamos praticamente uma palavra em cada parede da galeria.

O MEDO
VAI
MATAR
VOCÊ

Gabe bateu palmas, radiante.

— Isso tudo é por causa da sua genialidade.

Segurei seu rosto entre as mãos e encostei a testa na dele.

— Onde eu estaria sem você?

Já não bastava mais engolir vidro ou aranhas como eu tinha feito durante toda a turnê *Destemor*. Aquelas façanhas haviam se tornado banais em meados dos anos 1980. Não havia risco suficiente envolvido — eu queria ir mais longe. Queria colocar a minha vida em risco.

Foi assim que nasceu *Madame Destemor apresenta... Sufocada*. Qual a melhor maneira de demonstrar destemor do que manter a cabeça num saco plástico até perder a consciência?

Gabe me ajudou a planejar aquele primeiro show em 1985. Ele tinha encontrado a galeria no Brooklyn que seria o local de quase todas as apresentações. As monstruosas telas de cinema em duas das paredes foram ideia de Gabe, uma forma de enfiar aquele meu tipo de intimidade desconfortável goela abaixo dos espectadores. Também tinha sido ideia dele transformar o meu trabalho em um evento único, em vez de algo que eu simplesmente reproduzisse em teatros de todo o país. Eu tentava montar um novo espetáculo a cada ano, mas às vezes se passavam dois ou três anos antes que conseguisse aperfeiçoar determinada façanha.

Depois daquela primeira apresentação, eu havia ficado preocupada porque só uma dúzia de espectadores tinha aparecido. Como eu transformaria a vida das massas se as massas não aparecessem?

Então, conheci Os Cinco.

O sorriso de Gabe desapareceu quando seu foco voltou ao centro da sala.

— Você tem certeza disso?

Estalei a língua e soltei o rosto dele. Gabe fazia aquilo antes de cada show: se angustiava com a minha segurança, sempre com medo de que aquele talvez fosse o espetáculo em que teríamos ido longe demais. Vê-lo de testa franzida, preocupado, me dava um calorzinho no coração, embora eu jamais fosse admitir aquilo. Incentivar a preocupação era a antítese do que eu defendia.

— Meu bem, eu te amo, mas não temos tempo para isso.

O público começaria a entrar em dez minutos. O cinegrafista já estava com o equipamento preparado.

— Mas...

— Gabriel, como podemos pregar a importância do destemor se nós mesmos não dermos o exemplo?

Era melhor interrompê-lo antes que ele se empolgasse. Se Gabe sentisse que seu argumento tinha fundamento, insistiria nele além do que era razoável.

Durante oito anos, Gabe e eu tínhamos passado noite após noite no meu estúdio lúgubre, pensando em maneiras de estimular a minha mente e o meu corpo enquanto subsistíamos com pouco mais que macarrão. Espaguete, talharim, lámen — comíamos o que estivesse mais barato a cada semana, em tigelas de plástico, meus pés no colo dele enquanto cobríamos o piso laminado com ideias, esboços, fantasias. Quando Gabe ficava tenso com as contas, eu o abraçava até seus ombros relaxarem; quando eu sentia a criatividade bloqueada, ele massageava as minhas têmporas. Em muitas daquelas noites, Gabe não voltava para a casa dele e dormia como um morto na minha cama. Quando o sol tornava a surgir no céu para mais um dia, nós também retomávamos o trabalho.

Esfreguei a língua na parte de trás dos dentes, parando nos pequenos sulcos onde as duas metades tinham se fundido novamente. Se eu era capaz de cortar a língua ao meio com uma tesoura de jardim, se podia enfiar um saco plástico na cabeça, se podia passar um ano sem falar com outro ser humano, por que aquele esforço seria diferente? Aquelas apresentações eram a principal razão pela qual eu saía da cama ao amanhecer. Nada mais me fazia vibrar da mesma maneira.

Gabe suspirou.

— Você não tem medo de nada?

Às vezes eu me perguntava por que ele ainda estava ali; não conseguia compreender por que um homem que andava de patins por diversão escolheria passar o tempo no meu mundo sombrio. Assim que ele se mudou para Nova York para trabalhar para mim, eu encontrei o melhor fonoaudiólogo de Manhattan e usei quase todas as economias da turnê *Destemor* para financiar as sessões dele em vez de reinvestir o dinheiro no meu trabalho. Eu esperava na recepção durante todas as sessões e colava o ouvido na porta para me certificar de que o terapeuta não estava sendo muito rígido com ele. A autoconfiança de Gabe disparou e eu ia para a cama feliz.

Depois de alguns anos no Brooklyn, ele parou de falar em ter sua própria carreira. Éramos mais fortes como equipe, falou. Ele preferia agir nos bastidores. Apoiei aquela decisão porque sabia que estava sendo tomada por ele, não pelo seu problema de fala. Gabe era uma equipe de apoio de um só, a única pessoa que nunca questionou a minha necessidade de mutilar repetidamente o meu corpo. Em troca da sua lealdade, eu tinha paciência com as suas preocupações.

Virei de costas para Gabe, gesticulando para que ele fechasse o último centímetro do macacão preto que eu usava. O traje tinha sido feito sob medida e se colava a cada curva do meu corpo. Eu me sentia mais viva, mais desperta, do que já sentira em anos. Estava preparada.

— Confirma com o porteiro que não vamos ter nenhuma visita surpresa, por favor? — pedi.

Gabe foi até a porta e desapareceu na noite.

Na semana anterior, eu tinha encontrado Lisa, minha antiga colega de faculdade, com quem havia conversado moderadamente na última década, em parte porque ainda estava chateada por ela ter presumido que eu fracassaria naquela carreira, mas principalmente porque são coisas que acontecem. As pessoas se afastam à medida que a vida segue por caminhos diferentes. Lisa tinha me implorado para almoçarmos juntas naquele dia mesmo. Quando estávamos com as saladas Niçoise à nossa frente, ela já tinha depositado as ruínas da sua vida no meu colo. Três anos antes, Lisa havia se casado com um homem robusto e jovial que tinha começado a traí-la seis meses depois do início da união. Achei que certamente seu único dilema seria se ela teria recursos para comprar a própria casa, e tive medo de que me pedisse um empréstimo que eu não estava em condições de fazer. Em vez disso, Lisa queria saber como poderia continuar com aquele homem que a havia enganado durante três quartos da vida deles de casados. *Você está sempre dando conselhos sobre destemor*, dissera ela. *Como eu faço para deixar de ter medo de que ele me traia de novo?* Assim que consegui me recompor, já que tinha ficado boquiaberta, respondi que ela havia entendido mal meus ensinamentos. O medo que ela agora deveria combater era o medo da solidão. Argumentei que o marido só havia parado de traí-la porque Lisa o flagrara — mais especificamente, a dona octogenária da lavanderia a seco que Lisa usava tinha encontrado um par de roupas íntimas sexy presas na manga do terno dele. Eu disse que Lisa precisava deixar aquele casamento o mais rápido possível, mas ela recusou veementemente a ideia, e insistiu que podia salvar o casamento. Tentei apelar tanto à sua inteligência quanto ao seu coração, mas nenhuma das opções funcionou. Ela ficou ali sentada, agarrada a um fio que já havia se rompido. Como era fraca aquela mulher a quem certa vez chamei de minha melhor amiga. E como também estava além de qualquer salvação. Terminei o almoço dizendo que ela era alta demais para ser um capacho. Desconfiava que nunca mais teria notícias de Lisa, mas uma pequena parte de mim achava que ela poderia entrar sorrateiramente naquela noite e sabotar a minha apresentação, porque eu supostamente tinha tudo o que queria e ela não tinha nada, sequer a galeria de arte que um dia sonhara abrir. Lisa trabalhava em um banco.

Eu não podia ajudar todo mundo.

A porta da galeria se abriu. Estávamos nos aproximando agora. O nervosismo pré-apresentação logo ficaria mais forte — e era a única maneira de eu me manter fiel a mim mesma, o único indicador que me dizia se o que eu estava tentando era arriscado o bastante. O estômago nauseado, as palmas das mãos suadas, as pernas bambas: antes, eu via tudo aquilo como fraqueza. Agora, entendia que era a forma que o corpo tinha de nos dizer que estamos vivos. Ou talvez aquela fosse apenas a história que eu contava para mim mesma quando não conseguia controlar o medo. Vi Gabe atravessar o espaço. Eu me sentia mais à vontade quanto mais perto ele chegava.

— Ela não está aqui — disse ele quando me alcançou.

Eu me esforcei para não demonstrar o alívio que sentia.

— Quanto tempo até todos na fila entrarem?

— É uma plateia considerável. — Ele sorriu.

— Nossa, eu poderia te dar um beijo.

Gabe enrubesceu — era um daqueles tontos que tinham o azar de não conseguir disfarçar as próprias emoções. Ele talvez estivesse um pouco apaixonado por mim, embora eu tivesse deixado claro anos atrás que não aconteceria nada de romântico entre nós. Eu nunca teria colocado nossa parceria em risco por algo tão passageiro quanto o amor.

— E Os Cinco? — perguntei.

— Esperando lá fora com o restante. — Ele procurou alguma coisa na mochila. — Você já comeu a sua barrinha de granola?

Suspirei.

— Gabriel, como vou entrar no estado de espírito adequado com você falando de lanches?

— Você com certeza não comeu, então. — Ele procurou até encontrar a barra no fundo da mochila, examinou com atenção, então levantou os olhos, confuso. — Achei que as de mirtilo eram as suas favoritas.

Eu pigarreei e contraí os glúteos, o que sempre fazia com que eu me sentisse poderosa.

— Seu trabalho não é me alimentar, mas sim extrair cada gota de resistência do meu corpo para que eu possa aplicá-la no trabalho. Tudo...

— Está a serviço do trabalho — completou Gabe. E acrescentou baixinho: — Mas saco vazio não para em pé.

Reparei nas olheiras escuras sob os olhos do meu assistente. O suor em seu rosto havia secado e sua pele agora parecia opaca. Ele falava sem parar sobre nutrição, exercícios e sono, mas não seguia nenhum dos próprios conselhos. Gabe estava ultrapassando o próprio limite. Tive que conter a vontade de passar os dedos pelos seus cabelos cor de areia e pousar o dorso da mão na sua testa.

— Talvez você deva tirar alguns dias de folga depois desta noite.

Ele olhou o relógio.

— Trinta segundos até as portas se abrirem. Para a sua marca.

Obedeci e parei diante do pedestal e da escada. No topo do pedestal estava o caixão preto com acabamentos ornamentados. O fabricante de caixões tinha se esmerado, pois sabia que uma foto do seu produto poderia aparecer nos jornais do dia seguinte.

Os espectadores começaram a chegar, sussurrando, animados. Senti a pele arrepiar. O coração bater acelerado. Aquele momento representava a minha próxima oportunidade de garantir a minha posição na história do ilusionismo.

Quanto tempo eu seria capaz de suportar a dor daquela vez?

Avistei Os Cinco no momento em que passaram pela porta. Os dois rapazes tinham cabelos longos e desgrenhados, enquanto as três garotas tinham cortado os seus rente ao crânio. Todos usavam roupas largas e botas pesadas.

No meu primeiro espetáculo, eu mal havia notado os cinco jovens vestidos de preto, de olhos arregalados como crentes em um culto. Mais tarde, descobriria que tinham apenas dezessete anos na época. Alguns tinham desobedecido à hora marcada pelos pais para chegarem em casa para assistir à apresentação.

Depois do segundo espetáculo, um ano mais tarde, eles tinham se apresentado a mim, nervosos, e disseram que frequentavam uma escola perto da minha galeria. Os jovens tinham visto os panfletos que Gabe havia espalhado pelo campus e ficaram intrigados. Um deles deixara escapar que tinha adorado o que eu dizia sobre o medo. Os outros haviam inclinado a cabeça, concordando.

Antes do meu terceiro espetáculo, Os Cinco haviam revelado timidamente que usavam preto em homenagem a mim. Disseram que não tinham interesse em seguir os passos dos pais e questionavam se a faculdade era o caminho certo, mesmo enquanto assistiam às aulas e faziam as provas. Aqueles jovens estavam cansados de passar as noites bebendo, mas não tinham outro lugar onde canalizar sua ansiedade quase insana — todos vibravam de paixão, mas não sabiam pelo que se apaixonar. Eu era apenas oito anos mais velha que eles, mas o grupo me tratava como um oráculo. Eles explicaram que haviam assistido a filmagens antigas de *Destemor* milhões de vezes. Na mesma hora, percebi o potencial daquele grupo.

Depois da quarta apresentação, comecei a vê-los semanalmente e passávamos horas conversando sobre as suas dúvidas e preocupações. Os Cinco tinham medo de tudo, mas queriam desesperadamente não ter. Eu os ajudei a reunir coragem para viver sem medo. Quando uma das garotas assumiu sua sexualidade para os pais e foi rejeitada, eu a acolhi em minha casa até encontrar um lugar para ela. Quando um dos garotos largou a faculdade como eu havia feito, ofereci um emprego para que não se sentisse um fracassado. Quando uma terceira integrante do grupo terminou com o namorado que tinha desde o ensino médio, fiz carinho no seu cabelo enquanto ela soluçava. Comemoramos o aniversário de 21 anos de cada um com uma visita ao bar local. Eles não conseguiam acreditar que a primeira bebida alcóolica que tomaram legalmente na maioridade tinha sido paga *pela* Madame Destemor.

Agora, naquele quinto espetáculo, estavam todos diante de mim, devidamente vestidos de preto, como haviam feito nos últimos sete anos. Eles sabiam que não deveriam se aproximar de mim antes de uma apresentação, mas deram acenos sutis. Respondi com uma piscadela.

Àquela altura, todos trabalhavam para mim. A missão deles era espalhar notícias sobre a *minha* missão o máximo possível. Mesmo que eu tivesse condições de pagá-los, eles não queriam nem ouvir falar nisso.

Até então, o trabalho dos Cinco só tinha conseguido dobrar o número de participantes, o que era um progresso desanimador. Mas ao observar seus rostos estupefatos e a concentração com que me observavam, lembrei a mim mesma que o que importava era a profundidade do meu alcance, não a amplitude. Se eu pudesse transformar pelo menos cinco vidas, aquilo não valeria mais do que galerias cheias até o teto ou elogios delirantes da imprensa?

A porta do outro lado da sala se fechou com estrondo. Depois que o espaço ficou em silêncio, eu me virei para a escada e tirei da mente qualquer pensamento que não fosse a tarefa que eu tinha diante de mim. Os três degraus da escada tinham sido substituídos por facas de açougueiro, uma façanha que, admito, pouco acrescentava ao desafio além de alguma teatralidade.

Nunca desperdice a luz do holofote.

Subi o primeiro degrau da escada prendendo a respiração, distribuindo meu peso uniformemente como havia praticado milhares de vezes. O público arquejou. Na segunda faca tive sucesso semelhante, mas na final agi rápido demais, muito ansiosa para entrar no caixão. O arco do meu pé direito se cravou na lâmina da faca, mas eu não me permitiria estremecer ou gemer, não quando a câmera estava projetando meu rosto no teto, não quando meus fiéis contavam comigo.

Eu me obriguei a me acomodar com calma, a espalhar o cabelo no travesseiro de seda preta, como uma princesa da Disney — se alguma delas tivesse sido realmente arrojada em vez de totalmente inútil. Em minutos a tampa se fecharia. A plateia se aglomerava, tirando fotos e mais fotos. Àquela altura, um sorriso malicioso ia e vinha em meus lábios. Eu mostraria a todos que não tinha medo de ficar sem oxigênio. Um dia, aquelas pessoas mostrariam aos netos o rosto da pessoa mais destemida que já existira.

Sou invencível, cacete.

Parei de me mexer, e mal notei o sangue quente escorrendo pelo meu pé. Cruzei as mãos sobre a barriga como se já estivesse morta e respirei pela última vez, sem esforço. Para Gabe, falei:

— Estou pronta.

O medo estava gravado em cada marca do seu rosto, mas ele obedeceu. E baixou, centímetro por centímetro, a grossa tampa de acrílico até fechá-la de vez. Na mesma hora, senti a estreiteza do espaço, mas me lembrei de que estava protegida ali, não presa. A diferença entre um casulo e uma camisa de força é a perspectiva.

Gabe não deveria me libertar sob nenhuma circunstância — ele me deixaria entregue ao meu destino até que eu chegasse ao tempo combinado. Eu o observei posicionado acima de mim, com os braços estendidos, um menino brincando de mestre de cerimônias. Gabe ergueu um cronômetro no ar para que os espectadores vissem. O cinegrafista focou a câmera no mostrador do cronômetro, exibindo 0:00 no teto.

— Bem-vindos a *Madame Destemor apresenta... Sepultada* — anunciou Gabe. Ele clicou em um botão. Os números começaram a subir.

Eu mal conseguia respirar.

23

Kit

DE JULHO A OUTUBRO DE 2019
Por que eu fiquei

Durante uma aula sobre gestão do luto, contei a história. Disse que tinha ficado ao lado da minha mãe todas as horas em que não estava trabalhando, enquanto ela morria lentamente de câncer. A minha intenção era faltar à despedida de solteira de uma amiga, mas a minha mãe insistiu que ficaria bem durante o fim de semana. Ela estava acompanhada da enfermeira em casa, e Nat também tinha ido até lá para cuidar dela. Então, fui para Las Vegas. Relaxei. Quando recebi um telefonema da minha irmã, doze horas depois, vomitei. Ela não queria me contar por telefone, mas eu a obriguei, porque não conseguiria sair daquele quadrado de concreto até que ela dissesse aquelas palavras. Quando Nat finalmente falou, desabei no chão, esfolando os joelhos. Desde o momento em que recebi aquela ligação, eu me arrependi todos os dias de ter feito a viagem. Eu queria ter me despedido da minha mãe.

Ruth fez Sofia recontar minha história como se fosse dela. Depois, me perguntou se eu achava que Sofia era uma pessoa má com base nas suas ações. De jeito nenhum, respondi. Como ela poderia saber? Sanderson sugeriu que eu escrevesse uma carta para a minha mãe. Debbie disse que não havia problema em falar com ela como se ainda estivesse viva. Rebecca disse que a melhor maneira de honrá-la era viver uma vida repleta de possibilidades, repleta de destemor. Ela disse que eu tinha que brilhar em cores tão intensas quanto a echarpe da minha mãe.

Comecei a frequentar a aula de ioga das cinco da manhã, mas escondida na última fila, enferrujada depois de meses sem praticar. Ali, eu me concentrava na minha respiração, deixando o suor escorrer pelo rosto, sem enxugá-lo. Postura após postura, meus músculos foram queimando a culpa, devorando o medo. Depois de uma semana, já estava na fileira do meio. Mais uma semana e estava na frente. Os novos hóspedes me viam como exemplo.

Ruth me incentivou a montar a minha própria turma. Eu hesitei, mas ela continuou a me pressionar e consegui uma aprovação especial de Rebecca. *Quem não é funcionário daqui não costuma ter autorização para ministrar aulas*, disse Ruth. *Mas todos vemos muito potencial em você*. Levei um dia inteiro para planejar a aula — queria deixar as sequências perfeitas para os meus alunos. A minha parte favorita era o final, quando podia dizer às pessoas o quanto elas eram fortes, o quanto eram dignas de amor.

Graças ao exercício, passei a ter mais energia. Assumi mais tarefas. Cuidava da horta todas as tardes, colhendo alho e rúcula, desenterrando batatas. De vez em quando eu descansava, apertava a terra macia entre os dedos, deixava o sol beijar o meu rosto. Cortei a grama e limpei a piscina. Minha pele ficou bronzeada por causa do tempo ao ar livre. O trabalho físico deixou meus braços torneados. E embora meu rosto continuasse redondo e cheio, pela primeira vez não me importei com isso. Parei de criticar meu corpo, parei de dizer que tinha o formato dessa ou daquela fruta.

À noite, depois de terminar minhas tarefas, eu caminhava pela ilha. Memorizei os números dos bangalôs e que hóspedes ocupavam cada um deles. Passava horas caminhando pelo perímetro interno da cerca viva, passando os dedos pelas folhas, profundamente imersa em pensamentos. Descobri uma segunda porta, também parcialmente coberta por arbustos, construída numa parte diferente da cerca viva. Eu me perguntei o que a equipe que trabalhava ali fazia além daqueles muros.

Para que eu superasse o meu medo de falar em público, Ruth tinha me encarregado de uma turma para iniciantes. Embora Jeremiah tivesse muito a fazer com seu novo trabalho como contador de Wisewood, ele se ofereceu para me ajudar a me preparar. Assim como Nat, ele era organizado, um planejador, mas, ao contrário dela, não fazia isso de forma obsessiva, sempre procurava manter as coisas leves — literalmente assoviava enquanto trabalhava. Com a ajuda dele, o curso rapidamente se concretizou. No meu primeiro dia, Jeremiah se sentou na última fila. Quando fiz uma pergunta que foi recebida com um silêncio tímido, mas constrangedor, ele levantou a mão e preencheu o vazio antes que o pânico pudesse me paralisar. Depois da aula, ele me disse que tinha gostado tanto que iria fazer o curso completo.

Todos os dias eu me colocava diante de dez pessoas e perguntava do que elas tinham medo. Eu dizia a elas que, em Wisewood, não tínhamos vergonha das nossas cicatrizes. Acompanhei meus alunos darem os primeiros passos em direção à superação dos seus próprios medos. Em algum momento ao longo do caminho, esqueci meu medo de falar em público. Eu não tremia mais diante de uma plateia. Passei a gostar do som da minha voz.

Durante uma aula, Jeremiah descreveu a culpa esmagadora que sentia por não estar presente quando o irmão morreu. Ele tinha sofrido um acidente absurdo, então Jeremiah não poderia ter previsto ou evitado. Mesmo assim, ele ficou arrasado, porque acreditava que deveria ter salvado o irmão de alguma forma. Eu disse a ele que conversava com a minha mãe todas as manhãs. Que havia pedido perdão a ela várias vezes até não precisar mais fazer isso — sabia que tinha conseguido aquele perdão. Ele começou a testar algumas das minhas recomendações e me chamou de lado algumas semanas depois para me agradecer, dizendo que estavam funcionando. Eu tinha feito aquilo. Tinha aliviado a dor de outro ser humano.

Todos os dias eu assistia o sol nascer e se pôr. Ficava impressionada com o fato de antes eu prestar tão pouca atenção àquilo. Uma noite em particular vou guardar comigo para sempre: a lua era uma fatia bem fina no céu, as nuvens vazias de pássaros. O sol tinha acabado de desaparecer, riscando o céu de terracota e azul frio, com um tom âmbar, intocável, entre eles. *Como uma pintura*, pensei. Como eu havia tido a sorte de ter ido parar ali?

O outono chegou. A temperatura caiu. Guardei o short no fundo do armário. Esvaziei a piscina e guardei os móveis externos no galpão, enquanto inspirava profundamente, deixando o ar frio entrar nos meus pulmões. Minhas refeições com April e Georgina diminuíram de cinco dias por semana para três, depois para um. Eu tinha perdoado as duas por terem cometido inconfidências a meu respeito com Rebecca — embora ainda não soubesse qual delas tinha feito aquilo —, mas não podia ignorar a frequência com que suas conversas se voltavam para a vida fora da ilha. Elas ficavam curiosas com as notícias políticas que provavelmente estavam perdendo, se perguntavam que aplicativo usariam primeiro quando recuperassem seus celulares, debatiam qual membro da família estavam mais ansiosas para abraçar. April e Georgina não queriam falar sobre Wisewood, pelo menos não o tempo todo.

Assim, comecei a fazer as refeições com Jeremiah, que sempre tinha um lápis atrás da orelha e aquele livro de palavras cruzadas no bolso de trás. Entre me pedir a resposta para a cinco vertical e assoviar "Poker Face" de Lady Gaga, ele também se abriu sobre o seu divórcio, sobre o relacionamento tenso com o pai já falecido, sobre como se esforçava para perder peso desde a faculdade. À medida que me tornava mais próxima dele, também conhecia o restante da equipe, pessoas que já trabalhavam ali havia anos, e para as quais não existia vida pós-Wisewood. Enquanto aparávamos o gramado juntas, Raeanne me contou os horrores que tinha vivido quando criança e, mais tarde, como caminhoneira, e comecei a entender o motivo daquela fachada tão dura. Testemunhei a preocupação de Ruth com Sanderson, vi como ela o abraçava com força quando pensava que ninguém estava vendo, a forma como os ombros dele relaxavam em seu abraço. Examinamos todos juntos a lista de cursos avançados, para pensar no que deveríamos fazer em seguida. Certo dia, eu me dei conta, surpresa, de que Nat não se intrometia mais nos meus pensamentos. Eu não ouvia a voz dela havia algum tempo. Nem a da mamãe. Na minha cabeça, havia só eu.

Ali, eu acordava com o canto dos pardais em vez de sirenes. Sem armas, sem vírus, sem aviões caindo do céu. Não havia mais necessidade de spray de pimenta ou de segurar uma chave entre os dedos. Eu estava em segurança.

Minhas mãos agora viviam ocupadas, mas eu percebia a minha mente tranquila de um jeito novo. A vontade de arrancar fios de cabelo diminuiu. Joguei meu elástico no lixo. A princípio meu pulso parecia estranho, livre demais. Depois de uma semana, parei de notar que não havia mais nada nele. A promessa que Rebecca tinha feito durante a nossa segunda sessão — de que em breve eu não precisaria mais do elástico — era verdadeira. As cicatrizes rosadas sararam, a pele se igualou. Meu cabelo voltou a crescer.

Três meses depois, ela se ofereceu para me deixar usar seu computador. Eu poderia olhar meu e-mail, as notícias, as redes sociais, o que quisesse. O notebook estava em cima da escrivaninha dela, me chamando, mas não senti vontade. O que me esperava do outro lado? Notificações de seguros expiradas, anúncios de casamento, fotos elegantes de viagens postadas por estranhos que eu admirava. Já não era mais possível deslizar minha foto para a esquerda ou para a direita. Que diferença fazia se o Congresso ainda estava paralisado, ou se Rachel estava grávida do segundo filho? A máquina do mundo continuava funcionando sem mim, e eu sem ela. Agradeci a Rebecca, mas recusei a oferta. Seus olhos cintilaram. Ela tirou um celular da gaveta da escrivaninha, balançou-o na minha frente e perguntou se eu gostaria de ligar para alguém. Um ex-colega de trabalho, talvez? Uma vizinha? Natalie?

Pela primeira vez na vida, eu me sentia satisfeita. Finalmente tinha parado de estender a mão para o celular. Afinal, o que eu poderia esperar ganhar com um telefonema? Tinha Jeremiah, Raeanne, Ruth e meus alunos, disse para Rebecca.

Tenho você, Professora.

24

Kit

Outubro de 2019

Às quatro em ponto entrei na sala da Professora com uma prancheta debaixo do braço.

— A calha do lado oeste da casa foi consertada. — Conferi as minhas anotações. — E também o secador do bangalô quatro. Sanderson saiu para fazer compras de mercado. Lembrei a ele de dobrar a quantidade de não perecíveis, caso a tempestade seja pior do que esperamos.

A Professora olhou por cima do bloco de anotações em sua mesa.

— O que eu faria sem você?

O elogio dela me aqueceu como se eu fosse um lagarto ao sol, em uma rocha no deserto.

— Quanto aos meus alunos, acho que nove deles estão prontos para passar para cursos intermediários. — Virei a página. — Jocelyn está indo particularmente bem. Ontem, na piscina, ela bateu um novo recorde entre os hóspedes: sessenta e cinco voltas sem parar.

— Você me hipnotiza, sabia disso?

Depois de três meses ali, eu tinha me acostumado à intensidade da atenção da Professora, embora ainda me fizesse sentir um frio no estômago.

— E quanto ao décimo aluno? — perguntou ela.

Franzi a testa.

— Você acha que devemos inscrevê-lo novamente no curso para iniciantes com um instrutor diferente? Ele continua a chegar atrasado na aula, não se esforça muito. — Apertei mais a echarpe da minha mãe. — Jeremiah revistou o quarto dele como você pediu. E encontrou um celular na gaveta da escrivaninha.

— Mande-o de volta para casa.

Arregalei os olhos.

— Mas...

Rebecca deu um tapa com força no próprio rosto. Eu a encarava boquiaberta.

— É isso que sinto quando escondem um celular por aqui. O programa tem que ser prioridade. Aqui não damos três chances. — Ela se acalmou. — Você sabe disso, Kitten.

Eu me senti zonza. Rebecca nunca havia me chamado por um apelido antes. Ela se levantou da cadeira atrás da escrivaninha e fez um gesto para que eu me sentasse ao seu lado no sofá de veludo. O lado direito de seu rosto tinha uma marca vermelha de mão no local onde ela havia se esbofeteado. Rebecca apoiou a mão no meu joelho e seu dedo dançava em pequenos círculos ao redor do osso. Senti um arrepio na espinha.

— Se eu for contratar você como funcionária, tenho que poder confiar no seu julgamento.

Arquejei. Ela conteve um sorriso.

— Está falando sério?

Eu torcia para que aquilo pudesse acontecer, mas sabia que a Professora preferia manter a equipe pequena. Segundo Jeremiah, ele só havia sido contratado porque era preciso organizar as finanças de Wisewood. Jeremiah dizia que a Professora nem gostava muito dele — mas a contabilidade dela estava mesmo uma bagunça.

Rebecca apontou para minha prancheta.

— Você praticamente já é uma funcionária daqui. Acho que está na hora de oficializar isso.

Minha cabeça girava.

— Então eu moraria aqui...

— Por tempo indeterminado. Você não vai precisar ir embora quando os seus seis meses terminarem. Não vai receber salário, mas terá acomodações, refeições e cursos sem custo. Não vai mais precisar se preocupar com impostos e com o resto das dores de cabeça do governo. Vamos ajudá-la com o financiamento estudantil. Estamos aqui para apoiar você. — Ela apertou o meu joelho.

Pensei no que deixaria para trás: *happy hours* com meus colegas de trabalho, passeios pelo Central Park, espelhos, internet, Domino's às duas da manhã. Ao vir para cá, nunca tive a intenção de ficar.

Eu tinha passado as últimas semanas reimaginando a minha carreira. Talvez o segredo fosse evitar trabalhos de escritório. Eu achava que gostaria de trabalhar ao ar livre ou com animais. Chegara a pensar em me mudar para o Colorado ou para o Wyoming. Poderia me tornar guia de turismo ambiental, organizar passeios de rafting. Quando mencionei minhas ideias à Professora, ela me disse que o mundo fora de Wisewood não daria valor ao meu Eu Potencializado. Não importava para onde eu me mudasse ou que trabalho aceitasse, tentariam me modificar. Na época, aquilo me desanimou. Mas ela provavelmente estava me preparando para trabalhar ali, em Wisewood, o tempo todo.

Ela assumiu uma expressão severa.

— Mas, se não estiver interessada, encontrarei outra pessoa. — Ela agarrou meu joelho. Quando gritei de dor, me soltou e se afastou.

Eu finalmente tinha encontrado a paz. Tinha conhecido pessoas que me compreendiam. Mas ainda não havia pedido desculpas a Nat por tratá-la como vilã depois da morte da mamãe — e antes também, para ser sincera. No mínimo, teria que avisar a ela que não voltaria para Nova York em janeiro. Será que eu conseguiria morar em Wisewood por muitos anos? Pelo resto da vida?

— Não me faça perguntar de novo.

Eu faria as pazes com Nat. Sempre poderia ir embora de Wisewood se mudasse de ideia. Não era obrigada a ficar ali para sempre. Meus olhos ficaram marejados.

— Estou chocada, só isso.

A expressão de Rebecca se suavizou.

— Qual é o problema?

Ela se inclinou para esfregar as minhas costas como a minha mãe costumava fazer. Eu agora conseguia pensar na minha mãe sem sentir que tinha um buraco enorme no peito. Wisewood tinha feito aquilo por mim.

— Você é a primeira pessoa que me diz que eu sou especial. Durante toda a minha vida adulta, a questão sempre foi o quanto eu deveria me ajustar. Nunca pensei que não fosse preciso mudar nada em mim.

— Esse é o poder do nosso programa. — A Professora entrelaçou as minhas mãos nas dela e passou os polegares pelos nós dos meus dedos. — Isso é um sim? — A esperança era perceptível em sua voz.

— Eu topo. — Sorri. — Cem por cento.

— Excelente. — Ela soltou as minhas mãos e se levantou do sofá. — Vou pedir a Gordon que lhe traga um contrato.

Rebecca voltou para a escrivaninha e começou a escrever novamente no bloco de notas.

Eu me levantei com as pernas trêmulas.

— Obrigada pela oportunidade, Professora. Não vou decepcioná-la.

Ela assentiu para demonstrar que tinha ouvido, mas não ergueu os olhos. O trabalho era muito importante para Rebecca.

Quando me virei para sair, ela disse:

— Duvido que as suas amigas aprovem.

Estaquei.

— Está falando de April e Georgina?

— Elas não se importam com o que é melhor para você — Rebecca continuava a escrever. — Acredite em mim.

— Elas voltaram a falar de mim?

— Quase não as vejo mais.

Esperei, mas a Professora não disse mais nada, então saí do escritório e desci correndo a escada. Ignorei o peso que apertava o meu peito e me esforcei para me concentrar nas boas notícias. Mal podia esperar para contar aos outros.

Saí da casa e adentrei numa noite sombria de outubro. A temperatura tinha caído para dez graus. Ultimamente o céu escurecia às cinco da tarde. Uma corrente de ar forte passou por mim, lembrando que o clima mais rigoroso logo chegaria. As luzes do sensor de movimento ao longo da passarela foram se acendendo enquanto eu atravessava o quintal a um passo acelerado. Tínhamos colhido a maior parte das frutas e verduras nas últimas semanas. Sem aquela abundância, o terreno parecia um cemitério. Pensei na minha mãe, na Califórnia, esperando que eu colocasse flores em seu túmulo. Quando teria sido a última vez que Nat a visitara?

Balancei a cabeça. Era dia de celebrar. Aquela era a sensação de ser boa em alguma coisa, de ser valorizada. Soltei um gritinho de comemoração e estendi a mão para a porta do refeitório. Estava faminta. A maior parte dos funcionários estava sentada à mesa habitual, todos usando chapéus de festa. Era aniversário de alguém? Fui direto até eles.

— Tenho novidades!

Todos sorriram, mas notei que o sorriso de Jeremiah demorou um pouco mais a surgir. Eu teria que conversar com ele mais tarde, para me certificar de que ele estava bem.

— É o que estou achando que é? — Sofia saltitava na cadeira.

Assenti e fiz uma dancinha boba de vitória. Todos começaram a bater palmas.

— Estamos muito orgulhosos de você, querida. — Ruth se inclinou na minha direção e deu uma piscadela. — Fui eu que indiquei você para o trabalho.

Eu estava começando a agradecer a ela quando Debbie saiu da cozinha. Seu avental estava manchado com gema de ovo e havia farinha dos dois lados do seu rosto, mas ela sorria radiante enquanto se aproximava com um bolo redondo e desajeitado na nossa direção. Debbie segurou o bolo na minha frente.

— São três camadas — anunciou. — Seus favoritos: chocolate, manteiga de amendoim e cheesecake. Precisei fazer algumas tentativas, mas acho que acertei.

O bolo tinha uma cobertura amarela irregular — a minha cor favorita. E ela havia escrito *Parabeins, Kit* e desenhado uma carinha sorridente com glacê roxo. Um nó se formou na minha garganta.

Raeanne olhou para o bolo.

— Você escreveu "parabéns" errado.

O sorriso de Debbie se apagou.

— Eu adorei, Debbie — falei. — Muito obrigada mesmo.

Eles sabiam que eu receberia a oferta de emprego e nunca duvidaram de que eu aceitaria. Como tinham tanta certeza?

Debbie voltou a se animar.

— Posso cortar uma fatia para cada um?

— Onde está o Gordon? — perguntou Jeremiah.

— Ele não deveria estar aqui?

Raeanne revirou os olhos.

— Provavelmente está em outra de suas missões secretas.

— Vamos guardar bolo para ele — disse Ruth. — É o mais gentil a se fazer.

— Por que ele pode ir e vir quando quer — perguntou Raeanne —, enquanto o resto de nós tem que seguir as regras?

— Precisamos comemorar de alguma forma — declarou Sofia. Seus olhos cintilaram enquanto ela se levantava de um pulo. — Vamos todos mergulhar pelados?

Sanderson e Jeremiah riram, mas as mulheres não.

— Vamos pular da varanda — tentou novamente Sofia, saltitando na ponta dos pés. Presumi que ela estava brincando, mas ninguém mais estava rindo.

— Acalme-se, meu bem — falou Ruth. — Logo vamos comer o bolo.

Sofia balançou a cabeça por um longo tempo.

— Devíamos estar mais vivos do que todos os outros, não é? O que aconteceu com liderar pelo exemplo? — Quando ninguém respondeu, ela ergueu as mãos. — Tudo bem, vou celebrar Kit sozinha. — E saiu correndo em direção à porta com uma velocidade surpreendente.

Ruth suspirou e se deixou cair na cadeira.

— Eu me acabo por vocês todos os dias, crianças, e esse é o agradecimento que recebo?

— Vou atrás dela — disse Jeremiah. Raeanne levantou uma sobrancelha, mas ele a ignorou. — Estou orgulhoso de você, garota — disse ele para mim, enquanto saía apressado atrás de Sofia.

Senti uma enorme vontade de abraçá-lo — mas é claro que não faria aquilo.

Indiquei a cozinha com um gesto.

— Vou pegar um pouco de comida enquanto esperamos pelo Gordon. Obrigada novamente, pessoal. — Sorri para a minha nova e peculiar família e me afastei para pegar uma bandeja de plástico. Carne assada de novo. Fiz meu prato e estava prestes a voltar para a mesa dos funcionários quando uma voz próxima chamou meu nome. Eu me voltei na direção de quem tinha chamado. April. Ela estava sentada com Georgina, acenando para mim. Parei perto da mesa delas.

— Um dia potencializado — falei, experimentando a frase para ter noção de como soava. Pareceu estranha na minha boca, mas eu tinha certeza de que me acostumaria.

— Come com a gente. — Georgina deu uma palmadinha no assento ao lado dela. — Não conversamos faz tempo.

Olhei para a mesa dos funcionários, desejando voltar para lá; estavam todos profundamente envolvidos na conversa, provavelmente discutindo planos para o mais novo curso que a Professora queria criar para alunos avançados: "Aumentando sua Tolerância à Dor". Resignada, sentei ao lado da Georgina e comecei a comer.

— Por que os chapeuzinhos de festa? — perguntou ela. Tínhamos passado pelo menos um minuto sentadas em silêncio.

— Na verdade, tenho algumas novidades bem legais pra contar. — Eu sorri. — A P-prof... Rebecca me ofereceu um cargo na equipe.

Algo me dizia que as duas achariam estranho que eu a chamasse de Professora agora. Mas eu não deveria ter me importado com o que elas pensavam — o medo de ser rejeitada estava levando a melhor.

— Aqui? — falou Georgina.

— Um cargo permanente? — perguntou April.

Assenti, e meu sorriso começou a se apagar diante da dúvida em seus rostos.

— Parabéns — disse April.

— Sim, parabéns — repetiu Georgina sem muito entusiasmo.

Continuamos a comer em silêncio por mais um minuto. Eu conseguia ouvir April mastigando a carne dura.

— Então você vai morar aqui pra sempre? — perguntou Georgina finalmente.

Dei de ombros.

— Desde que esteja funcionando pra mim, por que não?

April assentiu rapidamente.

— Eu também aprendi muito aqui. — Ela hesitou. — Mas e quanto a resolver as coisas com a sua irmã?

— Acho que preciso cuidar da minha própria evolução antes de abordar a minha irmã.

— E a sua carreira? — questionou Georgina.

Soltei uma risadinha sem humor.

— Que carreira?

— Casamento, então? Filhos? Sexo?

A tentativa de brincadeira fracassou quando eu não ri. Dei de ombros novamente.

— Estou fazendo a diferença na vida das pessoas. — Enfiei o garfo em um pedaço de batata e falei, os olhos fixos na comida: — Achei que vocês entenderiam.

— Se você está feliz, então eu também estou — declarou April.

Ela pegou a minha mão. Eu me desvencilhei. Aquelas duas estavam sempre esquecendo a regra de não nos tocarmos.

— Estamos cuidando de você. Só isso — disse Georgina.

Não, elas estavam tentando me travar. A estadia ali tinha sido uma brincadeira de seis meses para as duas, uma história para contarem aos netos. Já teriam esquecido tudo o que tinham aprendido assim que a balsa partisse, levando-as de volta para Rockland. A Professora estava certa em relação às duas.

— Alguns de nós levamos esse programa a sério.

— Eu nunca teria me inscrito — falou Georgina — se soubesse que levar o programa a sério exigia um confinamento vitalício.

April lançou um olhar significativo para ela. Pisquei várias vezes, me esforçando para não chorar.

— Por que vocês não podem ficar felizes por mim? — Eu me levantei e peguei a minha bandeja.

April se assustou e Georgina me encarou boquiaberta. Pela primeira vez, ela não encontrou nada para dizer.

Segui na direção da mesa dos funcionários e disse a elas em tom de despedida:

— Aproveitem o restante da estadia.

25

Gabe me observava, segurando um extintor de incêndio contra o peito.

— Você parece um espectro — disse ele, os olhos cintilando. — Pairando no ar. Nunca vi ninguém tão espetacular.

Normalmente, o piso de concreto da galeria roubava o calor dos meus pés, mas naquela noite meus pés não estavam no chão. Naquela noite, eu estava em cima de uma banqueta de metal de um metro de altura. Usava um vestido longo, de mangas compridas, e a saia de quase dois metros escondia o banquinho. O modelo do vestido não era nada espetacular, era simples, branco, e poderia ser confundido com um lençol. Mas o tecido dele era tão essencial quanto o da banqueta. Era um algodão comum, não muito diferente dos usados em roupas de cama, cortinas e roupas encontradas nas residências de todo o mundo. Altamente inflamável.

— Mas e se alguma coisa der errado? — falou Gabe, bonito apesar da fina camada de suor que cobria o seu rosto.

Indiquei o extintor com um gesto.

— Eu não gosto disso.

Ele ergueu o queixo. Nos raros momentos em que Gabe sentia necessidade de se mostrar firme, ele evitava contato visual. Eu já havia alertado que aquilo automaticamente colocava seu oponente em posição superior, mas ele não conseguia evitar. Gabe era o cordeiro, não o leão.

O tecido macio do vestido ondulava ao meu redor.

— Que sorte, então, que não vai ser você que vai se incendiar. — Dei uma piscadela para ele.

Gabe suspirou — se opor a mim era sempre uma batalha perdida. Ele procurou na bolsa e pegou duas embalagens de batom.

— Instigator ou Caviar?

Apontei para o preto, passei um pouco nos lábios e devolvi a ele.

— Vamos? Arqueei uma das sobrancelhas.

Gabe assentiu, mas não olhou nos meus olhos. Ele pousou o extintor no chão e tirou um isqueiro do bolso. Mais cedo, Os Cinco haviam distribuído velas decorativas pelo salão, tudo para separar os espectadores de mim. Gabe foi de vela em vela, segurando o isqueiro diante de cada pavio.

Quando terminou, foi até o quadro de disjuntores e, segundos depois, as lâmpadas se apagaram. A escuridão engoliu a galeria, a não ser pelas velas cintilantes. Alguém poderia até ter achado a atmosfera romântica, ao menos até o início da ação. Fiquei imóvel no meu banquinho, como uma ceifadora de quase três metros de altura vestida como um querubim com lábios pretos.

— Boa sorte. — O sussurro de Gabe ecoou pela sala. Soprei um beijo para ele, que seguiu em direção à porta.

Poucos minutos depois, o público entrou, invadindo o espaço como formigas numa toalha de piquenique. A maioria eram rostos novos — Os Cinco tinham trabalhado arduamente nos últimos meses. Eu tinha ficado preocupada que, quando chegassem aos trinta, talvez se cansassem da nossa missão e cortassem educadamente os laços comigo. Pelo contrário — a determinação do grupo nunca vacilou, embora um deles tivesse se casado e outros dois estivessem namorando. Todos tinham conseguido empregos diurnos, mas aquela era a sua verdadeira vocação. *Eu* era a vocação deles.

Dois vultos caminharam na minha direção. Uma integrante dos Cinco segurava uma câmera com uma luz vermelha cintilando no ombro. O outro vulto era Gabe. Ele pegou de novo o extintor de incêndio e havia insistido em ser a pessoa segurando o bálsamo.

— Estou bem aqui. — Gabe tirou o isqueiro do bolso mais uma vez. — Tem certeza?

Passei os dedos pelo corpete do vestido. Era uma pena desperdiçá-lo. Afofei a saia uma última vez, então abaixei os braços ao lado do corpo, deixando-os balançar, fingindo indiferença. Estava pronta e disposta a fazer o que fosse necessário para iluminar os meus seguidores.

— Agora — falei.

Gabe deu um passo na minha direção. O isqueiro acendeu quando ele o abriu. Uma pequena chama iluminou o medo em seu rosto. Ele, o oposto do destemor, se agachou e segurou o isqueiro junto à parte de trás da saia até o algodão branco pegar fogo. Todo mundo prendeu a respiração. Só o que sabiam era o título do espetáculo: *Madame Destemor apresenta... Em chamas*. Talvez tivessem visto os cartazes de marketing intencionalmente vagos. Talvez tivessem suspeitas. Talvez naquele momento estivessem se arrependendo de ter comprado os ingressos. Mas agora era tarde demais para voltar atrás, para todos nós.

As chamas foram se aproximando ainda mais da minha pele intocada, mas não gritei.

Quando finalmente me envolveram, eu desejava aquilo.

Abri os olhos. Uma integrante dos Cinco estava no canto do cômodo, apontando a câmera para mim. Uma máscara de oxigênio cobria o meu nariz e a minha boca.

— Ela está acordada — disse a cinegrafista.

Virei os olhos na direção dela. No caminho, vi Gabe, dormindo em posição fetal em duas cadeiras, ao lado da minha cama. O ar ao meu redor cheirava a fracasso. Estávamos em um hospital.

A cinegrafista cutucou Gabe para acordá-lo. Ele ficou de pé e se inclinou sobre mim.

— Se você precisar de alguma coisa...

Fechei os olhos.

Algum tempo depois, voltei a abri-los, impressionada com a monotonia do ato. Abrir e fechar, abrir e fechar, repetidamente até eles não conseguirem se abrir uma última vez.

Notei que a máscara de oxigênio havia sido removida, mas algo mais restringia os meus músculos faciais. Quando ergui as mãos para tocar meu rosto, vi que estavam enfaixadas. Mexi o queixo. Meu rosto também estava enfaixado, com buracos apenas para os olhos, narinas e boca. Esperei que uma dor lancinante me consumisse, que as chamas subissem novamente. Mas não senti nada. Talvez eu estivesse tomando uma dose pesada de morfina. Abaixei os olhos para o meu corpo. Cada parte visível estava coberta por um curativo branco e limpo.

Ainda assim, não sentia dor.

Eu fiz isso?, pensei, agitada. *Eu me tornei imune à dor?*

Eu já estava preparando mentalmente seminários, conferências de uma semana, pesquisas que iriam converter minhas realizações em uma metodologia. Eu precisava formatar o processo para que a minha conquista pudesse ser realizada por outras pessoas. Eu era uma feiticeira — tinha criado magia de verdade.

Virei a cabeça para olhar pela janela. Os Cinco estavam ao meu lado, horrorizados com o que quer que estivessem vendo naquela cama de hospital, mas se esforçando para não demonstrar. Alguns deles seguravam buquês de flores e balões de onde se lia "Melhoras".

— Já colocamos em ação uma arrecadação de fundos online para pagar suas despesas médicas — disse um deles.

— Já conseguimos arrecadar seiscentos dólares.

— Além dos nossos próprios mil dólares.

— O que eu faria sem vocês, meus anjos? — Fiz uma careta, sentindo a garganta em chamas.

— Muito bem, já chega. Deem um pouco de espaço a ela — disse Gabe do outro lado da cama. Eu me virei na direção dele com grande esforço. Gabe indicou a bandeja com um gesto, tomando cuidado para não me tocar. — Coloquei mais mel no iogurte, do jeito que você gosta.

— Quanto tempo eu aguentei?

— Precisamos alimentar você. — Ele pegou uma colher de iogurte e levou-a até a minha boca. Quando fiz uma careta, deixou a colher cair de volta no copo de plástico. — Você tem queimaduras de terceiro grau em setenta por cento do corpo.

— O vestido inteiro pegou fogo?

Gabe secou uma lágrima pesada.

— Você teve uma parada cardíaca na ambulância. Os paramédicos tiveram que usar um desfibrilador pra te trazer de volta. Vai precisar de enxertos de pele. Talvez uma transfusão de sangue.

Tínhamos previsto queimaduras, algumas provavelmente graves. Não esperávamos desfibriladores nem que o fogo me arrasasse tanto. Ainda assim, eu tinha, mais uma vez, provado que era destemida. Teria para sempre as cicatrizes para fundamentar essa afirmação.

Estava ciente o tempo todo do brilho vermelho constante de um dispositivo de gravação ligado. Algo que Gabe nunca havia entendido: o show tinha que continuar. Pigarreei.

— Se a próxima palavra que sair da sua boca não for sim ou não, você está demitido.

O corpo dele oscilou para trás.

— Sim. O vestido queimou até o pescoço, como planejamos.

Dias depois, pedi que Gabe convocasse Os Cinco ao meu quarto de hospital.

— Vocês já fizeram tanto por mim... — falei, assim que eles estavam reunidos à minha frente —, eu me sinto mal em pedir que façam mais...

— Qualquer coisa — responderam.

Olhei muito séria para cada um deles.

— Quem aqui tem sangue tipo O?

Uma das garotas ergueu a mão, nervosa.

Eu a examinei.

— Quero que você faça uma doação de sangue, caso eu precise de uma transfusão durante a cirurgia.

A garota empalideceu.

— Tenho pavor de agulhas.

— Eu sei que é pedir muito — falei baixinho. — Mas eu não faria isso se não fosse necessário.

— O hospital já deve ter bastante sangue — balbuciou ela.

— Essa não é a questão, certo? — Inclinei a cabeça. — Todos vocês disseram que fariam qualquer coisa por mim.

— *Eu* faria — garantiu um dos garotos.

— Seria um prazer para mim doar — falou uma segunda garota. Ela se virou para a amiga, que tinha o rosto esverdeado. — Pense na honra de ter o *seu* sangue fluindo nas veias de Madame Destemor.

Todos encaravam a garota muito pálida com severidade.

— Seria uma honra, com certeza. — As mãos dela tremiam. — Mas eu tenho pânico absoluto de agulhas desde criança.

— Ah, pelo amor de Deus — disse um dos rapazes.

Eu levantei a mão.

— Todos vocês, nos deixem a sós. — Eles saíram do quarto. — Você também, Gabe — falei, quando ele ficou para trás.

Gabe hesitou.

— Isso não parece certo.

— Sai — falei com os dentes cerrados.

Nem me dei ao trabalho de me virar para ver a expressão magoada que sabia que veria em seu rosto quando ele saiu pela porta.

Há um limite para a quantidade de fraqueza que uma mulher é capaz de tolerar.

Quando ficamos só eu e a garota verde de medo no quarto, dei uma palmadinha na minha cama. Ela se sentou, mas não olhou nos meus olhos. Peguei a sua mão.

— Desculpa — disse ela. — Não quero decepcionar você.

— Você jamais conseguiria me decepcionar. — Coloquei uma mecha do seu cabelo ruivo atrás da orelha dela. Com o passar dos anos, todas as meninas tinham deixado os cabelos crescerem. — Mas o que eu vou lembrar a você?

Ela fungou.

— Que o medo da dor é pior do que a própria dor.

— Que garota inteligente. — Inclinei o queixo dela na minha direção. — Você se lembra de como estava com medo de contar aos seus pais que era lésbica muitos anos atrás? Você não conseguia nem dormir. Vomitava entre uma aula e outra. As suas notas caíram. Até o dia em que seus pais expulsaram você de casa, o que foi um grande sofrimento, é claro, mas o que acabou acontecendo?

— Eles me procuraram logo depois — disse ela em uma voz muito baixa. — E pediram desculpas, disseram que a maneira como reagiram tinha sido o maior fracasso deles como pais. Também disseram que me amavam incondicionalmente. — Um sorriso muito leve curvou seus lábios. — Me pediram perdão.

O calor se espalhou pelo meu peito.

— Você sabe por que eles entraram em contato?

— Acho que devem ter se corroído de culpa ao longo daqueles dois meses.

— Provavelmente sim. E talvez um passarinho tenha ligado toda semana para lembrar a eles que tinham uma filha incrível, e que se arrependeriam demais de não fazer parte da vida dela.

Ela ficou imóvel.

— Foi você que fez meus pais mudarem de ideia?

Eu a cutuquei.

— Não podemos permitir que o medo nos impeça de fazer o que é certo.

O silêncio se instalou entre nós, a não ser pelos vários bipes das máquinas do hospital. A garota estava menos verde agora. Seu olhar percorreu o meu corpo de cima a baixo. Então, ela se inclinou para a frente.

— Vou fazer o que me pediu — declarou, decidida. — Vou doar sangue para você.

Dei uma palmadinha carinhosa na mão dela.

— Boa menina.

Acabei não precisando de uma transfusão, mas ela não precisava saber disso.

Mais tarde, quando estávamos sozinhos, Gabe cerrou o maxilar.

— Por que diabo você não parou o espetáculo quando viu que estava prestes a desmaiar?

Segurei com força o meu copo de gelatina pela metade. Ele tinha a coragem de me desafiar enquanto eu estava no meio de uma infecção bacteriana?

— "Parar", não. Desistir.

Ele cerrou um dos olhos cor de mel e inclinou uma das orelhas na minha direção, como se tivesse ouvido mal.

— Como?

— Eu não desisto. Meu nome, todo o meu trabalho, se baseia em não desistir. Eu aguento, é isso que eu faço. Não posso encerrar as minhas apresentações como uma fracassada. — Larguei a gelatina de lado.

Ele soltou uma gargalhada sem humor.

— Está me dizendo que prefere ser uma vencedora morta?

— Não estou nem sentindo dor. Acho que finalmente consegui, Gabe. — Tentei atenuar a histeria na minha voz. — Eu livrei o meu corpo da dor.

— Você está se ouvindo? — Ele franziu a testa. — Você só não está em agonia neste momento porque queimou todas as células sensíveis à dor da sua pele. Você está delirando tanto a ponto de acreditar que é imortal?

— Olha o tom.

— Não fala assim comigo. — Gabe estreitou os olhos. — Você é minha parceira, não minha mãe.

Parceiros? Quantas vezes ele tinha colocado a vida em risco? Graças a Deus nosso sustento dependia da minha coragem, e não da dele. Ao que parecia, Gabe tinha a impressão equivocada de que, por termos pagado contas com o dinheiro da herança dele uma ou duas vezes, estávamos em pé de igualdade.

No fim das contas, a rede de pizzarias se mostrou bastante lucrativa. Quando o pai de Gabe morrera, no ano anterior, tinha deixado milhões para o filho. Gabe investira com sensatez, e só havíamos mexido nos fundos durante os dois meses em que estávamos sem dinheiro para sobreviver. Mas era preciso muito mais do que capital para construir uma carreira como a minha. Sem a minha ajuda, Gabe não seria nada, não seria ninguém.

Bati com a mão na bandeja do hospital, fazendo-a cair no chão com barulho.

— Não ouvi você estufando o peito para falar sobre a sua independência quando paguei sua fonoaudióloga. Onde estava a sua indignação naquele tempo?

Gabe piscou algumas vezes, surpreso.

— Eu me ofereci para reembolsar você pelo tratamento. Várias vezes.

Ingrato, era isso que ele era.

— Você ainda estaria engasgando com as letras se não fosse por mim.

Eu me arrependi da frase assim que ela saiu da minha boca. Uma parte de mim ansiava por apertar a mão dele e pedir desculpas, mas a maior parte de mim estava furiosa porque, depois de todo aquele tempo, depois das incontáveis horas que eu tinha passado orientando-o e liderando pelo exemplo, Gabe ainda era um medroso. Ele deveria estar mais forte agora, para me apoiar incondicionalmente.

Se eu quisesse um homem autoritário na minha vida, teria mantido meu pai.

— Retire o que você disse. — Gabe agora só gaguejava quando estava especialmente triste.

— Não estou vendo nenhuma algema prendendo você a mim. A porta fica logo ali.

— Muito bem. — Ele saiu pisando firme. — Eu me demito.

— Já vai tarde. — A porta bateu.

Deitei a cabeça no travesseiro engomado. Quanto mais eu exaltava o evangelho do destemor, mais eu via que o mundo precisava dos meus ensinamentos. Em vez de erradicar os seus medos, as massas permitiam que eles crescessem e crescessem até seus caminhos estarem sufocados, seus sonhos esquecidos.

Vou pegar como exemplo Evelyn Luminescência, a mulher que tinha sido a minha mentora. A ousadia da sua arte transformara a minha. No seu auge, Evie disse e fez o que poucos ousaram dizer e fazer, colocou sua arte antes do amor, antes de tudo. E onde estava ela agora? Ensinando pintura a dedo em uma creche para crianças ricas no Upper East Side. Ela havia me dito que, na idade em que estava, precisava de estabilidade, tanto de renda quanto de estado emocional. Menos turbulências, mais previsibilidade. Eu sabia o que estava por trás daquela reviravolta: o medo do fracasso. Evelyn estava com medo do declínio lento rumo ao esquecimento. Em vez de esperar pela derrota, ela saiu da arena. E o mundo ficou mais pobre por isso.

Fiquei sentada sozinha na cama do hospital, ciente de uma dor que se aproximava lentamente e ameaçava me devorar viva. Mas a mente está acima da matéria... eu criaria a minha própria realidade. Enquanto acreditasse que estava imune a essa dor, aquilo seria verdade. Gabe era o delirante.

Liguei a televisão para me distrair. Estava passando um faroeste em preto e branco, o que me fez lembrar do meu pai e me perguntar se ele teria ouvido falar de alguma de minhas apresentações. Se tivesse,

Sir acharia minhas façanhas familiares a ele — vide o cronômetro, os sermões sobre resistência —, embora mais rebuscadas. Ele era obviamente um sádico, mas aos quarenta anos eu estava disposta a admitir que o meu pai havia me ensinado a maior parte do que eu sabia sobre destemor. Por causa dele, eu tinha me tornado invulnerável ao medo. Eu sabia como engolir a dor e redirecioná-la como fonte de poder. Admitir aquilo estava fora de questão. Não nos falávamos havia dezesseis anos.

Enquanto esperava a enfermeira vir me ver, meus pensamentos se voltaram para Gabe, cheios de culpa. Ele sempre tinha sido bom para mim. Não merecia ser maltratado. Ainda assim, ele sempre se esquecia de um fato simples: não faltavam Gabes, Lisas e Evelyns no planeta, pessoas que se agarravam aos seus medos como se fossem entes queridos mortos, sem a menor ideia de como se libertar deles. Ele precisava aprender quem era o substituível entre nós dois.

Ninguém se importava com os peões. As pessoas estavam ocupadas demais observando a rainha.

26

Kit

Outubro de 2019

Com as portas fechadas, eu e a Professora nos sentamos no sofá de veludo do escritório dela, em uma segunda-feira no final de outubro, para conversar sobre o progresso que eu havia feito no que dizia respeito à minha mãe.

— Não é culpa minha que ela tenha morrido. — Passei os dedos pela seda fria ao redor do meu pescoço. — Você me fez entender isso.

— Estou tão orgulhosa... Você começou a se livrar dos apegos emocionais a que antes se agarrava com tanta força.

Abaixei a cabeça.

— Obrigada, Professora.

Eu era membro oficial da equipe de Wisewood havia quase um mês. Naquele período, vinha trabalhando catorze horas por dia, varrendo o galpão, protegendo a horta para o inverno e reorganizando a cozinha e a despensa da Professora. Descobri que ela comia alimentos diferentes dos de todos nós: queijo brie, presunto e uma geleia de figo orgânica, comprada em uma fazenda a vinte minutos de Rockland. Gordon precisava pegar um ônibus para chegar lá — não era de admirar que ele passasse tanto tempo fora.

Como equipe, os funcionários tinham criado um plano de estudos para o novo curso "Aumentando sua Tolerância à Dor". Os olhos de todos brilharam quando sugeri incorporar supercola ao currículo. Disseram que eu era brilhante, "a nossa arma secreta". Passei o restante daquele dia com a sensação de estar flutuando.

Ainda vagava pelo campus à noite. Eu me pegava voltando às portas exclusivas para funcionários, e colava o ouvido na madeira, mas não ouvia nada além dos sons da floresta. Cada vez que eu estendia a mão para as maçanetas de aço escovado, prendia a respiração. Elas estavam sempre trancadas, e eu não sabia se ficava aliviada ou decepcionada com aquilo. Eu era um deles agora — quando seria permitido ir além daqueles muros? A Professora se inclinou na minha direção. Senti o aroma do seu perfume fresco.

— O próximo passo é se livrar dos apegos materiais.

Eu a encarei.

— Já fiz isso. Está tudo em um depósito. Deixei tudo para trás quando vim para cá.

— Nem tudo. — Rebecca olhou para o meu pescoço.

Fiquei boquiaberta.

— Minha echarpe?

— Vai ser bom para você. — Ela me viu segurar o tecido com força. — Esse lenço é um nó de forca.

— Não é, não. — Soltei a echarpe. — Estou mantendo a lembrança dela viva.

Rebecca deu uma palmadinha na tatuagem de estrela na minha têmpora.

— Você pode guardar as lembranças da Peggy aqui. Está se apegando ao passado.

Ela podia até estar certa, mas eu ainda não queria abrir mão da echarpe.

— E se eu guardá-la na minha cômoda? Assim, ela não vai ficar o dia todo comigo.

Rebecca balançou a cabeça.

— A sua relutância só serve para reforçar o meu argumento. — Seu tom se tornou mais duro. — Não permita que o medo controle você.

Acariciei a seda e desviei os olhos para a janela. Uma névoa densa se aproximava cada vez mais da casa, ameaçando nos engolir.

— Você confia em mim?

— Você sabe que sim.

— Então dê um fim nela. Você nunca vai conseguir ser livre enquanto continuar usando isso.

Ficamos sentadas ali em um silêncio atormentado. Examinei a expressão de Rebecca em busca de um lampejo de ambivalência — talvez eu pudesse fazê-la mudar de ideia. Foi uma ideia tola, já que ela parecia mais firme a cada segundo.

— Debbie levou só um mês para entregar o anel de noivado — disse a Professora. — Ela passou doze anos noiva do abusador, mas encontrou forças quase imediatamente para se livrar de qualquer lembrança dele. Você, por outro lado, está aqui há quase quatro meses.

Não consegui pensar em nada para dizer, então juntei as mãos no colo e fiquei olhando para elas. Os olhos de Rebecca pareciam me perfurar.

Ela suspirou e desviou o olhar.

— O restante da equipe me disse que você não faria isso.

Levantei os olhos, surpresa. Tinham sido todos tão calorosos comigo, sempre me incentivando. Eu me lembrei do bolo desajeitado da Debbie, de como todos nós tínhamos nos amontoado para comê-lo, rindo.

— Eu defendi você, disse para te darem uma chance. Vou fazer papel de palhaça?

Quando recuperei a capacidade de falar, minha voz saiu trêmula.

— O que você faria com ela?

— Não se preocupe, vou manter sua echarpe em segurança. — Ela estendeu a mão, esperando que eu cedesse. Não aceitaria um não como resposta.

Talvez Rebecca estivesse certa — como estivera em todo o resto até ali. Como eu poderia ser verdadeiramente destemida se mantivesse a minha mãe enrolada ao redor do pescoço o dia todo? Aquilo me distraía da missão de pedir desculpas a Nat, esclarecer as coisas e deixar para trás os erros que tinha cometido em relação à morte da minha mãe. Estava na hora de encerrar aquele capítulo.

Desamarrei o lenço e hesitei antes de pousá-lo na mão estendida da Professora. Ela fechou os dedos ao redor do tecido. Contive uma pontada de arrependimento — mais uma fraqueza a superar.

— Ótimo, Kitten — disse ela, feliz de novo. Deixei escapar um pequeno suspiro de alívio. — Como você é corajosa. Pode compartilhar esse progresso com a sua turma.

Pensei especialmente em um aluno, um homem que havia perdido a guarda da filha. Tudo ali o fazia se lembrar dela: o modo como Sanderson comia primeiro a crosta do sanduíche, a constelação de Órion no céu à noite, as meias com estampa de flamingo de um colega de classe. Ele tinha voado quase mil quilômetros para ter um pouco de paz, mas não conseguia fugir das lembranças. Eu tentava ser um exemplo para ele, uma luz no fim do seu túnel de dor.

Assenti, ainda olhando para a echarpe da minha mãe na mão da Professora. Eu mal a havia tirado em dois anos. Meu pescoço parecia exposto.

A Professora levou o lenço até a escrivaninha e guardou-o em uma gaveta — não consegui ver qual. Rebecca apoiou as palmas das mãos na escrivaninha e inclinou o corpo para a frente, esperando que eu me concentrasse nela. Quando finalmente a encarei, ela abriu a gaveta de utensílios.

— Tenho uma recompensa para você.

Ela pegou um envelope azul-marinho, veio novamente até onde eu estava, no sofá, e colocou-o nas minhas mãos. Escrito no envelope com uma caligrafia semelhante a teias de aranha havia uma única palavra: *Kit*. Rebecca fez um gesto para que eu o abrisse.

Dentro, havia um cartão grosso preenchido com a mesma letra sinuosa.

Querida Kit, começava a carta, *como você chegou longe durante a sua estada aqui! Quatro meses atrás você jamais teria abdicado do lenço da sua mãe.* Li rapidamente o resto, captando frases como *convido você cordialmente* e *oportunidade exclusiva* e *sigilo total*. Senti o raio laser que era o sorriso da Professora cintilando sobre mim. Li a carta uma segunda vez, mais devagar. Quando terminei, levantei os olhos.

— O que é o Círculo Interno?

PARTE TRÊS

Devo eliminar qualquer obstáculo que se coloque
no caminho para a minha liberdade.

27

Natalie

8 DE JANEIRO DE 2020

Kit está aqui, no meu bangalô, sentada na cama. Fico paralisada na soleira da porta. Durante a maior parte da nossa vida, minha irmã usou o cabelo loiro e liso na altura do peito.

Agora estão raspados rente ao seu couro cabeludo.

Assim como o cabelo de todos os outros membros da equipe de Wisewood. Todo o resto, no entanto, parece igual: rosto redondo, olhos brilhantes, uma pequena tatuagem de estrela na têmpora esquerda. Kit usa calça jeans e uma camiseta amarelada, e seu casaco está pendurado na cadeira da minha escrivaninha. Minha irmã parece saudável, satisfeita, sem nenhum arranhão ou hematoma. Não parece sonolenta, sob uso de alguma droga. Nenhuma lágrima que indique sofrimento. Na verdade, ela parece radiante.

Ela está bem.

Ela está bem, ela está bem, ela está bem.

Meus ombros relaxam. O peso no meu peito cede. Sinto a garganta apertada de emoção. Parte de mim achou que eu nunca mais veria a minha irmã mais nova.

Corro em direção a ela com os braços estendidos.

Kit se encolhe na cama, me fazendo parar.

— Aqui temos a regra de não nos tocarmos — explica.

Por isso Gordon se desvencilhou quando bati em seu braço.

Recuo um passo, surpresa. Kit sempre tinha sido do tipo que gostava de pegar nos outros, de subir no colo, dar o braço, brincar com o cabelo.

A maior parte das pessoas não abraça com vontade. Abraços, de um modo geral, costumam ser rápidos demais, uma tarefa a ser cumprida com pressa, uma formalidade. Os de Kit, não. Ela se agarrava como se a pessoa fosse um bote salva-vidas e não soltava, sem deixar dúvidas do amor que sentia. Ninguém dá abraços como Kit.

Ela herdou isso da nossa mãe.

Anseio por abraçar as duas — mais precisamente, anseio que as duas me abracem. Quero enfiar o nariz no pouco cabelo que sobrou em Kit, para ter certeza de que ainda cheira a maçã. Sei que quebrei as regras ao vir aqui, mas esperava uma recepção mais calorosa do que essa. *Ela nem está feliz em ver você.* Sinto a garganta ainda mais apertada. Eu me controlo.

Kit levanta uma sobrancelha.

— Então... Você estava passando aqui por perto?

Enquanto examino cada centímetro dela, meu olhar volta toda hora para a sua cabeça coberta por aquela penugem, para o pescoço e as orelhas nus, as feições que agora parecem grandes demais para o tamanho do rosto. Não há outra forma de dizer: o corte de cabelo é horrível.

— O que aconteceu com o seu cabelo? — deixo escapar.

Ela passa a mão pela cabeça, constrangida, então se irrita. Sua voz tem um tom que não reconheço.

— O que você está fazendo aqui, Nat?

Meu estômago se revira quando me lembro do e-mail acusatório. Engulo aquela verdade e opto por outra.

— Estou preocupada com você. — Ela fica me encarando, esperando que eu continue. — Não tenho notícias suas há seis meses. Tentei e-mails, mensagens de texto, ligações, mas você não respondeu a nada.

— Não tenho acesso a celular ou computador. Eu disse a você que não teria. — Ela se anima. — De qualquer forma, você não tem nada com que se preocupar. Essa experiência tem sido incrível. Pela primeira vez desde que ela se foi, superei as questões relacionadas à mamãe.

Eu me sinto nauseada de culpa, mas não posso seguir por esse caminho ainda. É cedo demais. Não estou preparada. Digo a mim mesma para não me mostrar crítica logo de cara. Resolvo recolher informações, avaliar e montar um plano, nada mais.

— O que você tem feito durante todos esses meses?

— Nossa, ando ocupadíssima! Ministro cursos e dou aulas de ioga, mantenho a agenda da Professora organizada, sirvo o café da manhã para ela todas as manhãs. Planejo os eventos especiais de Wisewood. No mês passado, organizei uma festa para comemorar o sexagésimo aniversário da Professora. Foi mágico, todos nós dançamos na praia ao luar. Ela também me convidou para participar de algumas das sessões, para dar a minha opinião depois da saída do hóspede. Não sobram horas no meu dia.

— Então você é uma terapeuta em formação? — Eu nunca a tinha visto tão motivada, tão empenhada.

Kit dá de ombros.

— Eu ajudo onde sou necessária. Não estou trilhando o caminho para me tornar uma psicóloga licenciada, se é isso que você está perguntando.

— Que caminho você *está* trilhando então? — Tento formular a pergunta com curiosidade.

— O caminho para o meu Eu Potencializado. Não é uma carreira, Nat. Aqui não preciso me preocupar com o que eu quero ser. Não preciso escolher nada. A sua irmã é uma verdadeira mulher renascentista. — Ela sorri para mim pela primeira vez.

A minha irmã é uma verdadeira idiota, penso.

— Estão te pagando?

— Sou paga com aulas gratuitas, moradia e alimentação — diz Kit, como se tivesse ganhado na loteria.

Minha irmã não vê problema algum em trabalhar em tempo integral sem remuneração. Não vê problema algum em se isolar do mundo real. Não tem intenção de deixar Wisewood por agora, talvez nunca.

Estou perdendo Kit.

Ela se levanta.

— Ainda tenho algumas coisas para fazer para a Professora.

Desvio os olhos para o relógio de parede.

— Nossa, ela faz você trabalhar bastante, hein?

— A Professora não me obriga a fazer nada. Só eu posso trilhar o caminho.

Reprimo um impulso violento de levá-la para longe desse lugar e me lembro da minha intenção de manter a paz.

Kit se vira para mim.

— Se você não tem mais nada a dizer, é melhor eu ir.

Penso em contar a ela aqui e agora, em deixar o segredo se derramar de mim. Mas agora que estou cara a cara com Kit, a minha determinação desaparece. Não posso transformar nossa primeira conversa nos últimos seis meses em algo que vai destruir a minha irmã. Opto por contar a ela pela manhã, e depois voltarei para Rockland.

— Estou muito feliz por você estar bem. Olha só, amanhã vou largar do seu pé. Preciso voltar ao trabalho.

— Na verdade, você vai ter que ficar mais alguns dias.

Eu a encaro, sem entender.

— Uma tempestade violenta está se aproximando, por isso vamos tirar o *Ampulheta* da água. Não seria seguro para você fazer a travessia.

— Ah — digo, desconfortável com a perspectiva de passar mais uma noite ali.

Aquele encontro com Kit tinha sido formal e estranho, nada do que eu imaginava.

— Assim que a tempestade passar, o Gordon pode te levar pra casa. — Ela caminha em direção à porta, então se vira. — Por que você disse a ele que te mandei um e-mail?

Sinto a boca seca.

— Ele falou que não poderia colocar familiares em contato com os hóspedes. Achei que se eu dissesse que você entrou em contato primeiro, ele poderia me ajudar.

— Então não houve nenhum e-mail?

Hesito, odiando mentir novamente para a minha irmã, mas nego assim mesmo.

Kit faz que sim, pensativa.

— Sabe, ele é mais compassivo do que você imagina, o Gordon. — Ela abre a porta. — Você deveria ter contado a verdade a ele.

28

Kit

DEZ SEMANAS ANTES
OUTUBRO DE 2019

Acordei com batidas fortes na minha porta. Abri os olhos, grogue, e virei o despertador na minha direção. Os números em neon anunciavam que eram 3h15. A pessoa bateu novamente.

— Kit. Abra.

Saí da cama, fui até a porta e a abri. Do outro lado estava Raeanne, usando calça jeans larga e uma camisa de flanela. Ela estava com uma expressão de urgência, de vida ou morte. A ansiedade afastou de vez a minha sonolência.

— Qual é o problema?

— Você vai ser iniciada — disse ela, mal conseguindo conter a empolgação. Como viu que eu parecia confusa, acrescentou: — No CI, o Círculo Interno.

— Agora? — Meu coração estava disparado. *No meio da madrugada?*

— Está todo mundo esperando você. — Ela entrou apressada no meu quarto. — Se veste logo, rápido.

— Quem é todo mundo? — Esfreguei os olhos. — O que você quer dizer com iniciada?

Raeanne suspirou.

— Você vai se vestir?

Fui até o banheiro para colocar uma calça jeans e um suéter. Quando voltei, Raeanne estava remexendo a gaveta da minha escrivaninha. Ela fechou a gaveta com força.

— Desculpa — disse ela, parecendo se sentir culpada, indo em direção à porta. — A Professora me pediu para procurar uma coisa.

— O quê?

Raeanne afastou a minha pergunta com um aceno de mão.

— Deixa pra lá. Vamos nos atrasar. Ela me entregou meu cartão-chave e abriu a porta para a noite fresca de outono.

— Eu fiz alguma coisa errada? — Puxei as mangas do suéter para que cobrissem as minhas mãos.

— Xiii. Você vai acordar a PG.

Desde que entrei para a equipe de Wisewood, soube que a Professora e os meus colegas de trabalho se referiam aos hóspedes como "PG" pelas costas, abreviação de "população em geral". A frase parecia bastante inofensiva, mas havia nela a inferência de certa superioridade — na PG estavam os menos comprometidos entre nós.

Raeanne se virou e saiu apressada. Corri atrás dela. Wisewood estava banhada em um azul profundo, sem mais ninguém à vista. Ergui os olhos para o céu, para milhões de estrelas frias e distantes.

— Raeanne, o que você estava procurando?

Ela seguiu ao redor dos bangalôs dos hóspedes, sem diminuir a velocidade.

— A Professora pede para fazermos checagens de rotina uns em relação aos outros para ter certeza de que todos estão seguindo as regras. Tenho certeza de que logo você também vai estar revistando as minhas coisas.

Aquilo deveria fazer eu me sentir melhor? E fazia?

Segui Raeanne, e passamos pela horta até chegarmos à cerca viva no lado oeste da ilha. Paramos em frente a uma das portas SOMENTE PARA FUNCIONÁRIOS e minha respiração pareceu presa no peito. Estava acontecendo: eu finalmente iria além do muro.

Raeanne espiou por cima de um ombro, então do outro, examinando o campus, depois tirou um molho de chaves do bolso. Ela pegou uma delas, enfiou na fechadura, empurrou a porta e fez sinal para que eu passasse.

Eu havia percorrido cada centímetro da ilha, mas nunca tinha estado ali, nunca além daquelas portas. Todas as vezes em que eu tinha sacudido as maçanetas, a curiosidade havia superado o medo, mas agora o medo parecia me dominar. O que estaria me esperando ali fora? Afastei a fraqueza. Meus colegas de equipe nunca me colocariam em perigo.

— Para onde estamos indo? — perguntei de novo.

— É surpresa.

Raeanne trancou a porta e tirou uma lanterna do bolso para iluminar o nosso caminho. Os pinheiros e a terra fértil perfumavam o ar que nos rodeava. Perto dali, uma coruja piou. Corremos pela floresta, seguindo pela trilha estreita repleta de agulhas de pinheiro e de musgo. Eu estava andando tão rápido que mal conseguia registrar o que estava ao meu redor, a não ser pelos aglomerados de abetos tão altos e densos que não me permitiam mais ver o céu estrelado. Imaginei as árvores como uma gangue de Slender Men — criaturas humanoides altas com membros compridos, lembrando os de uma aranha, e sem rosto, esperando, observando, me seguindo — e me mantive o mais próxima possível de Raeanne. Insetos sussurravam, galhos quebravam sob os nossos pés. Segurei com mais força os punhos do meu suéter, afastando os galhos do rosto.

Depois de algum tempo, a floresta deu lugar a enormes blocos de granito. No escuro eu não conseguia ver o mar, mas ouvia as ondas batendo na costa. Havíamos chegado ao limite da ilha.

No alto dos blocos de granito havia um punhado de pessoas, que se viraram quando nos ouviram chegando. Meu pulso acelerou.

Reconheci Ruth primeiro e soltei um suspiro alto — ela não estaria envolvida em nada desagradável. Subi em uma pedra ao seu lado e ela me deu uma piscadela. Ao lado de Ruth estava Sanderson, com o capuz levantado e as mãos enfiadas no bolso do moletom. Fiquei surpresa ao ver Debbie, a cozinheira, ali, sorrindo para mim, mas nem um pouco surpresa ao encontrar Sofia saltitando de empolgação. Raeanne ocupou o seu lugar nas pedras, tirando um palito de dente do casaco. Gordon completava o grupo, parado a distância e com os braços cruzados. Nenhum deles parecia ter sido arrancado de um sono profundo.

Ruth conferiu o relógio.

— Vamos ter que começar sem o Jeremiah. — Eu me animei ao ouvir o nome do meu amigo, feliz por ele também fazer parte daquele momento. — Vamos nos aproximar uns dos outros.

O grupo formou um círculo fechado. Senti uma pontada de decepção — estava esperando que a Professora também fosse fazer parte do CI.

Ruth olhou para mim.

— Bem-vinda ao Círculo Interno de Wisewood, Kit. Como estamos sempre muito ocupados, às vezes é difícil lembrar como somos afortunados. Só Deus sabe como eu mal consigo dar conta da carga de trabalho, das tarefas diárias e das aulas, além do planejamento dessas coisas que sempre acabam caindo no meu colo. — Ela olhou ao redor do círculo com uma expressão acusadora, mas logo voltou a parecer animada. — Mas a verdade é que mais ninguém tem a minha experiência aqui, e é por isso que a Professora só confia o trabalho a mim. — Senti algumas pessoas ficarem tensas. Ruth franziu a testa para Raeanne assim que ela abriu a boca, o que a fez fechá-la novamente. — A noite de hoje deveria servir como um lembrete para cada um de nós de como esse lugar é maravilhoso.

— Muito maravilhoso — concordou Sofia, já começando a chorar. Debbie se afastou discretamente dela.

Atrás de Ruth, a maré estava baixa. O reflexo da lua era como um holofote sobre a vida marinha espalhada pelas pedras: algas, búzios e pervincas.

— Estamos tão emocionados por você estar...

As árvores farfalharam, interrompendo Ruth no meio da frase. Ficamos paralisados. Havia alguém ou alguma coisa na floresta. Uma figura corpulenta veio correndo em nossa direção nas rochas.

— Desculpem o atraso — disse Jeremiah, com as mãos apoiadas nos joelhos.

— Você não consegue colocar um relógio em volta desse braço da grossura de um toco de árvore? — resmungou Raeanne enquanto todos relaxavam novamente.

— Desculpa — repetiu Jeremiah, ainda ofegante. — Estava ocupado.

— Fazendo...? — perguntou Gordon.

Jeremiah endireitou o corpo, ignorando-o.

— O que você estava fazendo? — voltou a perguntar Gordon.

O silêncio caiu sobre o grupo. Jeremiah passou a mão pela barba, que deixara crescer até ficar bem cheia. E hesitou um pouco demais antes de responder.

— Ajudando a Professora com questões fiscais.

Às três da manhã? Até eu, a novata, percebi que ele estava mentindo.

— A essa hora? — falou Gordon.

Outro silêncio desconfortável. Eu tinha certeza de que qualquer motivo que Jeremiah tivesse para se atrasar era legítimo. Ele talvez tivesse feito algum progresso pessoal que ainda não estava pronto para compartilhar, ou a Professora havia mesmo pedido a sua ajuda, mas tinha lhe dito para manter o assunto entre eles. Eu queria defender o meu amigo, mas também estava em último lugar na hierarquia ali — não era hora de eu gerar turbulência. Tentei chamar a atenção de Jeremiah, mas ele estava ocupado devolvendo o olhar de Gordon.

— Por que você não cuida da sua vida pelo menos uma vez? — perguntou Jeremiah por fim, a voz cansada.

Ruth arquejou. Raeanne deu um sorrisinho maldoso. Todos se moviam de um jeito nervoso, a não ser Gordon — seu rosto e sua imobilidade absoluta não revelavam nada enquanto ele continuava a encarar Jeremiah.

Sofia saltitou com mais força na ponta dos pés, os olhos fixos no horizonte.

— A gente já pode pular agora?

Aquilo quebrou o feitiço. Jeremiah se afastou de Gordon e se posicionou ao meu lado, murmurando: *Desculpa*. Sorri e os ombros dele relaxaram.

Ruth se adiantou.

— A menos que um de vocês queira liderar esta cerimônia, chega de show. — Ela olhou para cada um de nós, a expressão severa. Ninguém disse uma palavra. — Vamos entrar na água.

Meus colegas tiraram os sapatos e enrolaram a barra da calça para cima.

— Torpedo! — gritou Sofia, já correndo em direção ao mar.

— Sofia, não! — gritou Ruth. — A água não está tão...

Sofia pulou na água. Todos olhamos por cima das pedras, aguardando. Alguns segundos depois ela reapareceu, gritando que estava muito fria. Ruth suspirou.

O restante de nós desceu pelas rochas. Arquejei quando a água atingiu os dedos dos meus pés, então os tornozelos, depois os joelhos — a temperatura certamente não estava maior do que dez graus. Ruth e Sanderson foram os últimos a entrar. Ela apertou a mão dele quando achou que ninguém estava olhando, e ele sorriu de volta. O grupo avançou mais para o fundo, formando um círculo ao meu redor, como um cerco de tubarões. Esperei, tentando parar de tremer. Eu não queria que achassem que eu estava com medo.

Depois que Sofia se acalmou, Ruth disse:

— O Círculo Interno é um grupo de alunos que estão mais comprometidos do que a média dos hóspedes em buscar o seu Eu Potencializado. Os seis meses de aulas são um bom começo, mas precisamos ter oportunidade de colocar em prática aquilo que aprendemos. Pense, por exemplo, em uma pessoa que quer se tornar advogada. — Ela fez uma pausa. — Depois de completar anos de curso, não se pode começar já a advogar em um tribunal, certo? Primeiro é preciso passar no exame da ordem. Você entende?

Fiz que sim, a mente acelerada.

— A forma como nos testamos é através das Missões de Destemor. Alguns membros as chamam de M apenas, para abreviar. A cada missão tentamos dominar um medo universal.

Ela fez outra pausa. Senti que deveria dizer alguma coisa.

— Quantas missões existem? — Minhas pernas estavam dormentes.

— Ninguém sabe — respondeu Debbie, encantada.

— A Professora sabe — disse Raeanne.

— A cada missão concluída, você caminha mais um passo em direção ao seu Eu Potencializado — explicou Ruth. — Nenhum de nós sabe o que uma missão exige até que o primeiro de nós tente completá-la.

Sofia falou então, a água ainda pingando da cabeça.

— São as experiências mais transformadoras que você vai ter na vida.

Os outros assentiram.

— A Professora jamais vai pedir para você completar uma missão a não ser que tenha certeza de que está pronta — esclareceu Ruth.

— Para ser iniciada, você precisa passar na M1. A Missão do Julgamento.

Senti um frio no estômago.

— Agora?

Ela inclinou a cabeça para a frente.

As pessoas ali não julgavam os fracassos do meu passado — seu objetivo era apenas aprimorar a Kit que estava diante delas naquele momento. Quando cheguei a Wisewood, em julho, esperava poder voltar para casa com algumas estratégias para quebrar padrões de pensamento prejudiciais. Eu queria afrouxar o laço de culpa ao redor do meu pescoço, que ameaçava me enforcar. Nunca, nem nos meus sonhos mais loucos, imaginei que chegaria tão longe, que encontraria a filosofia que havia procurado durante toda a minha vida.

— Eu faço. — Meus dentes batiam.

Ruth sorriu.

— Certo, mas primeiro precisamos limpar você.

Ela se juntou a mim no centro do círculo e me disse para deitar de costas na água. Segui suas instruções, encharcando o suéter e a calça jeans, que se colaram aos meus membros gelados.

— Da água você nasceu, e na água você renascerá — disse Ruth.

Sem aviso, ela afundou a minha cabeça na água com as duas mãos. Gritei ao sentir o choque gelado, e engoli água salgada no processo. Tossi e engoli mais água. A pressão das mãos de Ruth na minha cabeça aumentou. Ela era mais forte do que parecia.

E se Ruth não me deixasse voltar à superfície a tempo?

Meus braços e pernas começaram a se debater, resistindo ao líquido que descia pela minha garganta. Meus pulmões tentavam se encher em protesto. Acima de mim, Ruth parecia uma figura indistinta, de contornos suaves, mas monstruosa no escuro. Arranhei suas mãos com as unhas.

Ela me levantou.

Ruth soltou a minha cabeça e deu uma palmadinha no meu ombro. Consegui distinguir seus olhos cintilando à luz do luar.

— Você está pronta para a M1 — disse ela.

Sanderson levou um dedo à boca e deixou escapar um assovio. Raeanne comemorou. Jeremiah mordeu o lábio. Minha adrenalina diminuiu ao ver os rostos ansiosos de todos. Depois de alguns minutos, parei de tremer. E sorri, entre uma tossida e outra. Minha garganta e narinas ardiam, mas não me importei.

O medo era a questão — aquele era o motivo de eu ter me inscrito.

— Agora — disse Ruth — vamos encontrar a Professora.

29

Coloquei a cabeça para fora da barraca cáqui que havia sido erguida na borda do gelo. A aurora havia deixado o céu em tons de algodão-doce. No lago congelado à frente, um homem com roupa de proteção térmica para a neve perfurava um buraco perfeitamente simétrico no gelo com uma broca elétrica. Sob o gelo corria água extremamente fria. Perto dali, Os Cinco o observavam trabalhar. Ele já havia quase terminado o trabalho.

Atrás da tenda, uma extensão interminável estava coberta de neve. A neve era azul, quase lilás, com o céu se refletindo nos flocos. Árvores nuas pontilhavam a pradaria ondulante. Cercas de madeira separavam grandes extensões de terra, embora não se pudesse dizer de quem ou de quê. As cercas eram feitas à mão e as estacas de madeira tinham largura e altura irregulares. Algumas oscilavam em ângulos de quarenta e cinco graus, como se não fossem conseguir suportar por mais um ano o peso daqueles invernos bárbaros de Nova York. Num galho baixo, um pica-pau de barriga vermelha começou a trabalhar alegremente, o único que não reclamava do frio insuportável.

Enfiei a cabeça de volta na barraca e fechei o zíper. O espaço era apertado, mal cabiam duas pessoas, além do suporte que guardava roupas secas, botas e máscaras. O aquecedor estava forte, me fazendo suar dentro do traje. Eu me virei para Gabe, que me entregou as botas.

— Espero que você esteja bem certa do que vai fazer — disse ele.

Pousei os sapatos no chão, com paciência forçada.

— Já falamos sobre isso.

— Você ia morrer se escolhesse uma façanha diferente?

— Eu deveria mudar a *minha* performance por causa do *seu* medo?

Gabe se esforçou para manter a compostura.

— Dá para me culpar depois do que aconteceu com *Em chamas*?

Examinei minhas mãos. Havia cicatrizes vermelhas e feias dos nós dos dedos aos pulsos — aquela tinha sido a única parte do meu corpo que tinha ficado desfigurada para sempre depois da performance. As outras cicatrizes, corporais ou não, haviam desaparecido com enxertos de pele e fisioterapia. Eu ainda defendia o espetáculo. As fotos tinham ficado gloriosas e valeram cada segundo de dor e os meses de recuperação. Uma delas chegou a ser publicada em um jornal local.

Dez meses depois de me abandonar no hospital, Gabe voltou, como eu sabia que ele faria. Nosso trabalho estava finalmente começando a decolar, mas como cada nova apresentação era mais perigosa que a anterior, passei a me preocupar com meus fãs. Eu não suportaria colocá-los em perigo — pela primeira vez, proibi o público de assistir ao vivo. As pessoas teriam que se contentar com o vídeo. Enquanto eu me preocupava com meus fãs, Gabe se preocupava comigo. Discutíamos minha segurança incessantemente. E o cuidado, que antes era cativante, agora me sufocava.

— Devíamos ter contratado uma equipe de segurança — disse Gabe.

— É para isso que Os Cinco estão aqui.

Ele revirou os olhos.

— Eles não são qualificados.

— Você pensa demais.

Puxei o capuz impermeável, encerrando a conversa. Gabe calçou as botas em mim e me estendeu as luvas de neoprene. Deslizei-as pelas mãos marcadas, encantada ao ver meu corpo imaculado novamente. A máscara veio por último. Ajeitamos juntos o acessório no meu rosto e Gabe apertou a alça na parte de trás.

— Não foi você quem viu sua melhor amiga pegar fogo.

— Ah, Gabriel, isso foi há cinco anos. Chega de choramingar.

Ele cruzou os braços trêmulos. Depois de todo aquele tempo, Gabe ainda sentia medo.

Eu tinha falhado com ele.

— Vem comigo — falei de repente.

— Aonde?

— Para a água. Você só fica ouvindo os meus sermões. Já deveria ter colocado as lições em prática.

Gabe me encarou sem entender.

— Você deve estar brincando. Não fiz treinamento nenhum.

Eu sabia que aquela era a solução de que ele precisava. Era o certo a fazer.

— Você não precisa ficar o mesmo tempo que eu. Só quero que experimente como é ter o verdadeiro destemor correndo pelas veias. Quem sabe assim você entenda por que faço o que faço.

Ele balançou a cabeça.

— Não precisa, acredito na sua palavra.

— Ah, vamos. Qualquer um dos Cinco morreria por essa oportunidade.

— Eu não sou um deles. Tenho um trabalho a fazer aqui, caso você tenha esquecido. A sua segurança é minha prioridade.

Afastei aquela declaração com um gesto de mão.

— Os Cinco vão servir como equipe de segurança. Eles não precisam de um sexto comandando o show.

— Eu não...

— Você pode inventar quantas desculpas idiotas quiser. Nós dois sabemos o verdadeiro motivo pelo qual você está se recusando. — Fiz uma pausa. — Você está com medo.

Ele desviou o olhar.

— Gabriel. — Segurei as mãos dele. — Você acredita na minha missão? Na *nossa* missão?

— Eu estaria aqui se não acreditasse?

— Então quando é que você vai parar de deixar o medo comandar a sua vida? O que aconteceu com o Gabe que bateu na porta do meu camarim tantos anos atrás, exigindo ser meu aprendiz? Aquele que chamou o meu pai de cretino? Que se mudou para Nova York contra a vontade do próprio pai?

— Não me venha com essa. — Ele ergueu o queixo. — Não tenho nada para provar a um homem morto.

— Mas você tem algo para provar a outra pessoa. Alguém muito mais importante. — Segurei-o com força pelos ombros. — Vejo o jeito como você olha para mim antes das apresentações. Com inveja, com anseio. Uma parte sua quer ter a oportunidade de brilhar como eu. Estou lhe dando essa oportunidade agora. Prove a si mesmo que é tão corajoso quanto Madame Destemor. Vou estar ao seu lado o tempo todo.

Gabe suspirou, mas havia um novo brilho em seus olhos.

— Você não vai aceitar um não como resposta, certo?

Eu ri, e disse:

— Uma coisa eu te prometo: você vai se sentir invencível.

Ao longo dos anos, a pergunta que me fizeram com mais frequência foi: como se deixa de ter medo?

Não se deixa de ter, não totalmente. Mas aprendemos a ignorar os avisos do corpo para parar, aqueles que nos estimulam a dar meia-volta antes que seja tarde demais.

Apertei os olhos para tentar ver através da água verde turva, já dentro do buraco redondo no gelo, sentindo a cabeça latejar. O congelamento do cérebro não é incomum em mergulhos no gelo — a água fria não combina bem com os tecidos moles da cabeça. A ThermoKline, a empresa da qual havíamos comprado o equipamento de mergulho, havia garantido que qualquer dor de cabeça se atenuaria rapidamente, graças aos recursos inovadores da sua nova linha.

Minha equipe deu um puxão na corda de segurança amarela à qual eu estava presa. Dei um puxão de volta — era o nosso sinal para que eles soubessem que eu estava bem. Respirei calmamente pelo regulador, fazendo as bolhas dançarem para longe do meu corpo. Então me virei para Gabe e fiz um sinal de positivo. Ele retribuiu o gesto. Sua angústia tinha sido em vão. Não teríamos escorregões ou tropeços ali. Tínhamos passado centenas de horas treinando para aquela apresentação. Com ou sem dor de cabeça, eu estava pronta.

Os Cinco haviam se oposto com veemência quando anunciei que Gabe se juntaria a mim na água, citando as mesmas preocupações de segurança que ele tinha. Quantos anos mais eu levaria para erradicar essas crenças que a sociedade havia inculcado neles? Quanto tempo mais até entenderem que todos eram capazes de ser tão destemidos quanto eu? Naquele aspecto, minha missão tinha fracassado. O objetivo daquelas apresentações era inspirar as pessoas, fazer com que acreditassem que também poderiam viver uma vida sem medo. Talvez eu precisasse repensar a minha abordagem.

Uma câmera apareceu acima do buraco. Ergui a mão, mas não acenei. Queria agradecer aos meus fãs com uma solenidade apropriada para a ocasião. Nossa intenção daquela vez era fazer um documentário de longa-metragem, para expandir o meu alcance ao maior número de almas possível. Os Cinco sugeriram que eu gravasse uma narração para o filme, na qual compartilharia meu conhecimento com o mundo. Nós o chamaríamos de *Madame Destemor apresenta... Congelada*. Centenas de milhares de pessoas, até milhões, poderiam absorver meus ensinamentos. Eu revolucionaria a psique das massas como Freud e Jung tinham feito antes de mim. Mostraria ao meu velho pai tirano, de uma vez por todas, o quanto ele estava errado.

Eu me afastei do buraco e imaginei Os Cinco iniciando o cronômetro. Examinei a água escura ao meu redor, sem entender como podia estar aquele breu ali embaixo, sobretudo sabendo que o céu estava brilhando de tão azul acima. A não ser por Gabe, nenhuma outra alma viva se mexia ali, mas como eu poderia ter certeza? Naquele exato momento, alguma criatura primitiva poderia estar despertando de seu sono no fundo do lago. Presas e garras... aqueles velhos bichos-papões, lembra? Eu era uma garota boba na época, que não fazia ideia de que o monstro dentro do barco era muito pior do que qualquer coisa debaixo da superfície da água.

Quantos pontos valeria esse desafio, Sir?

Depende do seu sucesso.

Aquilo não era nada parecido com o lago Minnich. Dessa vez eu tinha escolha.

Eu não tinha imaginado que a invencibilidade fosse ser tão trabalhosa. Durante a última hora, senti que respirava através de um canudo cada vez mais comprimido, como se algo estivesse obstruindo a mangueira. O regulador que escolhi era um modelo que ainda não estava disponível no mercado, mas que havia sido rigorosamente testado, segundo me garantiram.

Senti um puxão na corda. Puxei de volta. Eu continuaria a fazer aquilo, por mais superficial que minha respiração se tornasse, por mais forte que fosse o abraço do frio nos meus ossos. Não voltaria à terra firme até que o recorde fosse batido.

A conquista valeria se não doesse alcançá-la?

O tempo desacelerou, escorrendo gota a gota, como uma torneira vazando. Eu recitava meu mantra sem parar. Mais areia passou pela ampulheta. Fechei os olhos e inspirei por quatro segundos, ignorando meu fluxo de ar obstruído, e expirei por quatro segundos. Inspirar, dois, três, quatro. Expirar, dois, três, quatro.

Quando senti uma palmadinha no braço, abri os olhos. Gabe apontou para o gelo, avisando que iria sair. Fiz um sinal de positivo para ele. Fiquei surpresa e profundamente orgulhosa por ele ter aguentado tanto tempo. Comecei outra respiração de quatro segundos: inspirar, dois...

Cuspi quando a água vazou pelo meu bocal, eliminando o líquido antes que ele descesse pela traqueia e chegasse aos pulmões.

A corda foi esticada.

Tentei respirar fundo novamente. Daquela vez, inalei um pedaço idiota de gelo, o que me fez ter um ataque de tosse. Gabe se virou para olhar para mim, interrompendo a própria subida. Apertei o botão purgar. Ainda assim, continuei a ter dificuldade para respirar. Meu regulador provavelmente havia congelado. Os idiotas da ThermoKline tinham jurado que o equipamento deles resistiria em águas mais frias do que aquela. Em centenas de mergulhos de teste, aquele defeito nunca tinha acontecido.

Os Cinco puxaram a corda uma segunda vez.

Resolvi passar para o regulador de reserva, como havíamos combinado de fazer nos piores cenários. Olhei para baixo, mas não consegui encontrar a mangueira amarela-neon. Gabe foi voltando lentamente na minha direção.

Os Cinco puxaram a corda pela terceira vez. Amaldiçoei a carência deles. Eu claramente estava ocupada com a tarefa de salvar minha própria vida. Eles não poderiam ser corajosos durante míseros cinco minutos de sua triste existência?

Finalmente, com a ajuda de Gabe, localizei o regulador reserva, que estava enrolado em volta do meu pescoço. Tentei desenroscá-lo, mas meus dedos ficavam desajeitados com as luvas grossas. Entrei em pânico com a ideia de que poderia me afogar ali, cometendo um erro idiota. Está bem documentado que quando seres humanos sentem frio, se tornam menos sensíveis, e essa é a única forma de explicar o que eu fiz a seguir.

Como as luvas estavam atrapalhando os meus esforços, descalcei a da direita e peguei o regulador alternativo com a mão nua. Sucesso! Gabe balançava a cabeça descontroladamente. De repente, fui rebocada pela água. Arquejei já na superfície do lago. Os Cinco haviam desaparecido de vista, e evidentemente haviam decidido me tirar de lá.

Conferi o relógio, angustiada, e coloquei a mão nua na parte de baixo do gelo. *Mais tempo*, eu queria gritar. Uma forma volumosa se inclinou sobre mim — torci para que fosse a câmera. Imaginei a foto: meus cinco dedos bem abertos, a palma colada ao gelo como vidro, cicatrizes de queimadura visíveis, um milhão de pequenas bolhas de ar cercando a mão, prova de vida, de algo preso sob a superfície.

Talvez pudéssemos reproduzir a imagem em camisetas, pensei, meio zonza, enquanto minha mão perdia a força.

A corda de segurança me puxou em direção ao buraco no gelo. Eu havia treinado muito e por muito tempo para me render tão facilmente. Poderia corrigir o problema se eles me dessem a oportunidade.

Qual é a única forma de ter sucesso?

Através da minha disposição para resistir.

Soltei o regulador reserva e tateei o arnês. Eu estava quebrando todas as regras do manual de mergulho, mas a verdade é que não era uma mergulhadora comum. Por mais que Gabe zombasse, eu sabia com absoluta certeza que havia me tornado imune à dor. Enquanto permanecesse equilibrada, estaria segura. Eu me soltei da corda de segurança e impulsionei o corpo para baixo. Gabe deixou escapar um som e estendeu a mão para mim, mas bati braços e pernas para escapar dele. Quando estava definitivamente fora de alcance, recoloquei o bocal reserva, os movimentos difíceis e desajeitados.

Gabe pairou acima de mim por alguns segundos, então soltou o próprio arnês. Franzi a testa. Aquilo não fazia parte do plano. Gabe não havia passado centenas de horas se aclimatando ao mergulho em águas frias, não era capaz de prender a respiração debaixo d'água por seis minutos em caso de emergência, não estava usando equipamentos feitos sob medida para o seu corpo. Ele deveria retornar à superfície e me deixar seguir com a minha performance. Ele me pagaria caro pelo que estava fazendo. Eu ia mandar um exército de cavalos-marinhos atrás dele. Dei uma risadinha diante da imagem, e vi bolhas saindo da minha boca enquanto nadava mais para baixo.

Acima de Gabe, alguns braços se estendiam através do buraco para dentro do lago. Onde estavam com a cabeça, enfiando os braços sem proteção na água gelada? Gabe bateu neles, tentando afastá-los. Dei impulso mais alguns metros para baixo para que ninguém pudesse me alcançar. Depois de cada respiração ofegante, de cada invasão de água e gelo, eu purgava o meu regulador. Conferi novamente o relógio. Que horas eu queria que fosse? Por que a minha garganta estava gelada?

As criaturas acima ficaram borradas, se debateram e desceram ainda mais na água. Cabeça, ombros, membros, tronco. Achei que peixes-demônios moravam no fundo do mar.

Talvez ali *fosse* o fundo, pensei. Talvez eu estivesse de pernas para o ar. Olhei para baixo, então para cima, de novo para baixo, mais uma vez para cima. Inconclusivo, decidi.

O ser bruto, pálido e inchado avançou na minha direção nas profundezas ou nos topos sombrios. Tentei nadar para longe, tentei mesmo, mas meus membros pareciam feitos de porcelana quebrada. De repente só vi escuridão; a escuridão de uma máscara de seda para dormir, a escuridão da promessa de um pai.

Nada de sono para você essa noite, docinho.

Imagem final: outro demônio atravessando o buraco, lembrando estranhamente uma broca — o demônio, não o buraco —, fino em baixo, largo em cima. Qual era o nome da broca? Fazia tanto tempo aquilo, parecia pertencer a outra dimensão. Alguma vez já estive seca?

Voltei a mim, engasgando, com mais frio do que jamais sonhara ser possível. Pessoas de aparência séria corriam, prendiam correias, apertavam e cutucavam. Apaguei e voltei a mim de novo. *Au revoir!* Sirenes, sirenes, sirenes, a trilha sonora da minha jornada. Quantas vezes Gabe tinha corrido atrás delas, me acompanhando até a sala de emergência como duas crianças brincando de pique-pega?

Daquela vez, compartilhávamos a ambulância. Foi o que me disseram mais tarde — não me lembro de nada disso. Assim como não me lembro do rosto azulado, nem do soro quente, nem do carro funerário que parou nos fundos.

Uma semana depois, tive alta e fui mandada para casa. Enquanto isso, o meu melhor amigo no mundo, aquele que morreu congelado, era reduzido a cinzas.

30

Natalie

9 DE JANEIRO DE 2020

Ao sair do quarto na manhã seguinte, eu me deparo com o que parece ser um lençol cinza pairando baixo no céu. O vento sopra forte, ameaçando levar o meu gorro. Mas não há chuva, raios ou trovões. Parece que as nuvens de tempestade que Kit profetizou na véspera podem se abrir a qualquer momento. Por enquanto, a ilha se mantém estável.

Chego ao refeitório assim que ele abre. Depois de pegar um cereal sem graça e um pote de iogurte, escolho um assento com vista para as duas portas, porque quero ver quando Kit chegar. Hoje é o dia. Vou chamá-la num canto na primeira oportunidade que tiver.

Tenho a sensação de que vou vomitar.

Eu me forço a comer de qualquer maneira. Morro de vontade de pegar meu celular (aninhado em segurança dentro do meu top). Já se passaram quase vinte e quatro horas desde que falei com a minha equipe e estou louca para saber como foi a reunião de ontem à tarde. Quando foi a última vez que fiquei tanto tempo sem abrir minha caixa de entrada do e-mail? Na época da faculdade? Fico sem ar só de pensar nas notificações de três dígitos, uma tela cheia de círculos vermelhos, como se estivesse com catapora. *E se alguém precisar de mim?* Pressiono o dorso do nariz.

Gordon entra no refeitório e vem pelo corredor até parar na minha mesa. Abro um sorriso falso como cumprimento.

Ele inclina a cabeça.

— Você repartiu o cabelo do outro lado hoje.

Inclino a cabeça, assentindo, vagamente assustada, ainda na dúvida se é ele quem está me seguindo.

— Soube que você encontrou a sua irmã.

— Encontrei.

— E?

— Ela parece bem — admito.

Ele volta os olhos para o cereal em que mal toquei.

— Assim que você terminar de comer, vou levar você de volta.

— Kit disse alguma coisa sobre uma tempestade.

— Só daqui a um ou dois dias. Vamos embora hoje.

Por que ele está com tanta pressa para se livrar de mim?

— Kit disse...

— A Sra. Collins com certeza não é meteorologista — interrompe Gordon. — Também não é marinheira. Vamos partir agora de manhã.

Eu me sinto tentada a aceitar a ideia, a abandonar agora de ilha de brinquedos desajustados e esquecer essa ideia de confessar o que fiz. Já me perguntei muitas vezes se Kit realmente gostaria de saber. Ela está feliz aqui, não quer que eu interfira. E tenho muito trabalho me esperando em casa.

Mas tem alguma coisa errada nesta ilha. Alguém me enviou aquele e-mail por um motivo. Presumo que quem tenha feito isso seja a mesma pessoa que me segue e bagunça as minhas roupas, mas o que isso me diz? Não faltam esquisitões astutos por aqui: Gordon e o grandalhão que gritou com ele; a mulher careca tagarelando sobre sangue novo; nosso guia do barco, Sanderson. Qualquer um deles poderia ser o remetente do e-mail.

Quanto mais penso a respeito, menos provável eu acho que tenha sido Sanderson. Tenho quase certeza de que ele estava tentando fugir daqui. Afinal, se ontem ele só queria andar o dia todo de bar em bar, por que arrumou uma bolsa de viagem tão grande?

Mais alguns dias em Wisewood não vão me matar. O tempo extra me dará uma chance de convencer Kit a voltar para casa. E por mais que eu queira fantasiar o contrário, não posso ir embora sem contar a ela sobre a mamãe. Tomo a decisão. Vou enviar um e-mail para o meu chefe para avisar que ficarei incomunicável pelo resto da semana. Eu poderia mandar uma mensagem para Jamie também, embora ela provavelmente não vá nem notar que eu saí, tendo o bebê e tudo mais. Tento pensar em mais alguém para avisar e fico abalada ao perceber que não há mais ninguém.

— Não — digo —, não vou a lugar nenhum até que a tempestade passe.

As narinas de Gordon se dilatam. Pego minha colher e coloco um pouco do cereal na boca.

— Preciso avisar a Rebecca? — pergunto.

Ele fica ali parado por tanto tempo que presumo que estivesse divagando sobre formas criativas de me matar enquanto durmo.

— Eu falo com ela — diz, por fim, e me dá as costas.

Todo o meu corpo relaxa quando Gordon sai do ambiente. Eu me debruço sobre o cereal e fico esperando minha irmã. Como ela não aparece depois de quarenta e cinco minutos, limpo meu lugar e saio.

Caminho pelos bangalôs. Os hóspedes conversam em grupos de dois e três. Todos acenam para mim antes de voltarem às suas conversas. Nada de Kit. Estou prestes a desistir e voltar para o meu bangalô quando a vejo do lado de fora do trailer, segurando uma caixa de papelão aberta.

— Kit — chamo enquanto corro até ela, o coração disparado. — Podemos conversar?

— Só tenho um minuto. — Ela indica o trailer com um movimento de cabeça. — Mas estou livre depois da aula. — Talvez eu só esteja ouvindo o que quero, mas poderia jurar que detecto um traço de esperança na voz dela. — O que houve?

O momento não é bom. Vou ter que esperar até a aula dela acabar. Por isso, apenas pergunto:

— Wisewood tem serviço de limpeza e manutenção?

— Apenas uma equipe de lavanderia aos domingos.

Prendo a respiração.

— Então alguém invadiu o meu bangalô ontem, enquanto eu estava procurando por você. E mudou o meu suéter de uma prateleira para um cabide.

Kit me encara.

— E daí? A equipe da lavanderia provavelmente estava tentando ser gentil, arrumando as suas coisas.

— Achei que você tinha dito que eles só trabalham aos domingos.

Ela dá de ombros.

— Alguém pode ter feito uma conferência de última hora para ver se o quarto estava limpo e pronto. A sua chegada não foi exatamente planejada.

— Não é só isso. — Baixo a voz. — Alguém está me seguindo pela ilha. Espiando pelas janelas do meu quarto.

— Nat, por favor. Você não pode estar falando sério.

Ela apoia a caixa de papelão no outro lado dos quadris, agitando o conteúdo.

Espio dentro da caixa. Vejo milhares de tachinhas. Levanto os olhos para Kit.

— Para que serve isso?

— Se quiser descobrir, vai ter que se sentar para assistir. Preciso ir.

Olho para uma das janelas do trailer. Um homem barbudo e de aparência familiar nos observa, o pescoço esticado para ouvir melhor. Quando meus olhos encontram os dele, ele se afasta da janela.

— Em uma próxima oportunidade. Mas vamos conversar depois da aula, sim.

Kit dá de ombros e desaparece dentro do trailer. Alguns retardatários entram correndo atrás dela. Depois disso, fico sozinha novamente. Saio da passarela e sigo em direção à cerca viva, olhando por cima do ombro, bolando um plano. Onde deve ser mais provável que eu consiga sinal de celular? O escritório de Rebecca, se ela tiver um? O quarto dela? A equipe provavelmente usa computadores ou telefones para receber as reservas dos hóspedes; talvez limitem o sinal de rede a algumas áreas exclusivas.

Tenho uma ideia. Acelero o passo, andando ao longo da cerca viva até chegar à porta com a placa SOMENTE PARA FUNCIONÁRIOS. Tento a maçaneta novamente. Dessa vez, ela gira.

Abro e passo pela porta.

Centenas de abetos me cercam. Entre as árvores há uma trilha estreita e discreta, coberta de agulhas de pinheiro e de lama. Sigo por ela. A floresta está silenciosa. Alguns pássaros cantam ao longe, mas não ouço qualquer sinal de vida humana. Nenhum farfalhar, som de respiração ou passos. Estou sozinha. Depois de um minuto serpenteando por sempre-vivas esguias, o caminho se bifurca. Pego o da direita.

Quando estou a dez metros da cerca viva, abro o zíper da jaqueta, passo a mão por baixo da camiseta e tiro o celular do top, então pressiono o botão para ligá-lo. Fico batendo o pé, inquieta, alternando o olhar para o aparelho e para a floresta ao meu redor. Ambos permanecem mudos. O silêncio começa a parecer antinatural. Quero alguém ao meu lado. Não, quero sair daqui.

Finalmente a tela inicial carrega: "Sem serviço".

Xingo baixinho. Se eu entrar mais na floresta, com certeza vou acabar encontrando alguma construção exclusiva para funcionários. Eles não vão fazer seus intervalos de trabalho no meio da floresta. Guardo o celular no bolso e continuo andando, os pulmões doendo de frio.

Um minuto depois, o caminho se estreita. Eu poderia me espremer entre alguns aglomerados de árvores, mas nenhuma parte do terreno parece mais pisada do que o resto. Escolho um aglomerado e caminho por algum tempo, até a floresta ficar densa demais para eu continuar. Refaço meus passos, com medo de perder o senso de direção e esquecer por onde comecei. Escolho, então, um novo aglomerado de árvores por onde me espremer. Vejo alguma coisa branca à frente, um forte contraste com todos os verdes e marrons ao redor. Eu me aproximo da coisa com todo cuidado e sufoco um grito quando vejo o que é.

Uma caveira.

É um pássaro, ou já foi. O bico é longo como o de um pelicano, as órbitas vazias. Eu me pergunto como ele foi parar ali, onde está o resto do corpo. Toda a cor e toda a vida do animal apodreceram há muito tempo, mas não consigo me obrigar a passar por ele.

Dou as costas e acelero o ritmo, enquanto olho o relógio. Saí há apenas vinte minutos, mas parecem horas. Acelero o passo.

E se o caminho não levar a lugar nenhum? E se for um monte de becos sem saída? Talvez seja parte de algum estranho exercício de confiança que praticam aqui. Imagino Gordon trazendo um grupo de alunos para cá, vendados, e deixando-os sozinhos para encontrar o caminho de volta. Eu também teria gritado.

Algo estala por perto.

Fico paralisada. Meu coração dispara. Giro o corpo lentamente.

Gordon não está ali. Não há ninguém. Abaixo os olhos e vejo um galho quebrado sob o meu pé direito. Não estou sendo seguida. Esfrego a testa e me pergunto se devo voltar para a porta na cerca viva. Não conheço Wisewood. Que tipos de animais vivem nas ilhas do Maine? E se eu me perder e ninguém me encontrar? A ilha me pareceu bem grande quando estávamos chegando.

Caminho por mais um minuto, então paro bruscamente. À frente está uma construção antiga feita de ripas de madeira. Parece que não é usada há décadas. Nos filmes, haveria um "Homem Urso" esperando lá dentro com uma machadinha no colo e toda a família dele sangrando no chão, aos seus pés. Cada célula do meu corpo me diz para não me aproximar.

Eu me esgueiro pela trilha, paro em frente à casa e coloco a mão na maçaneta.

Trancada.

Solto o ar, aliviadíssima, e começo a dar a volta na casa, tentando encontrar uma janela. Encontro uma no lado esquerdo. Coloco as mãos ao redor dos olhos. Não há ninguém lá dentro.

É uma antiga escola. Ao longo de uma parede há pequenas estantes cheias de livros empoeirados. No centro da sala, conto três fileiras de quatro carteiras de madeira. Em algumas delas há livros abertos. Em uma das extremidades da sala, está a mesa do professor e, sobre ela, um globo azul. A lousa está cheia de rabiscos frenéticos que não consigo ler. Acima do quadro há um mapa dos Estados Unidos em tom sépia. Uma vassoura está apoiada no canto. A sala tem um clima de *Uma casa na campina*, de Laura Ingalls Wilder, e passa a sensação de que a professora e os alunos vão voltar a qualquer minuto.

Sinto um incômodo interno que me impele a sair desse lugar, a sair da floresta. Tiro o celular do bolso e vejo o status do sinal mudar de "Sem serviço" para "Buscando rede". Torno a bater com o pé no chão, aguardando. Aparece de novo a mensagem de "Sem serviço". Confiro as opções de Wi-Fi. Nada. A bateria caiu para treze por cento.

Estou tão concentrada no celular que não noto os passos que se aproximam até a pessoa estar bem atrás de mim.

Uma voz grunhe, profunda e irritada.

— Quem diabos é você?

31

Minha vida se divide em dois momentos: antes e depois de Gabe morrer. *Depois*, relatei à polícia todos os erros crassos cometidos no lago: o regulador com defeito, as luvas desajeitadas, a equipe de resgate inexperiente. Expliquei que de alguma forma eu tinha me soltado da corda de segurança, e que Gabe havia tentado me salvar. Um acidente trágico, eles concluíram. Caso encerrado, olhares solidários.

Já Os Cinco não foram tão gentis. No dia seguinte à minha alta do hospital, eles apareceram no meu pequeno apartamento, não para me ajudar a enfrentar o luto e a me curar, mas para se demitirem. Eles não sabiam os detalhes do que havia acontecido sob o gelo, mas disseram que a vida de um homem havia sido desperdiçada desnecessariamente. Não queriam mais fazer parte da minha missão. Nem tinham mais certeza de qual era essa missão, mas já haviam dedicado, ou melhor, desperdiçado tempo mais do que suficiente a uma causa que não levava a lugar algum. Disseram que eu tinha usado, manipulado e transformado cada um deles em cúmplices involuntários de um crime. Já era hora de seguirem em frente. Enquanto eu jazia largada no sofá, com o coração partido e a respiração difícil, todos me desejaram, em lágrimas, uma boa vida. Implorei para que reconsiderassem, mas a aversão que sentiam por mim era palpável. A insensibilidade deles fez com que meus pulmões parecessem cheios de cimento.

Depois, eu não conseguia suportar a perda simultânea dos meus cinco maiores fiéis e do meu único amigo. Quem senão eles já havia compreendido o que eu estava tentando realizar, a revolução que se aproximava? Com Gabe e Os Cinco, o sonho estava ao nosso alcance. Sem eles, a carga era pesada demais.

Depois, eu fugi. Como não tinha mais nenhum confidente em Nova York, não fazia muito sentido continuar ali. Eu ansiava por fugir para o lugar mais remoto possível, para um refúgio sem lembranças. Durante a última década da sua vida, minha tia Carol costumava passar o verão em uma ilha na região central da costa do Maine. Para desgosto da minha mãe e alegria do meu pai, passávamos meses sem ter notícias dela — minha tia havia se afastado o máximo que pôde de tudo e de todos. Aluguei uma cabana de um único cômodo da mesma mulher que tinha alugado a casa para ela no passado.

Depois, não saí mais do meu novo refúgio. Por que me dar ao trabalho quando tudo me lembrava Gabe? Comecei a anotar a minha pontuação novamente: -10 por não comer, -20 por não dormir, -30 sempre que sentia dificuldade para respirar. Eu passava os dias semiconsciente, cochilando, mas logo acordando com o som de um homem engasgado com água, arquejando por ar.

Bem feito para você.

Não havia pontos suficientes para contar todas as minhas fraquezas.

Meses depois da morte de Gabe, o advogado dele me localizou. Gabe tinha deixado tudo para mim. Eu sabia que o pai lhe havia legado uma herança considerável, mas não estava claro exatamente quanto. Quando o advogado me entregou um cheque de catorze milhões de dólares, ri até chorar de soluçar (-2) e chorei até vomitar (-3). Coloquei o cheque na gaveta de cima da cômoda bamba.

Esperei que meu torpor cessasse, mas me perguntava se isso algum dia de fato aconteceria. E se Os Cinco estivessem certos? E se os princípios em que eu acreditava estivessem todos errados? Se eu não tinha sabedoria para transmitir, então qual seria a minha razão de ser? Por que me preocupar em ficar por aqui? Semanas, depois meses, depois anos voaram e se arrastaram, como se o poder superior, fosse ele qual fosse, não conseguisse decidir a melhor forma de me punir. Não acredito nesse tipo de coisa, mas naquela época queria acreditar.

Minha mãe nunca perdoou minha falta de fé, o que continuava a me dar vontade de estrangulá-la. Será que eu não entendia como a vida seria mais fácil se conseguisse engolir a ideia de que um ditador benevolente tinha tudo sob controle? Será que eu não percebia como sofreria menos se acreditasse em um lugar mágico chamado paraíso em vez de nos ossos de Gabe virando pó? A religião era um conforto. Crer era um privilégio. Minha mãe podia continuar insistindo que *tudo acontecia por uma razão* até ficar roxa — era aquilo que os crentes diziam a si mesmos, para não terem que admitir que a vida era absurdamente cruel em sua aleatoriedade. Eu simplesmente não conseguia me forçar a confiar em um poder superior, assim como os crentes não conseguiam aceitar que ninguém estava cuidando deles, que não havia um grande plano feito sob medida para suas almas. Um dia, enquanto caminhava pela ilha por puro tédio, encontrei uma velha canoa no outro extremo da propriedade. Com a permissão da pessoa que me alugava a casa, coloquei-a na água. No dia seguinte, senti dores em músculos que não exercitava havia anos. Era uma dor boa, muito mais controlável do que o outro tipo de sofrimento que eu vinha experimentando.

Comecei a remar todas as manhãs durante três, quatro horas. A princípio, eu permanecia no barco, observando o sol incendiar o céu e pintar a água de um laranja cor de sangue. Mais tarde, segui em direção a praias inexploradas, encontrando cadáveres em todos os cantos: conchas vazias, estrelas-do-mar congeladas, crânios de pássaros. Juntei tudo e coloquei esse buquê de coisas mortas no piso da canoa. Colhi ervilhas-do-mar e aipo-marinho. Diretamente das algas, tirei e comi caranguejos de casca mole. Com o tempo, eu me tornei ainda mais ousada, e aportava a canoa na praia para poder passear pelas ilhas, pelos prados indomados e moitas cobertas de musgo, pedreiras desertas e cemitérios em ruínas. Descobri prados de uma planta chamada renda-da-rainha-ana, sebes de rosa-rugosa. Avistei pintassilgos, papagaios-do-mar, airos-de-asa-branca. Ao meu redor a vida persistia, alheia à minha dor e ao meu drama. Aquela indiferença era de alguma forma reconfortante. Eu me sentia desperta como não acontecia havia décadas. Estava ardendo de vontade de começar de novo.

No aniversário de cinco anos da morte de Gabe, percebi onde havia errado.

Não era que os meus princípios fossem doentios. Os Cinco tinham se agarrado a cada palavra minha nos primeiros dias. Eu ainda podia ouvir o som das centenas de assentos de teatro sendo fechados enquanto meus fãs se levantavam no final de *Destemor*, podia sentir o cheiro da empolgação e do suor deles quando eram libertados da dor e do medo. Eu me lembrava de voltar correndo para o espelho do meu camarim após cada show para ter um vislumbre daquele rubor orgástico, me dando conta de que eu também havia sido transformada.

Não, a questão não eram meus ensinamentos. A questão era o espaço físico.

Como eu poderia alcançar o público quando uma força muito mais estrondosa e potente fungava no seu cangote? Que esperança eu tinha de tocar e transformar as pessoas se cada pobre tolo perdido por aí era enredado pelas expectativas da sociedade? Se eu conseguisse tirá-los de seus ambientes, cidades, empregos e famílias, talvez então conseguisse provocar uma mudança duradoura.

Se Lisa não tivesse medo da solidão, ela seria feliz. Se Evelyn não temesse o fracasso, ela ainda seria uma artista. Se Jack não tivesse medo de se afastar de vez dos nossos pais, estaria livre.

Se Gabriel não tivesse temido o perigo, estaria vivo.

Eu não suportaria ter que entregar mais nenhuma alma ao medo. A herança de Gabe poderia ser meu segundo ato, uma oportunidade de mudar o foco dos holofotes. Examinei as águas violentas ao meu redor e pensei: *Por que não aqui?* Que lugar poderia ser melhor do que o meio do mar para provar que eu não tinha medo da minha própria morte, nem da morte de qualquer outra pessoa? Que melhor lembrete diário de que o controle do medo exigia vigilância constante? Cinco anos poderiam escorrer como areia pelos dedos. Com um oceano inteiro entre nós e o continente, meus acólitos poderiam deixar seus hábitos e relacionamentos pouco saudáveis para trás. Poderiam começar de novo.

Corri de volta para a minha cabana e contei meu plano à proprietária. Ela me avisou sobre uma ilha que acabara de ficar disponível, que havia sido colocada à venda por uma família com dificuldades financeiras. O terreno estava no nome deles havia gerações, mas fazia meio século que ninguém morava lá. Paguei um preço alto pela ilha, levando em conta seu estado de degradação. Uma equipe de operários derrubou a construção principal em ruínas e ergueu o meu próprio palácio de vidro no lugar. Eles limparam o terreno para construir cinquenta bangalôs de hóspedes e dois trailers para as aulas. O cais, o portão e a cerca viva vieram depois. Deixei apenas a antiga escola para nos lembrar da importância da autoeducação.

No verão de 2012, abri as portas. Ali, meu novo rebanho poderia esquecer as calamidades do passado. Estaríamos a salvo dos céticos, graças à segurança reforçada. Aquela era a nossa chance de escapar da crueldade do mundo real. Madame Destemor estava morta, mas de suas cinzas havia surgido uma fênix chamada Rebecca.

Sou invencível, cacete.

Eu poderia ajudar pessoas comuns se me dessem mais uma chance. As massas faziam o mundo girar, mas não conseguiam impedir que suas próprias vidas saíssem do controle. Se as pessoas aprendessem a desafiar os seus medos, poderiam evoluir para as versões idealizadas de si mesmas com as quais sempre sonharam, aquela versão da qual eu falava em *Destemor*, a pessoa que eu tinha passado toda a minha vida tentando me tornar. Um *eu potencializado*, se preferir.

Eu conhecia o caminho. Eles só tinham que seguir.

32

Natalie

9 DE JANEIRO DE 2020

O susto é tanto que dou um pulo de uns três metros, e enfio o celular no bolso antes de me virar. Uma mulher de cinquenta e poucos anos, vestida da cabeça aos pés em roupas próprias para trabalho ao ar livre, está parada na trilha. Fico irritada ao ver sua cabeça raspada. Ela solta o carrinho de mão cheio de galhos de árvores e coloca as mãos na cintura. Será que aquela mulher viu o meu celular?

— Eu estava tentando encontrar o banheiro e me perdi — digo. — Sou nova aqui.

A mulher fecha a cara e volta a falar, com um claro sotaque sulista.

— Você estava procurando o banheiro atrás da placa de SOMENTE PARA FUNCIONÁRIOS? Eu não nasci ontem, meu bem.

— Foi sem querer.

Ela se aproxima mais de mim, parando com o nariz quase colado ao meu.

— Acho que, na verdade, eu te peguei bisbilhotando. — A mulher tira o palito que está equilibrado entre os dentes amarelos e irregulares. — Vem comigo.

A mulher dá passos gigantescos, me arrastando pela manga do casaco sem tocar no meu braço. Tento me desvencilhar, mas seu aperto é firme.

— Isso é necessário?

Ela grunhe.

— Recebemos pessoas como você o tempo todo. Cheias de si, acham que estão acima das regras.

Finalmente consigo me desvencilhar e paro de andar.

— Você não sabe nada sobre mim.

— Tudo bem, você fica aqui, princesa. Vamos ver quanto tempo vai levar para encontrar o caminho de volta.

A mulher tem razão. Corro atrás dela.

— Vocês vêm pra cá cheios de exigências, roupas de grife e cabelos brilhantes, tão sutis quanto um ataque cardíaco. Enquanto isso, ninguém me vê, embora eu seja bem mais alta do que você. Já parou para pensar por que isso acontece? — Ela não me dá tempo para responder. — Porque eu não fico andando por essa maldita floresta batendo o pé, quebrando galhos e praguejando, reclamando que o mundo inteiro está atrás de mim. Os pecadores silenciosos vão muito mais longe do que os barulhentos.

Ela bate na têmpora, sem nunca diminuir a velocidade ou hesitar enquanto seguimos rapidamente pela floresta. Alguns minutos depois, vejo a porta por onde passei e deixo escapar um suspiro, já mal escutando a mulher agora que estou a salvo novamente.

Ela abre a porta e me empurra para passar.

— Você precisa ser mais raposa e menos cão de caça se quiser escapar deles. — A mulher fecha a porta atrás de nós e aponta para as grandes letras pretas: SOMENTE PARA FUNCIONÁRIOS. — Da próxima vez, preste atenção aos sinais.

Ela caminha em direção à casa de Rebecca. Fico pensando que a provação acabou, até que a vejo se virar, agitando os braços.

— Eu não tenho o dia todo, princesa. Vamos.

O insulto de me chamar princesa já não faz efeito, mas acho melhor não contrariar essa mulher. Enquanto atravessamos apressadas um espaço agora cheio, as pessoas nos observam com curiosidade.

— Sou irmã da Kit — digo, esperando que aquilo tenha algum efeito.

— Sei exatamente quem você é.

Meu coração dispara. Será que foi ela que me mandou o e-mail?

A essa altura já chegamos ao jardim atrás da casa de Rebecca. As nuvens assomam, espessas e prontas para explodir. Nunca vi tanto cinza em um só lugar. A mulher tira um walkie-talkie do bolso de trás e o leva à boca.

— Kit, você está aí?

Alguns segundos depois, minha irmã responde:

— Kit aqui. Pode falar.

— É a Raeanne. Estou com a sua irmã aqui no jardim. Eu a peguei bisbilhotando na floresta. — A mulher me fuzila com os olhos. — Para onde você quer que eu a leve?

— Chego aí em cinco minutos. — Kit parece irritada.

— Entendido.

Raeanne guarda novamente o walkie-talkie no bolso, cruza os braços e fica olhando feio pra mim. O vento nos golpeia sem parar.

Esperamos em um silêncio tenso, eu olhando para todo lado, menos para o rosto de Raeanne, enquanto seu olhar vulcânico me atravessa. Minha irmã aparece alguns minutos depois.

— Obrigada, Rae. Eu assumo a partir daqui.

Raeanne balança a cabeça e sai apressada. Kit me encara, o cenho franzido.

— O que você estava fazendo na floresta?

Toco o celular no bolso.

— Eu me perdi enquanto andava pela ilha.

Ela continua a me olhar, desconfiada.

— O que é aquela escola na floresta?

— Fala baixo — diz Kit, e olha ao redor para se certificar de que ninguém tenha escutado.

Caminhamos na direção dos bangalôs. A tempestade parece prestes a começar a qualquer segundo, mas ainda não chove. Gordon estava certo. Paramos no bangalô quatro. Kit abre a porta para nós, o olhar sempre fixo em mim. Meu estômago se agita diante da ideia de ficar sozinha com a minha irmã. Essa é a oportunidade que eu estava esperando.

O quarto dela parece estar do mesmo jeito que vi de fora quando bisbilhotava ontem.

— Quando você se tornou a louca da limpeza?

— É isso que você tem a me dizer? — Kit inclina a cabeça, se recompondo. — Você não pode ficar vagando por aí, invadindo onde quiser. Alguns funcionários já estão chateados por você estar aqui.

Eu me sento na cama dela.

— Gordon?

Kit faz que sim e senta com as duas pernas cruzadas sobre a cadeira.

— Hoje cedo ele me disse que a tempestade só deve chegar amanhã ou depois. Insistiu que era perfeitamente seguro sair com o barco no mar hoje. Quando repeti o que você tinha me dito, ele respondeu, e cito: "Kit não é marinheira."

— Gordon não sabe do que está falando. Já pilotei o barco várias vezes.

— O clima entre vocês não é dos melhores, né?

— Ele foi o braço direito da Professora durante anos. E aí eu cheguei. — Os cantos dos lábios dela se contraem.

— Kit, coisas estranhas estão acontecendo nessa ilha. Essas pessoas são loucas ou perigosas, ou as duas coisas. Como você consegue trabalhar com elas?

Ela cruza os braços com uma expressão rígida no rosto.

Indico a janela com um gesto.

— Não tem cortina em nenhum dos bangalôs.

— Nós não temos segredos aqui. — Ela olha para fora. — Retirar as cortinas foi ideia minha.

Eu a encaro de olhos arregalados. Achei que a minha irmã era um soldado de infantaria que obedecia a ordens cegamente. Mas aí me lembro do chamado pelo walkie-talkie que ela recebeu, das aulas que ministra, do acesso que tem a Rebecca, e reconheço horrorizada a rapidez com que Kit galgou posições ali, como seu posto é alto na hierarquia.

— Qual é o seu plano, Kit? Morar aqui indefinidamente?

— Não sei. — Ela fica tensa. — É libertador não ter todos os dias da vida planejados até o último detalhe.

— Muitas carreiras permitem espontaneidade no dia a dia. — Vejo Kit abrir a boca para protestar, então me apresso a continuar. — Sei que não tem a ver só com o trabalho. Você adora não estar presa à tecnologia, mas por que não impõe simplesmente um limite para o uso do celular, por que não deixa o notebook desligado durante todo o fim de semana, passa os sábados caminhando ou passeando na praia em vez de assistir TV? Quer menos responsabilidades? Vem morar comigo. Sabia que eu me mudei para Boston? — pergunto, e Kit arregala os olhos. — Não, você não sabia, apesar de eu ter mandado várias mensagens contando, implorando para você me visitar.

Kit me olha com desconfiança.

— Por que Boston?

Começo a cutucar a unha do polegar.

— Pelo mesmo motivo que você foi para Nova York. Eu queria me afastar de todas as lembranças da mamãe. Boston era a única filial da empresa que tinha vaga para estrategista, então foi para lá que me transferi.

— Você gosta de lá?

Não, penso.

— Gosto — digo, e respiro fundo antes de apresentar a sugestão em que vinha pensando. — Podemos alugar um apartamento de dois quartos. Eu pago as contas até você encontrar um trabalho que te faça feliz. — A ideia de ter uma amiga, mais ainda, a minha irmã, na minha cidade adotiva é quase mais do que sou capaz de sonhar. Eu me inclino para pegar a mão de Kit, mas ela se afasta do meu toque. — Seus amigos sentem a sua falta. Eu sinto a sua falta.

Kit balança a cabeça.

— Você não entende. Eu *estou* feliz. Wisewood é o que me faz feliz.

— Você realmente pretende passar muito tempo aqui? — As imagens de uma sexta à noite de farra maratonando *Parks and Recreation* desaparecem. — E quanto a namorar e começar a formar sua própria família? Essas coisas eram importantes para você antes. Não são mais?

Kit pigarreia.

— Na verdade, não.

Meu coração está disparado no peito. Minha irmã não se importa com nada além de Wisewood. Não sei mais como abordá-la a partir daqui, não tenho ideia de como fazê-la mudar de ideia.

— Você não vai me fazer mudar de ideia, Nat. E isso não é uma acusação contra você. Não tem ideia de como estou feliz em ver você, mesmo que tenha me gerado problemas aqui.

— Então por que não ligou, nem mandou nenhuma mensagem nos últimos seis meses? Gordon me disse que os hóspedes podem entrar em contato com familiares.

— Eu não tive a intenção de te magoar, mas sabia que nós acabaríamos tendo essa conversa. E não estava pronta para isso na época. A Professora achou que você poderia tentar me fazer mudar de ideia, então eu voltaria para o mundo exterior com você e me sentiria completamente infeliz. Sei que você acha que sou uma pirralha egoísta por escolher ficar aqui, mas nunca me senti tão bem em toda a minha vida. Não sei como fazer você entender isso.

— Afinal, o que há de tão bom nessa mulher? Ainda não esbarrei com ela.

— Isso é porque a Professora está envolvida em um novo projeto. — Os olhos de Kit brilham. — Ela vai mudar a sua visão de vida, Nat.

— Ela tem todos vocês na palma da mão. Algumas pessoas aqui parecem ter sofrido uma lavagem cerebral. — E me controlo para não acrescentar: *Você, por exemplo.*

Kit faz uma careta.

— Foi provado cientificamente que não é possível esvaziar a cabeça de uma pessoa contra a sua vontade. Não se pode controlar a mente de alguém. A lavagem cerebral é um conceito popularizado por Hollywood. Essa ideia dá aos membros da família a possibilidade de culpar uma autoridade externa em vez de seus entes queridos.

Exatamente o que diria alguém que sofreu uma lavagem cerebral.

— Todos em Wisewood assumiram esse compromisso por vontade própria. Ninguém está sendo coagido a nada.

— Só porque essa Rebecca não está apontando uma arma para a sua cabeça não significa que ela não esteja plantando ideias na sua mente.

— *Queremos* que novas ideias sejam plantadas nas nossas mentes! Esse é o objetivo de um programa de autodesenvolvimento.

— Preciso ser sincera, Kit. — Faço uma pausa. — Wisewood parece uma seita.

Ela contrai o maxilar por um instante.

— "Seita" é um rótulo depreciativo que a sociedade atribui a um grupo de pessoas cujas crenças elas não entendem ou com as quais não concordam.

— Esse lugar não é normal. Sem internet, sem telefone, sem conexão com o resto do mundo.

— O que tem de tão bom em ser normal? Hoje em dia as pessoas vivem apavoradas, com medo de tudo. Elas sobem na hierarquia corporativa com medo de que o que têm a oferecer não seja bom o bastante porque não são as *mais jovens*, as *maiores* ou as *melhores*.

Fazem "dietas detox" com medo de que a circunferência da cintura esteja grande demais; depois bebem demais, com medo de que as suas noites sejam tediosas demais. Suba na carreira, compre, coma. Suba na carreira, compre, coma. Como hamsters numa roda. Entorpecidas demais, estimuladas demais pelo compasso de uma vida que estão se matando para acompanhar. Por que você tem que atacar um estilo de vida diferente? Me deixa ser feliz.

Nenhuma de nós fala por algum tempo. Escuto minha irmã inspirar e expirar profundamente. Eu não quero deixá-la aqui. Não quero retomar a vida sem ela. Como Kit pode não se importar de nunca falar comigo? Ela valoriza tão pouco o nosso relacionamento? Somos tudo o que sobrou da família uma da outra.

— Eu não sei como te proteger. — A minha voz sai trêmula. — Esse lugar é horrível e você não consegue ver isso.

Kit funga.

— Você se lembra do Natal em que eu tinha nove anos e você doze?

Concordo com a cabeça. Todos os nossos Natais de infância se misturam: eu embrulhando os presentes da Kit, assando biscoitos para ela deixar para o Papai Noel, descendo a escada na ponta dos pés para comer os biscoitos quando tinha certeza de que ela estava dormindo, escrevendo os bilhetes de agradecimento que o Papai Noel deixava com grandes letras maiúsculas, sujando-os cuidadosamente de carvão para que ela soubesse que ele tinha descido pela chaminé. Depois de ficar acordada a noite toda, eu normalmente passava o dia de Natal exausta.

— Tinha uma Barbie que eu vinha querendo há meses. Ela usava um macacão amarelo, salto alto, e tinha o cabelo preso em um rabo de cavalo do jeito que eu usava. Quando rasguei o papel de embrulho na manhã de Natal e vi o que havia dentro, dancei pela sala, gritando de empolgação. A mamãe tomou um gole de café... ela estava usando aquele roupão com estampa de gatos. Você tinha acabado de abrir o jogo de garota adolescente que havia ganhado. — Kit morde o lábio. —

Empurrei minha Barbie na sua direção e implorei para que olhasse para ela. Você se lembra do que fez?

Sinto um aperto no estômago.

— Não.

— Você revirou os olhos. — Eu me retraio por dentro. — Então, tentei uma segunda vez. Aquela era *a* Barbie. Eu só queria que você visse como ela era legal. Na segunda vez, você me disse para tirar aquilo da sua cara.

Rasgo a pele ao redor da unha. Minha cutícula começa a sangrar.

— Na terceira vez você se virou para mim e disse... — nesse momento Kit adota um tom tão frio que parece uma psicopata — "Você não está um pouco velha para Barbie?"

Engulo em seco.

— De repente, aquela camisola que eu estava usando, a que tinha a Ariel e babados roxos, pareceu infantil. Tirei a Barbie da embalagem para mostrar à mamãe o quanto eu tinha adorado o presente, mas me sentia como uma criança de dois anos sempre que escovava o cabelo da boneca ou colocava os saltos de plástico nos seus pés. Parecia uma bobagem fingir que a minha Barbie nova andava e falava. Um mês depois parei de brincar de boneca. Para sempre.

A pior parte não é o ato em si (embora tenha sido realmente cruel). Mas a verdade era que eu nem sequer me lembrava daquilo enquanto a minha irmã vinha carregando aquele peso havia décadas. Aquilo provava que não é verdade que lembramos apenas dos erros que cometemos. Também nos lembramos do que foram cometidos contra nós. Abro a boca, mas não consigo pensar em nada para dizer que me redima.

Kit me encara com os olhos vermelhos.

— Você não vai tirar o brilho de Wisewood de mim.

— Desculpa. — Isso não basta, sei que não.

— Não estou negando que as regras aqui sejam estranhas. Todo sistema tem falhas. Wisewood não é diferente. Mas nos concentramos nos aspectos positivos do programa.

Perdi a vontade de lutar contra a minha irmã. Ela havia sido enfeitiçada por um grupo e uma ideologia que não consigo entender. Se Kit insiste que este lugar a faz feliz, tudo bem.

— Entendido. — Levanto minhas mãos em sinal de rendição. — Estou do seu lado, tá bom?

Uma batida na porta nos sobressalta.

— Sra. Collins, está aí? — chama Gordon.

— Estou ocupada — diz Kit.

— Por favor, abra a porta.

Ela fecha os olhos. Dessa vez, quando volta a falar, seu tom é gélido:

— Eu disse que estou ocupada.

Uma pausa.

— Muito bem. Vou sair de barco, então a senhora terá que...

Kit se levanta da cama num pulo e abre a porta.

— Não deveríamos sair da ilha.

Gordon se ergue em toda a sua altura. Mesmo assim, ainda é mais baixo do que ela.

— Está nevando — acrescenta ela.

Ele permanece em silêncio.

— Aonde você está indo? — pergunta Kit.

O olhar de Gordon se volta para mim.

— Tem certeza de que quer essa resposta aqui e agora?

Minha irmã também olha para mim.

— Kit, preciso contar uma coisa para você — digo, recordando o motivo para estar aqui. — Ainda não terminamos.

— Sim, terminamos.

Ela segue Gordon para fora e fecha a porta.

33

Kit

Outubro de 2019

Saímos da água e calçamos os sapatos em silêncio. Debbie me ofereceu uma toalha que tinha levado especialmente para mim. Mesmo depois de me secar, meus dentes ainda batiam com tanta força que meu maxilar doía. Quando viu meus joelhos batendo, Jeremiah me ofereceu seu casaco.

Balancei a cabeça, apontando para meu suéter e para a calça jeans encharcada.

— Vai ficar todo molhado.

Ele deu de ombros.

— Depois seca.

Abri um sorriso cansado e fechei o zíper do casaco até o alto. Na mesma hora me senti mais aquecida, embora as pontas do meu cabelo tivessem endurecido e se transformado em pingentes de gelo. Os membros do CI começaram a se dirigir em fila única para a floresta.

Enquanto seguia Sanderson, com Jeremiah logo atrás de mim, tentei descobrir como seria a Missão do Julgamento. Eles elencariam meus pecados e distribuiriam as punições adequadas? Eu me imaginei parada diante do meu grupo de colegas. *Por roubar doces daquela loja de conveniência quando você tinha treze anos: dez golpes de régua nos nós dos dedos. Por fazer com que seu melhor amigo do ensino médio fosse preso: três dias sem uma única refeição. Por ser uma filha negligente: se ajoelhar sobre cacos de vidro até que brote sangue da sua pele.*

Talvez eu tivesse que julgar outra pessoa.

— Não é tão ruim quanto você está imaginando — falou Jeremiah atrás de mim.

Assenti, sentindo o estômago se revirar.

Começou a chuviscar, o que nos obrigou a acelerar o passo. Sofia corria pelo caminho coberto de pinhas, abaixando-se e desviando de galhos rebeldes, gritando o tempo todo, como uma criança que tinha ficado presa tempo demais em casa. O resto do grupo se manteve solene, o que não ajudou em nada a me acalmar.

Logo a floresta começou a cheirar a casca de árvore molhada. Nossos sapatos chapinhavam na lama. Meus pulmões doíam a cada inspiração de ar frio. Rezei para que aquilo que me aguardava, fosse o que fosse, acontecesse em um ambiente fechado, de preferência em algum lugar com lareira. Jeremiah assoviava "Party in the USA", talvez tentando acalmar meus nervos, quebrar o silêncio pesado.

Ele havia terminado o primeiro refrão quando Raeanne disse no início da fila:

— Pelo amor de Deus, você deve ter engolido o canário mais desafinado que já existiu.

Jeremiah parou de assoviar e o grupo ficou em silêncio mais uma vez. Não gostei de como todos pareciam nervosos naquela noite, nem da forma como a maior parte deles tentava mascarar aquilo exibindo uma falsa alegria. Eu queria saber o que eles sabiam.

Depois de um tempo, chegamos a uma pequena construção. No escuro, eu não conseguia ver muita coisa além de paredes de ripas de madeira desgastadas pelo tempo. Eu me esforcei para ouvir o rugido do mar, mas ele havia desaparecido. Meu rosto parecia em carne viva, queimado pelo vento.

Sofia nos esperava junto à porta de madeira, as mãos nos joelhos. Ruth me empurrou gentilmente para a frente do grupo.

— E pensar que já cheguei a me qualificar para Boston — comentou Sofia, ofegante.

Aquilo me espantou. Fora das aulas, os funcionários raramente mencionavam suas vidas antes de Wisewood.

— Para a maratona?

Ela assentiu, recompondo-se.

Depois de respirar fundo mais uma vez, Sofia girou a maçaneta, abriu a porta e me empurrou para dentro do prédio escuro e vazio. Deixei escapar um grito agudo de protesto, ao mesmo tempo que a sala fria se inundava de luz. Estreitei os olhos, tentando me ajustar à claridade súbita.

Estávamos dentro do que parecia uma antiga escola. A Professora estava sentada na frente da sala, com os cabelos arrumados e as roupas secas. Ao lado da sua mesa havia um tripé com um suporte para telefone preso ao topo, ainda vazio.

Ela se levantou e indicou com um gesto uma carteira no meio da primeira fila.

— Sente-se, por favor.

Olhei por cima do ombro. O restante do CI entrou em fila atrás de mim.

— Não se preocupe com o que os outros estão fazendo — disse a Professora.

Assenti e caminhei em direção à frente da sala, sustentando o olhar dela o tempo todo. Então me sentei na cadeira de aluna, de madeira e dura, e ouvi meus colegas se sentarem em suas carteiras. Não ousei desviar daqueles olhos violeta até eles se afastarem dos meus. Meus músculos estavam contraídos, meu coração palpitava.

A Professora caminhava para lá e para cá entre as fileiras, cumprimentando cada aluno com um aperto de mão. Alguns membros abaixaram a cabeça, outros sorriram. Gordon se aproximou do tripé, tirou um iPhone do bolso e colocou-o de lado no suporte, de modo que a parte traseira do celular ficasse voltada para nós. Ele tocou a tela algumas vezes, depois se afastou, apoiou as costas na lousa e ficou olhando para o aparelho.

Um arrepio de medo desceu pela minha espinha. Ele estava nos gravando.

Pela milionésima vez, me perguntei qual era exatamente o trabalho de Gordon em Wisewood. Ruth e eu ensinávamos, Debbie cozinhava, Sofia curava. Raeanne cuidava do jardim, cortava a grama, tirava a neve, cuidava da terra. Sanderson pilotava o barco, fazia compras no mercado, sabia mexer com encanamento e eletricidade. Jeremiah cuidava da contabilidade de Wisewood. Nenhum de nós sabia o que Gordon fazia, além de ficar no escritório da Professora e ocasionalmente desaparecer em missões ultrassecretas.

A Professora voltou para a frente da sala e esperou o grupo se acomodar. Mexi os dedos dos pés, mas ainda não conseguia senti-los.

— Kit, estou muito feliz em receber você na sua M1, a Missão do Julgamento. — A Professora se sentou graciosamente diante da sua mesa. Ela juntou as pontas dos dedos das duas mãos, as sobrancelhas franzidas. — Por que você foi escolhida para o CI? — Fiquei boquiaberta enquanto me esforçava para encontrar uma resposta. — Por que todos vocês foram escolhidos? — Ela olhou para os outros. — Todos nesta sala passaram pelas piores adversidades da vida. Vocês sofreram lutos inimagináveis, tendo perdido as pessoas mais importantes para vocês por motivo de morte ou rejeição, às vezes os dois. Vocês apanharam até sangrar e ficaram com a alma destroçada. Vocês perderam a batalha contra o vício.

Dei uma espiada por cima do ombro. A maior parte dos alunos estava de cabeça baixa, traçando as texturas das carteiras com os dedos, mas Raeanne e Sofia encaravam a Professora, sem piscar, sem respirar.

— Quando olho para o rosto de vocês, não vejo vítimas — disse a Professora. — E sim sobreviventes. Vejo guerreiros e guerreiras.

Sanderson abaixou a cabeça, sorrindo. Ruth assentiu. Raeanne soltou um grito de comemoração.

A Professora começou a andar de um lado para o outro na frente da sala, falando mais alto.

— Cada um de vocês tem a oportunidade de ser exemplo de destemor, de ajudar os outros a encontrarem a própria grandeza. — Ela parou e torceu as mãos. — Espero que os veteranos entre vocês ajudem esta noite. Não posso fazer o trabalho sozinha. Preciso de cada um de vocês agora. — Rebecca nos examinou. — Devemos seguir em frente como um só.

— Isso! Isso! — disse Sofia.

Os outros assentiram. Levantei os ombros até as orelhas, tentando aquecê-las no casaco de Jeremiah.

A Professora se virou para mim.

— Durante seu tempo aqui, Kit, você abordou medos específicos comigo. Mas as Missões de Destemor têm a ver com dominar medos universais, medos contra os quais quase todo ser humano luta em um momento ou outro. O primeiro desses medos é o de ser julgado. — Ela alisou várias vezes vincos invisíveis na calça de lã preta e enfiou as mãos nos bolsos. — Perdemos muito tempo durante as nossas breves vidas nos preocupando com o que os outros pensam de nós. Temendo as suas reações às nossas roupas, ao nosso ganho de peso, à nossa queda de cabelo. Tememos o que vão pensar se dançarmos em um casamento ou na calçada.

Assenti, esfregando o lábio superior no nariz para aquecê-lo, enquanto me repreendia pensando que devia parar de me mexer e prestar atenção.

A Professora deixou escapar um suspiro profundo.

— Mas também tememos o julgamento das nossas decisões maiores. Nos preocupamos com a possibilidade de os outros não aprovarem os nossos empregos, as nossas casas ou os nossos parceiros. Em

Wisewood, acreditamos que é impossível alcançar o nosso Eu Potencializado enquanto nos preocuparmos com o julgamento de outras pessoas. A M1 é uma maneira de superar esse julgamento.

Embora eu não tivesse abordado aquilo diretamente na época, o medo do julgamento de outras pessoas tinha sido um dos motivos para eu me inscrever em Wisewood. Eu faria o que fosse preciso para me livrar do medo. Jurei ser um exemplo de destemor, deixar a Professora orgulhosa.

Ela piscou para mim.

— Não precisa ficar tão ansiosa. Você vai ficar bem.

Eu me dei conta de que estava agarrando a carteira com força. Relaxei as mãos e me forcei a respirar fundo.

— Isso, bem melhor — disse a Professora. — Usamos essa antiga sala de aula para a M1 para nos lembrarmos de que somos todos alunos... sim, até eu. E estamos em permanente aprendizagem e evolução. — Ela fez uma pausa. — Feche os olhos.

Tive que conter a vontade de me levantar da cadeira e sair correndo pela porta. A chuva tinha começado a cair com mais força, ricocheteando nas ripas de madeira. Obedeci.

— Agora imagine a pior coisa que você já fez. Talvez precise escavar fundo para descobrir, mas o mais provável é que venha à tona imediatamente. É algo que você nunca esqueceu, provavelmente uma culpa que carrega. Nada que tenha a ver com sua mãe... isso já foi bastante trabalhado. Está pensando em alguma coisa?

Hesitei, então assenti.

— Essa culpa é pesada, não é?

— Sim — respondi, ainda de olhos fechados.

A não ser pela chuva torrencial, a sala estava silenciosa como um sarcófago.

— Agora — disse a Professora, me sobressaltando —, imagine tirar essa culpa dos seus ombros. Você gostaria disso?

Assenti de novo.

— Eu também gostaria. — A voz da Professora estava se aproximando de mim. Minhas pálpebras tremeram. — O que você vai fazer é compartilhar esse delito com todos aqui, para que consiga se livrar dele. Depois de expor esse segredo que queima você por dentro, vai começar a se recuperar. E com essa recuperação, estará um passo mais perto do seu Eu Potencializado. Pode abrir os olhos.

Quando fiz isso, vi o rosto de Rebecca bem perto do meu, as íris cintilando. A Professora segurou as minhas duas mãos nas dela, as palmas finas como papel.

— Sei que você é capaz de fazer isso.

Abri a boca, mas ela me interrompeu antes que eu pudesse dizer uma única palavra.

— Comece dizendo o seu nome completo, Kitten.

— Katharine Frances Collins. — Meu rosto ardia. — Uma vez, peguei no volante depois de uma saída à noite e voltei para casa dirigindo. Não era um trajeto longo, mas, mesmo assim, eu poderia ter perdido a carteira por dirigir bêbada. Ou coisa pior.

A expressão da Professora era visivelmente de decepção. Ela soltou as minhas mãos e seus tornozelos estalaram quando se levantou, sempre me encarando fixamente.

— Espero não ter me equivocado ao convidar você para vir aqui. Esperamos uma infração grave, uma admissão de verdadeira vulnerabilidade. Você não está nos contando toda a verdade.

Abri o zíper do casaco de Jeremiah, suando. Como ela sabia?

Rebecca olhou para os outros e voltou a andar por entre as fileiras.

— Por que o restante de vocês não compartilha suas próprias confissões na M1? Tranquilizem a Kit para que ela veja que não é o único ser imperfeito na sala?

Eu me esforçava para apagar o medo do meu rosto. Aquela era a minha única chance, e eu já tinha estragado tudo. Um desejo familiar começou a subir pelas pontas dos meus dedos.

Debbie foi a primeira a falar.

— Eu roubei da caixa registradora da lanchonete quando estava sem dinheiro para o aluguel.

A Professora pousou a mão delicadamente nas costas da Debbie.

— Eu guardei minhas drogas no armário de outro funcionário para que meu pai o demitisse e não a mim — disse Sanderson.

A Professora piscou para ele.

Ruth enrubesceu.

— Eu passei cheques sem fundos para conseguir o dinheiro de que precisava para me mudar para o Maine.

A Professora assentiu, aprovando. Precisei recorrer a todo o meu autocontrole para manter o rosto sem expressão. Uma estelionatária? Logo Ruth?

Sofia começou a falar, mas a Professora ergueu a mão e mudou o foco para mim. A vontade de puxar, de arrancar, passou pelos meus antebraços em direção aos ombros. *Agora não*. Uma das carteiras rangeu quando alguém se mexeu.

Abaixei a cabeça.

— Você está certa, eu não contei tudo. O que eu não disse foi que enquanto dirigia bêbada — respirei fundo —, sofri um acidente.

A expressão da Professora se tornou sombria.

— Você zomba dos princípios que defendemos. — Ela se inclinou e baixou a voz para que só eu pudesse ouvir. — Essas primeiras missões também visam construir camaradagem. Se você agir como se fosse uma santa, melhor do que os outros, isso dificilmente vai ajudá-la a se enturmar, não é?

A ânsia subiu pelo meu pescoço, envolvendo-o como um torno. A Professora recuou novamente e indicou com um gesto que Sofia continuasse.

A médica balançava a perna com tanta força que todo o seu corpo tremia.

— Toda vez que a minha filha desaparecia, eu ficava desesperada. — Quando a sua voz vacilou, a Professora se colocou rapidamente ao seu lado. Ela tirou um pacote de lenços de papel do bolso e entregou um deles para Sofia, então encostou os lábios no ouvido da mulher perturbada. Sofia ouviu o que Rebecca sussurrou e endireitou os ombros. — Dei receitas de opioides para os amigos drogados de Rosa, para que me dissessem em que antro de drogas ela estava escondida.

Mordi o interior do lábio até tirar sangue, e o gosto forte de ferro foi um alívio. A chuva batia no telhado. A Professora puxou Sofia para um abraço, então voltou seu escrutínio para Jeremiah.

A voz dele tremeu:

— Eu fraudei os livros de contabilidade no meu antigo trabalho.

Boquiaberta, encarei meu amigo, que ficou muito pálido. Ele não me olhou nos olhos, estava ocupado observando a expressão sofrida da Professora. Ela cerrou o punho para lhe dar força e deu um tapinha no ombro dele. Jeremiah assentiu e se sentou mais ereto.

— Buuu, seu bando de fracotes — disse Raeanne, cruzando as mãos atrás da cabeça e se recostando na cadeira. — Eu matei dois homens.

Eu a encarei, surpresa. Aquela era a transgressão mais séria de todas, mas não tive dificuldade em imaginá-la. Era verdade? Raeanne havia mesmo feito aquilo? A Professora parou na frente da mesa dela e pousou a palma da mão no próprio peito por um momento, antes de movê-la para o de Raeanne. Eu não conseguia ver o rosto da Professora, mas sabia pelo brilho nos olhos de Raeanne que a Professora devia estar sorrindo para ela. Ansiei por aquela aprovação sincera.

Ainda olhando para Raeanne, a Professora disse:

— Vou lhe dar mais uma chance, Katharine. Se você quiser ingressar nesse grupo, você precisa fazer uma confissão que valha essa entrada. Chega de nos fazer perder tempo.

Meu coração batia forte. O suor escorria pela linha do meu cabelo. Meu peito parecia estar explodindo de urticária. Aonde aquilo deveria levar mesmo? Eu tinha perdido o fio da meada. Talvez o que estivéssemos fazendo fosse errado.

Mas tínhamos uma médica talentosa e um contador entre nós, e eles não viam nada de errado no processo. Estelionatos à parte, Ruth era uma das pessoas mais gentis e decentes que eu já tinha conhecido, e ela não parecia assustada. Se houvesse algo de errado com Wisewood, os outros não teriam ficado por aqui, dedicando cinco ou seis anos de suas vidas àquele lugar. Balancei a cabeça, tentando me concentrar. A Professora já havia me alertado sobre pensamentos como aqueles.

Deslizei para a frente na cadeira, a palma das mãos deixando marcas de suor na mesa. A chuva escorria pelas janelas.

— Eu sofri um acidente porque bati em alguma coisa. — Coloquei a cabeça entre as mãos, me sentindo zonza. — Em alguém.

Os corpos nas outras carteiras se inclinaram para a frente, vorazes.

— Não parei para descer do carro e conferir... — Eu me interrompi. Um cervo tinha saído correndo do bosque para a estrada mal iluminada. Eu só vi quando já era tarde demais. O susto durou segundos, então o animal mancou de volta para o bosque antes que eu retomasse o controle do carro. Eu havia atingido um cervo, não uma pessoa.

Não era?

Um sorriso se espalhou lentamente pelo rosto da Professora enquanto ela se aproximava de mim. A culpa deu lugar ao alívio.

— Kit — disse ela, desarrumando o meu cabelo —, agora você está um passo mais perto de seu Eu Potencializado.

A sala explodiu em aplausos. Eu me senti nauseada.

— E você, Gordon? — disse Raeanne quando os aplausos cessaram. — Sempre atrás das câmeras, nunca na frente. — Ela lançou um olhar nervoso na direção da Professora.

Gordon, que não tinha se movido um centímetro desde que se encostara na lousa, pigarreou.

— Essa é a M1 de Kit, não a minha.

— Todo mundo compartilhou — insistiu Raeanne.

— Eu respondo à Professora, não a você.

A Professora inclinou a cabeça.

— Você se acha melhor do que os outros? — perguntou ela.

Pela primeira vez desde que cheguei a Wisewood, vi surpresa — e mágoa — cruzarem o rosto de Gordon. Ele se colocou na frente do celular e falou diretamente para a câmera.

— A pior coisa que já fiz foi provocar um inimigo no trabalho, que mais tarde assassinou a minha mulher e o meu filho enquanto eles dormiam em casa.

Todos pareceram muito chocados, menos a Professora. Com total controle, Gordon removeu o celular do suporte, desmontou o tripé, colocou-o debaixo do braço e saiu da escola, deixando a porta bater.

— Devemos ir atrás dele? — perguntou Ruth à Professora, preocupada.

A Professora deu uma palmadinha no braço dela.

— Deixe-o quieto. — Ela voltou para a frente da sala e começou a andar de um lado para o outro novamente. — Agora, mais do que antes, vocês compreendem os perigos do mundo exterior. Façam com que nossos hóspedes, seus alunos, vejam como as vidas deles eram atrofiadas antes de chegarem. Lembrem-nos de que estão muito mais seguros aqui do que lá fora. Quando os hóspedes deixam Wisewood, fazem isso por sua própria conta e risco. Eles retornam às agressões, ao abandono e mesmo à morte. Mas, quando ficam, podemos protegê-los e trazer os mais promissores para o grupo. Como fizemos com Kit. — O tom dela se suavizou. — Parabéns por passar na M1, Kitten.

Daquela vez, os aplausos se transformaram em uma ovação de pé. Enrubesci, tentando afastar minha apreensão. Aquela gravação jamais seria vista por mais ninguém. E daí se eu havia exagerado nos detalhes? Eu tinha passado na minha M1!

Ainda assim, mesmo enquanto fazia um breve discurso de agradecimento, mesmo enquanto todos do CI gritavam o meu nome em comemoração, senti uma vaga inquietação tomar conta de mim. Pela primeira vez em muito tempo, tive saudades da minha irmã.

— Mais uma coisa antes de você ingressar no CI — disse a Professora com uma piscadela.

Raeanne sorriu e se adiantou com uma máquina de cortar cabelos.

34

Natalie

9 DE JANEIRO DE 2020

Espero por horas no bangalô de Kit, temendo seu retorno. Na hora do jantar, ela e Gordon ainda não apareceram, mas a tempestade prometida, sim. A neve lamacenta atinge a ilha com força, até que muda de ideia e se transforma em granizo. Passo no meu próprio bangalô antes de ir para o refeitório para comer com Chloe, que está sentada com alguns hóspedes da idade dela. Depois do jantar, aquele pessoal mais novo me convida para um "círculo de sensações" no bangalô de um deles. Agradeço, mas prefiro que injetem veneno de cascavel nas minhas gengivas.

Em vez disso, decido tentar encontrar Kit.

Estou esperando o momento certo para confessar tudo a ela, quando a realidade é que esse momento nunca vai chegar. Não existe cenário ou situação perfeita para contar algo que vai abalar a minha irmã, sem falar que, nessas vinte e quatro horas que estou aqui, passei o tempo todo inquieta e olhando por cima do ombro. A sensação de estar sendo observada, de olhos invisíveis ao meu redor, é onipresente. Mas assim que eu tirar o peso dessa confissão do peito, vou poder voltar para casa. Antes que algo pior aconteça.

Puxo o capuz da parca sobre a cabeça e me preparo para sair do refeitório. Quando vejo a força com que o granizo está caindo, acelero o passo. Estou quase chegando aos bangalôs quando uma pedra de granizo acerta as minhas costas. Solto um gritinho agudo.

Corro pelo círculo mais interno até o bangalô número quatro e bato com força na porta para que Kit me escute acima da tempestade. Procuro me abrigar sob a pequena saliência enquanto espero. Minha irmã não atende. Bato mais uma vez. Ainda assim, ela não atende à porta. Corro para o outro lado do bangalô e espio lá dentro.

Ela não está.

Um tremor que começa nos ombros se espalha pelos meus braços e pelas minhas pernas.

Onde diabos Kit pode estar durante uma tempestade dessa? E se estiver presa no mar com Gordon? Talvez não tivesse conseguido impedi-lo de sair. E se o barco deles virasse? Eu a imagino à deriva feito um pedaço de madeira flutuante, desfigurada a ponto de estar irreconhecível.

Abaixo a cabeça e negocio com uma presença que desejo ardentemente que esteja ouvindo.

Pegue o que quiser. Meu trabalho, meu apartamento, minha saúde. Só não toque em um fio de cabelo da cabeça dela.

Trinta segundos depois, estou de volta ao meu bangalô. O granizo ricocheteia no telhado. Vou até a janela e olho para fora. Não vejo ninguém.

Eu me ajoelho ao lado da cama e coloco a mão entre o colchão e o estrado, de olho na janela. Então me afasto alguns centímetros e continuo tateando sem encontrar. Olho da janela para a cama e agora levanto todo o lado direito do colchão da estrutura que o suporta.

Meu celular não está lá.

Encosto a testa no chão. Também não está debaixo da cama. Sacudo os lençóis, o edredom e as fronhas. Não está na cama. Confiro a mesa de cabeceira e as gavetas da escrivaninha, embora saiba que não escondi nada ali.

A lembrança cristalina de algumas horas atrás surge na minha mente enquanto vasculho o quarto. Vim do bangalô de Kit direto para o meu e escondi o celular entre o colchão e o estrado, praticamente no meio da cama. O aparelho não poderia ter sido localizado a menos que alguém estivesse procurando por ele. Ou observando pela janela quando eu o escondi. Viro a cabeça na direção das vidraças, mas estão todas vazias. Engulo em seco.

Tento me lembrar se o contrato tinha alguma cláusula sobre confisco de pertences, mas a leitura que fiz foi superficial demais. Talvez eu tenha concordado em ser roubada. Viro a minha bolsa e a outra de viagem e deixo o conteúdo de cada uma cair no chão. Procuro em cada bolso, cada centímetro da sala.

Não encontro o meu celular em lugar nenhum.

Uma onda de pânico familiar me domina.

Quase uma década atrás, eu tinha acabado de começar no meu primeiro emprego depois de terminar a faculdade. A ideia era tomar uma bebida rápida depois do expediente, mas acabamos ficando até o bar fechar. Não olhei o celular por horas. Quando finalmente o peguei na bolsa, havia quarenta e duas ligações perdidas da minha mãe. Todo o ar pareceu deixar o meu corpo. Liguei de volta na mesma hora, sem me preocupar em ouvir as mensagens de voz. Como ela não atendeu, escutei a primeira mensagem. Minha mãe chorava, dizendo que não aguentava mais e implorando por perdão. Ela dizia que já estava exausta e continuou assim por três minutos até o tempo determinado pela operadora se esgotar.

Entrei cambaleando em um táxi e continuei tentando ligar para ela vezes seguidas, apertando o celular contra o ouvido com tanta força que a minha mão ficou pálida. No fim, a minha mãe havia bebido vinho demais e desmaiado no sofá com o celular na mão. Eu a coloquei na cama e jurei nunca mais ignorar o celular.

E agora, mesmo depois de sua morte, mesmo sabendo não haver serviço na ilha, não consigo evitar de sentir um aperto no peito. Digo a mim mesma que Kit vai entender. Vou precisar confessar que menti sobre não ter trazido o meu celular para cá, mas ela conhece a história. A nova visão de vida dela não importa. Ela ainda é minha irmã. Vai me ajudar.

Nunca mais vou mentir para ela. Por favor, que ela esteja bem.

Corro de volta para o bangalô de Kit, desviando de pedras de granizo do tamanho de bolas de golfe. Dessa vez não me dou ao trabalho de bater na porta, vou direto até a janela e olho lá para dentro. Ainda está tudo escuro. São oito da noite.

Volto para o meu quarto, resignada com o fato de que a maior parte das roupas que trouxe para Wisewood está úmida. Deixo o corpo cair na cadeira da escrivaninha, com roupas molhadas e tudo. O refeitório já está fechado a essa altura. Quem seria a pessoa mais disposta a me ajudar? Eu sei o número do bangalô de alguma outra pessoa que não Kit? Chuto a mesa e solto um palavrão.

Às nove horas, tento mais uma vez bater no bangalô de Kit. Nenhuma resposta às dez ou onze também. À meia-noite desisto, tentando não surtar. *Onde ela está?* Não sei como, mas tenho certeza de que Rebecca está por trás disso.

Depois de passar uma hora andando de um lado para o outro no meu bangalô, desisto. A essa hora e com esse clima, não posso fazer nada para recuperar meu celular ou encontrar a minha irmã. Amanhã cedo vou ao refeitório e vou exigir que me devolvam. Vou confessar tudo a Kit assim que descobrir onde ela está. Deito na cama, oscilando entre o medo e a raiva. Por volta das duas e meia, minha energia acaba. Minhas pálpebras ficam pesadas.

Acordo com batidinhas repetidas na testa. *Um vazamento no telhado?*, penso, grogue.

Abro os olhos. A lua ilumina o quarto. Há alguém parado acima de mim. Solto um grito e recuo diante do intruso. A pessoa é alta e magra e usa uma máscara como as dos ladrões de banco.

— Quem é você? — Puxo o edredom até o queixo. O granizo bate nas paredes do bangalô.

Em voz baixa, a mulher diz:
— Vamos.

Ela está toda vestida de preto.
— Como você entrou no meu quarto?
— Você quer o seu celular de volta?

Eu me surpreendo, mas não faz sentido mentir. Alguém deve ter me visto tentando usá-lo na floresta. Provavelmente Raeanne. Xingo a mim mesma por ser tão idiota, então faço que sim.

Ainda sonolenta, visto a parca e calço as botas. A mulher não me dá tempo de pegar cachecol e gorro antes de me empurrar em direção à porta.

— Não estou com a minha chave — protesto.

Ela ignora isso e sai. Olho para o bangalô de Kit quando passamos, mas fica longe demais para eu ver o interior. A neve nos golpeia com força enquanto avançamos pelos círculos. O frio é brutal, de gelar os ossos. Uma ventania nos atinge. Nada disso incomoda a mulher mascarada.

— Quem é você? — pergunto novamente.

Mais uma vez, ela não responde. A resposta óbvia é Raeanne, mas poderia ser qualquer membro da equipe — só conheci alguns deles. E se for uma hóspede que enlouqueceu? Afasto o medo. Afinal, como uma hóspede saberia do meu celular?

Caminhamos na direção oposta da construção principal. Talvez estejamos indo para o quarto daquela mulher. Logo depois, saímos da área do meu bangalô. Muito bem, meu celular pode estar no trailer onde acontecem as aulas. Quando também passamos direto por eles, umedeço os lábios. Não há mais construções à frente, só a cerca viva.

A mulher mascarada para diante da mesma porta onde se lê SOMENTE PARA FUNCIONÁRIOS pela qual Raeanne me puxou hoje mais cedo. Ontem, tecnicamente. Ela destranca a porta e indica com um gesto que devo passar. Será que estão guardando o meu celular naquela escola? Permaneço imóvel, como se estivesse enraizada no lugar.

— Me diga para onde estamos indo.

A mulher dá um passo na minha direção.

— Continue andando.

— Não até você me contar o que está acontecendo.

Ela tira alguma coisa do bolso e gira uma vez entre os dedos. Escuto o clique de um botão e uma lâmina é ejetada: um estilete.

Sinto as pernas bambas. Atravesso a porta, mantendo os olhos na lâmina. A mulher mascarada segue atrás de mim pela floresta, dando ordens ocasionais "direita", depois "esquerda". Mesmo na tempestade gelada, posso sentir o calor que emana do corpo dela às minhas costas. Imagino o que aconteceria se ela tropeçasse e caísse para a frente, se a lâmina ainda estaria desembainhada. Apresso o passo.

Depois do que parece uma eternidade, ela me manda parar. Olho ao redor, mas não vejo nada, construção alguma, apenas galhos de árvores pesados de neve. Eles oferecem algum abrigo contra as intempéries, mas já estou coberta de flocos.

— Onde está?

Ela permanece em silêncio.

— Você não tinha o direito de roubar as minhas coisas — insisto.

Ainda assim ela não diz nada. Quem é essa mulher tão fria e controlada?

— Quero o meu celular de volta.

Seu olhar me atravessa, e a mulher continua imóvel, apesar da tempestade.

— Você deveria ter lido o contrato.

— Olha, desculpa por eu ter quebrado as suas regras. — Odeio meu tom de súplica.

A mulher mascarada me observa por algum tempo. Eu me forço a esperar.

— Fique aqui até alguém vir buscar você — diz ela por fim.

Cada pelo do meu corpo se arrepia. As veias do meu pescoço latejam.

— Você não pode estar falando sério. Está congelando aqui fora. Estamos no meio de uma tempestade de neve.

Ela se inclina sobre mim.

— O que a Professora diz é o que vale.

Eu me lembro do grito horripilante que ouvi quando cheguei a Wisewood. Quantas pessoas ela puniu dessa maneira?

— Quero ver a minha irmã.

A mulher brinca com o estilete, recolhendo e expondo a lâmina.

— E o meu celular?

Ela balança a cabeça.

— Tem que haver outra maneira. Por favor.

A mulher agita o estilete diante do meu rosto. Eu me esquivo. Ficamos nos encarando, respirando pesadamente na neve.

— Não me siga. — Ela dá um passo para trás, ainda empunhando o estilete. — Ninguém é durão quando está se esvaindo em sangue.

Seus olhos cruéis não se afastam dos meus em nenhum momento. Ela se distancia, um passo cauteloso de cada vez, a lâmina ainda em punho. Tenho vontade de gritar. Em vez disso, fico olhando a mulher se afastar até não conseguir mais ver a sua sombra, até ela desaparecer na escuridão.

35

A garota entrou no meu escritório e ficou paralisada.

— Algum problema? — perguntei da minha escrivaninha, enquanto fechava o caderno em que estava escrevendo.

Ela olhou para o meu pescoço, os olhos arregalados.

Passei os dedos pela echarpe e disse:

— Achei que era hora de testar novamente o seu medo do luto. Além disso, faz frio nessa época do ano. — Eu me levantei, levei a minha caneca de chá verde para o sofá e fiz um gesto para que ela se juntasse a mim. — Como se sente ao me ver usando isso?

A garota abriu e fechou a boca como um peixe fora d'água. Por fim, deu de ombros.

— Isso não me faz sentir nada.

Se ela forçasse mais aquela indiferença garganta abaixo, engasgaria.

A garota pigarreou.

— Estou pensando em ligar para a minha irmã.

Franzi a testa.

— Por quê?

— Da mesma forma que essa echarpe estava impedindo a minha evolução — disse ela, inquieta —, a falta de um ponto final em relação à Nat também está. Eu me sinto culpada pelo jeito como a tratei depois que a nossa mãe morreu. Bem, e antes de ela morrer também.

Eu tinha recebido notícias da minha própria irmã recentemente por e-mail. Ao que parecia, Sir havia tido um derrame enquanto nadava no lago Minnich e quase tinha se afogado. A não ser pela barriga de cerveja, ele sempre tinha sido um homem saudável, mas agora, aos oitenta e dois anos, o lado esquerdo do seu corpo estava paralisado e ele lutava contra um coágulo nos pulmões.

Talvez ele não sobreviva, avisou Jack. *Você precisa voltar para casa o mais rápido possível.*

Como se soubesse que a morte iminente do nosso pai não era suficiente para me comover — levando em consideração a forma como ele tinha me tratado ao longo da vida —, ela acrescentou: *Ele me chama de Abigail atualmente. Vinha pedindo para ver você, mesmo antes do derrame. Eu garanto que Sir é agora um homem mais gentil do que aquele que você conheceu, um pai melhor.*

Admito que a ideia de Sir chamando por mim, precisando de mim, me fez parar para pensar. Mas como eu poderia orientar o meu rebanho se eu mesma sucumbisse ao medo da perda? Além disso, meu pai não merecia um perdão redentor. Quando eu era criança, ele exigia que eu fosse forte, certo? Pois bem. Agora, adulta, eu deixaria claro para ele o quão forte eu era. Eu queria que seu último pensamento fosse de arrependimento pela maneira como havia me tratado.

Cerrei os dentes, esperando que a minha pulsação se acalmasse. (-1)

— Será que é o medo da desaprovação que está afetando você? Talvez não suporte saber que a sua irmã está por aí, julgando as decisões que você tomou.

A garota pensou um pouco antes de responder.

— Acho que não. Assim que eu esclarecer as coisas, nós duas vamos poder seguir cada uma o seu caminho.

Era preciso agir com cuidado.

— Não acho que é *você* que deve desculpas a *ela*.

— Sei que você tem medo de que a Nat tente me convencer a deixar Wisewood, mas sou forte o bastante para ignorar a opinião dela. Não me importo mais com a desaprovação da minha irmã.

— Se você soubesse o que eu sei sobre ela, duvido que estivesse tão ansiosa por um reencontro.

Ela inclinou a cabeça.

— Como assim?

Deixei o silêncio pairar entre nós.

A garota chegou mais para a frente no sofá, as mãos entrelaçadas.

— O que você sabe?

— A julgar por tudo o que você me contou sobre a sua irmã, ela é uma cética clássica. Não há nada de errado com isso, eu mesma sou bastante cética, mas o ceticismo é uma ameaça que pode aniquilar qualquer resquício de otimismo. Pessoas como Natalie e eu somos resilientes. Somos executoras, ou seja, cuidamos dos fracos entre nós. Mas também temos a tendência de nos comportarmos como touros em lojas de porcelana. Em nossa ânsia para defender, acabamos atropelando o outro. Temos dificuldade em deixar que os outros resolvam seus próprios dilemas.

A garota pareceu desanimar e se recostou no sofá.

— Você não vai conseguir ter o ponto final que deseja — falei baixinho. — Acha que a sua irmã vai aceitar e proteger você, mas no final das contas ela vai cuidar de si mesma. Irmãs são falíveis assim.

— Você está certa. Foi uma ideia idiota.

Dei uma palmadinha no joelho dela, o epítome da magnanimidade.

— As ideias só são idiotas se as transformamos em ações precipitadas. Fico feliz por você ter trazido essa até mim. Agora, que atualizações sobre seus colegas você tem para me passar?

A garota se agitou no assento, inquieta. Desde a M1, eu a havia encarregado de me relatar qualquer mexerico ou desobediência entre os seus colegas membros do CI.

— Sanderson está menos engajado do que o normal. Mas a verdade é que estamos todos trabalhando tanto que é difícil dizer. Ele talvez tenha assumido tarefas demais.

Tomei um gole de chá.

— Eu não sabia que havia isso de assumir responsabilidades demais quando se está trabalhando em uma missão tão importante quanto a nossa. — Funguei. — Você já não acha mais o que fazemos motivador?

— Eu? Você sabe o quanto eu acredito no trabalho. Eu tenho quatro horas de sono por noite. Mas talvez Sanderson não esteja à altura...

Levantei a mão.

— Já basta. Não vamos falar mal dos nossos colegas desnecessariamente. O que mais?

— Gordon está bastante interessado no paradeiro de Jeremiah desde a minha iniciação. Ele faz um interrogatório caso Jeremiah se atrase um minuto que seja para alguma coisa.

Dei um sorrisinho dentro da xícara.

— Gordon às vezes é como um cão de caça, farejando qualquer pessoa que pareça não estar comprometida com a nossa causa. Ele é extremamente leal a mim. — Cerrei o maxilar. — Já em relação ao Jeremiah, tenho minhas dúvidas.

— O que ele fez? — perguntou a garota, sem conseguir manter a voz firme.

— Não é pelo que ele fez, é mais uma sensação que eu tenho. — Eu me forcei a piscar. — Não gosto do jeito que ele sorri para mim.

Ela franziu o nariz e disse.

— Jeremiah admira você. Ele é muito dedicado à causa.

Talvez essa garota também não fosse confiável. Meu pé começou a balançar, embora eu detestasse me mostrar inquieta.

— Pelo que entendi, ele se tornou uma espécie de figura protetora para você. — Eu não conseguiria passar nem mais um minuto sentada. Fiquei de pé e comecei a andar de um lado para o outro. — Quero que você pare de passar seu tempo livre com ele.

Um rubor coloriu a pele dela, descendo do rosto até o pescoço.

— Professora, me desculpe, mas... acho que entendeu tudo errado.

— E com Ruth também. — Entrelacei as mãos. — Eles podem estar trabalhando juntos.

A garota passou a mão pela cabeça. Uma penugem começava a brotar do seu couro cabeludo. Ela mordeu o lábio.

— Mas Jeremiah e Ruth trabalham incansavelmente para melhorar Wisewood.

Como ela era ingênua, mesmo depois de toda a minha tutela.

— Anote o que eu digo, alguém vai cometer um deslize em algum momento. E quando isso acontecer, serão flagrados pelas câmeras.

A garota piscou, espantada.

— Câmeras?

— O sistema de monitoramento.

— Que sistema de monitoramento?

— Gordon não contou para você? Todo mundo no CI sabe.

Ela ficou me olhando de forma tola.

— Temos câmeras nos quartos. — Acenei com uma das mãos em volta da cabeça. — E por todo o campus.

A garota se esforçou para manter uma expressão neutra.

— Basta um elemento ruim para derrubar todo o ecossistema.

Uma onda de energia percorreu todo o meu corpo até a ponta dos dedos, dando uma sensação de grande aumento de poder (+2). Em momentos como esse eu era um conduíte. Não sabia de onde vinha a mensagem, apenas que eu tinha sido chamada para transmiti-la.

Sou invencível, cacete.

— É por isso que você tem que ficar de olho nos seus colegas, Kit. Para captar o que as câmeras deixam escapar. Não gosto de ter que pedir relatórios pelas costas, mas as ideias do continente estão tão profundamente enraizadas em nós que é difícil abandoná-las de vez. Se a PG já tem dificuldade em se acostumar com esse estilo de vida por apenas alguns meses, imagine como essa transição é difícil para a equipe. Qualquer um que venha daquele continente traz consigo ideias traiçoeiras. Cada vez que o *Ampulheta* deixa um novo grupo de hóspedes, estamos sujeitos a subterfúgios. É por isso que insisto tanto na importância da lealdade. Você entende?

Ela assentiu lentamente.

— Ótimo. Agora faça o que eu digo e evite quem eu mandar evitar. A menos que você queira que a sua própria lealdade seja mais questionada do que já foi.

— Quem...?

— A pergunta seria quem não questionou. — Levantei uma sobrancelha. — Todos eles têm receio de não poder confiar em você.

— Mas todos podem — balbuciou ela.

— Costumo considerar que tenho um bom julgamento, mas devo dizer que estou tendo dúvidas sobre a minha decisão de trazer você para o CI. Você é mais leal a essas amizades secundárias do que a mim.

— Isso não é verdade.

Brinquei com a echarpe.

— Se quiser ocupar o lugar de Gordon ao meu lado, preciso confiar na sua dedicação.

A garota levantou rapidamente a cabeça, sem dúvida surpresa ao me ouvir falar tão abertamente da hierarquia da equipe. Não deveria estar. Honestidade a todo custo era minha política.

— O que posso fazer? — perguntou ela, servil. Havia algo pior numa mulher do que a submissão? — Para provar a minha dedicação?

Pensei na pergunta por um tempo excessivamente longo, debatendo comigo mesma se ela já estava pronta para o desafio. Talvez fosse cedo demais. A garota esfregou as mãos suadas na calça jeans, esperando.

— Acho que é hora de você fazer a sua M2.

Ela ficou completamente imóvel.

— Faz só um mês que cumpri a minha M1.

— Você está dizendo que não está pronta? Prefere que eu dê essa oportunidade a um dos seus colegas?

— Não. Estou pronta. Farei o que você achar que devo fazer.

Afundei ao lado dela no sofá e entrelacei meus dedos aos dela.

— Essa é a minha garota.

36

Kit

Dezembro de 2019

Todo aquele tempo, tentei descobrir quem havia me traído, se tinha sido April ou Georgina.

Não havia sido nenhuma das duas.

Desde que a Professora tinha me contado sobre as câmeras, eu havia começado a procurar por elas na ilha. E descobri que estavam por toda parte. Em nossos bangalôs, pareciam detectores de fumaça. Nas salas de aula e no refeitório, estavam disfarçadas como porta-retratos. Havia algumas até aninhadas na folhagem da cerca viva. Éramos vigiados por toda parte: ao redor da piscina, dentro do galpão, perto das portas de entrada exclusiva dos funcionários. Eu tinha certeza de que tudo aquilo tinha sido obra de Gordon. Eu finalmente havia descoberto o papel dele ali: chefe de segurança. Era por obra dele que a Professora sabia de tudo. Ela não estava lendo as nossas mentes.

Ela estava nos vigiando.

As piadas internas abandonadas, as risadas e conversas até tarde da noite perdidas... eu havia jogado fora minha amizade com April e Georgina por nada.

A raiva agitava meu estômago enquanto eu andava de um lado para o outro no corredor do segundo andar da casa da Professora, um pouco antes da meia-noite. Só porque eu não via nenhuma câmera não significava que elas não estivessem ali. Na parede, havia uma pintura a óleo inspirada em um quadro de Munch — uma mulher careca agarrava as laterais da cabeça, o rosto derretendo, a boca congelada em um grito agudo. A imagem já era bastante perturbadora por si só, mas ficava pior pelo fato de haver seis dela, três de cada lado do corredor. Cada vez que se tinha uma conversa cara a cara com a Professora, era preciso passar pelos sêxtuplos com seus olhos assustadores. Talvez fossem um lembrete para enfrentarmos os nossos medos — ou do que aconteceria se não fizéssemos aquilo.

Passei a mão pela minha própria cabeça raspada, ainda não acostumada com a sensação. A Professora tinha dito que aquela era mais uma maneira de cortar nossos vínculos com o passado. Se eu não tivesse cabelo, não conseguiria arrancá-lo. Às vezes, sentia falta do calor dos fios junto ao pescoço ou do coque bagunçado no alto da cabeça. Sentia falta de combinar meu penteado com o meu humor. E de me sentir bonita. Muitas mulheres ficavam lindas com os cabelos raspados, mas eu não era a Natalie Portman. Não precisava de um espelho para confirmar que o corte não caía bem em mim. Eu simplesmente sabia.

A beleza é uma frivolidade, repreendi a mim mesma. *Medo de rejeição*.

Eu estava esperando ser chamada para um quarto que Sofia usava para cuidar de hóspedes doentes. No centro, havia uma mesa de exame com estribos para apoiar as pernas, cercada por três armários móveis cheios de insumos médicos. No canto, ficavam muletas que nunca haviam sido usadas. A Professora guardava os remédios trancados à chave em um armário no escritório dela. Ninguém poderia dizer que Wisewood estava despreparada em caso de emergências.

Encostei o ouvido na porta, ouvi o som de pés se arrastando e de vozes sussurradas, mas nada que pudesse me dar alguma pista. Eu gostaria que a Professora nos contasse com antecedência quais eram as nossas missões — não saber gerava ansiedade. Aquele provavelmente era um teste pré-missão. Tínhamos que ser destemidos antes e durante cada M.

Uma batida suave na porta me assustou.

— Kit — disse uma voz. — Bata de volta quando estiver pronta.

Aprumei o corpo e bati. Do outro lado estava Sofia, vibrando de empolgação. Atrás dela, a sala estava na penumbra, iluminada apenas por algumas velas. Entrei.

Haviam transferido a mesa de exame para a frente do cômodo. Almofadas cobriam o restante do chão: duas fileiras de três. Em cada almofada estava ajoelhado um membro do CI: Gordon, Ruth e Debbie na primeira fila; Sanderson, Raeanne e Jeremiah na segunda.

— Kit, seja bem-vinda à sua M2. Você vai começar agora... — Sofia fez uma pausa dramática — a Missão da Dor.

Senti as entranhas se revirarem.

— Ao longo da vida, todos sofremos dores emocionais, mas também há dores físicas. A dor é um fato, uma inevitabilidade. — Sofia inclinou a cabeça. — Mas será que é?

Ela se inclinou, aproximando-se tanto que me senti desconfortável.

— Quer que eu vá primeiro? Eu daria tudo para ir de novo.

Só consegui balançar a cabeça, tensa.

Sofia deu de ombros e me entregou um objeto de plástico.

— É melhor você colocar isso no ouvido.

— Para quê?

Examinei o fone de ouvido antes de enfiá-lo na orelha direita.

— Só para garantir. Agora, preciso que você suba na mesa.

Todo o meu corpo tremia. Subi na mesa de exame e fiquei deitada de costas.

— A dor é uma escolha — disse Sofia ao resto do grupo. — Pesquisas demonstram que esse processo é amplificado pelo medo. Ou seja, se você estiver relaxada e acreditar que tudo que está prestes a enfrentar não vai ser doloroso, você não sentirá dor alguma, ou apenas uma pequena fração do que sentiria se estivesse com medo. Portanto, a chave para nos livrarmos da dor é primeiro enfrentar os nossos medos.

Sofia baixou a voz.

— Vire de bruços.

Eu me virei e apoiei a testa nas costas das mãos. Sofia higienizou as mãos na pia que ficava no canto e calçou luvas de látex.

Você ficou maluca?, disse a voz de Nat na minha mente. *Cai fora daí!*

Uma voz diferente encheu meu ouvido direito.

— Que diabos Jeremiah está fazendo?

Era a Professora.

Levantei a cabeça e olhei para os meus colegas ajoelhados nas almofadas. Na segunda fila, Jeremiah balançava, instável. Eu não poderia responder à Professora mesmo se soubesse o que dizer — eu tinha apenas um receptor, sem microfone. Eu a imaginei sentada no escritório dela, com a echarpe da minha mãe enrolada no pescoço. Rebecca havia começado a usar o lenço diariamente.

Raeanne lançou um olhar de desprezo na direção de Jeremiah, e se inclinou para se afastar quando ele oscilou em sua direção.

— Pelo amor de Deus! — disse ela.

— Cara, você está bem? — perguntou Sanderson, a testa franzida.

Jeremiah se inclinou para a frente, o corpo apoiado nas mãos e nos joelhos.

— Desculpem. Preciso de um minuto.

— Você tem hipoglicemia? — perguntou Sofia, correndo para perto dele.

Jeremiah afastou-a com um gesto.

— Não se preocupem comigo. Fico nauseado com facilidade.

Sofia se animou.

— Um rápido mergulho no mar reavivaria os ânimos de todos nós. — Ela olhou ao redor em busca de alguém que comprasse a ideia, mas não encontrou.

— Precisamos seguir o plano — disse Gordon.

— Como vamos fazer isso se esse fracote desmaiar? — resmungou Raeanne.

— Deixem ele em paz — alertou Ruth, enquanto apertava o ombro de Debbie; a cozinheira olhava para Jeremiah com os olhos marejados.

A regra de não tocar, pensei involuntariamente.

— Podem me ignorar e continuar, pessoal — falou Jeremiah.

Eu poderia até ter achado aquela reação dramática um motivo para sentir pânico, mas a verdade era que Jeremiah também não sabia o que estava por vir. Ele nunca havia estado em uma M2.

— Pergunte a ele por que ainda não fez a sua própria Missão da Dor — disse a Professora no meu ouvido. Mordi o lábio. A última coisa que eu queria fazer era chutar o meu amigo enquanto ele estava caído. — Você não quer ajudar Jeremiah na jornada dele em direção ao destemor?

— Por que você ainda não fez a sua M2, Jeremiah? — perguntei. Ele levantou os olhos, surpreso, o rosto pálido.

— Lembre a Jeremiah que ele está no CI há mais tempo que você — orientou a Professora.

Por que ela estava fazendo a minha M2 ter tanto a ver com o Jeremiah? Essa deveria ser uma oportunidade para eu dar mais um passo em direção ao *meu* Eu Potencializado. Ela e Jeremiah não poderiam ter essa conversa depois, cara a cara? Qual era o sentido de constrangê-lo?

— Você quer impedir a evolução do caminho dele? Vai conseguir viver consigo mesma se todo esse progresso duramente conquistado for perdido?

— Você está no CI há mais tempo do que eu — falei, alto o bastante para que todos ouvissem.

Rezei para que todos soubessem que eu estava fazendo aquilo por ordens da Professora. Jeremiah com certeza compreendia que eu queria deixar aquilo de lado tanto quanto ele.

— Não fale até que ele responda — disse a Professora.

O silêncio que se seguiu deve ter sido mais doloroso do que o que quer que Sofia estivesse planejando. Ninguém se moveu. Jeremiah me encarou. E disse em um fio de voz:

— Porque estou... com medo.

— Talvez ele não pertença ao CI no fim das contas.

Abaixei de novo a testa, rezando para que a Professora deixasse aquilo de lado.

— Diga isso a ele.

Murmurei as palavras.

— Talvez ele não pertença ao CI no fim das contas.

— Não banque a espertinha comigo. Você pode ser a minha favorita hoje, mas isso não significa que não vou puni-la amanhã.

Senti o rosto e o pescoço quentes. Eu queria voltar para a missão.

— Eu avisei a você sobre ele — lembrou a Professora, depois do que pareceu uma vida. — Amanhã você vai dizer ao Jeremiah que se ele estiver pensando em abandonar nossa comunidade, não terei o menor problema em enviar o vídeo da M1 dele para o seu antigo chefe.

Fiquei sem ar. No dia seguinte à minha iniciação, eu havia confrontado Jeremiah sobre a sua confissão. Por quanto tempo ele havia fraudado a contabilidade? Alguém da empresa sabia?

Jeremiah tinha me olhado com tristeza.

— Achei que, a essa altura, você já me conhecia melhor do que isso. Eu inventei aquilo, Kit. Aposto que pelo menos metade daquelas confissões eram exageros, ou mentiras descaradas, para superar o que os outros haviam contado. Para ganhar pontos com a Professora.

Metade de mim se sentiu aliviada por não ter sido a única a enfeitar o meu segredo. A outra metade ficou decepcionada — se as nossas transgressões eram inventadas, estaríamos mesmo nos libertando do julgamento? Qual era o propósito de tudo aquilo?

— Prossiga — disse a Professora no meu ouvido.

A cor tinha voltado ao rosto de Jeremiah, então Sofia saiu de perto dele e retomou os preparativos com tranquilidade. Ela pegou um sachê com um cotonete de algodão embebido em álcool na bandeja de metal e abriu a embalagem. Então, deu uma palmadinha na minha perna direita até eu relaxar e ficar deitada como um cadáver na mesa de exame. Sofia passou o cotonete na ponta do meu dedão do pé direito. Arquejei.

— A marca que usamos nos dedos dos pés é em respeito a tudo o que aprendemos — disse ela. — As três pontas do triângulo representam os três princípios de Wisewood. O triângulo e o tronco formam uma árvore perene para nos lembrar de onde se originou nosso renascimento. O símbolo representa as Missões do Destemor, a razão pela qual estamos todos aqui esta noite.

É só uma tatuagem. Soltei o ar e lembrei da estrela na minha têmpora — tinha sido feita uma semana depois da morte da minha mãe. Nat tinha me achado louca naquela época, e pensaria o mesmo agora. Mas qual era a diferença da M2 para um homem tatuando o nome da namorada no peito? Ou de uma família celebrando um ente querido que morrera tatuando asas de anjo em todos? Queríamos uma forma de expressar o nosso envolvimento, um lembrete diário daquilo que nos empenhávamos em alcançar. Tudo aquilo era dor com um propósito. A Professora sempre nos lembrava que a dor era o medo deixando o corpo. No nosso caso, era especialmente verdade. A cada missão, estávamos um passo mais perto do destemor. Eu não sabia como fazer Nat entender aquilo.

Ela não está aqui, lembrei a mim mesma. *Não deixe o medo do julgamento levar a melhor sobre você.*

Mas, se minha irmã *estivesse* aqui, ela diria que eu seguia a Professora como um cachorrinho, sem opinião própria e lucidez, mas ela estava errada. Eu sabia que a Professora me manipulava. Sabia que ela nos jogava uns contra os outros, nos mantendo mais próximos dela do que uns dos outros. Sabia que Rebecca me dizia o que eu queria ouvir para fortalecer o seu domínio sobre mim.

Mas me preocupavam menos as *razões* por trás das suas ações e mais as próprias ações. Cada piscadela, cada elogio, os abraços — tudo aquilo fazia com que eu me sentisse necessária. Na maior parte das vezes, não importava se ela estava dizendo as mesmas coisas aos outros alunos. Eu ansiava por sua aprovação. Ouvir da Professora que eu era especial era mais importante do que saber se aquilo era realmente verdade. Eu estava disposta a ignorar falhas graves se isso significasse ser amada. Quem de nós não estava?

Eu tolerava aquelas manipulações porque elas me apontavam uma direção que eu já queria seguir. A Professora não estava tentando me forçar a usar uma pele que não me servia, ou me forçar a ter uma vida que eu não desejava. Ela podia ser dura, mas também estava certa — o medo é um monstro que nós mesmos criamos. E o medo só tem poder sobre nós se permitirmos isso.

Você é um tsunâmi, Kitten. Você é exatamente a pessoa de que Wisewood precisa.

— Sanderson? Raeanne? — chamou Sofia. Os dois se levantaram. Sanderson pigarreou.

— Não estou totalmente de acordo com... — Raeanne fez uma careta para ele. Sanderson então engoliu em seco e se aproximou da mesa.

— Você segura as pernas dela; você, os braços — orientou Sofia.

Mãos úmidas de suor envolveram os meus tornozelos, enquanto um par de mãos secas agarrava os meus pulsos. Lembrei de ouvir a Professora dizer que o toque era permitido nas missões, desde que não tivéssemos prazer com ele. Tentei não pensar em quanto tempo havia se passado desde que eu havia tocado outro ser humano — além da própria Rebecca — em um ambiente fora da sala de aula, mas o número se materializou de qualquer maneira: seis meses e meio. Eu me recusei a lembrar dos abraços da minha mãe ou dos beijos do meu último namorado. Ignorei o pensamento blasfemo de que tocar era uma forma de socialização, e socializar era o que nos tornava humanos.

Eu me concentrei, então, em ficar imóvel na mesa, me perguntando se Raeanne conseguia sentir a pulsação disparando nos meus pulsos. Sofia pousou uma mão reconfortante nas minhas costas enquanto falava sobre a importância da dor, sobre como ela nos tornava mais fortes.

— Hora do show — disse ela, por fim. Seus joelhos estalaram quando ela abaixou a cabeça para nivelá-la à minha. Então, Sofia cravou as unhas nos meus braços. — Quero agradecer a você por fazer isso. Por trazê-la de volta.

Olhei para a médica.

— Quem?

Ela apontou para um banquinho no canto da sala.

— Rosa. Sempre que me sinto mais viva, como agora, sempre que sinto o sangue correndo nas veias, a minha filha me visita. Você a trouxe para cá essa noite.

Ela estava falando figurativamente, certo?

Raeanne cutucou Sofia para que saísse do caminho.

— Vamos continuar, doutora. — Ela ocupou o lugar de Sofia perto da minha cabeça e tirou o palito da boca. — Hora de ser corajosa.

Apoiei o queixo na mesa e sustentei o olhar de Raeanne. Não pararia para pensar na médica potencialmente alucinada prestes a enfiar uma agulha no meu pé.

— Vai doer muito — disse Raeanne, o hálito rançoso —, mas só por dez minutos. Apenas por uma centena de inspirações e expirações, e faremos isso juntas. Está pronta? Vai respirar comigo?

Assenti, sem consegui parar de tremer. Tive um pensamento frenético de que precisava saber o que estava por vir e olhei por cima do ombro.

Na mão de Sofia havia uma caneta de cauterização. A ponta cintilava, muito vermelha.

Raeanne virou a minha cabeça de volta, para que eu a encarasse.
— Em breve você não vai mais ter medo da dor, eu prometo.
Eu estava esperando sentir um monte de picadinhas de abelha, a mesma sensação da tatuagem de estrela, mas quando a ponta da caneta tocou meu dedo do pé, uma dor incandescente me atravessou. Gritei de susto.
— Segurem firme — disse Sofia.
A pressão nos meus braços e tornozelos ficou mais forte. A caneta continuou a se mover. Quando o cheiro de carne queimada atingiu minhas narinas, parei de gemer. Eu mal conseguia sentir meu pé.
Finalmente, o medo estava deixando o meu corpo.

37

Natalie

9-10 DE JANEIRO DE 2020

Aguardo, agachada sob um abeto. O granizo ricocheteia nas árvores. Quando me convenço de que a mulher mascarada se foi, saio correndo pelo mesmo caminho que ela seguiu, tentando refazer nossos passos, mas ela deve ter me trazido até aqui por um caminho indireto, já que nada me parece familiar. Na verdade, tudo é familiar demais, um aglomerado de árvores idêntico ao outro. Tenho a sensação de estar em um labirinto. A mesma sensação estranha que tive desde que pisei nessa ilha toma conta de mim: estou sendo observada.

Examino a floresta, o coração disparado, com medo de gritar por socorro.

— Olá! — chamo.

Ninguém responde.

Que tipo de guru larga alguém para morrer congelado?

O clima está cada vez mais inclemente. A neve cai espessa como neblina. A parca que estou usando é quente o bastante para suportar condições árticas (graças ao bom Deus), mas meu cabelo está molhado, e minhas orelhas, congelando. Puxo o capuz do agasalho, o que restringe minha visão periférica. Abaixo-o de novo, com medo do que não consigo ver.

Por que segui aquela mulher até aqui? Como pude ser tão idiota? Estou prestes a gritar novamente quando ouço um som estridente. Eu me viro, mas não encontro ninguém atrás de mim. Por um minuto, talvez mais, fico parada ali. Nada além do dilúvio interminável de granizo. Ouço o som novamente, e dessa vez tenho certeza de que são nós de dedos estalando.

Ela está de sacanagem comigo?

Faço um círculo lento, e as árvores parecem se aproximar de mim. Tento ouvir mais estalos, mas só o que ouço é o vento. Provavelmente imaginei o barulho. Decido não esperar para descobrir.

Saio correndo, certa de que estou fugindo de alguma coisa, mas não faço ideia do quê. Abro caminho às cegas através dos galhos emaranhados. Os gravetos me arranham, as agulhas ficam grudadas na minha parca. Preciso raciocinar se quiser encontrar aquela porta, mas não consigo pensar por cima do clamor do meu cérebro instintivo: mais rápido, mais rápido. Só vejo a raiz da árvore no caminho quando já é tarde demais.

Minha bota trava. Solto um grunhido enquanto voo pelo ar, e mordo o lábio com força quando aterrisso. As palmas das minhas mãos suportam o peso do meu corpo. Fico deitada de bruços por um instante, e imagino as tropas de Wisewood se aproximando de mim. Vejo aquelas pessoas virando o meu corpo, o sangue escorrendo dos meus olhos, ouvidos e nariz. Eu os imagino jogando o meu cadáver pálido dentro de uma cova aberta às pressas, meus cabelos cheios de vermes se contorcendo. Minha boca está congelada em um grito silencioso.

Nada acontece. Ninguém se aproxima. Eu me sento e avalio os danos. As palmas das mãos estão arranhadas, a boca dói. Passo a língua pelo lábio inferior. Está sangrando e já começa a inchar. Mexo os tornozelos, mas nada está torcido ou deslocado. Estou bem.

Puxo os joelhos para junto do peito. A mulher mascarada me avisou que *o que a Professora diz é o que vale*. A mulher poderia ser a própria Rebecca? Ela se rebaixaria a um trabalho tão sujo?

De forma alguma esse é um retiro corriqueiro de autodesenvolvimento. Ou um membro da equipe se rebelou, ou Rebecca institucionalizou uma guerra psicológica. É assim que eles mantêm os hóspedes e funcionários na linha, aterrorizando-os até a submissão? Kit passa o tempo todo correndo de um lado para o outro, cumprindo ordens de Rebecca, desde o momento em que cheguei aqui. Ela treinou todos como cães. Quando eu sair dessa ilha de fim de mundo, vou arrastar essa mulher na lama e enterrá-la até o pescoço.

Respiro fundo. Preciso continuar em movimento. Eu me levanto.

Não sei por quanto tempo caminho. Em algum momento, minhas mãos e meus pés ficam dormentes. Depois de algum tempo, deixo de notar o nariz escorrendo e o lábio inferior latejando. Quando, finalmente, um muro escuro surge à frente, quase soluço de alívio. Ando lentamente entre a cerca viva e as árvores, passando os dedos pelas folhas falsas enquanto sigo ao longo dela. Finalmente chego a uma porta e sinto duas pontadas no peito — uma de orgulho e outra de medo. Quem estará esperando do outro lado? Estendo a mão para a maçaneta, tomada por uma sensação de déjà-vu.

A porta está trancada.

Furiosa, soco a porta, sem me importar mais com o que me espera. Continuo batendo por muito tempo mesmo depois de ter machucado a lateral da mão. Grito por socorro até sentir a garganta rouca. Recebo como resposta um silêncio total. Não ouço uma única criatura se mexendo na floresta às minhas costas. Não tenho como passar por esse muro, nem como pular.

Ninguém está vindo me buscar.

Encontro a maior árvore por perto e me aninho embaixo dela, longe da neve e do granizo que começa a diminuir. Acerto o alarme do meu relógio para tocar a cada vinte minutos para que eu possa fazer polichinelos e corrida no lugar para me aquecer um pouco. Eu me lembro do ano em que resolvi meditar mais: dez minutos todos os dias. Apelo para aquelas lições agora, tentando encontrar internamente um estado zen, tentando reprimir a voz que grita que vou morrer aqui.

Então, espero.

Muitas horas depois o sol nasce. O céu parece um rosto com hematoma — roxo esfumaçado contra uma mancha cor de pêssego. O efeito é horrível e lança um brilho ictérico sobre a ilha. A neve ainda cai, o vento ainda uiva. Alguma coisa grasna acima de mim, mas não consigo ver o que é de onde estou, debaixo da árvore. A essa altura, a adrenalina que percorria o meu corpo desapareceu, mas não dormi nada. Passei a noite olhando para a porta, desejando que ela se abrisse, por horas seguidas, até ter certeza de que a minha pulsação é um relógio externo ao meu corpo, algo que todo mundo consegue ouvir, mas está ignorando.

Uma chave gira na fechadura. Saio do meu esconderijo e limpo as agulhas das árvores que se grudaram ao meu casaco. A porta se abre. Eu me preparo.

A cabeça de Kit aparece.

— Nat?

Grito algo ininteligível — nunca me senti tão aliviada ao ver a minha irmã insuportável do cacete. Kit espia por cima do ombro, entra na floresta e fecha a porta atrás de si. Ela está segurando o meu gorro e o meu cachecol, que empurra na minha direção, antes de se retrair.

— Seu lábio.

Enfio o gorro, batendo os dentes.

— Me tira daqui.

Ela faz que sim, os olhos arregalados.

— Eu vim assim que descobri.

Enrolo o cachecol ao redor pescoço.

— Vamos.

Ela abre a porta e disparo para fora da floresta. Corro na direção do meu bangalô. Kit se arrasta atrás de mim, ofegante. Quando chego à porta da frente, dobro o corpo, as mãos nos joelhos.

— Me diga que você tem a chave.

Ela tira um cartão-chave do bolso e destranca a porta. Empurro-a para dentro. Ela se afasta das minhas mãos.

Quando estamos ambas em segurança no quarto, fecho a porta atrás de nós. Tiro o casaco, pego o edredom da cama e o enrolo no corpo, os dentes ainda batendo. Meu lábio inferior está o dobro do tamanho. Kit se senta em silêncio na cadeira diante da escrivaninha. Ando de um lado para o outro no bangalô, sentindo uma onda renovada de adrenalina percorrer o meu corpo.

Encaro a minha irmã.

— Que lugar é esse?

Ela levanta os olhos para o detector de fumaça no teto.

— Sei que a metodologia às vezes é extrema, mas...

— Kit, eu fui deixada sozinha na floresta em pleno inverno, por... — olho meu relógio — ... cinco horas.

Ela assente, como se aquilo tivesse sido uma lamentável intercorrência no rumo dos acontecimentos.

— Da minha parte, nem sempre gosto dos tratamentos também.

— Só que eu não me inscrevi para nenhum tratamento! — grito.

— Às vezes, durante uma experiência de aprendizagem, é difícil ver qual lição se deve tirar. Mas, por mais louco que possa parecer, a Professora sempre tem um propósito.

Eu me viro na direção dela e deixo cair o edredom.

— Então a mulher que me deixou para morrer era Rebecca?

— É claro que não. Ela é importante demais para aplicar os tratamentos.

— Quem era, então?

Ela dá de ombros.

— Alguém da equipe — diz.

— Raeanne?

Kit desvia o olhar, o que significa que sim.

Pergunto entredentes:

— Quem te disse onde eu estava?

Kit cerra os lábios, recusando-se a falar. Não é necessário.

— Quero falar com Rebecca. Agora.

O mistério do e-mail anônimo não era mais tão misterioso. Se a própria Rebecca não tivesse enviado, sem dúvida tinha algo a ver com aquilo. Ninguém, nada naquele lugar estava livre das suas cordas de marionetista.

— Impossível.

— Então quero ir embora dessa ilha. Assim que for humanamente possível.

Sigo o olhar da minha irmã até a neve batendo na janela.

— Você não pode ir embora com esse tempo. Não é seguro.

— É menos seguro do que ficar ao ar livre em uma temperatura de menos sete graus? Eu poderia ter tido uma hipotermia, Kit. Poderia ter morrido.

— Seu medo da dor está assumindo as rédeas.

Entro no banheiro para me impedir de estrangulá-la. Doze horas atrás, eu tinha jurado a alguma fada no céu que morreria por Kit. Agora eu mesma quero matá-la.

Eu me encaminho para me olhar no espelho e lembro, ah, espera, não há espelho neste inferno. Enrolo a toalha de banho áspera ao redor da cabeça e molho um pouco de papel higiênico. Estremeço enquanto limpo o corte no lábio — mesmo sem o espelho, consigo ver como está inchado. Quando volto, Kit está olhando para o teto novamente. Paro na frente da minha irmã e a encaro.

— Raeanne ameaçou me esfaquear com um estilete.

O rosto de Kit parece perturbado.

— Ela não deveria ter feito isso.

— Você acha?

— Tentamos evitar a violência aqui.

Dou uma risadinha debochada, então abaixo a voz.

— Assim que for seguro navegar, eu vou embora daqui. E você vem comigo.

— Ah. — Ela hesita por um tempo. — Não, Nat, eu não vou. Não vou a lugar nenhum. Esta é a minha casa agora.

— Sabe o que eu acho? Acho que isso é um pedido de socorro. Você quer sair daqui, mas não pode porque Rebecca fez uma lavagem cerebral em você, fez você acreditar que ir embora seria o fim do mundo.

— Eu já te disse que lavagem cerebral não é um conceito científico válido.

— Me deixa falar com ela.

— Sem chance. — Todo o corpo de Kit fica tenso. — Você vai insultá-la e me humilhar. Eu não precisava da sua intromissão antes de Wisewood, e com certeza não preciso agora. Resgatei você na floresta porque queria te ajudar, nada mais.

A assertividade recém-adquirida de Kit me surpreende. Aponto para o meu lábio inchado.

— Pareço ter sido ajudada?

— Foi você que trouxe o celular para cá.

— *Essa* é a grande transgressão?

— Você mentiu para nós.

— Você sabe por que não gosto de ficar sem o celular, Kit.

— Sei, mas era uma oportunidade para você superar isso.

— Onde você esteve a noite toda, afinal? Fui ao seu quarto meia dúzia de vezes. Estava louca de preocupação.

— Eu estava tentando impedir o Gordon de fazer uma coisa estúpida.

— Qual é a daquele cara?

A minha irmã olha irritada para o detector de fumaça.

— Ele é o animalzinho de estimação da Professora.

E você não é?, penso comigo mesma, levantando uma sobrancelha.

Kit vira a cabeça bruscamente na minha direção e me preocupo com a possibilidade de ter expressado aquele pensamento em voz alta.

— Você não sabe mais nada sobre mim, Natalie.

Examino seu couro cabeludo raspado, a pele opaca. Suas covinhas desapareceram, a leveza sumiu dos seus olhos. Tento encontrar vestígios da minha irmã, mas ela é uma sombra do furacão que já foi. Está mais dura, mais resistente.

Percebo, então, que ela está certa.

Kit inclina a cabeça.

— Mais cedo, você disse que precisávamos conversar.

— Agora não é o momento — respondo.

Ela cerra o punho esquerdo, mas logo volta a relaxar a mão.

— Agora é o momento perfeito.

— Deixa pra lá, Kit. Não estou com disposição.

— Fiquei mais forte desde que éramos crianças, Natalie. Você não está mais no comando. Ou você me conta agora ou não vai contar nunca mais.

— Tudo bem — digo.

Agora estou ansiosa para cuspir as palavras, sinto prazer com a dor que elas vão causar, e a minha própria degeneração me assusta.

— A mamãe planejou a própria morte. E eu ajudei.

38

Kit

Dezembro de 2019

Eu não tinha motivo para mancar. Agora que havia passado na M2, estava livre de dores.

Mesmo assim, andei com cautela enquanto arrumava o trailer depois da aula, esvaziando a cesta de lixo e endireitando as cadeiras. Para me distrair do pé que latejava, fiz algumas anotações rápidas — quais alunos estavam estagnados, como eu poderia ajudar. Uma dor ardente subiu pela minha perna a partir do dedo do pé e me fez estremecer. Eu esperava que não demorasse muito para a tatuagem cicatrizar.

Tatuagem?, ouvi a voz irritada da Nat dizendo. *Por que não chamamos as coisas pelos nomes certos? Você foi marcada. Como uma maldita cabeça de gado.*

Isso é um símbolo. Um lembrete de que agora não tenho mais medo da dor.

Como você pode acreditar nessa merda?, gritou ela, a voz aguda na minha mente.

Cerrei os dentes. Minha irmã tinha me dito como e o que pensar durante toda a vida. Ela se achava inteligente por não acreditar em nada. Quando eu estava na terceira série, Nat me informou em um tom arrogante que o Papai Noel não existia. A mamãe não teria se incomodado nem um pouco em continuar a fazer de conta que ele era de verdade até irmos para a faculdade — manchando cartas de agradecimento com fuligem de chaminé, comendo todos os biscoitos — se Nat não tivesse arruinado a ilusão.

Quando éramos adolescentes, Nat decidiu que não acreditava mais em Deus. Ela apontou as falhas lógicas, as inconsistências nas histórias que tínhamos aprendido quando crianças nas aulas de catecismo. Mas não era suficiente para ela que apenas *ela* deixasse de acreditar; minha irmã também precisava desdenhar de qualquer um que ainda tivesse fé. Ela não via a crença da mesma forma que eu: como um conforto, uma garantia de que havia alguém ou alguma coisa acima de nós, responsável pela balança entre o bem e o mal, pesando mais na direção do bem — ou pelo menos mantendo-a equilibrada. E daí se eu quisesse acreditar que a vida não era aleatória e sem sentido? E daí se tinha a necessidade de que a minha existência significasse alguma coisa? No fim, por que importava saber quem tinha razão, se os crentes ou os descrentes? Nossas crenças afetavam o aqui e agora.

Nat se orgulhava de farejar o que considerava bobagem. Ela achava que as suas dúvidas a tornavam uma pessoa melhor, mas eu achava que a tornavam uma pessoa infeliz. Se eu continuasse a permitir que a minha irmã se metesse na minha vida, ela arruinaria Wisewood para mim da mesma forma que havia arruinado Deus.

Abri a porta do trailer e uma rajada de ar gelado me atingiu. Enfiei o queixo no tecido quente do casaco, temendo a sensação que aquele frio provocava de estar com os pelos do nariz colados. O sol se esforçava para espiar através de nuvens cinzentas como água suja.

Dava para entender por que tínhamos tão poucos hóspedes nessa época do ano.

Em dias como aquele, eu sentia falta do deserto de Sonora da minha infância — o calor seco e implacável, os cactos saguaros no formato de cowboys, os emaranhados de buganvílias fúcsia e vermelhas. Naquela época eu me perguntava por que alguém se sujeitaria aos tormentos do inverno, ano após ano. E acabei me tornando uma daquelas pessoas — e ficava reclamando dos dias sombrios e do frio cortante por meses a fio.

Assim que tranquei a porta do trailer, vi Jeremiah parado a poucos metros de distância, assoviando, claramente tentando parecer despreocupado. Levei a mão automaticamente ao cabelo e encontrei apenas o couro cabeludo.

Eu não havia me dirigido a ele na aula daquela manhã, nem tinha feito contato visual — em parte porque a Professora havia me dito para cortar relações com Jeremiah, em parte porque eu estava evitando transmitir a ameaça dela.

— Como está o pé?

Olhei ao redor. Não havia ninguém da PG por perto.

— Tudo bem, obrigada.

Segui na direção do refeitório, para sinalizar o fim da conversa. Jeremiah caminhou ao meu lado, acompanhando meu ritmo.

— Parece que você está mancando...

Quando não respondi, ele acrescentou.

— Deveria pegar um gel, uma loção ou alguma outra coisa com Sofia. Vai ajudar a cicatrizar mais rápido.

— Já fiz isso.

Ele estendeu a mão para tocar o meu braço, mas me coloquei fora do seu alcance.

— Tem certeza que você está bem?

— Eu já disse que sim. Por que a insistência? — No fundo da minha mente, percebi um soluço baixo vindo de um dos bangalôs.

— Porque você foi *marcada* ontem à noite.

— Fala baixo. — Parei de repente e olhei ao redor. Ainda estávamos sozinhos. — Você por acaso está questionando as Ms?

— Você não? Você acabou de ter o seu corpo marcado para o resto da vida.

Jeremiah nunca havia falado de forma tão ousada — provavelmente tinha ficado mesmo apavorado com a própria M2.

— Eu vejo isso como um distintivo, não como uma cicatriz. E é melhor você se preparar logo para a sua M2.

— Senão o quê?

— Senão a Professora vai enviar a sua M1 para o seu antigo chefe, foi o que ela disse.

Jeremiah pareceu furioso.

— Eu nunca deveria... — ele se interrompeu.

Senti a nuca formigar.

— Você não está questionando o CI, está?

Ele me examinou.

— O que você vai fazer se eu disser que sim?

Hesitei. A minha M2 tinha abalado mais Jeremiah do que eu pensava.

— Tenho que fazer o que é melhor para Wisewood. Todos nós temos. Então, por que você não pensa direitinho antes de dizer algo de que possa vir a se arrepender? Não posso ter a minha lealdade questionada. — Eu não completei com *mais uma vez*.

O rosto de Jeremiah ficou vermelho.

— Você não se importa com nada além dela?

De onde tinha vindo aquela animosidade?

— Achei que você também a admirava.

— É muito difícil admirar uma mentirosa.

Eu o encarei boquiaberta.

— Do que você está falando?

Jeremiah mexeu os pés, o arrependimento evidente em seu rosto.

— Me conta.

— Esquece.

— Me conta — repeti, o tom mais determinado.

O olhar dele se desviou para a pequena câmera afixada no telhado de um bangalô próximo. Ninguém teria notado, a menos que estivesse procurando por ela — mas a câmera estava apontada diretamente para nós. Jeremiah voltou novamente os olhos para mim, então inclinou o queixo em um movimento quase imperceptível na direção da cerca viva. Pisquei duas vezes e o deixei parado ali. Com a cabeça a mil, segui por uma rota indireta até os arredores do campus e escolhi um lugar longe de qualquer porta ou câmera. Um minuto depois, Jeremiah apareceu. As árvores além do muro oscilavam, escutando e sussurrando, transmitindo segredos como num jogo de telefone sem fio.

Quando teve certeza de que estávamos sozinhos, Jeremiah deu um passo na minha direção, os olhos desvairados, os punhos tremendo. Um grunhido escapou da sua garganta.

— Rebecca matou o meu irmão.

39

Kit

Dezembro de 2019

Fiquei olhando boquiaberta para Jeremiah, chocada demais para dizer alguma coisa.

— Quando éramos crianças — falou ele —, os meus pais nos levaram para ver uma apresentação de mágica na escola de ensino médio, a duas cidades de distância da nossa, e quem iria se apresentar era essa garota impressionante chamada Rebecca. Naquela noite, ela escolheu o meu irmão como assistente para um truque com algemas. Gabe ficou petrificado. Ele sempre tinha se interessado por mágica, mas daquele momento em diante a coisa virou uma obsessão.

Jeremiah me contou sobre a vida da Professora antes de Wisewood — sua persona como Madame Destemor, as façanhas que desafiavam a morte, o papel de Gabe como seu parceiro de negócios por vinte anos, e como ela o havia maltratado, mas acabara ficando com a herança dele.

— A morte do Gabe é culpa dela.

— Achei que seu irmão tinha morrido em um acidente.

— Ele se afogou em um lago semicongelado. Durante uma das apresentações de Rebecca.

Eu não conseguia acreditar.

— Mesmo que tenha sido um acidente, ela ainda é responsável pela morte dele.

Eu estava trêmula de frio. Esfreguei as mãos para aquecê-las.

— Jeremiah, é uma ideia absurda.

Ele soltou uma risada sem humor.

— Você não a conhece como eu. Passei anos pesquisando tudo sobre Rebecca, tudo sobre esse lugar.

Um novo medo causou um aperto no meu peito: a segurança da Professora. Como eu havia julgado tão mal aquele homem à minha frente? Toda a devoção e o encantamento dele tinham sido uma mentira.

— Você espera fazer o quê, exatamente?

Ele apontou para a ilha ao nosso redor.

— Aquela mulher arrancou o meu irmão da minha família muito antes de ele morrer. Agora, ela está fazendo a mesma coisa com todo mundo que mora aqui. Não posso permitir que Rebecca continue colocando pessoas em perigo, afastando-as dos seus entes queridos. Isso é maior do que o que aconteceu com o Gabe.

— E o que você vai fazer? — voltei a perguntar.

O suor brilhava nas têmporas dele.

— Vou dar um jeito de fazer com que ela assuma a responsabilidade por tudo isso. Essa mulher vem manipulando e explorando seus seguidores há anos. Em algum ponto da história ela deve ter cometido um deslize. Se eu encontrar provas desse erro, vou entregar à polícia. Caso contrário... — Sua expressão ficou sombria. — Vou fazer justiça do meu jeito.

O frio se esgueirou por dentro da gola e das mangas do meu casaco. Eu estava ansiosa para chegar mais perto da casa — precisava avisar a Professora o mais rápido possível.

— Já encontrou alguma coisa até agora?

Jeremiah puxou tufos de sua barba.

— Muita merda louca já aconteceu aqui, mas ninguém além de mim está disposto a falar, seja por causa do acordo de confidencialidade que assinaram, ou por sinceramente acreditarem que toda essa bosta é para o bem deles. — Ele franziu o nariz. — Não sei onde o Gordon esconde aquele celular com os vídeos de chantagem da M1, mas fato é que ainda não consegui encontrar. Examinei os arquivos da Rebecca, o diário dela. Não há nenhuma maldita referência ao Gabe ali, você acredita nisso?

Balancei a cabeça. Eu me debatia com a ideia, me perguntava se ele ainda poderia ser salvo.

— Acho que você não refletiu bem sobre isso.

— Eu não refleti sobre nada *além* disso durante anos.

A Professora estava certa sobre ele o tempo todo.

Jeremiah agarrou o meu pulso, respirando com dificuldade.

— Meu período sabático no trabalho está quase acabando. — Ele não me soltou. — Só tenho mais algumas semanas antes de precisar voltar para casa. Ela tem que pagar pelo que fez.

A estafa que ele havia tido, o emprego que havia largado, a conversa de nunca mais querer ir embora de Wisewood — tudo o que Jeremiah havia me contado era mentira. O desespero irradiava dele em ondas assustadoramente densas. Achei que tínhamos progredido nas aulas, mas sabia por experiência própria que o luto se manifestava de maneiras imprevisíveis. O irmão dele havia morrido quase quinze anos antes, mas Jeremiah ainda estava com a mente fixa nisso. Talvez eu pudesse dar um fim àquele plano temerário antes que ele se machucasse.

— Você precisa dar um passo para trás e repensar esse "plano", Jeremiah. Tem ideia de quantas vidas pode arruinar? Sinto muito por Gabe... sem dúvida a morte dele foi trágica. A Professora provavelmente poderia ter sido mais gentil com o seu irmão. Tenho certeza de que ela cometeu erros no passado... todos cometemos. — Sentia o coração disparado no peito. — Até os visionários fazem besteira de vez em quando.

Jeremiah me fuzilou com o olhar.

— Acorda, Kit. Sabe o que encontrei na mesa da sua *visionária*? Arquivos com os nomes de cada um de nós. É isso mesmo, tem um em que se lê "KIT" em grandes letras pretas. Só tive tempo de folhear o meu próprio arquivo, mas ele estava cheio de informações a meu respeito.

Senti o estômago queimar. E então ele disse exatamente o que eu tinha em mente:

— É por isso que Gordon está fora o tempo todo. Ela o manda investigar as nossas vidas — disse Jeremiah.

— Como você sabe que é o Gordon?

Ele revirou os olhos para mim, como se dissesse "ah, pelo amor de Deus".

— Eu olhei o arquivo dele...

— Achei que você só tinha tido tempo de olhar o seu...

— Eu precisava saber contra o que estou lutando. A pessoa tem que ser doida para entregar de mão beijada um monte de provas sobre si mesmo e todos os outros.

Ou *leal*, pensei.

— Você sabe o que ele fazia antes de Wisewood? O Gordon?

Quis interrompê-lo, dizer que não me importava, mas estava curiosa demais para me afastar.

— Detetive particular. Aquela história que ele contou sobre a própria família durante a primeira MI? Por acaso era verdade. Uma *socialite* contratou o Gordon para descobrir se o marido a estava traindo. Ela conseguiu ficar com tudo no divórcio, incluindo a guarda total dos filhos. O cara ficou tão puto que contratou dois assassinos para acabar com Gordon. Houve uma confusão e os homens contratados acabaram atirando na esposa e no filho dele por engano. Os dois morreram alguns dias depois, no hospital. — Jeremiah balançou a cabeça. — Parece um filme ruim do Liam Neeson.

— Se Gordon bisbilhota a vida das pessoas para viver, como você não foi pego? Como ele não fez a conexão com o seu irmão?

— Não tenho certeza se Rebecca contou a ele sobre o passado dela. Ele provavelmente nem sabe quem é Gabe. — Jeremiah me observava, a expressão cautelosa. — Por segurança, eu me inscrevi na Wisewood usando o nome de um amigo. Um colega da faculdade. Temos o mesmo porte físico, e as pessoas viviam achando que a gente era irmão. Ele também trabalha com contabilidade. E usa pouco as redes sociais.

Eu me virei rapidamente para encará-lo.

— O seu nome nem é Jeremiah? — Ele ergueu uma sobrancelha. — Qual é, então?

Jeremiah cerrou os lábios e balançou a cabeça. Ele já não confiava mais que eu escolheria a ele e não à Professora.

Continuei a encará-lo, boquiaberta.

— Seu amigo sabe que você roubou a identidade dele?

O maxilar dele ficou tenso.

— Como se perder meu único irmão não fosse ruim o bastante, Rebecca ainda ficou com catorze milhões de dólares do dinheiro da minha família. Eu não ficaria surpreso se viesse a saber que ela manteve Gabe por perto todos aqueles anos só para conseguir o dinheiro.

Não é verdade, disse a mim mesma. A Professora não poderia ser culpada por inspirar tanto fervor nas pessoas ao seu redor. Se quisessem dar dinheiro a ela — a Wisewood —, a escolha era delas.

— O sucesso da minha família construiu Wisewood. Eu me sinto responsável em relação aos hóspedes daqui. As pessoas estão sendo enganadas e roubadas. Preciso colocar um fim nisso.

Enganadas e roubadas — ele não acreditava em nenhum dos nossos princípios. Eu admirara aquele homem. Ele tinha me ajudado a planejar minhas aulas, me deixara falar sobre a minha mãe muito depois de todos os outros já terem ficado entediados com o meu sofrimento. E eu não sabia nada sobre ele, nem mesmo o seu nome verdadeiro.

Ele baixou a voz.

— Mantive a cabeça baixa durante todo o tempo que estive aqui. Não confiei em ninguém, evitei me aproximar das pessoas. Eu não podia correr o risco de ser pego. — O tom dele se suavizou. — Até que você apareceu e aí, indo contra todo o bom senso, derrubei o muro que tinha construído ao meu redor. Você é uma boa garota, qualquer um pode ver isso, então rezei para que não fosse convidada para o CI. Quando você foi, disse a mim mesmo que conseguiria cuidar de você, mantê-la segura, mas eu estava me iludindo. — Jeremiah esfregou o rosto. — Chantagem é uma coisa, posso conviver com isso, mas não consigo assistir a esses monstros mutilarem o seu corpo. Estou contando tudo isso porque me importo com você, Kit. Não vou deixar Rebecca fazer mal a você como fez à minha família.

Ergui o queixo.

— Ela jamais faria isso.

— Ela já fez! Meu Deus, a mulher te enfeitiçou.

Eu estava exausta de todos me dizerem que sabiam mais do que eu o que era melhor para mim. Só o que importava a Jeremiah era a sua própria história absurda — ele não se importava com quem magoaria para provar que estava certo. Imaginei a morte da Professora, o colapso de Wisewood e me senti tonta.

Olhei o relógio.

— Eu combinei de almoçar com Ruth. Vamos repassar planos de aula.

— Por favor, não me denuncie. Não sei o que ela faria.

Mordi o interior da boca e saí andando em direção ao refeitório, deixando o homem que havia considerado meu amigo sozinho no frio.

— As pastas estão em ordem alfabética — gritou ele. — Gaveta superior esquerda da mesa dela.

40

Natalie

10 DE JANEIRO DE 2020

Eu me arrependo de ter falado assim que as palavras saem da minha boca. Como pude ser tão rancorosa? Estendo a mão para pegar a da minha irmã, mas ela se afasta.

— Do que você está falando? — pergunta ela com a voz trêmula.

— A mamãe não morreu subitamente — digo com o máximo de gentileza possível. — Ela me pediu para levá-la a uma clínica especializada em morte assistida para que pudesse fazer tudo acontecer nos seus próprios termos.

O sangue desaparece do rosto de Kit. Eu desvio os olhos para a janela, tomada pela culpa. A neve diminuiu. Observo a queda preguiçosa de cada floco girando em direção ao seu local de descanso final. Penso em línguas e cílios e na palma aberta de uma luva pequena, em todos os pousos que aqueles flocos gelados reivindicam como seus. Lembro de Kit e de mim paradas na calçada, usando roupas de neve, durante uma viagem para visitar o nosso tio; duas crianças com a cabeça inclinada para trás, como tínhamos visto na TV, como aquelas mulheres saindo do refeitório.

Eu me obrigo a continuar.

— Ela me implorou, Kit. Disse que tinha falado com você primeiro, mas que você havia se recusado. Então ela decidiu que faria enquanto você estivesse fora. Estava tentando te poupar do sofrimento.

Os lábios da minha irmã estão ficando tão pálidos quanto o resto do rosto.

— Eu me recusei a ajudar porque você e eu tínhamos concordado que queríamos que ela lutasse. Eu não consegui me despedir...

Eu me sento na cama, os olhos baixos.

— A mamãe me contou que havia se despedido. Disse que, antes de você sair para a viagem de despedida de solteira da sua amiga, ela fez questão de dizer o quanto te amava e como se sentia orgulhosa de você.

Os olhos de Kit se endureceram.

— Eu disse que *eu* não consegui me despedir dela!

Nós duas ficamos em silêncio.

— Você tirou isso de mim. — Uma única lágrima escorre pelo rosto dela. — *Você* teve a oportunidade de segurar a mão dela e dizer que a amava. De confortar a mamãe enquanto ela dava seus últimos suspiros.

Não nego. A minha cabeça começa a latejar no ritmo do meu lábio.

Kit torce as mãos.

— Vocês duas me tinham em tão baixa conta que acharam que eu não conseguiria lidar com a situação? Que eu ia preferir perder a oportunidade de me despedir da minha mãe do que enfrentar o sofrimento?

Volto a falar em um tom ainda mais suave.

— Eu estava realizando o desejo dela, Kit.

Quantas vezes havia amaldiçoado a minha mãe por me colocar naquela posição e me amaldiçoado por concordar com aquilo? Mas acho que minha mãe devia imaginar que eu não poderia mentir para a minha irmã para sempre. Ela não poderia esperar que eu fosse levar seu segredo para o túmulo.

— Mentira — fala Kit, amarga. — Aquela foi a sua última oportunidade de ser a favorita dela. De ser a que ela havia escolhido ao menos uma vez.

Eu me encolho diante da verdade daquelas palavras. Durante anos, passei noite após noite insone, deitada na cama, questionando minhas motivações. Realmente tinha agido por altruísmo, pelo desejo de ajudar nossa mãe, de arcar com o fardo emocional por ajudar a concretizar um desejo horrível? Ou eu, que tinha sido o estepe a vida toda, queria ser a única filha que estaria ao seu lado enquanto ela estava morrendo? Sinto a boca seca toda vez que penso nisso.

Kit aperta o peito como se o seu coração estivesse falhando.

— Não acredito que a minha própria irmã foi capaz de fazer isso comigo. — Abaixo a cabeça. — Você escondeu isso de mim esse tempo todo. Passei dois anos desesperada de culpa por não estar lá. Você não me deixou estar lá! — Ela se inclina, o peito apertado junto às coxas. — Essa é a pior coisa que você já fez.

— Desculpa — digo quase em uma voz quase inaudível, desejando poder tomá-la nos braços, mas sabendo que ela só me afastaria... porque agora Kit é assim.

A minha irmã dos abraços de urso, das tranças no cabelo, a irmã que montava nas minhas costas para que eu a carregasse, se tornou intocável.

— Desculpa — repito.

Ficamos muito tempo sentadas ali, eu na cama, de cabeça baixa, ela encolhida na cadeira da escrivaninha. O sol termina de nascer. A neve para de cair. Continuamos sentadas ali, sem dizer nada. Choro, um ataque de raiva, um sermão... qualquer coisa seria melhor do que esse abismo de silêncio.

— Diz alguma coisa. O que você está pensando?

A minha irmã levanta o rosto que estava apoiado nos joelhos, os olhos com uma expressão cansada que eu não via desde o velório da mamãe. Ela abre a boca para falar.

Prendo a respiração.

41

Kit

28 DE DEZEMBRO DE 2019

Peguei o notebook na gaveta inferior da mesa e liguei, tamborilando os dedos no teclado enquanto mantinha um olho na porta fechada. O quarto e o escritório da Professora eram os únicos cômodos da ilha sem câmeras. Eu tinha trinta minutos até ela terminar de tomar banho e sair do banheiro.

Um toque de cor na gaveta chamou a minha atenção. O notebook estava guardado em cima de uma pintura. Peguei a tela e vi que havia mais duas embaixo. Coloquei todas sobre a escrivaninha — eram telas de 20 x 25 cm, mostrando uma mulher vista de trás. A Professora era o tema dos quadros. Em uma das telas, havia um saco plástico enfiado na cabeça dela. Em outra, seu corpo estava em chamas. Na terceira, a cabeça dela estava virada para o lado, com sangue jorrando da língua. O fundo de cada pintura era uma plateia deslumbrada, de olhos arregalados.

No canto inferior esquerdo de cada tela, havia um conjunto idêntico de iniciais ilegíveis. Virei as pinturas e vi uma dedicatória rabiscada no verso: *Dos seus no destemor, Os Cinco*.

Eu não tinha ideia de quem eram Os Cinco, mas Jeremiah estava certo sobre aquilo: a Professora já havia se apresentado em público.

A tela inicial do computador finalmente carregou e pediu uma senha. Em pânico, abri a gaveta superior esquerda da mesa. Estava cheia de pastas antigas, daquelas de pendurar em arquivos de metal. No topo de cada uma, uma etiqueta com o nome de cada membro do CI, arquivadas em ordem alfabética, como Jeremiah havia dito. A pasta com o meu nome foi tentadora, mas ignorei — não estava ali para me debruçar sobre o meu arquivo. Eu só queria ver se a história de Jeremiah era verdadeira.

Eu havia passado duas semanas angustiada, me perguntando o que deveria fazer. Tinha parado de falar com ele e sabia que deveria denunciá-lo à Professora — a confissão estava na ponta da minha língua —, mas algo me impedia. Eu não sabia o que ela ou Gordon fariam se descobrissem quem era Jeremiah. Suas punições eram drásticas na maior parte das vezes.

Eu sabia que, a cada dia que continuava a esconder aquilo deles, estava colocando o bem-estar da Professora em risco, mas enquanto via Jeremiah seguir com a sua rotina, não conseguia imaginá-lo fazendo qualquer mal a ela. A verdade é que ele não tinha chegado a lugar algum com aquelas teorias absurdas. Talvez eu pudesse deixá-lo continuar mais uma semana em Wisewood e depois ele voltaria para casa sem que ninguém se machucasse. Incapaz de suportar a minha própria falsidade, passei a ter bem menos apetite e a comer menos na hora das refeições. Eu era uma fraca por querer a solução mais fácil e uma traidora por omitir aquilo da Professora.

Voltei a atenção para a frente da gaveta. A primeira pasta tinha a etiqueta de "Senhas". Abri e examinei a planilha organizada. Provavelmente a própria Professora tinha feito aquilo — de jeito nenhum Gordon teria aprovado papéis impressos contendo todas as informações de segurança de Wisewood. Encontrei a senha aleatória atribuída ao notebook e digitei, prendendo a respiração. Fazia meio ano que o meu rosto não era banhado pelo brilho das luzes de LED. Eu me odiei por quebrar meu jejum.

A área de trabalho carregou.

Cliquei no navegador, o Chrome, e digitei *Gabriel Cooper*. Mais de oitenta milhões de resultados apareceram. Tentei, então, Madame Destemor. A primeira entrada era uma página da Wikipédia. Cliquei no link e fui até a seção sobre "carreira".

Destemor. Sufocada. Escuridão. Fissura. Sozinha. Sepultada. Desperta. Ereta. Em chamas. Congelada (cancelado).

Algumas performances incluíam fotos. Abaixo de *Em chamas* havia a imagem da Professora mais jovem e de um homem robusto, com o braço passado ao redor dos ombros dela. Ele tinha o mesmo nariz torto que Jeremiah. Li a legenda: *Madame Destemor e seu assistente, Gabriel Cooper, antes de "Em Chamas", 2000.*

Engoli em seco. Eu queria que aquele homem infeliz com cabelos desgrenhados e olhos dourados não tivesse nada a ver com Jeremiah. No entanto, não podia ignorar seus sorrisos semelhantes, as covinhas no queixo.

A entrada para *Congelada* era mais curta que as outras, e não havia fotos ilustrando:

> Em 3 de janeiro de 2005, Madame Destemor tentou quebrar o recorde de tempo submerso em água a um grau. Um trágico acidente e a falta de uma equipe de segurança levaram ao afogamento de seu assistente e ao cancelamento da apresentação. Ela não voltou a se apresentar desde então. Seu paradeiro atual é desconhecido.

Conferi a página novamente, mas não havia qualquer outra menção a Gabe, nada que confirmasse as ideias insanas de Jeremiah. Eu não tinha dúvidas de que ele acreditava em sua desconfiança de todo o coração — caso contrário, não teria revirado a própria vida daquela forma —, mas isso não fazia com que sua teoria fosse verdade. Por outro lado, alguma vez ele havia me dado motivo para achar que estava perturbado? Deixando de lado a confissão recente, eu havia tomado Jeremiah por um cara racional — inteligente, atencioso e sereno. E mesmo sabendo o que eu sabia, não me parecia do tipo que se apegava a teorias da conspiração.

A pergunta que eu havia empurrado com veemência para as profundezas do meu subconsciente chegou à superfície: era mesmo tão difícil de acreditar que a Professora manipularia alguém a ponto de levar a pessoa a extremos?

Fiquei sentada por um minuto ali, com as mãos apoiadas nos joelhos. Então, voltei a abrir lentamente a gaveta de cima e encontrei o arquivo com o meu nome. Minhas mãos tremiam enquanto eu folheava as páginas. Primeiro vi cópias de documentos oficiais: minha certidão de nascimento, histórico escolar, as três multas por excesso de velocidade que eu tinha recebido quando era adolescente. Em seguida vinham as listas: parentes distantes, ex-empregadores e endereços antigos — a casa da minha infância em Tempe, o apartamento em San Diego, para onde a mamãe e eu nos mudamos depois que ela recebeu o diagnóstico de câncer, o estúdio no Brooklyn para onde fugi depois que ela morreu. Havia também um endereço em Boston. Aquele provavelmente tinha sido pego por engano. Eu nunca tinha estado em Boston.

A última era a cópia de uma certidão de óbito. Estreitei os olhos para conseguir ler as letras minúsculas. Nome da falecida: Margaret. Ann. Collins. Senti os olhos ardendo. Eu nunca tinha visto aquilo.

Estava lendo a segunda linha — data de nascimento, idade, sexo — quando um título em negrito no meio da página chamou a minha atenção.

CAUSA DA MORTE

Causa imediata: METÁSTASE CEREBRAL

Causa básica: CARCINOMA DE CÉLULAS ESCAMOSAS DO BRÔNQUIO PRINCIPAL ESQUERDO

Dentro do espaço "Causa da morte", alguém tinha usado uma caneta azul para adicionar uma anotação em letras pequenas e bem-feitas. Reconheci a caligrafia das listas de tarefas que a Professora havia ditado a ele: Gordon.

DDMP2.

Ele havia circulado com força as letras. Fiquei olhando para aquilo, tentando decifrar. Quando não consegui, voltei para o notebook. O primeiro resultado da pesquisa para DDMP2 era um PDF chamado "Preparações para o último dia", do site Fim da Vida Washington. O segundo era um artigo da revista *Atlantic*: "Como os médicos que atuam na morte assistida determinam os medicamentos eficazes". O terceiro artigo era intitulado "A complexa ciência da morte assistida".

Prendi a respiração.

Cliquei no primeiro link e li o mais rápido que pude. Passei por palavras como "diazepam", "digoxina", "morfina" e "propranolol" até entender — o DDMP2 era uma droga, uma mistura de quatro medicamentos que fazia pacientes terminais adormecerem, entrarem em coma e morrerem.

Fechei o notebook e apertei o peito. Se Gordon estivesse certo, minha mãe não tinha morrido porque a hora dela havia chegado, mas sim porque um médico lhe dera alguns comprimidos. Fechei os olhos com força, imaginando-a magra na cama, sozinha, olhando para o nada.

Reabri o computador, zonza. Depois de limpar o histórico do navegador e os cookies, desliguei o notebook e o coloquei de volta na gaveta.

Mas ela não estava sozinha, estava?

Voltei no tempo para aquele dia, para aquele pedaço de cimento na Strip, em Las Vegas. O gosto residual de Bacardi parecia colado à minha língua — não tive mais estômago para rum desde então. Estava vagamente consciente de que meus joelhos estavam esfolados e sangrando enquanto segurava o celular. O que Nat tinha dito? Como ela havia me tranquilizado?

Eu estava ao lado dela o tempo todo. Ela não se foi sozinha.

Ela sabia, na época. As duas sabiam. A mamãe sabia. Natalie sabia. As duas tinham feito um pacto, um plano para se livrar de mim, então pularam juntas, de mãos dadas, e me deixaram para trás.

Todos em quem eu confiava tinham mentido para mim.

"Enojada" não era uma palavra forte o bastante. Empurrei a cadeira para trás da mesa e pressionei os olhos com a base das mãos. Sufoquei um grito, mas acabei deixando escapar um gemido.

Eu não sabia por quanto tempo eu ficara sentada ali quando de repente senti a sala esfriar. Senti a sua presença antes que ela dissesse uma palavra.

— O que você pensa que está fazendo? — perguntou a Professora da porta.

Todas as vezes que eu tinha aberto aquela porta, todas as vezes, nos últimos seis meses, ela havia rangido como se fosse cair das dobradiças, fazendo ecos ressoarem por toda a casa. No entanto, a única vez que vi a Professora entrar na sala, a porta se manteve silenciosa. Como explicar uma coisa daquelas? Como era possível passar tanto tempo perto dela e não se convencer de que a mulher era extraordinária?

Tirei as mãos do rosto e encontrei os seus olhos.

— Preciso te contar uma coisa.

42

Natalie

10 DE JANEIRO DE 2020

Kit me fuzila com o olhar.

— Eu sei, Nat.

Minha expressão é de quem não está entendendo.

— Sabe o quê?

— Como a mamãe morreu. Já sei há semanas.

Fico paralisada, boquiaberta. A pessoa que mandara o e-mail havia contado a ela, então.

A voz da minha irmã falha antes de ela voltar a falar.

— Eu não queria acreditar. Disse a mim mesma que vocês duas não seriam capazes de me enganar desse jeito. Nunca quis tanto estar errada sobre alguma coisa. — Ela mexe o maxilar. — Por isso eu queria que você viesse para cá, para que pudesse explicar que eu tinha entendido tudo errado.

— Espera, foi *você* que mandou o e-mail? — pergunto, perplexa.

— Acho que dessa vez, para variar, quem está certa sou *eu*.

— Como você descobriu?

Ela me olha com uma expressão severa, enquanto meu cérebro se esforça para computar os fatos. Então eu me lembro.

O segundo anexo.

A certidão de óbito da mamãe com *DDMP2* escrito em tinta azul. Alguém deve ter mostrado o documento a Kit.

Minha língua parece travada.

— Por que você não atendeu à minha ligação? Poderia ter me pedido para te contar.

— O quê? E te dar a chance de inventar alguma história triste? Você nem tinha pensado em me contar a verdade até eu te ameaçar.

— Pensei nisso todos os dias, Kit. Só não tinha conseguido encontrar um jeito de fazer isso sem deixar você arrasada.

— Que tal começar não mentindo para mim?

Sinto o peito apertado.

— Se pelo menos você tivesse assinado o e-mail...

— Gordon monitora a conta, eu não podia fazer isso. Ele saberia que eu estava tendo uma recaída e me denunciaria.

Sinto meus ouvidos latejarem. O coração parece preso na garganta.

— É disso que se trata, então? Impressionar Rebecca? Ela é mais importante para você do que entender o que realmente aconteceu com a mamãe?

Kit estreita os olhos até eu quase não conseguir mais ver as suas pupilas.

— Você não está falando sério, né? Nem tente empurrar isso para mim. Você sentiu medo por alguns dias e de repente *eu* sou a sociopata? — Ela fica de pé num pulo. — Você me deixou passar dois anos em pânico. Quantas vezes eu chorei com você porque me sentia culpada? E todas essas vezes você continuou a omitir o que realmente havia acontecido. Você teve todas as chances de esclarecer as coisas.

— Eu sei. — Deixo a cabeça cair entre as mãos. — Eu sei, eu sei, eu sei. Não tenho outra desculpa além de te dizer que era isso que a mamãe queria. Pela primeira vez eu realmente a escutei.

— Que hora para finalmente ter consciência.

— Eu mereço todos os insultos que você quiser atirar em cima de mim. — Chego o corpo mais para a frente na cama. — Eu merecia até ter sido deixada naquela floresta. Não por causa do celular, mas pelo que fiz com você. Tenho sido uma irmã de merda. — Meu queixo treme. — Vou passar o resto da vida tentando me redimir com você, eu juro.

Kit balança a cabeça.

— Com você, é sempre insuficiente e tarde demais.

— Kit, eu sou a única família que você tem. Precisamos ficar juntas.

Ela dá as costas e segue na direção da porta.

— As pessoas aqui são uma família melhor do que você já foi.

— Você não está falando sério. — Reprimo uma vontade terrível de chorar.

Kit funga e olha pela janela.

— O céu está clareando. Está na hora de você ir embora.

43

Natalie

10 DE JANEIRO DE 2020

Kit bate a porta depois de sair. Fico parada no meio do bangalô com os braços passados ao redor da cintura, tentando bolar um plano sem ter dormido nada. A irmã mais velha em mim quer correr atrás dela para tentar consertar as coisas, mas meu senso de autopreservação grita para que eu leve Kit a sério e vá embora neste exato momento. Eu me sinto um pouco melhor sabendo que não tem nenhum remetente anônimo de e-mail querendo me pegar — ainda assim, as pessoas daqui mexeram nas minhas coisas (duas vezes), roubaram um bem de propriedade minha e me ameaçaram com uma faca. Não quero ficar mais nem um segundo.

Um passo de cada vez. Primeiro, vou arrumar a minha bagagem. Então vou pegar meu celular de volta. E vou exigir me encontrar com Rebecca. Mordo os nós dos dedos.

E então vou tentar convencer Kit a ir comigo, pela última vez.

Em menos de uma hora, Gordon deve estar me levando de volta para Rockland.

Alguns minutos mais tarde, já havia jogado todas as minhas roupas e produtos de higiene pessoal na bolsa de viagem. Coloco a bolsa no ombro e confiro o bangalô mais uma vez. Fico parada na porta, com medo de sair. Não quero voltar lá para fora, onde os capangas da Rebecca estão esperando.

Puxo o meu gorro de lã para baixo e me forço a passar pela soleira da porta e sair caminhando pela neve em direção à casa da Rebecca, sempre de olho em alguém com aparência de autoridade. Estou na metade do caminho quando vejo um homem mais velho e atarracado atravessando o gramado com um passo firme. Ele usa uma capa de chuva grossa e galochas.

Gordon.

Ele parece animado de um jeito que eu ainda não tinha visto. Um rubor de empolgação tomou o lugar de sua expressão séria.

Bloqueio a passagem dele. Há pingos de chuva nas lentes dos seus óculos — o que é estranho, porque não está mais nevando. Ele limpa os óculos e franze a testa quando vê quem está no seu caminho.

— Estou pronta para ir embora — digo. — Como faço para recuperar meu celular?

— Não tenho tempo agora, Sra. Collins — diz ele, o punho cerrado.

Quando vejo o que ele está segurando, paro de respirar.

44

Kit

28 DE DEZEMBRO DE 2019

Fecho calmamente o meu arquivo e coloco-o de volta na gaveta da escrivaninha, os olhos fixos o tempo todo nos da Professora.

— Você estava certa sobre o Jeremiah. — Eu me recostei na cadeira dela. — Ele não é quem diz ser.

Nesse momento, a fúria nos olhos de Rebecca se transformou em medo. Ela fechou a porta do escritório. Eu me levantei da cadeira diante da escrivaninha e fiz sinal para que ela se juntasse a mim no sofá. Cada uma de nós ocupou uma almofada, nossos joelhos se tocando. Apertei uma das suas mãos.

— Desculpe por bisbilhotar, mas eu precisava dar uma olhada no arquivo dele para ter noção do que você já sabia. — Por hábito, levei as mãos à echarpe da minha mãe, mas ela estava ao redor do pescoço da Professora, não do meu. — Gordon está de olho no cara errado.

A Professora colocou o cabelo atrás da orelha e cruzou as mãos no colo. Então perguntou, claramente se forçando a parecer controlada:

— Em quem ele deveria estar de olho, então?

— O cara que você conhece como Jeremiah... Esse não é o nome verdadeiro dele.

Manchas vermelhas coloriram o rosto pálido da Professora. Suas mãos estavam entrelaçadas com tanta força que os nós dos dedos ficaram brancos.

— Vamos passar o dia todo sentadas aqui ou você vai revelar a identidade dele?

— Sabe o seu antigo assistente, Gabe Cooper? Jeremiah, ou seja lá qual for o nome verdadeiro dele, é o irmão mais novo de Gabe.

A Professora me encara, boquiaberta.

— Ele está aqui para se vingar. Quer arruinar Wisewood. E acabar com você no processo.

Eu nunca a vira sem palavras. Fiz uma contagem regressiva a partir de cinco — mas ela continuou em silêncio. Os músculos do seu pescoço se contraíram e as narinas se dilataram.

Ela parecia estar com vontade de me matar.

— Eu disse a ele que não tinha sentido — corri para acrescentar. — Que pensar aquilo era um absurdo.

— Absurdo? — repetiu a Professora, o tom baixo, a inflexão violenta. Ela pegou a tigela de vidro com cacos de porcelana na mesa de centro. — Equilibrar uma travessa na cabeça durante uma hora é absurdo.

Ela bateu com a tigela na parede. Arquejei quando se estilhaçou.

— Traiçoeiro é a palavra que você está procurando — bradou Rebecca.

— Aquele homem é perturbado, Rebecca. Acho que você pode estar realmente em perigo. Precisamos tirar você daqui.

A Professora andava de um lado para o outro no escritório, esmagando vidro e porcelana com as botas de couro.

— Não, temos que revidar.

Balancei a cabeça.

— Neutralizar uma ameaça nem sempre significa ficar e lutar. Às vezes significa fugir para salvar a própria vida.

Nossos olhos se encontraram, uma de cada lado da sala. A Professora parou de andar, o rosto pálido.

— Então me tire daqui. Vamos embora assim que eu arrumar uma bolsa de viagem.

— Não dá tempo. Vamos sair pela porta lateral. Pegamos sua parca no caminho. — Fiz uma pausa. — Você confia em mim?

A Professora assentiu com os olhos arregalados. Depois de todos aqueles meses, ela finalmente acreditava na minha devoção.

Eu me certifiquei de que o caminho estava livre no corredor e desci com cuidado a escada em espiral. A casa parecia um túmulo. Saímos de fininho, dando bem de frente para a porta exclusiva para funcionários, a mesma pela qual eu havia entrado para a iniciação. Aquela noite na água — meu renascimento — parecia ter acontecido um milhão de anos atrás. Apressei a Professora para que passasse logo pela porta na cerca viva. Nós nos mantivemos próximas ao muro enquanto contornávamos a ilha até o portão da frente.

O céu era uma colcha de retalhos de nuvens escuras. Corri para me mover mais rápido que o anoitecer — só me restava uma hora de luz do sol. Quando as estacas de ferro do portão apareceram, estiquei o pescoço para ver a água. O *Ampulheta* oscilava obedientemente no cais. Uma risada trêmula escapou dos meus lábios. Assenti uma vez para a Professora. Corremos até o barco.

— Vamos, entre — falei, ofegante, quando chegamos.

Desenrolei as cordas das travas com os dedos congelados, entrei atrás dela e afastei o *Ampulheta* do píer.

Tínhamos conseguido. Ninguém poderia nos deter.

Parei por um momento para observar a Professora, encolhida nos assentos em forma de L. Ela apertou mais a echarpe da minha mãe ao redor do pescoço, e naquele momento parecia mais uma senhora exausta do que uma revolucionária. Aquele era um grande dia para Rebecca.

— Obrigada, Kitten. Eu sabia que poderia contar com você.

Ergui o queixo.

— Vamos dar um passeio.

Eu me concentrei na missão que tinha em mãos: nos levar para o mais longe possível de Wisewood, o mais rápido possível. Liguei o motor e segurei o leme com força. Estávamos em movimento havia apenas um minuto quando a Professora gritou.

Eu me virei, quase esperando encontrá-la esparramada no chão ou que tivesse caído pela lateral do *Ampulheta*. Em vez disso, ela estava ali paralisada, a boca formando um "O" perfeito. Segui seu olhar horrorizado na direção cais.

Lá, nos observando silenciosamente com as mãos nos bolsos, estava Jeremiah.

45

Natalie

10 DE JANEIRO DE 2020

Aponto para o lenço pingando na mão de Gordon com um nó na garganta.

Enfio a unha do polegar na palma da mão, deixando uma fenda na pele. A dor me ajuda a me concentrar.

— Onde você conseguiu isso?

Ele leva a echarpe ao peito.

— É da Professora.

— Era da minha mãe.

Um dos clientes habituais da minha mãe no bar mandou fazer aquele lenço especialmente para ela. Não existe outro igual no mundo.

Gordon me encara furioso.

— A Sra. Collins deu esse lenço à Professora há alguns meses. Ela vem usando desde então.

Sinto as têmporas latejando. Como Kit tinha ousado doar uma das poucas coisas que ainda nos restavam da nossa mãe?
— Como você conseguiu isso?
— Preciso falar com a Sra. Collins.
— Por que o lenço está molhado?
— Eu acabei de encontrar.
— Onde?

Nós dois olhamos para a echarpe. As mãos de Gordon estão trêmulas. Levanto os olhos para o seu rosto e vejo que ele está com a testa franzida.

— Gordon, cadê a Rebecca?
— Ela se foi.

Eu o encaro boquiaberta.

— O que você quer dizer com *ela se foi*?
— Não a vejo há semanas. — A voz dele está trêmula. — A Professora estava convencida de que alguns funcionários haviam se voltado contra ela. E passou a me chamar durante a noite, certa de que havia intrusos à espreita do lado de fora da porta do quarto dela. — As palavras passaram a sair mais aceleradas. — Investiguei todas as suspeitas, todas as supostas pistas, mas não consegui encontrar nenhuma evidência para fundamentar as afirmações dela. É saudável ser cauteloso, mas... acho que ela estava começando a ficar paranoica. — Gordon balança a cabeça e enfia o nariz no lenço molhado. — Isso está cheirando a algas marinhas e água salgada. O cheiro dela se foi.

Ele joga a echarpe para mim. O vento uíva ao nosso redor, me desequilibrando.

— E...?

Ele passa as mãos no rosto.

— A Sra. Collins disse que a Professora exigiu ser levada para o continente, que disse que não estaria segura aqui até que "neutralizássemos a ameaça". Eu fiquei preso em um workshop que durou metade do dia, e não soube que ela havia partido até a Sra. Collins voltar com o *Ampulheta*. Ela me disse que a Professora queria que administrássemos o negócio normalmente na ausência dela. — Gordon estala os nós dos dedos. — A Professora supostamente colocou a Sra. Collins no comando. Ninguém deveria saber que ela não estava em Wisewood, nem mesmo os outros membros da equipe. — Gordon torce as mãos. — Não tive mais notícias dela desde então.

Meu estômago se revira.

— Rebecca deixou Wisewood antes de eu chegar aqui?

Ele assente.

Então a ordem para roubar o meu celular, para me atormentar na floresta, não tinha vindo de Rebecca.

Tinha vindo da minha irmã.

46

Kit

28 DE DEZEMBRO DE 2019

Agarrei com força o leme do *Ampulheta* enquanto ela quicava no assento.

— O mar está péssimo hoje — comentou a Professora.

Respirei fundo.

— Vamos ficar bem. — Esperei alguns segundos. — Sigo para Rockland?

Ela parou de balançar a perna. Seus olhos tinham olheiras num tom de ameixa.

— Você sabe que nunca mais vou pisar no continente. Aquela sociedade desgraçada me custou tudo e todos que prezo.

— Para onde eu te levo, então?

— O plano de sair de Wisewood foi seu. Dá um jeito. — Ela ainda murmurou alguma coisa sobre Jeremiah, sobre como sempre soubera que tinha algo de errado com ele.

Depois disso, continuamos em silêncio. A cada onda que o *Ampulheta* subia, um velho cronômetro deslizava para a frente e para trás no painel. Quando não aguentei nem mais um segundo de barulho, joguei o cronômetro em cima do meu assento. Então, não havia nada além da batida das ondas. Reduzi a velocidade do barco.

Cada osso do meu corpo me avisava para não fazer aquilo, mas eu me preparei e me virei de qualquer maneira. Então, em um tom controlado, fiz a pergunta que estava martelando na minha cabeça desde que vi o atestado de óbito:

— Por que você não me contou como a minha mãe morreu?

A Professora ficou tensa. Seus olhos se arregalarem ligeiramente. Senti tudo em mim se contrair — meu queixo, meus ombros, minhas mãos — e me forcei a relaxar.

— Você sabia que ela havia solicitado uma morte assistida. Por que escondeu isso de mim?

Traidora!, gritava o meu cérebro.

A Professora deixou escapar um som estrangulado, mas ainda assim não disse nada. Uma gaivota grasnou acima de nós.

— Você prega que até as mentiras inocentes são venenosas — continuei.

Essa mulher te deu uma nova vida.

— O que aconteceu com a honestidade a todo custo?

É assim que você retribui a ela?

Àquela altura, a Professora já tinha conseguido reprimir a surpresa e recuperado sua arrogância costumeira.

— Você está me chamando de mentirosa?

— Estou pedindo que se explique.

— Vamos conversar sobre isso outra hora. — A Professora afastou as minhas palavras como se fossem mosquitos, como se dissesse: *Obviamente não podemos nos preocupar com você quando minha vida está em jogo.*

Um aperto de fúria vinha crescendo no fundo do meu peito desde que me dei conta de que a história de Jeremiah era verdadeira, desde que tinha segurado a certidão de óbito detalhada da minha mãe com as mãos trêmulas. Durante horas, vinha engolindo a minha raiva, mantendo-a em ebulição sob a superfície para poder fazer o que precisava ser feito. Agora aquela fúria se derramava, se libertava. Minha língua estava coçando para se soltar como um chicote.

— Por que as suas necessidades são sempre mais urgentes que as nossas?

A Professora me lançou um olhar mordaz.

— Já não conversamos o bastante sobre a sua mãe deplorável no meu escritório? Isso me parece uma regressão no seu caminho.

As pessoas sempre me subestimavam. Kit é tranquila e amável — *ela vai concordar com tudo o que dissermos, não passa de uma cabecinha-oca*. Parece que a Professora ainda não tinha entendido bem o que estava acontecendo ali.

Dei a ela uma última oportunidade.

— Não posso permitir que a minha aluna favorita se desvie do caminho, posso? — acrescentou ela em um tom carinhoso.

Na véspera, aquele comentário teria sido suficiente para apaziguar, revigorar, silenciar. Eu tinha demorado demais para reconhecer que ela me via — que via a todos nós — como ferramenta, e não como pessoa. A certidão de óbito da minha mãe era um meio para me intimidar, para me controlar caso eu saísse da linha. Em um instante, a Professora poderia ter me livrado de toda a minha culpa, aliviado o meu sofrimento; em vez disso, ela deixou que eu continuasse atormentada por seis meses.

Rebecca deu uma palmadinha no assento ao seu lado, mas permaneci onde estava.

— Tem ideia do quanto você é especial para que eu lhe permita tanta proximidade comigo? Que seja você a pessoa que vai me salvar?

Ela ama você, sussurrou uma voz.

Eu costumava concordar que a Professora era insubstituível. Todos ali tinham certeza de que *ela* era o que tornava Wisewood especial. Só recentemente eu havia entendido que, na verdade, os princípios, os workshops e a comunidade eram os responsáveis pela excelência de Wisewood. Juntos, todos nós transformávamos aquele espaço em um lugar mágico. Se eu era apenas parte de uma engrenagem, Rebecca também era só isso.

— Isso é um jogo para você? — perguntei. — Um experimento social para ver até onde consegue levar as pessoas? Você ao menos acredita no seu próprio programa?

— Não se atreva a me insultar.

— Os princípios de Wisewood são importantes para mim. Para todos nós. Eu valorizo o fato de fazer parte do CI. Levo as missões a sério. Você construiu algo mais vital do que meros jogos de poder.

Rebecca me encarou.

— Eu só estava tentando proteger você. Sabia que teria um retrocesso se descobrisse que a sua mãe e a sua irmã estavam conspirando contra você.

Ela quer manter você em segurança.

Não, nada disso. Rebecca era uma ególatra com mania de grandeza que havia me manipulado para me tornar sua lacaia. Por que ignorei os sinais? Como me deixei envolver tão completamente? Eu estava tão furiosa comigo mesma quanto estava com ela.

— Desde quando a nossa dor importa para você? Quanto mais, melhor, não é mesmo? Você adora enfiar a faca nas nossas feridas abertas e girar.

— Continue assim e vou mandá-la de volta pra casa.

Durante seis meses aquela mulher tinha sido o sol pra mim — todo o meu mundo girava ao redor dela. Logo quando eu tinha acabado de livrar o meu corpo da dor, aquele peso insuportável estava voltando.

— Você não pode fazer isso.

— Essa ilha é minha. — Ela bateu na almofada do assento. — Eu posso fazer o que eu quiser.

Meu coração estava disparado. Eu não suportaria deixar aquele lugar — não depois de ter feito tanto progresso, encontrado pessoas com quem me identificava, melhorado a vida de outros alunos.

Se o clérigo abusa do seu poder, abandonamos o clérigo, não a fé.

— Sim, Professora. — Inclinei a cabeça. — Sinto muito, a minha reação foi desproporcional.

Uma parte nada pequena de mim estava falando sério. A Professora se recostou no assento, satisfeita.

A questão com as pessoas dóceis era que, se elas fossem pressionadas além da medida, explodiriam como qualquer outra.

Segui pilotando o barco, cada vez mais para longe, esperando que meu instinto me dissesse quando chegássemos ao lugar certo. Depois de quarenta e cinco minutos, encontrei uma pequena ilha a quilômetros de distância das outras. Dei a volta ao redor dela, para garantir que não havia nenhum sinal de vida dentro do pequeno bosque no meio. A Professora não percebeu. Ela observava o horizonte atrás de nós, como se esperasse que Jeremiah fosse sair da neblina a qualquer momento. Parei o barco perto da costa da ilha.

— Que tal aqui? Não é exatamente o Ritz-Carlton, mas você vai estar em segurança. Vão ser só algumas horas.

A Professora assentiu, mas não se mexeu. Tive vontade de dar meia-volta com o *Ampulheta*. Assim que voltasse para Wisewood, eu contaria a Gordon, com lágrimas nos olhos, que a Professora havia exigido que eu a levasse de volta para Rockland. Diria que ela estava convencida de que alguém na ilha queria lhe fazer mal, embora ela não tivesse me dito quem. Diria também que a Professora não havia deixado qualquer informação de contato, mas que mencionara que poderia voltar para Ohio — que tinha alguns negócios de família pendentes lá. Enquanto isso, deveríamos manter Wisewood em atividade, por mais árdua que fosse a tarefa. "Árdua" era uma boa palavra, uma palavra que a Professora usaria. Ele certamente acreditaria que a ordem havia sido dada por ela.

Eu já podia ouvir Gordon me repreendendo por ceder à inconstância da Professora. Ele colocaria a culpa em mim, nunca nela. Eu sofreria com as suas reprimendas. No fim, Gordon ficaria desconfiado e começaria a procurar de alto a baixo pela sua amada Professora. Àquela altura, já seria tarde demais.

Sei com certeza que você é mais corajosa do que pensa.

Desliguei o motor e peguei a pequena escada prateada. A Professora se encolheu quando passei por ela. Ajustei a escada na parte de trás do barco. A Professora ficou olhando, imóvel.

— Vem. — Eu me abaixei em direção aos pés dela. — Eu ajudo com isso.

— Sou capaz de tirar os meus próprios sapatos.

Rebecca levou o que pareceram horas para tirar as botas e as meias. Assim que terminou, levou-as com ela até a escada, numa postura espectral. Ela segurou com força o degrau mais alto, com os olhos bem fechados. Que mulher curiosa — nunca entendi as coisas que ela temia, levando em consideração todas as que não temia. Ela pulou da escada para uma pedra.

— Vamos cuidar de tudo em casa. Venho buscá-la assim que puder.

Rebecca ficou me olhando fixo, como um cervo diante dos faróis, sem se dar conta de que estava fazendo a transição de uma realidade para outra. Por um momento me perguntei se ela sabia. A Professora havia se dado conta do que eu pretendia?

Então ela endireitou o corpo, reivindicando cada centímetro de espaço que seu um metro e oitenta centímetros ocupavam.

— Obrigada, Kit. Por tudo. — E me deu as costas.

Você é exatamente a pessoa de que Wisewood precisa.

— Foi uma honra — respondi com um aperto no estômago.

Se ela me ouviu, não demonstrou. Rebecca avançava lentamente sobre as pedras, sem olhar para trás em nenhum momento.

Precisei de toda a minha força de vontade para não chamá-la. *Por Wisewood*, pensei enquanto recolocava a escada no piso do barco. *Por Wisewood*, recitei silenciosamente enquanto usava um remo para afastar o barco das pedras. *Por Wisewood*, lembrei a mim mesma quando voltei a ligar o motor do *Ampulheta*.

Com a bile subindo pela garganta, vi as mechas de cabelo branco e lustroso da Professora desaparecerem nos braços de uma bétula. A floresta a engoliu inteira.

Eu me afastei com o barco.

Enquanto acelerava, vencendo onda após onda, as lágrimas congelando meus olhos, a sensação de que havia esquecido de alguma coisa me perturbava. No meio do caminho de volta para Wisewood, eu me dei conta do que era.

A echarpe da minha mãe.

47

Natalie

10 DE JANEIRO DE 2020

Foi você.

Eu queria acreditar que tinha sido Rebecca quem havia mexido no meu suéter, roubado o meu celular, arquitetado o meu castigo na floresta. Tinha que ter sido ela, Gordon ou Raeanne.

Qualquer um, menos Kit.

Posso dizer, pela forma como Gordon olha para mim, sem piscar e indignado, que ele não sabe o que aconteceu comigo ontem à noite. Raeanne não é inteligente o bastante para ser o cérebro por trás de qualquer operação. Ela é um soldado raso, não um general. Quero afundar na neve que começa a derreter.

— A Professora estava certa, como sempre — diz Gordon. — Eu teria sido contra uma ausência prolongada, mas, se soubesse que ela estava se sentindo tão insegura, teria ajudado a planejar um tempo longe daqui. Ela devia saber disso.

Como você pôde?, penso. *Você me deixou na floresta para morrer congelada.*

— Em sete anos, nunca fiquei tanto tempo sem falar com ela. Na primeira semana, conseguimos dar conta de tudo por aqui. Na segunda, senti que tinha alguma coisa errada, embora Kit tivesse me avisado que a Professora poderia ficar fora por meses. Dei alguns telefonemas e comecei a sair de barco. Visitei outras ilhas e o continente, fazendo perguntas por toda parte. Ninguém a viu.

Você sabia que tirar o meu celular me deixaria doente, sabia que lembrança isso traria à tona.

Gordon tira os óculos e esfrega os olhos.

— Hoje de manhã, eu estava patrulhando e encontrei isso. — Ele tira o lenço das minhas mãos congeladas pelo choque. — Em uma boia.

Eu pigarreio e finalmente encontro a minha voz.

— Ela pode ter perdido em um rajada de vento. Enquanto Kit a levava.

Uma expressão sofrida cruza o rosto de Gordon.

— A boia estava a dez quilômetros, na direção oposta de Rockland.

Eu o encaro boquiaberta. Gordon pressiona a pele do pescoço, na altura da garganta e passa por mim.

— Preciso encontrar a Sra. Collins.

Eu o sigo, ainda sem compreender bem os fatos. É possível que Rebecca esteja com a família, que eles a estejam protegendo de Gordon para que ela não seja arrastada de volta. (Eu faria o mesmo se tivesse oportunidade.) Ou Rebecca talvez tenha se cansado de Wisewood e Kit esteja encobrindo o seu segredo. Ou talvez tenha acontecido um acidente e Kit esteja com medo de ser pega e punida. Será possível que a minha irmã tenha inventado essa história maluca e enganado todo mundo durante semanas?

Gordon levanta o punho para bater na porta de Kit. Paro bem atrás dele.

— Sem toques físicos.

Eu me afasto alguns centímetros.

Nós dois ficamos paralisados quando ouvimos vozes elevadas vindas de dentro.

— Você precisa sair daqui hoje — diz Kit.

— Eu teria partido com prazer semanas atrás — retruca um homem. — Mas não vou embora sem você.

— Já te disse centenas de vezes que não vou a lugar nenhum. Juro por Deus que se você não for agora, vou contar ao Gordon quem você é.

Gordon bate na porta. A discussão cessa na mesma hora. Segundos depois, a porta se abre.

— E quem Jeremiah seria exatamente? — pergunta Gordon.

Os olhos de Kit brilham como os de um animal encurralado. Por trás do medo, vejo cansaço, tristeza, a necessidade de um abraço. A minha irmã com certeza não havia ordenado que Raeanne me deixasse na floresta — ela provavelmente havia pensado em um castigo menos severo, e Raeanne se empolgara. A Kit que eu conheço não seria capaz de olhar para meu lábio inchado e ensanguentado sabendo que ela era responsável por aquilo. A Kit que eu conheço já teria me inundado de pedidos de desculpas.

O homem com quem ela está discutindo é o indivíduo corpulento que confrontou Gordon quando cheguei a Wisewood. Tanto ele quanto Kit assumem expressões duras e se recusam a dizer qualquer coisa.

Gordon empurra o lenço para Kit.

— Encontrei isso em uma boia a leste de Wisewood. — Ela encara o pedaço de tecido, boquiaberta, mas permanece em silêncio. Ele acrescenta: — Ohio fica a *oeste* daqui, caso você tenha esquecido.

— Isso era da mamãe — me diz ela, como se eu não fosse lembrar, como se estivéssemos sozinhas no bangalô. Sinto o peito apertado. Kit tenta tirar a echarpe das mãos de Gordon.

Ele puxa de volta.

— Como você explica isso ter vindo parar tão longe de Rockland? Kit o encara.

— O que você está insinuando?

O rosto de Gordon fica vermelho como se estivesse com um aneurisma.

— Liguei para a irmã da Professora em Ohio. Faz anos que não ouvem falar dela.

Kit fixa os olhos no homem mais velho.

— Eu a deixei no porto. Ela me disse que estava indo para Ohio, mas talvez não tenha ido. — A minha irmã morde o lábio. — Por que ela mentiria?

O que você fez?

— Talvez ela estivesse cansada de Wisewood? — diz Kit, pensativa.

— Esse lugar era a casa da Professora — diz Gordon. — Éramos tudo na vida dela. A Professora jamais nos abandonaria, ainda mais para voltar para o continente. Ela disse que jamais colocaria os pés lá, não enquanto houvesse ar em seus pulmões.

— Mas foi exatamente isso o que aconteceu. — Kit aponta o dedo para o peito de Gordon sem realmente tocá-lo. — Você está deixando o medo do abandono controlar você. Eu já disse que ela quer que a gente continue a tocar Wisewood. Quer ela volte ou não, é o que nós temos que fazer.

— Wisewood não é nada sem a Professora — ataca Gordon.

— O que você sugere, então? Mandar todo mundo para casa? Esperar e cruzar os dedos até que ela apareça?

— Digo que devemos redirecionar a nossa força de trabalho para tentar encontrá-la. E que não devemos parar até conseguir. — Ele encara Kit, furioso. — Você está muito calma para alguém que perdeu a mentora.

— Um de nós precisa estar. Sete anos buscando o destemor e olha só você, choramingando diante do primeiro revés.

— Parece mesmo com ela — diz Jeremiah baixinho.

Gordon se vira e estufa o peito.

— E você. Sei tudo sobre você.

Jeremiah ergue a sobrancelha, não parecendo nada impressionado.

— A Professora sabia que tinha alguma coisa errada. Você estava sempre perguntando sobre o passado dela, se esquivando das missões, bisbilhotando o escritório. Ela insistiu para que eu investigasse seu passado. Eu deveria ter me aprofundado mais nisso antes de a Professora desaparecer, mas, depois que ela fugiu, isso voltou à minha mente. Você sabe o que descobri, Jeremiah? — Ele enfatiza o nome.

Ninguém diz nada.

— Que você se inscreveu para vir para Wisewood com uma identidade falsa. — Aquilo me espanta, mas os outros não parecem surpresos. — Seu nome é David Cooper. — Gordon faz uma pausa. — Que por acaso é o sobrenome do antigo assistente da Professora.

— Não sei do que você está falando — diz Jeremiah.

— Gabriel era seu irmão mais velho. Ele sofreu um acidente enquanto trabalhava para a Professora. Catorze anos depois, você aparece na porta dela, e agora ela se foi.

Gordon dá um passo ameaçador na direção de Jeremiah. Estou zonza, tentando acompanhar o que está sendo dito.

— O que você fez com ela? Onde ela está? — pergunta Gordon.

— Não tenho ideia — responde Jeremiah —, mas eu mesmo gostaria de matá-la quando descobrir.

O olhar de Gordon vai de Jeremiah para Kit e volta.

— Vocês estavam trabalhando juntos esse tempo todo? Tramando a morte dela desde o primeiro dia?

Jeremiah dá uma risadinha debochada.

— Você ficou louco — resmunga.

Ao mesmo tempo em que Kit diz:

— Não seja ridículo.

Gordon dá mais um passo à frente, o nariz colado ao peito de Jeremiah. Apesar da diferença de altura, temo mais por Jeremiah do que por Gordon.

— Você vai deixar esta ilha imediatamente — diz Gordon —, mas saiba que vou estar de olho em você pelo resto dos seus dias. Se você mudar de emprego, se casar de novo, se tiver filhos, eu vou saber. Você não vai conseguir comprar um café ou empurrar seus filhos no balanço sem sentir meus olhos na sua nuca. Vou seguir cada movimento que fizer e, quando descobrir qual a sua participação no que aconteceu aqui, você vai pagar.

Jeremiah cruza os braços trêmulos.

— Não vou a lugar nenhum, a menos que a Kit venha comigo.

— Vai, sim — afirma Kit. — Você vai embora agora. Se não for de boa vontade, vamos encontrar outro jeito de nos livrarmos de você.

Ela encara Jeremiah, os lábios cerrados. Depois de um minuto, ele suspira, abre a porta do bangalô e volta a fechá-la com força ao sair. A porta chacoalha nas dobradiças.

Gordon se vira para Kit.

— Não pense nem por um segundo que você vai se safar de tudo isso. Não sei o que fez, Sra. Collins, mas pode apostar que vou voltar assim que descobrir.

Kit leva as mãos à cintura.

— Então é isso? Você vai abandonar Wisewood?

Ele olha pela janela.

— Vou voltar quando tiver a Professora comigo.

Os cantos dos lábios de Kit se curvam. Gordon não entende, mas eu sim.

— Então aproveita e leva a minha irmã com você — diz ela. — Nat está louca pra ir embora de Wisewood desde o minuto em que chegou.

Finalmente eu digo alguma coisa.

— Não. Antes eu quero falar com você, Kit. A sós.

— Não tenho mais nada para falar com você.

Cerro os dentes.

— Então pode só ouvir.

— Preciso fazer a mala — diz Gordon. — Encontro você no cais em quarenta minutos.

Kit estende a mão.

— Vou ficar com essa echarpe.

— Sem chance. Ela pertence à Professora. — Ele se encaminha para a porta.

Bloqueio a saída dele.

— Você disse que não tem mais o cheiro dela — lembro.

— Eu vou deixar a echarpe guardada em segurança — diz Kit.

Gordon entrega o lenço a ela com relutância.

— Vocês, garotas Collins, não passam de encrenca.

— Já que estamos falando disso... — Eu me afasto para deixá-lo passar e Gordon sai abruptamente. — Não se esqueça do meu celular.

Ficamos olhando o homem se afastar.

— Você me acompanha até o píer?

Kit dá de ombros, calça as botas e veste o casaco. Seguimos lado a lado pela trilha, enquanto o sol se desvencilha das nuvens.

— O que você fez? — pergunto.

— Cumpri as ordens da Professora.

— Essa história toda não faz sentido nenhum. Uma mulher como essa tal Rebecca, que ansiava por controle, que adorava os holofotes, ir embora sem dar aos seus devotos a chance de se prostrarem diante dela?

— Você não sabe nada sobre a Professora.

— Estou tentando saber mais.

— Não, não está. Foi um erro trazer você aqui. Não sei o que eu estava pensando.

— Você consegue me dizer, olhando nos meus olhos, com toda sinceridade, que deixou a Rebecca inteira no porto? E que não a viu desde então?

Ela me atravessa com o olhar.

— Sim.

Estalo a língua. Kit passa pelos círculos, nos levando em direção à casa de Rebecca. Ao longo do caminho, alguns hóspedes acenam. Ela devolve o aceno com os dedos, de passagem, como se não tivesse preocupação alguma no mundo.

— Kit, preste atenção. Não sei o que você e aquele Jeremiah, ou seja lá qual for o nome dele, fizeram. Mas, quando Gordon descobrir, ele vai procurar as autoridades. Vamos para casa comigo agora, antes que seja tarde demais.

— Meu Deus, você ainda não entendeu? Eu não vou embora.

— Isso tudo é porque você está puta por causa da mamãe?

— Nat, por favor. Tenho coisas mais importantes com que me preocupar.

Balanço a cabeça.

— Eu odeio o que esse lugar está fazendo com você.

— Esse lugar me tornou forte e você não consegue suportar isso. Você não sabe quem você é sem se ver no papel de minha salvadora.

Aquilo dói, e procuro vestígios da irmã mais nova que criei e protegi. Ela se foi. Peço desculpas à minha mãe, onde quer que ela esteja. Falhei com ela também.

Passamos pelo poste com as setas de cor creme e contornamos a lateral da casa de Rebecca. Estou ficando sem tempo. Até que ponto a obrigação social subverte a obrigação familiar? Se Kit e os outros estão fazendo mal às pessoas, não tenho a responsabilidade de impedir? Quantos futuros hóspedes podem ser abandonados na floresta ou ameaçados com uma lâmina por causa de um pequeno deslize? Quantas famílias perderam para sempre os seus entes queridos nesse mundo impenetrável?

O último desejo da nossa mãe foi que eu mantivesse Kit em segurança. A minha irmã poderia ir para a prisão pelo que quer que tenha feito? Estaria mais segura na cadeia do que aqui? Kit diria que não é problema meu responder a essas perguntas. Ela é sua própria salva-vidas agora; já deixou isso muito claro. Faço mais uma tentativa para salvá-la.

— Ou você entra naquele barco comigo agora — digo —, ou vou procurar a polícia assim que chegar a Rockland.

Kit para de andar de repente. Seus olhos se estreitam. Ela franze os lábios, claramente tentando descobrir se estou blefando.

Nem eu sei se estou ou não.

48

O barco se afasta da costa. Examino a minha morada temporária: uma ilha selvagem do comprimento de uma piscina olímpica, com a largura de três raias, talvez quatro. O pedaço de terra mais próximo fica a um ano-luz de distância. A extensão de nado mais longa da minha vida, suponho.

Calço novamente as meias e os sapatos. Não dormi bem nas últimas semanas, por conta das constantes ameaças ao meu bem-estar. Meus olhos doem por causa do vento. Anseio por me deitar em algum lugar macio e quente, sem ser observada.

Caminho sem rumo por algum tempo. Uma floresta em ruínas, só isso. Um estacionamento para algas marinhas. Sem frutas ou animais. Não que eu esteja com fome, de qualquer modo.

Minhas pálpebras estão mais pesadas do que os meus pés calçados com essas botas. Eu me sento na cama de musgo. A garota disse que demoraria algumas horas até voltar. Que mal faria um cochilo no meio do dia?

Décadas atrás, li uma história no jornal sobre uma comunidade bastante coesa que costumava pendurar traidores de cabeça para baixo em um poço, presos pelos tornozelos, ou trancá-los em uma caixa de 1,80 m x 1,20 m. Eles os espancavam com mangueiras e enrolavam cobras ao redor dos seus pescoços. Imagine a eficiência de combater o medo e subjugar os dissidentes de uma só vez. Cochilo com a imagem daquele homem horrível e musculoso algemado, suas feições dominadas pelo remorso.

Sorrio enquanto sucumbo à terra dos sonhos.

Quando acordo, a noite já caiu. A garota e o meu grupo de resgate ainda não chegaram. Deve estar demorando mais do que eles esperavam para derrotar nosso inimigo. Tento não me preocupar, digo a mim mesma para ser paciente. É muito mais fácil dormir em meio ao caos. Aperto mais a parca ao redor do corpo, volto a cabeça para a terra e caio num sono agitado.

No segundo dia, passo horas grogue na praia. Não importa quanto tempo eu durma, não consigo me livrar dessa exaustão. Estou tonta, com vertigem, cheia de sede. Bem mais de vinte e quatro horas se passaram desde que comi alguma coisa. Pensar nisso faz com que eu me agite um pouco. Tento pegar um peixe com as mãos enrugadas. Quando a água o tira das minhas mãos, desisto do linguado. Acho que a grama e os galhos não devem ter um gosto tão ruim. Tenho razão.

No terceiro dia, descubro que pinhas são comestíveis (+2).

No quarto dia não consigo ter certeza se é mesmo o quarto, mas acredito que seja. Sou eu que estou olhando para o meu relógio ou o meu relógio que está olhando pra mim?

Ninguém veio me buscar. Na verdade, não vi nenhum outro barco, qualquer sinal de vida humana, então talvez me veja forçada a nadar. É improvável que eu consiga chegar daqui até Rockland, mesmo com as minhas braçadas poderosas e técnica acima da média, então vou me contentar com o lugar de onde vim.

Examino norte, sul, leste, oeste. Não sei qual é qual, mas sei que inspeciono todas essas direções porque dou uma volta completa. Nenhuma delas me lembra mais do meu reino do que a outra. Eu estava com os olhos vendados quando vim para cá? Isso não pode estar certo.

Estou com os olhos vendados agora?

No quinto dia, grito como uma criatura selvagem, a cabeça jogada para trás, os braços levantados, como a foto final de uma maratona. Olho ao redor, esperando os aplausos, então lembro que estou perdida, sozinha, não no fim de uma apresentação. Não estou fazendo nada que mereça aplausos.

Isso não é verdade. Estou sobrevivendo.

Marcho direto para a água, sem me preocupar com a orientação. Vou nadar em qualquer direção até chegar à terra firme, então alguém me levará até o meu povo.

A água chega apenas até os meus tornozelos quando o frio já atravessa dolorosamente as minhas botas.

Agora as minhas botas estão encharcadas.

Droga.

E se o meu povo estiver a caminho para me libertar neste exato instante? Melhor ficar onde estou.

Eu durmo, ou não. Não sei quanto tempo, mas não é muito, porque meus pés estão gelados demais para me permitir. Estranhamente, mesmo depois de ter descansado, não consigo pensar com mais clareza. Parece que fui abandonada, mas isso não pode ser verdade. Eu sou amada.

Tenho um pensamento horrível que leva horas para tomar forma, mas que acaba me dominando: e se eu continuar esperando aqui em vão até que seja tarde demais para os meus pés, ou seja, até eles atingirem um estado de dormência que não me permitirá mais usá-los como dispositivos propulsores? Vou nadar com esse casaco volumoso ou removê-lo? Devo andar pelo palco para a esquerda ou para a direita?

Adultos têm que tomar decisões demais.

A hora está próxima. A equipe de resgate se perdeu ou nem existe. Outros podem temer o mar, mas não uma iluminada como Madame Destemor.

Tenho treinado para esse desafio durante toda a minha vida. Vou pensar nisso como uma segunda tentativa de *Congelada*, como a minha chance de redimir um fracasso anterior.

Divago e me pergunto qual será o recorde de natação de longa distância no Atlântico.

Sou invencível, cacete.

A princípio, gosto do tapa estimulante no meu rosto. A água nos desperta de uma forma que os alarmes e xingamentos não conseguem.

Mas logo começo a ter dificuldade para respirar. Eu não entro em pânico. Continuo movimentando braços e pernas, lembrando a mim mesma que esse é apenas um grande lago Minnich.

Qual é a única forma de ter sucesso?, pergunta ele em um grunhido.

A disposição para resistir!

Mas será que você provou que seu pai estava errado se ninguém viu você fazer isso?

Meus braços cansam, pois sou uma mera mortal, sujeita aos efeitos deletérios da hipotermia, como comprovado nos anos 1990... 1980... na primeira década do século seguinte. Penso em voltar, mas quando faço isso, o estacionamento parece estar a quilômetros de distância.

Pensar em "só para o caso de..." é para os fracos, grunhe ele mais uma vez.

Ele fala muito alto por estar tão longe.

Nado até não conseguir mais sentir os meus membros. Imagino meu torso como uma travessa de porcelana, uma pista de pouso para as gaivotas descansarem suas asas cansadas. Vejo uma boia verde-mar com o número um pintado com spray e me agarro a ela, meu corpo oscilando na água. Estou muito quente, estou queimando. Digo a mim mesma que não, esse é um dos sintomas, treinei para isso, sei o que fazer, mas mesmo assim meu cérebro não consegue convencer o meu corpo. É o meu corpo que convence o meu cérebro de que esse é um caso raro em que estou realmente queimando, então desisto, deixo o meu pescoço livre, solto o lenço. Não consigo nem me lembrar como isso chegou às minhas mãos. Deixo a echarpe para trás e volto para a água.

É possível nadar e dormir ao mesmo tempo? Não consigo me lembrar de uma época em que não tenha nadado e agora quero muito parar. Não me importo se isso me torna uma fracassada.

Minhas pernas estão abaixo, em vez de atrás de mim. Não me lembro de ter dado permissão a elas para enlouquecerem, mas estou cansada demais para criticar alguma coisa. Com frio demais para lamentar.

Como em um carrossel, os rostos passam por mim: Sir, mamãe, Jack, Lisa, Evelyn Luminescência, Gabe, a minha equipe. Todos aqueles seres humanos desgraçados que falharam comigo. Com quem sempre pude contar senão comigo mesma? Quem além de mim tem sido confiável cem por cento do tempo?

Eu sufoquei. Eu me cortei. Eu sangrei. Eu me queimei. Eu congelei. Eu congelo.

Eu desisto.

Já aguentei o bastante.

49

Kit

10 DE JANEIRO DE 2020

Encaro Nat como se a visse pela primeira vez.

O que eu te disse durante a nossa segunda sessão? Natalie nunca pensou no seu bem.

Flexiono o pescoço e continuo a andar. Passamos pela frente da casa, parando no portão de ferro forjado. Digito um código no painel. A porta se abre.

— Eu gostaria que você não fizesse isso — digo —, mas só posso controlar as minhas ações, não as suas.

A intervenção policial sempre foi uma possibilidade em Wisewood, embora a Professora dissesse que o acordo de confidencialidade era suficiente para silenciar um raro hóspede insatisfeito. Nos casos em que não foi, Gordon havia empregado algumas táticas bastante assustadoras uma ou duas vezes para garantir que nossos segredos permanecessem guardados.

Se Nat for à polícia, se eles localizarem a Professora, não vão encontrar nenhuma evidência de luta. Nenhum sinal de crime. Foi ela quem se recusou a retornar ao continente. O que eu fiz além de realizar seu desejo?

Você destruiu a única mulher que aceitou você da maneira que é.

O portão se fecha atrás de nós. Descemos a trilha em direção ao cais.

— Não entendo você — diz Nat, tentando me fazer diminuir o passo.

Caminho ainda mais rápido.

— Provavelmente nunca vai entender.

A ausência da Professora é melhor para Wisewood. Ela nos distraía durante as nossas missões, consumia o nosso tempo com intermináveis testes de lealdade, nos colocava uns contra os outros. Ela havia colocado a todos nós em risco — Jeremiah estava determinado a destruí-la e, para isso, teria destruído Wisewood de bom grado. Agora que eliminei a ameaça que a Professora representava, ele tem a justiça que queria. Se Jeremiah algum dia falar com a imprensa, eu também falarei. Vou explicar que Rebecca Stamp não tem mais qualquer ligação com Wisewood, que não sabíamos como Madame Destemor tratava seus funcionários no passado, embora talvez devêssemos ter imaginado. A Professora nunca mais vai fazer mal aos meus colegas ou alunos como fez com o irmão de Jeremiah, como fez comigo.

Minha irmã me olha em expectativa.

— Alguém precisa levar essa instituição adiante — digo a ela.

A Professora era Wisewood, mas Wisewood não é ela. A equipe elabora os cursos, ministra as aulas, conduz as missões. Nós trazemos os alunos para a ilha e os orientamos, guiando-os em cada passo do caminho. Ruth e eu podemos liderar individualmente. Somos capazes de fazer isso sem Rebecca.

Não se iluda. Sem mim, Wisewood é uma comunidade derrotada.

A Professora deu à luz um movimento que a superou. Essa é a ordem natural das coisas: as mães envelhecem, definham, morrem, enquanto seus filhos seguem em frente sem elas. Os princípios da Professora estavam certos, mas os seus meios de implementá-los, não.

Se a mãe faz o bebê ficar doente, tira-se o bebê da mãe.

— Deus sabe que Gordon não tem capacidade para proteger os valores de Wisewood —, acrescento.

Ao contrário de Jeremiah, Gordon nunca vai desistir. Ele não vai retornar a Wisewood sem a Professora ao seu lado — o homem não tem apego a esse lugar, apenas a ela. Melhor assim. Não precisamos de Gordon para manter Wisewood funcionando. A comunidade não depende de nenhuma pessoa em particular. Ela é maior do que isso. E está prestes a ficar muito melhor.

Naturalmente me preocupa a ideia de soltá-lo de volta no mundo, mas Gordon é um homem idoso. Sem a Professora a quem servir, logo ele vai se ver sem rumo. E o tempo então se encarregará do que tiver que fazer. Espero que, antes disso, Gordon encontre a paz, uma maneira de buscar seu Eu Potencializado no mundo exterior. Embora eu não goste dele, acho que tem tanto direito de seguir o caminho quanto eu. Jesus não matou os discípulos que o irritavam.

O *Ampulheta* está à vista, flutuando no fim do cais. O sol aquece o meu rosto. Faltam apenas alguns meses para a primavera.

— Não acredito que você esteja disposta a fazer literalmente qualquer coisa para manter Wisewood funcionando. — Nat diz isso como se fosse uma coisa ruim.

Você é um tsunâmi, Kitten.

Imagino a minha irmã entrando determinada em uma delegacia, exigindo que acabem com tudo o que trabalhamos tanto para construir. Vejo Debbie voltando para o Carl, colecionando hematomas como se fossem figurinhas de um álbum. Raeanne sendo forçada a entrar na traseira da sua caminhonete, quatro mãos subjugando-a. Ruth sozinha em Utah, Sofia chorando todas as noites diante do túmulo da filha. Sanderson de volta às ruas, implorando por bebida. Já quase o perdemos.

Alguns dias atrás, ele confidenciou a Ruth que estava indo embora para sempre. Alegou que não tinha nada a ver com bebida, que se sentia mais forte do que nunca, mas havia mudado de ideia sobre Wisewood e queria voltar para perto da família. Nenhum de nós, porém, se deixou enganar. Por sorte, Ruth contou isso ao Gordon, que pulou dentro do *Ampulheta* para salvar Sanderson pouco antes de ele fugir. Estremeço ao pensar no que poderia ter acontecido se o tivéssemos perdido.

Princípio I: Quero viver uma vida em que eu seja livre.

Substituo as imagens horríveis por uma lembrança. Nós todos em pé, ao redor de uma fogueira, balançando com as árvores e cantando "Hallelujah". Construímos a nossa própria família aqui, sem mentiras ou julgamentos. Nenhum de nós é melhor que o outro. Ninguém ganha ou perde. Ninguém está acima do peso ou é mal pago. Ninguém está vivendo a vida de um jeito errado. Nós nos amamos como somos.

Eu posso melhorar esse lugar. De certa forma, já fiz isso. Veja as cortinas, por exemplo. Colocar câmeras nos quartos de hóspedes foi demais — não precisamos monitorar nossos alunos a cada minuto do dia. Basta tirar as cortinas das janelas, para provar uns aos outros que não temos nada a esconder. As câmeras logo vão ser retiradas — a do meu quarto já foi.

A única pessoa com potencial para causar problemas de verdade para Wisewood é minha irmã. Ela é uma mulher solitária, determinada e tem toda a energia do mundo. Nat poderia derrubar nosso frágil ecossistema. Ela poderia tirar a minha família de mim. O que ela não faria para me colocar de volta sob seu controle? A Professora me avisou.

Princípio II: Enquanto eu temer, não posso ser livre.

Chegamos ao final do píer e ficamos olhando para a água cristalina. Como ela parece gentil e convidativa agora, não mais um monstro agitado e destruidor. Minha irmã e eu estamos paradas ombro a ombro. Por um segundo, esqueço o peso das responsabilidades que caíram no meu colo. Olho para ela.

Eu tenho sete anos, Nat tem dez. Pergunto à mamãe se podemos ir a um jogo de beisebol. Não temos dinheiro, mas, em vez de nos dizer isso, a mamãe nos entrega ingressos cintilantes na tarde seguinte. Ela pregou números nas cadeiras dobráveis da sala de estar. E faz toda uma cena enquanto nos conduz aos assentos que nos foram designados. Ela transformou a cozinha em uma barraca de comida, e nos dá cédulas do jogo de Banco Imobiliário para pagar por potes de pipoca e copos de refrigerante. Durante a pausa antes da sétima entrada, ela nos faz levantar e cantar "Take Me Out to the Ball Game" junto com o público que vemos na TV. Aquele foi um dos melhores dias da minha vida.

Os ingressos foram escritos com a letra de Natalie. O mesmo valia para os números dos assentos. E para os avisos de preço no quiosque de comida. Tudo aquilo tinha sido obra da minha irmã. E ela deixou a mamãe ficar com o crédito.

Princípio III: Devo eliminar qualquer obstáculo que se coloque no caminho para a minha liberdade.

Confiro meu relógio. Gordon e Jeremiah vão chegar a qualquer minuto.

Olho para a minha irmã. Ela está segurando a bolsa de viagem, me observando com uma expressão cheia de medo no rosto. Eu me pergunto do que ela tem tanto medo: Do Gordon? Deste lugar?

De mim?

— Esquece eles. — Enxugo uma lágrima e aponto para o *Ampulheta*. — Vamos dar um passeio.

AGRADECIMENTOS

Quando comecei a trabalhar neste livro, não tinha ideia de como seria muito mais difícil de escrever do que o meu primeiro romance. Levei dois anos e sete rascunhos para dar a forma final a esta história. Meu trabalho se tornou mais fácil graças às seguintes pessoas, com quem me sinto em dívida...

A meus leitores! Você têm inúmeras maneiras de passar o seu tempo livre e me sinto honrada por terem escolhido passar parte dele com os meus livros. As suas perspectivas, seus comentários e suas perguntas têm sido fonte de alegria e reflexão para mim. Obrigada por me darem o incentivo de que preciso para continuar escrevendo.

À minha incansável agente, Maddy Milburn, além do restante da equipe do MMLA, especialmente: Emma Dawson, Liv Maidment, Giles Milburn, Valentina Paulmichl, Georgina Simmonds, Liane-Louise Smith e Rachel Yeoh.

Aos meus editores, Amanda Bergeron nos EUA e Max Hitchcock no Reino Unido. Eu disse a vocês ao menos uma vez que essa história era um passo grande demais para as minhas pernas. Vocês me guiaram com paciência e brilhantismo através de rascunho após rascunho... após rascunho... Vocês visualizaram o que eu queria transmitir. Sem vocês, não haveria livro — ou pelo menos não um livro que alguém fosse querer ler. Mesmo três anos depois, ainda não consigo acreditar na sorte que tenho por trabalhar não apenas com vocês dois, mas também com os gênios que são Sareer Khader e Emma Plater. Agradeço também a Eileen Chetti e Emma Henderson pela dedicada preparação de originais.

Às minhas equipes editoriais, que continuam a me surpreender. À equipe da Berkley: Loren Jaggers, Danielle Keir, Bridget O'Toole, Jin Yu, Emily Osborne, Dan Walsh, Claire Zion, Craig Burke, Jeanne-Marie Hudson, Christine Ball e Ivan Held. À equipe da Michael Joseph: Jen Breslin, Gaby Young, Christina Ellicott, Lauren Wakefield, Vicky Photiou, Elizabeth Smith, Hannah Padgman, Sarah Davison Aitkins, James Keyte e Catherine Le Lievre. E à equipe da Simon & Schuster do Canadá: Nita Pronovost, Shara Alexa, Felicia Quon, Rita Silva, Jasmine Elliott, Greg Tilney e Kevin Hanson. Todos vocês trabalham arduamente para colocar as minhas histórias nas mãos dos leitores e nunca vou deixar de agradecer por isso.

Aos profissionais das áreas de medicina e enfermagem que me ofereceram generosamente seus conhecimentos quando o Google não dava conta: Kimmery Martin, Duncan Alston, Laura E. Hudson, Arnaldo Vera-Arroyo e a minha prima Shannon Soukup. Agradeço também a Savitri Tan e Jeanne Marie-Hudson, por me conectarem com essas pessoas. Qualquer erro que exista no livro é só meu.

A John Drury, por me levar em um passeio pela costa do Maine em seu barco, no que foi o dia de pesquisa mais útil durante todo o processo de escrita. Agradeço também ao fotógrafo Peter Ralston, cujas fotografias deslumbrantes deram vida à região para mim quando voltei ao Reino Unido. Espero que as minhas descrições tenham metade da qualidade das fotos dele.

A Dave Pfeiffer, pela ajuda com dilemas de engenharia, Scott Demar, por responder às minhas perguntas sobre contabilidade, e meu tio Mike Soukup, pela orientação sobre todas as coisas relacionadas à natação competitiva.

A todos os bibliotecários e livreiros que apoiaram de forma inacreditável a minha carreira incipiente, especialmente Mary O'Malley, Pamela Klinger-Horn e Maxwell Gregory. Meus sinceros agradecimentos também à comunidade do Bookstagram, especialmente a Abby do @crimebythebook.

Aos meus colegas autores. Vocês foram muito gentis com seu tempo e me sinto muito grata por fazer parte dessa comunidade. Um agradecimento especial àqueles que tiveram a gentileza de escrever *blurbs* para os meus livros: Ashley Audrain, Diane Les Becquets, Kirstin Chen, Lee Child, JP Delaney, Samantha Downing, Teresa Driscoll, Tarryn Fisher, Melanie Golding, Laura Hankin, Lisa Jewell, Sandie Jones, Gilly Macmillan, Margarita Montimore, Liz Nugent, Amy Stuart, CJ Tudor e Wendy Walker. Eu sei que vocês recebem muitas provas de livro para leitura antecipada. Fico muito grata por terem reservado um tempo para ler uma das minhas.

A Taylor Wichrowski, por imaginar visualmente a carreira pré-Wisewood de Rebecca com os pôsteres de seu programa. A Sheila Wichrowski, pela leitura de um primeiro rascunho. A Ali O'Hara e Allison Jasinski, por opinarem sobre o texto de divulgação, e também por décadas de apoio moral e terapia gratuita.

Aos meus pais, Ron e Kathy Wrobel, por me acompanharem na minha viagem de pesquisa ao Maine. Prometi a eles três dias de aventura — acho que posso dizer que cumpri com a minha palavra!

Às minhas irmãs, Jackie Malich e Vicki Wrobel, a quem este livro é dedicado. Tudo o que sei sobre ser irmã aprendi com vocês duas. Espero ter sido mais boa do que má e não ter abusado do meu poder como a mais velha com muita frequência. Agradecimentos especiais a Vicki por desenhar o logotipo de Wisewood e a Jackie por sempre me deixar cantar as partes femininas das músicas da Disney (não que eu tenha lhe dado muita escolha). Eu amo vocês até a lua e além.

Finalmente, a Matt, que tantas vezes solicitou o título de Leitor Alfa, estou finalmente desistindo e fazendo a sua vontade. Por ler todos os rascunhos, por resolver problemas dentro e fora do livro, por manter a fé nessa história toda vez que eu mesma perdi. Que jornada foi a última década... Um brinde à próxima.

NOTA DA AUTORA

Atualmente, o termo *seita* é usado de forma imprecisa para descrever quase tudo — desde frequentadores de academias de ciclismo indoor até uma base de fãs apaixonada por filmes clássicos. Mas, conforme a definição dos livros didáticos, uma verdadeira seita precisa atender a três parâmetros: 1) um único líder carismático; 2) membros que se mantêm isolados do mundo exterior; e 3) uma mensagem apocalíptica. Em alguns casos, essa mensagem é uma previsão literal de um Armagedom iminente, mas, em muitas seitas, a mensagem tem apenas a mesma urgência: precisamos de mudança *agora*.

Acho que todos gostamos de pensar que somos experientes demais para nos envolvermos em qualquer coisa que se aproxime de uma seita. Rotulamos seus membros como ingênuos ou tolos — nada parecidos conosco. Mas estamos errados. Não percebemos que os documentários da Netflix se aprofundam apenas nas partes mais obscenas da história de cada comunidade. É mais fácil rotular aqueles grupos como "um bando de doidos" — como *os outros* — porque isso faz com que nos sintamos seguros. *Nós* jamais nos envolveríamos em algo tão bizarro.

No entanto, encontrei apenas um ponto em comum em cada pessoa que se junta a uma seita: todas elas querem algo mais.

Espero que, ao contar esta história, eu tenha trazido uma descrição mais completa da vida em uma seita — a forma como garantem pertencimento, amizade e uma verdadeira sensação de lar, de modo que se torna difícil partir quando as coisas ficam sombrias. Muito se tem falado sobre líderes de seitas, mas, acima de tudo, essas pessoas são excelentes vendedoras, e realmente acreditam no que vendem. Seus membros, por sua vez, acreditam no que compram.

No final dessa jornada, descobri que a história de um grupo desse tipo é como qualquer outra: seres humanos tentando encontrar seu caminho, mas que acabam terrivelmente perdidos no processo. Isso é algo com que todos podemos nos identificar.

Este livro foi composto na tipografia Adobe
Garamond Pro, em corpo 12,5/15,5, e impresso em
papel off-white no Sistema Cameron da
Divisão Gráfica da Distribuidora Record.